PLAZA & JANES
P&J
EDITORES

Los JET de Plaza & Janés

BIBLIOTECA DE

Belva Plain

Belva Plain

Tesoros

PLAZA & JANES EDITORES, S.A.

Título original:

TREASURES

Traducción de

ANTONIA KERRIGAN

Portada de

GS-GRAFICS, S. A.

Ilustración de la portada:

JERRY PODWIL

Primera edición en esta colección: Julio, 1993

Enric Granados, 86-88. 08008 Barcelona

Printed in Spain — Impreso en España

ISBN: 84-01-49167-3 (Col. Jet)
ISBN: 84-01-49368-4 (Vol. 167/8)
Depósito Legal: B. 19.315 - 1993

Impreso en Litografía Rosés, S. A. — Progrés, 54-60 — Gavà (Barcelona)

Los dos jefes de Policía de los Estados Unidos, que venían a llevar a cabo un arresto, aparcaron el discreto coche negro, se bajaron, y miraron el neomoderno y ornamentado techo de la torre de sesenta y cinco plantas. Sombrías nubes de lluvia cubrían la ciudad, liberando las primeras gotas justo en el momento en que la pareja vestida con traje oscuro llegaba a las puertas de bronce que daban a la avenida. El más joven, que casi imperceptiblemente pareció dudar, siguió al otro cruzando el piso de mármol hasta alcanzar los ascensores. Hoy no se trataba de una tarea habitual, ni era ésta una parte de Nueva York que solía frecuentar, y sentía cierta tensión. Le molestaba que así fuera. Resultaba poco profesional.

–De alguna forma parece raro esposar al tipo –dijo–. Seguramente llevará puesto un traje de «Brooks Brothers». ¿Sabes lo que quiero decir? No se trata de un criminal armado.

–Pero nunca se sabe lo que puede hacer una persona. Podría volverse loco y empezar a dar puñetazos. O precipitarse hacia la ventana. Aprieta el botón de la planta cuarenta y una.

El ascensor se deslizó hacia arriba como sobre correas de seda, mientras que una luz roja marcaba al pasar cada planta.

–Huele a dinero, ¿verdad, Jim? –comentó el más joven.

–Desde luego. Mucho dinero.

–Me pregunto qué debió hacer en realidad este hombre. De verdad, quiero decir.

–Sólo Dios lo sabe. Tienes que ser un abogado caro para entenderlo. Yo no me molestaría en intentarlo.

–Es un poco triste, ¿verdad? Tener que salir esposado de un lugar como éste.

–Siempre es triste sea donde sea. Nunca es agradable –replicó Jim en tono serio–. Pero es un trabajo, Harry. Te acostumbras.

Se abrió la puerta y desembocaron ante una larga pared de vidrio con muchas puertas.

–¿Por dónde, Jim? ¿Cuál es su despacho?

–Es propietario de la planta entera. Dos plantas, en realidad. Yo te llevaré hasta allí, no te preocupes –sonrió Jim.

Las recepcionistas siempre son guapas, pensó Harry, dejando que su superior hablara con una mientras él examinaba su entorno. No sabía nada acerca de cómo vivían los ricos, de eso era consciente y, sin embargo, cuando se abrió brevemente una puerta y vio la moqueta gris y un pasillo forrado de cuadros, supo que era auténtico. El oro era cursi y la tranquilidad cara. Quizás hubiera leído aquello en algún lugar.

Pensó: «En una de esas habitaciones, quizás en una sala al final del pasillo, un hombre va a ser víctima de una terrible sorpresa. Dentro de un minuto o dos. Una sorpresa terrible.»

La recepcionista debió de haber telefoneado porque ahora una mujer entró corriendo. Una matrona quisquillosa con pelo canoso rizado, estaba asustadísima.

–¿Qué? ¿Qué? ¿Agentes de Policía de los Estados Unidos? –exclamó, enfrentándose a Jim.

Éste le enseñó la placa, y Harry hizo lo mismo.

Los ojos de la mujer, aumentados por las gafas, se inundaron de lágrimas.

–¡Tiene que ser un error! No puedo dejar que le vean antes de que hable con un abogado. ¡Esto no está bien! No, no van a entrar.

–Señora –dijo Jim–, aquí tiene el mandamiento judicial. Léalo. Podemos forzar la entrada. No querrá que hagamos eso, ¿verdad?

Franqueaban ya la puerta dirigiéndose a la moqueta gris, siguiendo a la histérica mujer. Entraron en una habitación espaciosa, con muchas ventanas, más cuadros y un enorme escritorio donde se encontraba un hombre. Se puso de pie al verles.

A la mujer le salían las palabras entrecortadas.

–No pude impedirlo. No sé de qué va todo esto, yo...

El hombre era joven. «Tiene más o menos mi edad –pensó Harry–, y todo esto es suyo.» Y de alguna manera la pena que había sentido por este desconocido se convirtió ahora en ira. «¡Tener mi edad y ser propietario de todo esto! Espero que reciba lo merecido, sea lo que sea lo que haya hecho.»

El hombre se mostraba digno, pero estaba asustado; tenía el rostro blanquiazul. Tartamudeó.

–Debe tratarse de un error. Un terrible error. Mi abogado está trabajando en el asunto ahora mismo.

–Está bien –dijo Jim–. Podrá llamar a su abogado. Pero ahora deberá acompañarnos. –Sacó las esposas–. Lo siento, pero tendré que ponérselas.

–No lo entiende –dijo el hombre–. No soy ese tipo de persona...

–Por favor. No lo ponga más difícil –le dijo Jim con paciencia.

La mujer lloraba abiertamente.

–Es un hombre bueno. No le traten mal.

La compasión de Harry regresó.

–No se preocupe –se oyó decir a sí mismo.

En menos de cinco minutos habían salido del edificio con el prisionero, cuyas esposas estaban ocultas bajo la gabardina que la mujer le había puesto. Silenciosamente, aturdido y orgulloso, el detenido se metió en el coche y se adentraron en la lluvia.

En la planta cuarenta y una de la estancia de la que habían salido, había un fuego en la chimenea y un ramillete de flores amarillas sobre el escritorio.

El acontecimiento quedó reflejado en las portadas de todos los periódicos, además de en los informativos de televisión. Sonaron los teléfonos en prestigiosos despachos de muchas empresas.

–¿Te has enterado de cómo ha ocurrido? Bueno, me han contado...

En todas las cenas de la Quinta Avenida, Park Avenue, el North Shore y en Connecticut, era el tema de conversación.

–Todos le querían –decía la gente, compadeciéndose y sorprendida–. Tan inteligente, tan encantador, tan amable. Y nadie en el mundo era más generoso que él, todos lo sabemos. ¡No puedo creérmelo! ¿Qué puede haber ocurrido? ¿Cómo explicar una cosa así?

PRIMERA PARTE

1973-1981

CAPÍTULO PRIMERO

Los vecinos de abajo habían traído sopa caliente, fiambres, ensalada, y un pastel casero, suficiente como para dar de comer a una docena de hambrientos, se comentó Eddy Osborne. Pero sólo estaban sus hermanas Connie y Lara y el marido de Lara, Davey, sentados a la mesa de la cocina, todos incapaces de tragar más que unos pocos bocados de aquellos alimentos tan apetitosos. «Si alguien me hubiera dicho que me comería esto el día del funeral de mi madre no me lo hubiera creído», pensó.

Se puso de pie, se sirvió una taza de café de una cafetera que estaba sobre los fogones, y se dirigió a la ventana mojada por la lluvia para observar la nublada tarde de marzo. Un escalofrío le recorrió la espalda. Aquí estaba la mayor desolación, el gris sombrío y la pena.

¡Pobre Peg, pobre mamá! A veces la peluca se inclinaba hacia un lado, mofándose de su cara delgada con una mirada vivaz y desenvuelta; presumía tanto, también, del pelo rojizo que sus tres hijos habían heredado..., y a Eddy se le rompió el corazón. Haciendo un pequeño ruido como un sollozo, lo disimuló convirtiéndolo en una tos y se volvió.

Lara dijo con suavidad:

–Una cosa debería consolarnos. Nunca estuvo sola. Uno de nosotros siempre estaba a su lado. Y le gustaba la habitación privada, Eddy. ¿Te acuerdas cómo preguntaba continuamente si podías pagarla?

–¡La habría tenido aunque me hubiera costado el último centavo o aunque hubiera debido robar!

–¡Oh! –exclamó Lara–. Debía de saber que no existían esperanzas y, sin embargo, nunca dijo ni una palabra. ¡Qué valiente era!

–No –dijo Connie–. La verdad es que tenía miedo de admitir lo horrible que puede ser la vida.

El duro comentario sorprendió. Pero no tenía sentido discutirlo. Connie se defendería diciendo que lo único que hacía era enfrentarse a la realidad. La joven Connie tenía pocas ilusiones. La hermana mayor consideró que aquello era compasión, pero sólo dijo:

–Vamos adentro. No, deja los platos, Connie. Yo los lavaré más tarde. Necesitaré algo que hacer esta noche cuando os hayáis marchado.

El salón había sido antiguamente una sala de estar superior cuando se construyó la casa para la familia de un banquero hacía ya un siglo, antes de que todos los acaudalados se hubieran trasladado a los frondosos suburbios de las colinas. El pequeño espacio lo dominaba la televisión, cuyo ojo en blanco les miraba con fijeza. No sería correcto encenderla esta noche, y nadie lo hizo.

Connie bajó las persianas, quejándose:

–¡Maldito tiempo! –como si, en este día por lo menos, la lluvia y el viento no tuviesen por qué azotar con tanta furia los árboles.

–Tu madre diría –Davey respondió de forma suave– que la lluvia alimenta la tierra.

Nadie contestó. Sí, Eddy sabía, que aquello sería típico de ella. Cuando estaba en la escuela, se había roto el brazo y ella dijo que tenía que estar contento de no habérselo roto antes de la temporada de fútbol americano. «Pero yo no soy como ella –pensó– ni Connie tampoco.»

Demasiado nervioso para estarse quieto, regresó de nuevo a la ventana y levantó la cortina que Connie había bajado. Las casas al otro lado de la calle eran idénticas a ésta en la que vivía Lara. Un edificio victoriano alto y de tablillas, con una segunda planta que acogía un apartamento. Ante cada casa se encontraba un estrecho y desolado jardín bordeado de arbustos y hierbas, recubiertos de montoncitos de nieve derretida. Por encima de los tejados, en un cielo plomizo, finas nubes se precipitaban hacia el anochecer.

«¡Dios, qué forma más miserable de vivir! –pensó–. ¡Tantos años perdidos ya en este pueblucho!»

Se dio la vuelta. Davey leía los periódicos. Las dos mujeres habían reclinado la cabeza y cerrado los ojos. El silencio evocaba un tictac en la cabeza de Eddy.

A continuación se cerró con violencia la puerta de abajo, vibrando el ruido por las paredes. En el piso de abajo, donde vivían amontonados cinco niños, se inició una pelea. Alguien intentaba poner en marcha un rechinante motor en la casa contigua; chirriaba, resollaba, tosía.

Una furia impetuosa se apoderó de Eddy. ¡Ni descanso, ni intimidad, ni belleza, ni dinero!

Sus hermanas seguían inmóviles. Estaban agotadas. Y se compadeció de ellas, por su ternura en un mundo duro y difícil. Creía entenderlas; sabía lo mucho que Lara deseaba tener un hijo y que quizá nunca podría tenerlo; sabía que Connie, al igual que él, deseaba progresar, color, vida, sabía que sus pies, al igual que los suyos, querían correr...

Ahora mientras descansaban, sin saber que estaban siendo observadas, examinó a sus hermanas. Connie tenía un aspecto de los años veinte, un semblante que volvía a ponerse de moda; labios en forma de arco de Cupido, una nariz corta y recta, cejas demasiado estrechas, curvas graciosas por encima de unos ojos grises y vivaces. Era desacostumbradamente alegre y sabía sacar tajada de su aspecto. La gente la miraba. Sin embargo siempre se decía que Lara era la bella, teniendo lo que podía llamarse «buenos huesos»; su rostro era de un oval puro, y poseía unos contemplativos ojos azul mar, del mismo color que los de Eddy.

Los suyos, sin embargo, no eran contemplativos, como no lo eran los de Connie. La mirada de él era rápida. «Todo lo nuestro, para bien o para mal, es rápido», pensó de improviso. Y, tras pensarlo, le pareció un momento tan apropiado como cualquier otro para decir lo que tenía que decir, aunque ningún momento era realmente bueno para dejar caer una bomba.

Habló con tranquilidad:

–Tengo algo que deciros. Espero que no os sorprenda demasiado, pero os voy a dejar. Me marcho. Me voy a Nueva York.

–¿Que te vas? –exclamó Connie, incorporándose.

–Hay un tipo que conozco desde la universidad. Es contable como yo, con la única diferencia de que tiene un tío que le ha prestado el dinero suficiente para establecer un negocio de corretaje. Necesita un socio. Quiere que sea yo, y está dispuesto a apostar por mí.

Un resplandor de interés se reflejó en la mirada de Connie.

–¿Wall Street? –preguntó.

–Sí señora. Wall Street.

–¡Nos dejas! –exclamó Lara–. ¡Oh, Eddy!

–A unos minutos de distancia en avión, cariño. No os estoy abandonando. Nunca. –Y repitió–: A tan sólo unos minutos. De acuerdo, un par de horas. No se trata de Afganistán o del fin del mundo.

Sedujo con su sonrisa.

Lara estaba consternada.

–¡Pero las cosas te iban tan bien! No entiendo cómo puedes desear abandonarlo todo.

–Es cierto. Pero va demasiado lento, demasiado, comparado con esta oportunidad. Lo de aquí es poca cosa.

Ella pensó: «Ya nos estamos separando. Hace tan sólo seis horas que hemos enterrado a Peg. Entonces es verdad lo que dicen: "Cuando muere la madre, la familia se disgrega." ¿No podía pensar en eso, Eddy, el hijo preferido de Peg, con su cabellera rubia, ojos azul mar y ademán imperturbable?» Se sintió de pronto inútil.

Davey preguntó con tranquilidad:

–¿Cuánto tiempo hace que lo sabes?

–Unos tres meses. Seguramente os lo tendría que haber dicho antes, pero pensé que todos estábamos pasando un momento suficientemente duro como para no echar más leña al fuego, de modo que esperé. –Eddy introdujo la mano en el bolsillo–. Mira, tengo tarjetas.

–Vernon Edward Osborne, Jr. –leyó Lara. Y en un tono de voz lleno de triste reproche, observó–: Siempre has odiado el nombre de Vernon.

–Ya lo sé. Pero en la tarjeta queda muy distinguido. Un poco diferente.

Davey tenía otra pregunta que hacerle.

–¿No debes invertir algo de dinero, Eddy?

–Claro, pero no mucho. He ahorrado unos doce mil dólares de mi sueldo, y tuve mucha suerte jugando a las cartas una noche hace poco. Gané otros quince mil, aunque no te lo creas. De modo que tengo lo suficiente como para poner mi parte, y pagaré la diferencia cuando me abra camino en el mercado.

Davey dijo con lentitud:

–*Si* te abres camino, quieres decir.

–Lo conseguiré. Tengo mucha intuición. Mantengo una contabilidad fantasma en la cabeza. Si hubiera tenido dinero para llevarlo a cabo, hubiera ganado una fortuna. –Al ver que Davey no hacía ningún comentario, Eddy añadió–: El mercado está subiendo, subiendo mucho. Cualquiera puede darse cuenta. Además, no se consigue nada en la vida sin arriesgarse un poco. Tienes que estar dispuesto a arriesgarte. Sobre esta base se construyó este país. Todos los grandes inventores, industriales, todos se arriesgaron.

Davey miró a Lara, y ella vio que le estaba leyendo el pensamiento, sintiendo su tristeza, como siempre hacía.

A continuación dijo en voz baja:

–A cada cual lo suyo. Supongo que Nueva York te irá bien, Eddy. No es un lugar para nosotros. Lara y yo pertenecemos a este lugar. La tienda funciona mucho mejor que cuando la poseía mi padre, y yo tengo algunos inventos, ciertas ideas que estoy desarrollando... –Se detuvo, cogió la mano de Lara y la acarició.

Ella leyó los pensamientos de su hermano. ¿Qué significa «mucho mejor»? Eso es lo que debía estar pensando Eddy mientras se paseaba por la habitación. Era una estancia agradable, amueblada con piezas de segunda mano que ella había tapizado de rosa, rojo y color crema, diseños copiados de una revista. Pero la alfombra, que venía con el piso, estaba desgastada...

Eddy solía llegar a casa con la mirada resplandeciente y llena de admiración, por alguna casa que había visto o algún coche en el que había subido. Como papá, él tenía *aspiraciones;* como papá, también, había adoptado rápidamente las costumbres de la clase alta, la forma de vestir, la forma de hablar, todo. Pero a diferencia de papá, era listo. Puede que llegara lejos. Sí, era posible. Aunque esto era un golpe duro. ¡Perder a Eddy, fuera cual fuera la razón! Perder su valioso buen humor, la alegría que llenaba una habitación en el momento en que entraba. Toda esta familia, esta familia que era demasiado pequeña para empezar, le echaría tanto de menos. El vacío que dejaría les acosaría como un fantasma.

Ahora Connie, siguiendo su pragmatismo habitual, le preguntó cuándo tenía pensado marcharse.

–He pensado que dentro de dos semanas. Ante todo quiero ayudarte a deshacerte de aquel apartamento, encontrar algo más agradable. En primer lugar es demasiado grande para ti sola, sin mamá, y demasiado triste. ¿Te apetece que vayamos mañana a buscar algo?

–Bueno –contestó–. Bueno. –Con la mirada recorrió la estancia, después miró a Davey y Lara y, finalmente, mirando la alfombra desgastada, dijo–: Parece que los dos hemos escogido el mismo momento para sorprendernos. Pero quizá sea mejor resolver todos los asuntos ahora.

De nuevo alarmada, Lara exclamó:

–¿De qué estás hablando?

–Bueno, verás, verás, ah, ya lo sabes, Lara, cuánto tiempo hace que quiero *ir* a algún sitio. Nunca *he estado* en ninguna parte.

–¿Quieres hacer el favor de hablar con claridad?

Davey intervino en aquel momento.

–No tienes por qué disculparte, Connie. Simplemente dinos lo que tienes en la cabeza.

–Texas. Me han hablado tanto del lugar. Está en pleno crecimiento. Hay trabajo para todos. –Animada, continuó–: sólo el nombre me excita. Texas. Houston. Quiero verlo.

A Lara se le secó la boca y tenía húmedas las palmas de las manos.

–No conoces a nadie ahí, Connie. Ir sola, dejando a la única familia que tienes, es una tontería. Es una locura.

–A mí no me lo parece. Y eso es lo que cuenta, ¿verdad?

–¡Sólo tienes veinte años, Connie!

–Sí. Veinte. No dieciséis, ni doce, ni ocho.

Lara intentó utilizar una táctica distinta.

–¿Qué tipo de trabajo crees que encontrarás sin conocer a nadie? ¿Cómo darás con un lugar para vivir?

–Querida, no seas una clueca. Compraré un periódico y leeré los anuncios. ¿A ti qué te parece?

Los pensamientos de Lara eran tristes y amargos. «Sí, he

sido una clueca. Tuve que serlo, ¿verdad? Todos aquellos años en los que mamá estaba demasiado mal a causa de la quimioterapia para hacerse cargo de las cosas, y yo con una hermana ocho años menor que yo, y un alegre hermano con cinco años menos que yo.»

–No es tan fácil encontrar un trabajo, Connie. No tienes formación. Por lo menos, aquí tienes un empleo del que te puedes fiar.

–¿Vendiendo pantalones y faldas en unos almacenes de segunda, cuando hay tantas cosas en el mundo que hacer y que ver?

–Podrías matricularte en algún curso y aprender a hacer algo mejor.

–En estos momentos no tengo ni paciencia ni ganas. –Connie se puso de pie y colocó una mano sobre el hombro de Lara–. No pongas esa cara –dijo–; no me quedaré allí para siempre. ¿No podrías fingir que somos muy ricos y que me he tomado un año de vacaciones para viajar por el mundo?

–Tienes razón –convino Eddy–. Una joven desea un cambio, un poco de aventura en su vida. Es normal. De acuerdo, a ti no te gusta, Lara. Sin embargo si no te hubieras enamorado de Davey, seguramente sentirías lo mismo.

Lara, sabiendo que todos esperaban que sonriera, lo hizo, débilmente.

–Hablaremos más de ello –contestó.

Davey estuvo de acuerdo.

–Buena idea. Hoy ha sido duro, pero mañana será otro día, de modo que alegrémonos un poco. Como dice Eddy, nadie se va al fin del mundo.

Lara se dio por aludida.

–Quédate a dormir, Connie. No tiene sentido volver sola al apartamento. –Era desapacible en el mejor de los momentos, sin sol todo el día y ruidoso gran parte de la noche a causa del bar y restaurante que había debajo. Ahora la ropa de mamá seguía colgada en el armario–. Iré a buscar unas mantas en la habitación de invitados.

«La habitación de invitados –pensó mientras hacía la cama–; tenía que ser el cuarto de los niños. Las paredes debían haber sido de color amarillo-limón, con una cenefa en la que aparecerían personajes de Mamá Gansa, o quizá

Winnie-the-Pooh. Los muebles serían blancos, y para una niña la cuna tendría un dosel de organdí...»

Odiaba la habitación. Solía mantener la puerta cerrada, entraba a quitar el polvo cada dos semanas, y volvía a cerrar la puerta. Siete años de matrimonio, y nada. Médicos, termómetros, hormonas, espermatografías, esperando los días fértiles del mes, y nada.

–¿Por qué no arreglas esta habitación? Podría ser un estudio agradable –comentó Connie al entrar.

«Connie no se da cuenta de lo mucho que me duele lo que dice», pensó Lara, sin contestar.

Sobre el tocador se encontraba la única decoración, una fotografía de sus padres, tomada el día de la boda. Las dos hermanas se la quedaron mirando. Sus padres habían sido personas guapas; Vernon, moreno con una flor en el ojal y sonriente, el dulce rostro de Peg enmarcado por una abundante cabellera.

Connie suspiró.

–¡Qué contentos estaban aquel día! ¡Y mira cómo les fue! Menos mal que mamá no era adivina.

–Adoraba a papá pasara lo que pasara. ¿Te acuerdas cómo la llamaba «Peg de mi corazón»?

–No sé cómo pudo seguir queriéndole. Supongo que fue un acto de nobleza por su parte, pero yo no soy así. La vida es demasiado corta.

–Era un buen hombre si dejamos de lado la afición que tenía por tomarse unas copas de más, y aquello no era culpa suya. Era cosa de familia. Gracias a Dios que no lo hemos heredado nosotros.

Papá había sido vendedor, viajando de un lado a otro por el Medio Oeste, vendiendo –dependiendo de la compañía para la que trabajaba– cualquier cosa desde zapatos y tostadoras hasta neumáticos usados. Cada vez que le echaban del trabajo, la familia se mudaba de un piso a otro, siempre en la parte más vieja de la ciudad, encima de una lavandería, o ferretería y siempre bajo un tejado que llevaba alguna inscripción tal como: EDIFICIO FERRY, 1894, o EDIFICIO BUMSTEAD, 1911. La época en la que permanecieron durante más tiempo en un lugar fue cuando su hígado y finalmente el corazón dejaron de funcionar; entonces Peg abrió su pequeña peluquería y empezó a mantener a sus hijos.

Y sin embargo...

–Era un buen hombre –repitió.

Connie la miró con compasión e incredulidad.

–Supongo que te has olvidado de las noches que regresaba a casa dando tumbos.

–No, pero recuerdo las noches en las que nos leía poesías en voz alta.

Y en aquellos momentos, Peg, que no sabía nada de libros, sonreía con placer porque a sus hijos se les enseñaba a amarlos. Lara suspiró. El dolor le pesaba en su interior. A lo largo del día los recuerdos le habían resultado dolorosos... Una vez, antes de que naciera Lara, o eso les había contado Peg, había hojeado uno de los libros de papá y había visto el nombre de Lara.

–Estaba leyendo una historia rusa, *Doctor Zhivago,* creo que dijo. En cualquier caso, el nombre era bonito, y cuando tú naciste, te lo puse.

–¿Y Connie? Bueno, Connie venía de Consuelo, la heredera de la familia Vanderbilt que se casó con el duque de Malborough.

–La obligaron a casarse con él. ¿No es horrible? –Peg estaba horrorizada–. Lo leí en una revista. Fue a la boda con los ojos rojos de tanto llorar. ¿No es horrible?

Aquéllos, entonces, eran sus padres, Vernon y Peg, unas vidas enredadas, enmarañadas como un trozo de cuerda mal enrollada.

Connie había empezado a quitarse la ropa. En sujetador y bragas se colocó delante del espejo y se desentumeció.

–Estoy tan cansada que casi no tengo ni fuerzas para ducharme.

–Hazlo por la mañana. Estás limpia y necesitas descansar.

Connie sonrió.

–Siempre solías decir eso. Oh, Lara querida, no pongas esa cara. No te preocupes por mí. Yo estaré bien, te lo prometo.

–No puedo evitarlo. Además, te echaré de menos. Nunca he estado sin ti.

–¿No crees que también yo te echaré de menos?

–¿Realmente crees que haces bien? Parece tan drástico, tan innecesario.

–Lara, necesito la oportunidad de conocer gente. –Connie hablaba con especial seriedad–. En este pueblo, ya sabes lo que hay, Lara. No quiero una vida así...

«Como la mía –se dijo Lara a sí misma–. Ya lo sé. Regresando a casa bajo los árboles una noche de verano, Davey me preguntó: "¿Estás dispuesta a compartir casi nada conmigo? Haré lo que pueda por ti, Lara. Sólo que lo que puedo es muy poco." ¿Estaba dispuesta? Iría al fin del mundo contigo, Davey, viviría en una tienda de campaña o al raso. Era verdad entonces, y sigue siéndolo ahora.»

–Tienes una mirada tan bonita –dijo Connie–. ¿Qué estás pensando?

Lara negó con la cabeza.

–No lo sé. Supongo que... todo.

–Te quiero, Lara.

–Claro que sí. Todos nos queremos. Vete a dormir, cariño. Yo iré a despedirme de Eddy.

Éste ya se había puesto el abrigo.

–Me he esperado para ver si te encontrabas mejor. Davey se ha ido a su cuarto de trabajo.

–Estoy bien. Supongo que tengo que estarlo. Pero, ¿por qué tuviste que animarla?

–Tiene derecho a vivir su propia vida, Lara. Además, hará lo que quiera con o sin nuestra aprobación.

–Es rebelde. Sí, es fuerte e inteligente, pero cree que puede hacer que las cosas vayan exactamente como quiere. Todavía no ha aprendido que eso no es posible.

–Lara, eres una roca. ¿Crees que nosotros –Connie y yo– no recordamos cómo nos cuidaste? Todavía recuerdo cuando llevabas a Connie a la escuela e ibas a recogerla, recuerdo cómo me llevabas en coche al barbero y al dentista. Pero, querida, llega un momento en el que uno debe desprenderse de la roca, y el momento de Connie ha llegado.

–¿A quién tenemos? –soltó Lara–. Dos primos segundos que son demasiado viejos y pobres para acudir al funeral, y eso es todo. No tenemos raíces y yo estoy intentando crearlas, eso es todo.

–El dinero nos ayudará –comentó Eddy sombríamente–. Y yo estoy intentando ganarlo.

–No estamos hablando el mismo idioma esta noche, Eddy.

–Quizá. Los dos estamos demasiado cansados para pensar. –La besó–. Me marcho. Descansa.

Por la ventana que daba al patio, vio una luz en el cobertizo detrás del garaje. La lluvia se había convertido en llovizna, y poniéndose un abrigo viejo por encima de los hombros, salió corriendo.

El cuarto de trabajo de Davey se componía de una multitud de estantes delante de los cuales se veía una desvencijada mesa cubierta de los más diversos instrumentos, delicados y fuertes, que no significaban nada para Lara: tubos, filamentos, calibradores de mordazas, cinceles, fusibles, hilo de cobre, junto con cuadernos, trozos de lápiz y trapos manchados de grasa. Inclinado sobre todo ello se veía ahora la morena y redonda cabeza de Davey; estaba escribiendo algo en uno de los cuadernos. En algún momento, cuando tuviera las ideas más claras, le contaría de qué se trataba.

¡Ella estaba tan orgullosa de él! Incluso si sus inventos no llegaban a nada, siempre estaría orgullosa de él. Había sido el primer amigo que había hecho el primer día de colegio en un nuevo y desconocido pueblo. Al volver caminando a casa, le habían seguido un grupo de gamberros, pero cuando apareció Davey y se puso a su lado, se dispersaron. Más tarde se enteró de la razón. El chico alto con aquel extraño nombre, Davey Davis –Davey era el nombre de soltera de su madre– resultó ser la estrella de baloncesto de la escuela.

Entró y le abrazó. Él le acarició el pelo.

–Ya lo sé. Ha sido un día cruel. Meses crueles –murmuró–. He estado pensando en lo cierto que es que cuando se va la madre, la familia se disgrega.

–No, no. Estamos demasiado unidos para eso. En cualquier caso, los planes cambian de continuo. Nada está escrito.

–Nunca volverán.

–¡Lara! No te estás comportando como de costumbre. Tú siempre has sido la optimista de la familia.

–Ya lo sé. Pero a veces empiezo a pensar que uno puede ser un optimista imbécil. –Suspiró–. Ya sabes lo que quiero decir, Davey. Lo sabes.

–El bebé –dijo con suavidad.

–El bebé que esperamos cada mes y que nunca llega. –Se

le quebró la voz–. Y que nunca llegará.

–Nunca es mucho tiempo, querida.

–Palabras, Davey. Sólo palabras.

Apoyó la mejilla sobre la suya, abrazándola con fuerza. Al cabo de unos segundos dijo:

–Podríamos adoptar uno.

–¿Tú también has perdido las esperanzas?

–No queda, oh, Lara, es tan difícil saber qué decirte. ¿Cómo resolver estas desilusiones de cada mes, los médicos, las pruebas? Ya no sé qué decir. Pero podríamos adoptar uno –repitió.

–Eso tampoco es fácil. No se puede entrar y escoger un bebé. Hay que esperar años, e incluso entonces...

–Quizá no un bebé, pero un niño mayor que necesite un hogar. Es triste decirlo, pero hay muchos.

–¡Yo quiero un bebé! Quiero ser madre desde el principio.

–Querida –dijo Davey, abrazándola con más fuerza–. Entonces tendremos que esperar un poco más. ¿No querrías volver a hacer uso de tu optimismo?

Sintió que le estaba hundiendo con su obsesión mientras que él intentaba animarla. No era justo lo que estaba haciendo.

–De acuerdo, de acuerdo, basta. Vamos arriba –dijo.

En la cama, bajo el edredón, se abrazaron calurosa y silenciosamente.

–Sigues siendo la mujer más bella que jamás he visto –murmuró Davey–. Vestida con un delantal de guingán o, mejor, sin nada.

Y así, al cabo de un rato nació el deseo. Le pasó por la mente a Lara mientras se abrazaban que éste era el placer y consuelo más profundo, esta unión. Ésta era la realidad de la vida. Y todo lo demás desapareció.

Al finalizar, Davey cayó inmeditamente en un sueño profundo. Pero durante mucho tiempo ella tuvo un sueño ligero, soñando y despertándose. En la confusión de un sueño estaba comiendo en una mesa que siempre le gustaba imaginar. Era una mesa elegante, con flores, velas y mantel de lino rosa. Peg estaba bien, con todo el cabello. Papá de buen humor leía en voz alta; ella era una niña, la privilegiada hija mayor, con su hermano y su hermanita a su lado. Pero al mismo tiempo era una joven madre vestida con una falda larga y rosada sentada allí con Davey y todos sus hijos. «No podíamos tenerlos, de forma que los adoptamos», explicaba Davey, cuando ella abrió los ojos.

Pero Davey no se había movido. Se acopló a su espalda, sintiendo unidad, seguridad en su presencia en la silenciosa habitación. Un trozo de cielo, visible sobre el contorno de su hombro, cubría la mitad de la ventana. Parecía estar en movimiento, corriendo como el océano que ella no había visto nunca, un océano verde oscuro que aparecía iridiscente.

CAPÍTULO II

En Houston hacía calor. Como una cúpula de bronce, el cielo ardía por encima de la ciudad. Hojas polvorientas invadían la tarde. Entrar en el hotel desde la calle era como introducirse en un congelador; el cuerpo sudoroso era víctima de un estremecimiento.

El hotel de Connie era un enorme establecimiento comercial en el distrito financiero de la ciudad; no era ni caro ni barato, pero apropiado a los fondos que le había proporcionado Eddy, adecuado para un mes o más si iba con cuidado.

Había acercado una silla a la ventana. La vista aquí, a unos 20 metros de una fila similar de ventanas al otro lado del desolado patio, resultaba deprimente, pero incluso esta poca luz natural era menos deprimente que el resplandor amarillento de la lámpara al lado de la sórdida cama. En el suelo, a sus pies, una pila de periódicos se encontraban abiertos en la sección de ofertas.

Columna tras columna de Ofertas confirmaron su intuición. Texas estaba en pleno crecimiento. Con una sensación de reto y euforia ojeó la página de arriba abajo, cuando de pronto se detuvo y leyó:

Joven vendeuse *para un establecimiento exclusivo, experiencia en moda europea para una clientela exigente, bien educada, atractiva. Salario y comisiones.*

Vendeuse. De su corta experiencia con el francés de la escuela, Connie recordó el verbo: *vendre,* vender. O sea que a lo que se refería esta grandilocuente palabra era a ser vendedora en una tienda elegante. *Con experiencia.* Tenía tres años de experiencia, aunque no exactamente en el campo de lo que se anunciaba. *Joven. Bien educada. Atractiva.* Se puso de pie y se dirigió al espejo situado en la puerta del cuarto de baño.

El espejo no le mostró nada que no le resultara totalmente familiar. Sin embargo, la imagen era tranquilizadora. Su espeso cabello le llegaba casi hasta los hombros. El traje de lino beige con la blusa de color coral, el regalo de despedida de Lara, era elegante; los pendientes de oro, el extravagante regalo de cumpleaños de Eddy, eran de dieciocho quilates; sus delgados pies calzaban zapatos italianos, resultado de su propia extravagancia, porque estaba orgullosa de sus pies y largas y delgadas manos. Uno por uno, quizá por milésima vez desde que era adulta, Connie estudió cada uno de los rasgos de su rostro: los labios un poco demasiado delgados, la nariz un pelín corta, los pómulos demasiado anchos; todo ello no podía compararse a la casi perfección clásica de Lara. Lo sabía perfectamente pero no le molestaba, porque tenía gran poder de atracción, y también era consciente de ello.

Lo importante era saber utilizar este poder para fines prácticos. Por tanto, antes de ir a la entrevista, señorita Osborne, vete a comprar un montón de revistas y familiarízate con la moda europea. A continuación ve a la peluquería mañana, coge un taxi con aire acondicionado, llega tranquilamente y habla claro. No puede haber mucha diferencia entre vender trajes-pantalón de poliéster y modelos de «Chanel» ¿verdad? Vender es vender, y las personas son personas, al fin y al cabo.

La tienda, situada en unas galerías comerciales, era espaciosa y apacible, enmoquetada en color gris-plata y decorada con ramos de gladiolos. Aquí y allá en percheros circulares se veían una docena de prendas de vestir, pero, obviamente, la mayor parte de las existencias estaban ocultas tras una pared con espejos.

Lentamente y con atención, durante media hora, Connie fue examinada e interrogada.

–¿Dices que tienes experiencia con mercancía como ésta?

–Sí. En Cleveland.

–¿Tienes alguna carta de recomendación?

–Desafortunadamente, no. El propietario murió de un ataque al corazón, y todo se desmoronó al día siguiente. Como puede imaginarse –añadió Connie con un pequeño suspiro. Tocó un traje de color lavanda que colgaba donde estaba ella–. Lo que están haciendo en «Chanel» es encantador, ¿verdad? Añadiendo nuevos toques sin variar el corte tradicional en absoluto.

–Ah, sí. Sí, claro... –Y finalmente–. Bueno, supongo que podrás empezar pronto.

–Sí, sería estupendo.

–Entonces podemos concluir los trámites en el despacho. Seguridad social y demás.

Todo quedó resuelto, un inicio favorable el tercer día en esta enorme y enérgica ciudad. Sería agradable trabajar rodeada de objetos bellos y caros. De acuerdo que sería aún más agradable poseer aquellas cosas bellas y caras, pensó Connie, tener estas sedas y terciopelos antes de que las arrugas aparecieran en la frente y la grasa en los brazos. Pero las cosas había que tomárselas con calma.

El siguiente paso era encontrar una vivienda.

Estudio apartamento, a poca distancia del centro.

El centro seguramente significaría una vista sórdida como la de este hotel, y calles abandonadas a partir de las cinco de la tarde.

Dos chicas jóvenes compartirían apartamento con una tercera, gastos a repartir.

Eso significaba, seguramente, un sofá-cama en la sala y un desfile de entradas y salidas de novios toda la noche.

Matrimonio retirado ofrece habitación grande con derecho a cocina en piso de los suburbios para mujer soltera respetable. Con vistas al jardín.

Aquello resultaba más apetecible, especialmente lo de «vistas al jardín». Sin embargo, para vivir en los suburbios, necesitaría un coche. Pero, por otra parte, necesitaría uno viviera donde viviera en Houston a no ser que decidiese acampar en las galerías comerciales. «Hay que gastar dinero para ganar dinero», decía Eddy. Y la mente de Connie se puso en marcha como una máquina eficaz. Utilizar un poco del dinero de Eddy para pagar la entrada de un coche de segunda mano; después ahorrar un poco del salario semanal para pagar los plazos. Al igual que Lara, pero a diferencia de Eddy, Connie odiaba tener deudas. O sea que, vuelta al periódico para leer los anuncios de coches usados y después a ver la habitación con vistas.

A última hora de la tarde detuvo su pequeño coche rojo delante de un edificio de ladrillo rodeado por cinco robles que alcanzaban una altura de tres pisos, a diferencia de los dos del edificio. Durante un momento antes de subir las escaleras hasta la puerta principal, volvió la vista al coche. Había sido una buena compra, tenía sólo dos años de antigüedad. Davey había dicho en una ocasión, recordó, que siempre intentaba comprar un coche que hubiera sido utilizado como vehículo de muestra, y por tanto había buscado uno que cumpliera aquellos requisitos. Este otro éxito había hecho aumentar la confianza en sí misma.

Una mujer gruesa con rizos cortos gris-azules, contestó a su llamada.

–¿Señora Raymond? –preguntó Connie.

–Sí. ¿Eres la chica que llamó esta mañana?

–Sí. Consuelo Osborne. Me gustaría ver la habitación.

–Parecías mayor por teléfono.

–¿Sí?

«No tenía por qué hacer comentarios –pensaba Connie mientras sonreía–, porque quizá ni siquiera me guste la habitación.»

–¿Es ése tu coche? –preguntó la señora Raymond.

Y Connie respondió, todavía con la sonrisa en los labios.

–Todo mío.

–Entra. Te enseñaré la habitación.

En la parte trasera de la casa, cosa que le daba una sensación de intimidad, había una amplia habitación con una cama de Grand Rapids y tocador, una silla cómoda y feas cortinas de cretona marrón. Estaba impecable. La exigente nariz de Connie percibía la frescura del ambiente.

–Es preciosa –dijo.

–No eres de Texas.

–Soy de Ohio.

–¿Por qué te marchaste?

–No aguanto los inviernos fríos.

–No estarás enferma, ¿verdad?

–No, no –contestó Connie. Tenías que pensar con rapidez en este mundo, o te ponían la zancadilla–. Estoy completamente sana.

–Porque no quisiera tener la responsabilidad de alguien que se ponga enfermo en mi casa.

–Claro que no. Lo entiendo.

–Porque me sentiría responsable, sabes. Somos gente religiosa.

–Ah, sí –la mujer esperaba una respuesta–; yo también –dijo Connie con recato.

Esto no era exactamente verdad, pero tampoco mentira.

–A decir verdad, estábamos buscando una mujer más asentada, alguien mayor. Pero veo que eres una dama, y tenemos que darte una oportunidad, ¿verdad?

Connie sonrió.

–¿Osborne? De ascendencia inglesa.

Connie asintió.

–Con un poco de holandés por parte de madre.

La señora Raymond pareció quedarse satisfecha.

–¿Te apetecería tomar algo fresco? Siempre tengo té frío preparado en esta época del año.

Las dos se sentaron a una mesa en la inmaculada cocina. Y Connie vio que la mujer, ahora que todas las sospechas se habían disipado, se sentía sola. Era muy triste ser gorda, envejecer y estar sola.

–¿O sea que hay algo de ascendencia holandesa por parte de madre?

–Sí, mamá siempre decía que éramos primos –dijo riendo Connie–, primos lejanos, de los Vanderbilt. Por eso me pusieron el nombre de Consuelo.

Explicó la historia, que le salió con facilidad. Quién sabe, quizás algo fuera verdad.

–Supongo que si hubiéramos vivido en Nueva York, hubiéramos tenido algún contacto con ellos, pero Ohio no está al lado. Papá se dedicaba al negocio de los muebles. Murió cuando yo estaba a punto de ir a la Universidad de Michigan, de forma que no pude dejar sola a mi madre. No es que no tuviéramos dinero, era cuestión de cuidarla.

–Pobre hija, perder a tu madre tan joven –la señora Raymond estaba fascinada.

Pasó la tarde. Al anochecer Consuelo se levantó, regresó al hotel a buscar el equipaje, y por la noche estaba ya cómodamente instalada en la habitación con vistas al jardín.

Houston era rico. A pesar de todo lo que había leído, Connie no había imaginado nunca cómo tanto dinero podía gastarse tan suntuosa y espléndidamente. Las mujeres compraban sin mirar el precio: prendas para esquiar en Vail o Gstaad, ropa playera para el Caribe o Hawai, abrigos de ante, cachemira, tweeds ingleses, trajes italianos, sedas francesas y trajes largos. El mero tacto de las telas, su suavidad, o esponjosidad era un placer para Connie que lo comunicaba a los clientes, incrementando así las ventas y las comisiones.

La propietaria estaba encantada con ella.

–Te mereces algo en compensación por el trabajo que estás haciendo –dijo un día–. Mira en el vestidor y escoge un par de prendas para ti. Te los dejaré a precio de coste. En cualquier caso no vendemos muchas tallas 34 –añadió– o sea que puedo desprenderme de ellas. Además, tú misma eres buena publicidad. Sólo acuérdate de mencionar el nombre de la tienda cuando salgas de juerga.

Sin embargo, Connie no salía de juerga. Tras cuatro meses en la ciudad todavía no conocía a casi nadie. Para empezar, la jornada laboral era larga, dejando poco tiempo para cualquier cosa que no fuera el trabajo. Las otras vendedoras o eran de mediana edad o estaban casadas o ambas cosas. Y las dos que no eran ninguna de las dos cosas, le habían cogido manía a la recién llegada que vendía mucho más que ellas.

¿Qué se hacía para conocer gente? Especialmente, ¿cómo se llegaba a conocer a la clase de gente que entraba en la tienda hablando del Hermitage de Leningrado y del concierto de Plácido Domingo en el Metropolitan? Aquélla era la clase de personas que quería conocer. La verdad era que Connie se sentía más sola en Houston que en casa.

Sin embargo, por orgullo no lo admitía. Cuando hablaba con Eddy, a cobro revertido a insistencia suya, él se mostraba tan entusiasmado que casi se veía obligada a responder de la misma manera. Cuando hablaba con Lara, cosa que hacía a menudo, especialmente durante las deprimentes tardes de domingo, no se atrevía a mostrar más que satisfacción, ya que, en caso contrario, Lara insistiría hasta el aburrimiento en que volviera a casa.

Un domingo se metió en el coche y condujo, dando vueltas sin rumbo fijo y con la única idea de matar el tiempo. En la zona del Memorial las grandes y sólidas casas se extendían en la sombra. En las tranquilas calles las niñeras empujaban cochecitos, mientras que otros niños pequeños mostraban sus triciclos. Resplandecían las piscinas azules y la gente se agrupaba bajo los parasoles.

En River Oaks las casas eran aún mayores y más apartadas la una de la otra, «Jaguares» y «Mercedes» se alineaban ante las entradas, y los céspedes eran tan verdes como una mesa de billar. Un grupo de personas –de la edad de Connie– vistiendo trajes blancos de tenis cruzaron la calle y desaparecieron detrás de una mansión. Una de las chicas tenía una cola de caballo negra atada con un lazo rojo. Se movía al correr. Había algo alegre en la forma que se agitaba. Y Connie se vio invadida por una sensación de tristeza; era como estar entre una multitud de gente cuando todos habían decidido ignorarla.

Dio la vuelta a la manzana, pasó a toda velocidad por el centro de la ciudad, llegando a una gran avenida en la que había muchos hoteles rodeados de grandes flores y resplandeciendo bajo los rayos del sol. Gente, siempre gente, en grupos o en parejas, entraban y salían.

En su habitación podía leer o poner la televisión. También podía sentarse en el jardín con los Raymond y la familia del piso de arriba, dos padres cansados y dos hijos malhumorados. O detenerse en algún lugar a tomarse una hamburguesa y un batido... En vez de aquello, entró con el coche en uno de los hoteles y aparcó.

A pesar de toda la gente que iba y venía, la gran recepción del hotel no estaba llena. Y reconoció algo de alegría en sí misma al actuar como si hubiera entrado en un palacio. Era tan sólo un hotel, y ella era una paleta, una patán, mirando los candelabros, los tapices de seda, las maletas de piel, los relojes de diamantes expuestos en la joyería, observándolo todo fijamente.

Al final, se adentró un poco más, se sentó, pidió el té y observó el desfile. Llevaba sentada el tiempo suficiente como para estar tomando la segunda taza de té cuando una joven cerca suyo se dirigió a ella.

–Espero que no me consideres mal educada, pero he estado admirando tu vestido. Siempre me ha gustado el blanco y negro, y he buscado algo así pero no lo he encontrado.

Obviamente, esperaba que Connie le dijera dónde había comprado el vestido, y, por tanto, recordando las instrucciones de su jefa, lo hizo.

–Me lo podría haber imaginado. Bueno, ese lugar es demasiado caro para mi sangre.

La honestidad de la afirmación trajo consigo una respuesta honesta.

–Para mí también es demasiado caro. Yo sólo trabajo allí, y a veces me dejan comprar algo a precio de coste.

–¡Qué suerte! Yo acabo de dejar mi empleo. Me voy a casar y nos mudamos a Dallas.

–¡Y qué suerte la tuya! Lo de casarte, quiero decir.

–Ya lo sé. Es estupendo. Por cierto, me llamo Margaret Ames.

–Connie Osborne.

Se había iniciado un diálogo. Connie estaba deseando hablar y la otra, al estar eufórica, también tenía ganas. Al cabo de media hora habían intercambiado todo tipo de opiniones acerca de la ropa, peinados y la vida en general.

–Espero poder encontrar un trabajo en Dallas tan bueno como el que tenía aquí –dijo Margaret Ames.

–¿A qué te dedicabas?

–Estoy en un club de campo, a cargo de fiestas, comidas, bodas, cenas, cosas así. Repaso los menús con la gente. Lo hago todo. Es muy divertido.

–Bueno, mi trabajo está bien, pero no diría que es estupendo. –Y Connie confesó–: El problema es que no llego a conocer a nadie. Es difícil estar en una ciudad desconocida.

–Ya lo sé. Es duro.

Ambas mujeres suspiraron, Connie más profundamente, y la otra por compasión.

–No me importaría cambiar –dijo Connie, pensando, ¿un empleo en un club? Y preguntó de forma atrevida–: Supongo que tu trabajo debía de ser muy complicado. ¿Tienes que saber mucho de comida y de servir y...?

–En realidad, no. Yo no sabía nada en absoluto cuando empecé. Lo aprendes de los cocineros y las camareras a medida que va pasando el tiempo. De hecho, lo único que hace falta es ser simpática, tener buena memoria y ser guapa.

Connie empezó a interesarse en serio.

–Y llegas a conocer gente interesante y de clase alta. Los mejores. De hecho, yo conocí a mi prometido allí; bueno, no exactamente, fue una especie de coincidencia, cuando su compañía le mandó a hacer un presupuesto para un tejado nuevo.

–Parece estupendo.

–¡Oye! ¿Te interesaría? Porque si es así, estaría encantada de recomendarte.

–¿De verdad? ¡Eres un ángel!

–Santo cielo, si no es ninguna molestia. Y, sabes, tengo la sensación de que lo harías a la perfección.

–¡No sé cómo darte las gracias!

–Estoy encantada. Te resultaría mucho más fácil que tratar con mujeres pesadas todo el día. Y pagan casi el doble, me apuesto cualquier cosa.

–¿De verdad? Eres un ángel –repitió Connie.

Al principio, cada día era mágico. Cierto que seguía estando de pie siempre como en los trabajos anteriores, y las horas eran aún más largas. Pero para Connie la atmósfera de aquel lugar le compensaba mil veces del cansancio. Ver cada día hectáreas y hectáreas de césped verde, campos de golf y las colinas, y la piscina y las pistas de tenis que se ocultaban tras los árboles. Todo era paz y tranquilidad; todo era bello. Los jardines eran brillantes. Las ventiladas habitaciones quedaban en sombra y protegidas del sol al atardecer. A la hora de cenar el comedor azul y blanco resplandecía. Por la noche en la terraza, las velas parpadeaban y pequeñas linternas colgaban entre los árboles. Uno podía imaginarse que nada feo ni aburrido les había ocurrido nunca a la gente que jugaba y bailaba aquí; era como si todos ellos flotaran en una celebración perpetua.

Se sintió feliz. Sus ya de por sí buenos ánimos mejoraron aún mas. Caía bien a la gente. Tenía una buena memoria para los hombres y las caras y aquello era exactamente lo que el trabajo exigía. Los miembros se quedaban encantados cuando se acordaba del lugar donde les gustaba sentarse y lo que les gustaba beber. Los empleados, la mayoría de ellas mujeres mayores que hacía años que trabajaban allí, se manifestaban maternales, sorprendiéndola por la total ausencia de resentimiento de que alguien mucho más joven fuera su superior. Aparentemente, para ellas, esto era simplemente el orden natural de las cosas.

–No pongas la mesa de Damley cerca de los Exeter. La señora Exeter fue la primera mujer de Damley, y las dos mujeres se odian.

–Si el señor Tory dice las siete y media, quiere decir las siete y veintiocho. Ese hombre es tan puntual que llegará pronto a su propio funeral. Y será mejor que lo tengas todo preparado porque es un maniático.

Celia Mapes, que era alguien que le proporcionaba tan útiles consejos, era amable pero podía ser una entrometida.

–Tengo una hija de más o menos tu edad en el extranjero con el Ejército en Alemania. Viviendo con un tío con el que dice que se va a casar. Supongo que tú haces lo mismo, ¿verdad?

–¿Vivir con un hombre? No, vivo sola.

–¿Qué pasó? ¿Os separasteis?

–Nunca he tenido a nadie de quien separarme.

–¿No has tenido nunca un novio? No me digas. Una chica como tú.

–Sin embargo, es cierto.

–No me lo puedo creer. Quieres decir que nunca... ¿Eres virgen?

–Por extraño que te parezca, lo soy.

–¿No te pasará algo?

–Que yo sepa no. –Connie se echó a reír–. Quizá sea un poco rara, pero nunca he querido a nadie de esa manera. Nunca he encontrado a nadie. Una vez conocí a un chico muy agradable, pero tenía acné, y se me quitaron las ganas.

Y había habido otros, como el encargado de la planta en los grandes almacenes. Aquél había sido guapo pero era aburrido y no tenía ambición. Además sólo hablaba de deportes.

La mujer mayor le aconsejó, moviendo la cabeza de un lado a otro:

–Bueno, querida, no vale la pena ser tan mirada, o te encontrarás sin nadie un día de éstos. Yo tengo un sobrino que te podría presentar. Un tiarrón, como un jugador de fútbol, y un verdadero caballero. Es conductor en una compañía petrolera. Y se gana bien la vida.

La oferta era amable y Connie se sintió mezquina al rechazarla. «No soy una esnob –pensó–. No es eso. No soy tan estúpida. Sólo que no quiero echarme a perder.» De forma que mintió.

–Gracias. Quizás en otra ocasión, pero ahora no. Mi casera me ha preparado una cita con alguien este fin de semana.

Celia Mapes observó a Connie con ojos inquisidores como si hubiera percibido la mentira.

–Eres una belleza –dijo sinceramente– pero si tienes idea de juntarte con alguno de los socios de aquí, olvídalo. El dinero sólo se pega al dinero.

Había muchas parejas jóvenes entre los miembros del club. Se preguntaba cómo gente tan joven podía permitirse el lujo de vivir de esta forma. ¿Habían heredado todos ellos el dinero? Tenía la vista y el oído alerta y les escuchaba y observaba al pasar a su lado.

–En realidad no hay ninguna diferencia entre un «Bentley» y un «Rolls».

–Oh, Charlie me los compró en Atenas para mi cumpleaños. Me encanta el oro griego.

La mirada de Connie se fijó en el resplandeciente y enorme collar y pulseras. El pecho plano y los hombros sobresalientes de la propietaria no acompañaban la belleza de las joyas ni del vestido blanco que llevaba. Y la voz de la mujer, nasal y quisquillosa, ponía la piel de gallina.

Los ojos de Connie se posaron momentáneamente sobre un rostro varonil atractivo y moreno que la observaba con admiración. Pero ya estaba acostumbrada a estos piropos pasajeros. No acababan nunca en nada.

A medida que pasaban los meses, el primer encanto del trabajo empezó inevitablemente a desaparecer. Y Connie pareció enfrentarse a un largo, largo camino sin salida.

Al mismo tiempo, en Nueva York, Eddy había estado escalando sin descanso, una larga y fácil colina. Él y su socio, Pete Brock, con el apoyo del tío de Pete, habían prosperado, amasando cuentas en la Bolsa de valores y contactos sociales.

–El asunto es –dijo Pete mientras los dos jóvenes estaban sentados en el despacho un viernes por la tarde– qué viene primero, el pollo o el huevo. El tío que conoces en la pista de tenis se convierte en cliente, y el cliente satisfecho te invita a jugar a tenis en su club. No está mal para un par de emigrantes de Ohio, ¿verdad?

–No está nada mal –contestó Eddy.

–Pero tampoco muy bien.

Recostándose en el asiento giratorio inspeccionó el despacho que se componía de cuatro habitaciones decentemente amuebladas en un mediocre edificio de los años veinte, en una calle destartalada entre el distrito de tiendas y el distrito de los teatros. El tío de Pete era el propietario del edificio, y por tanto el alquiler era barato. El montaje estaba bien si uno se contentaba con un poco de seguridad y una vida modesta. Obviamente, para Pete aquello resultaba suficiente.

–Tengo que decirte una cosa –dijo Eddy–. Es algo que hace tiempo que quería decirte pero que he estado posponiendo porque me siento un poco culpable.

–¿Por qué? ¿Qué has hecho? ¿Te has estado acostando con mi secretaria?

–No estoy bromeando, Pete. De hecho, la cuestión es que me quiero marchar. Quiero dejarte. Deseo independizarme.

El otro se incorporó.

–¡Eh! ¡Creía que nos llevábamos a las mil maravillas! ¿Qué pasa? ¿Hay algo de mí que no te gusta? Dime la verdad, Eddy. Toda la verdad.

–Con toda sinceridad. Eres mi amigo, Pete, y no quiero que ni por un segundo pienses que no estoy totalmente agradecido y que no sé la suerte que he tenido de que tú y tu tío, un hombre tan generoso, me hayáis elegido como socio. Bueno, después de todos los años que hemos pasado juntos tienes que creerme, y...

Pete hizo un gesto con la mano.

–De acuerdo, de acuerdo, te creo, pero ve al grano. ¿Qué ocurre?

–No es una queja. Simplemente es que tú y yo vamos a velocidades distintas...

De nuevo le interrumpió Pete.

–Ah, porque yo no quiero invertir dinero de la empresa, porque no me interesa tener un despacho más elegante, porque me siento satisfecho con...

–Estás satisfecho con mucho menos de lo que yo quiero sacarle a la vida. Más o menos es eso, Pete.

–¡Quieres más de la vida! Tienes un buen sueldo, un apartamento, amigos, toda esta maravilla de ciudad en la que divertirte. ¿Qué más quieres de la vida?

–Lo que quiero es casi imposible de explicar.

Resultaría absurdo decir que esta fantástica ciudad le había abrumado de deseo. ¿Qué sentido tenía pasear por la Quinta Avenida o Madison o la Calle 57, mirando las tiendas y las galerías llenas de cuadros de tal belleza que resultaba difícil apartarse; qué sentido tenía mirar los anuncios de las compañías aéreas de París, Hawai y Marruecos; observar mujeres espléndidas mientras éstas miraban los escaparates de lujosas joyerías, cuando todo esto estaba fuera de tu alcance? Lo que Pete llamaba un «apartamento» era un piso remodelado en una casa antigua. Un «apartamento» de verdad se encontraba en la parte alta al este, en una avenida ancha, la Quinta o Park, o en una calle tranquila con un portero vigilando bajo una marquesina verde. No tenía sentido intentar explicarlo.

De modo que simplificó sus pensamientos.

–Me gustaría ampliar el negocio, eso es todo. ¿Te acuerdas que te hablé de los refugios de impuestos? Dijiste que no. Positivamente que no.

–Y sigo diciéndolo. Somos agentes de Bolsa, Eddy.

–Pero no tenemos por qué limitarnos a ser sólo eso. Así es como lo veo yo. Y tú no estás de acuerdo conmigo. Pero no importa. Los amigos no siempre tienen que estar de acuerdo en todo.

–Eddy, en el fondo de tu corazón eres un jugador. –El tono de voz era ligeramente recriminatorio–. Te gusta apostar, y es peligroso.

–¿Quién, yo? ¿Un jugador? Te equivocas, Pete. He ahorrado todas mis ganancias. Tengo un buen pico guardado. Por eso puedo permitirme el lujo de independizarme. Después de devolverle el préstamo a tu tío y pagar los gastos del despacho, seguiré teniendo suficiente dinero.

–¿Vas a buscar un socio?

–No, no. Voy a montarlo solo. Osborne y Compañía. Yo soy la «Compañía». Agente de Bolsa y refugio de impuestos. Están en gran demanda. Perfectamente legal. Pero hay que saber estructurarlos para ahorrar dinero. Tendrás clientes a patadas si sabes hacerlo bien.

Pete negó con la cabeza.

–Difícil. A mí me parece un buen lío.

Eddy se rió.

–No, no, no. ¿Pero sabes lo que es maravilloso? Podemos separarnos sin enfadarnos. Por lo menos no por parte mía.

Pete se puso de pie y extendió la mano.

–Ni por la mía tampoco. Te deseo toda la suerte del mundo, Eddy.

Había que gastar dinero para ganar dinero. Eso era evidente. La decoración del nuevo despacho en un elegante edificio de Madison Avenue le había costado un poco más de lo deseado, pero el resultado, tal como le había prometido la empresa de decoración, era totalmente satisfactorio.

–Es una tontería ahorrarse unos dólares en la calidad de la moqueta –le había dicho el hombre a Eddy–. Se puede llegar a sentir la riqueza de una buena alfombra bajo los pies. Da una impresión inmejorable.

«Y era cierto –pensó, mientras miraba sus nuevos dominios, desde la espesa moqueta verde hasta los elegantes enmarcados grabados de la Roma clásica–. ¡Qué alivio después del despacho de Pete!»

También era cierto que el traje de un hombre causaba una gran impresión. Uno de los hombres que había conocido en el club de tenis del tío de Pete le había recomendado un sastre. ¡Qué diferencia tan grande había en un traje hecho a medida! Y se acarició el brazo ahora envuelto en lanas inglesas. ¡Qué diferencia!

A las tres tenía una cita con un constructor. Y mientras recorría Madison Avenue –algún día también él tendría un verdadero despacho en aquella avenida– pensaba en lo bien que podían encajar las cosas. Este constructor, el mismo hombre que le había recomendado el sastre, tenía intención de construir unas galerías comerciales en Long Island y necesitaba inversores. Al mismo tiempo algunos de los clientes que habían abandonado a Pete para seguir a Eddy buscaban inversiones, formas de desgravar impuestos. Resultaba alentador ver cuántos clientes le habían elegido a él. Y él ni siquiera había hecho nada para convencerles; nunca hubiera hecho una cosa así. No, le habían seguido por propia voluntad, demostrando que una buena parte del negocio había venido por él y no por Pete. Pero Pete nunca había sido una persona especialmente sociable. Había que ser diplomático, sonreír, si uno quería atraer la atención de la gente.

Sonreía cuando entró en el despacho de caoba del señor Hartman.

–Quiero agradecerle que me haya recomendado su sastre, señor Hartman. ¿Qué le parece el traje?

–Tienes un aspecto de un millón de dólares, Eddy. Si yo tuviera un hijo, querría que se pareciera a ti. Vamos a trabajar. Estoy muy atareado hoy, o sea que será mejor no perder el tiempo. Espero que no hayas venido con las manos vacías.

–No señor, definitivamente no. Tengo cinco nombres, y tendré dos más para el miércoles.

Los dos hombres se sentaron con los papeles extendidos sobre la mesa.

–Todas ellas son personas responsables, señor Hartman, como podrá ver. Casi he terminado de comprobar sus referencias, y son todas excelentes.

–Ya lo veo. Trabaja siempre con gente responsable, joven. –El hombre mayor colocó los papeles de Eddy en un montón ordenado–. Y hablando de eso, ¿qué te parece que te proponga como nuevo socio de mi club de tenis en Long Island?

–¡Me parece estupendo, señor Hartman!

–Tienes buen alojamiento. Puedes pasar los fines de semana allí el verano que viene. Salir de la ciudad, jugar a tenis, bañarte. Lo tienes todo. Las cuotas son bastante altas, pero te valdrá la pena.

–Ya lo sé, señor Hartman. Es un honor que usted me recomiende.

–Ningún problema, Eddy. Es un placer.

Se dieron la mano, y Eddy se dirigió a la calle. Tuvo que hacer un esfuerzo para no ponerse a silbar. Así es como se progresaba, paso a paso. Una entrada como ésta en el club significaría la apertura de muchas más puertas. Se imaginó un largo pasillo flanqueado de puertas abiertas.

De buen humor y caminando hacia la parte alta de la ciudad por placer, se detuvo ante el escaparate de una galería de arte. Allí, completamente aislado, colgaba una pequeña acuarela de un lago, con candelillas rodeando la orilla. Neoimpresionista, decidió mientras lo estudiaba, seguramente algún lugar de Nueva Inglaterra. Había estado comprando libros de arte, aprendiendo cosas para cuando llegara el día en el que pudiera dedicarse a la compra de obras de arte. Y entró a preguntar a un hombre bastante distinguido el precio de la obra.

–Doce mil dólares. El artista está empezando a cotizarse. Sus precios van subiendo.

El caballero distinguido se puso a la defensiva, como si, Eddy lo vio en seguida, pensara que Eddy lo desaprobaba. En realidad, Eddy se había visto de pronto atraído por otra acuarela que se exhibía allí.

–Ésta es la mejor –dijo Eddy.

Se acercó más al cuadro. También aquí había agua, una cueva o cala donde los barcos de vela anclarían al atardecer; era tan exacto, tan real que casi podía oír la suave resaca del agua y sentir el aire fresco. Sin embargo, a pesar de lo real que parecía no era una postal; había algo más que el artista quería plasmar. Le resultaba difícil definir qué era aquel algo, sólo sabía que estaba ahí, y era arte. Una maravillosa y desconocida excitación se apoderó de él.

–Sí –dijo–. Es el mejor de los dos.

–Tiene razón, claro. Toda la razón. Es mejor artista que el otro.

–Evidentemente debe ser más caro.

–En realidad, vale dos mil dólares menos. El hombre todavía se está abriendo camino. El otro es más conocido. Por eso tenemos sus cuadros en el escaparate.

–Entiendo. –Sabía que se había gastado mucho dinero en el despacho, y que al mudarse de apartamento el mes próximo, tendría que gastarse algún dinero amueblando la casa nueva, pero quería el cuadro.

–Voy a comprarlo –dijo. A continuación, de sopetón, aunque no era asunto de nadie, agregó–: El precio es un poco alto para mí en este momento, pero éste será el primer cuadro que he comprado, y de verdad lo quiero.

–Le felicito por su buen gusto. Tiene buen ojo. Y no se arrepentirá. Dentro de unos años conseguirá el doble si decide venderlo.

Tras identificarse, Eddy extendió un cheque y se llevó su preciosa compra a casa, donde lo colgó en la pared delante de la cama. Era una buena inversión, le había dicho el hombre, de modo que resultaba agradable saber que si algún día lo vendía podría adquirir algo más valioso. Tanto mejor. Aunque no lo había comprado por eso y dudaba que quisiera venderlo jamás.

Por la noche, su habitación, a causa de las farolas, no quedaba totalmente a oscuras. Estuvo un rato con los ojos abiertos, mirando su adquisición y sonriendo. El artista había conseguido una transformación mágica en aquella pequeña habitación; el más puro resplandor estelar irradiaba del cuadro colgado de la pared y temblaba, tiñendo la atmósfera de plata.

Y esta cosa tan bella era suya. «Realmente estoy prosperando –pensó, antes de dormirse–. Estoy prosperando.»

En el ala de servicio del edificio, Connie tenía un pequeño despacho, no mucho mayor que un cuchitril, con un escritorio y dos sillas de madera. Una mañana un joven llamó a la puerta y se presentó.

–Soy Richard Tory, y me dicen que debo hablar con usted para preparar una comida sorpresa para mi madre. Es usted la señorita Osborne, ¿verdad?

–Lo soy, pero aquí siempre me llaman «Connie».

–No lo sabía. Casi nunca vengo al club, aunque mi familia es socia desde antes de que yo naciera.

Realmente la cara no le resultaba familiar. Si le hubiera visto antes se acordaría ya de que tenía un cabello rubio y rizado, tez blanca, y rasgos aquilinos más apropiados en un aristócrata romano. Ni tampoco hubiera esperado que fuera el hijo de una «quisquillosa».

Le sonrió de forma casi tímida.

–Es la primera vez que hago algo de este tipo. Espero que pueda ayudarme.

–Ningún problema. Quiere dar una comida.

–Sí. Mi madre cumple cincuenta años, y pensé que estaría bien reunir a sus mejores amigas, unas cincuenta en total. Me encantaría hacerlo en casa, pero entonces no sería una sorpresa. No me delatará, ¿verdad?

–No, no, no se preocupe.

–Supongo que conoce a mis padres.

–Sí, vienen bastante a menudo.

–A mi madre le gustan las cosas sencillas. Lo que quiero decir es que nada de globos y cosas así. No sería su estilo.

–No me lo parecería.

Las palabras le habían salido de golpe, con un tono que sorprendió a Connie, porque se podría haber intuido un tono irónico no intencionado.

Pero la mirada de su interlocutor tenía sentido del humor.

–Bueno, entonces, lo dejo en sus manos. Muchas flores en las mesas, le encantan las flores. En pequeñas cestas, ¿le parece?

–Eso siempre queda bien. ¿Algún color en especial?

Se lo pensó.

–Le gusta el azul. ¿Acianos quizás? ¿Acianos y margaritas blancas?

–Tiene buen gusto. Puedo poner manteles a cuadros blancos y azules, algo campestre. ¿Qué le parece?

–¡Estupendo, estupendo! ¿Y sabe lo que les gusta comer a las señoras en estas fiestas?

–La mayoría están a régimen. ¿Por qué no me deja hablar con el *chef* y que prepare un menú? Después le llamaré por teléfono y podemos repasar los detalles.

–Claro. Pero no me llame a casa. Vivo con mis padres. Aquí tiene el número de mi despacho. Y muchas gracias.

«Qué persona tan agradable», pensó Connie cuando se hubo marchado. *Agradable.* Miró la tarjeta de visita. McQueen-Bartlett Publicidad. En el listín telefónico aparecía en una prestigiosa dirección del centro de la ciudad. Volviendo a los teléfonos particulares, encontró Roger Tory en una dirección de River Oaks y Richard Tory con otro número en la misma dirección.

River Oaks. Las grandes mansiones de piedra bajo los grandes árboles. Suspirando, volvió a colocar el listín en el estante.

La fiesta fue bien. Cincuenta mujeres de mediana edad, vestidas de seda y lino llegaron con regalos, bebieron champaña, cantaron «Cumpleaños Feliz» y regresaron a casa satisfechas. Al final la señora Tory llamó a Connie para felicitarla por la comida.

–Su hijo ha tenido tanto que ver con esto como yo –le dijo Connie, lo cual claro está no era verdad. Sin embargo algo la obligó a citar su nombre en la conversación.

–¿De verdad? Bueno, Richard siempre ha tenido un gran instinto para hacer las cosas bien –contestó su madre al marcharse.

Se le había ocurrido a Connie que quizá Richard vendría a la fiesta a ver cómo iban las cosas. Pero como no lo había hecho, era probable que no lo volviera a ver, aunque era absurdo pensar que aquello podía afectarla de alguna forma. De modo que se sorprendió al levantar la vista de su escritorio una mañana a la semana siguiente y verle en la puerta. Llevaba pantalones blancos de tenis y sostenía una raqueta.

–Me dicen que la fiesta fue un éxito, de modo que me ha parecido una buena idea venir a darte las gracias.

–Fue un placer –contestó.

Se quedó parado en la puerta como dudando de si decir algo más o marcharse.

–Hace un par de años que no juego al tenis aquí –dijo a continuación–. Resulta más sencillo jugar en casa. Pero pensé que sería una buena idea cambiar y ver si era capaz de ganar a los profesionales.

–¿Y has ganado?

–No, pero le he hecho correr un buen rato.

–Debes jugar muy bien.

–No lo hago mal del todo.

Tenía una mirada abierta, con una frente ancha y una boca simpática. Tenía aspecto vital. Una persona sana.

–Yo tampoco juego mal –comentó ella con poca modestia–. Me enseñó mi hermano, y él juega a las mil maravillas.

–¿Te apetecería jugar un partido alguna vez?

–Me encantaría, pero no olvides que soy una chica trabajadora.

–Y yo un hombre trabajador. Me estoy tomando tres semanas de vacaciones. En todo caso, estaría en el despacho a las diez y media de la mañana. Y a menudo hasta las diez y media de la noche.

¿Cómo era posible que estuviera ocurriendo esto? Era como si estuviera manteniendo el equilibrio sobre una cuerda floja, colocando un pie delante del otro con los brazos en horizontal, temiendo caer. Una palabra mal dicha, demasiado ansiosa o demasiado indiferente, podría hacerle caer.

Dijo con cuidado:

–Estoy libre los domingos y generalmente los lunes, a no ser que haya una boda o algo así, y bueno, es un horario flexible, depende de los acontecimientos. Me tratan bastante bien aquí.

–Así es como debe ser. Entonces, ¿cuándo estás libre? ¿Tienes algún momento esta semana?

–Da la casualidad de que tengo la tarde libre. Pero seguro que no te apetece volver a jugar hoy a tenis.

–No, hace mucho calor. Aunque querré comer, ¿tú no?

–Oh, yo nunca me salto el almuerzo. Sintiéndolo mucho, tengo un buen apetito.

El hombre sonrió.

–Yo también. Hay un sitio en la carretera. Me iré a cambiar y podemos encontrarnos en el aparcamiento a las doce y media.

«No me lo puedo creer –pensaba Connie una y otra vez–. Es tan fácil hablar con él. Me recuerda a Davey. Le caería bien a Lara. No es lo que me esperaba de una persona que vive en River Oaks. Pero, ¿qué sé yo de la gente que vive allí? Sí sé que no es como el resto de los hombres que vienen a este club con sus caras escépticas y blandas.»

El restaurante se estaba vaciando, y se encontraban sentados a la mesa con una segunda taza de café helado.

–Normalmente me gusta viajar a algún sitio durante las vacaciones –iba diciendo Richard–, aunque sólo sea a Nueva York. La compañía me obliga a pasar tanto tiempo allí que he cogido un pequeño apartamento cerca del edificio de las Naciones Unidas. A mis padres también les gusta ir algún fin de semana para asistir al teatro, y ellos también pueden utilizarlo. ¿Te gusta Nueva York?

–No he estado nunca. En realidad nunca he estado en ningún sitio. –A continuación y como lo que acababa de decir le parecía patético, Connie echó mano de la explicación que se había inventado y que se sabía de memoria–. En primer lugar, mi padre siempre decía que no podía dejar el negocio. Una fábrica de muebles. Era un obseso del trabajo, ya conoces el tipo de hombre. Después cuando se puso enfermo, claro... –hizo un pequeño y gracioso gesto con la mano–. Después mamá enfermó y no podíamos dejarla sola. –No terminó la frase.

–Debe de haber sido muy duro para ti –respondió él amablemente–. Estoy seguro que llegarás a conocer mundo. Si quieres, lo conseguirás.

–Me encantaría ir a Inglaterra. Mi familia siempre hablaba de las raíces, y todos vienen de Inglaterra a excepción de algún holandés. Parientes lejanos de los Vanderbilt, o quizá no tan lejanos. Y después hay una rama católica –agregó, recordando de pronto un poco de historia americana–. Algún pariente llegó a Maryland con lord Baltimore.

–Santo cielo, yo soy un plebeyo a tu lado. La mayoría de mis parientes eran irlandeses que llegaron durante el hambre de la patata. Y tengo un bisabuelo polaco que trabajaba en las minas.

Connie habló alegremente.

–¿Qué importancia tiene? Las personas son personas.

–Exactamente. ¿Cuándo te volveré a ver? ¿El sábado? ¿El domingo?

–El domingo me iría estupendamente.

–De acuerdo. Dame tu dirección, y pasaré a recogerte. Y trae un bañador. Querremos bañarnos antes de comer.

Tenía que contárselo a Celia Mapes.

–¿Te lo imaginas? Richard Tory me ha invitado a salir. Y ni más ni menos que a casa de sus padres.

Celia la miró dudosa.

–Te creo si me lo dices tú.

–Pues es verdad. Es muy simpático. Lo único que pasa es que no me apetece nada estar allí con su familia. No creo que a ellos tampoco les haga mucha gracia que vaya.

–Puedes estar segura de que no les va a hacer ninguna gracia. Hace veinte años que les conozco, y puedo asegurarte que no han mejorado con la edad.

–Dios mío, ya tengo miedo.

–Lo harás muy bien, estoy pensando. Algo le habrás dado a ese chico.

–Te juro que no le he dado nada. No he hecho nada en absoluto.

Había un nuevo respeto, casi cómico, en el examen de pies a cabeza a la que le estaba sometiendo Celia.

–Lo harás muy bien –repitió con un gesto de sabiduría.

En la parte trasera de una casa larga de ladrillo blanco con alas simétricas y una fachada clásica estaba el césped perfecto, la pista de tenis y la piscina que uno esperaba encontrar allí.

–Estaremos solos hoy –dijo Richard–. Mis padres no regresarán hasta la noche.

Estaba muy claro lo que significaban aquellas palabras. Y algo ocurrió en la mente de Connie, un autoanálisis tan rápido como el procesamiento de datos de un ordenador: mi corazón está excitado. La primera vez, y ya ha pasado mucho tiempo. ¿Debería...? ¿Lo espera...? El día transcurriría y acabaría o arriba en la cama o en la caseta al lado de la piscina.

De momento la condujo hasta la pista de tenis. Había comprado algo nuevo, una falda corta estilo Wimbledon; parecía tradicional, a diferencia de los pantalones cortos, y el instinto le había dicho que un efecto conservador sería mejor hoy. Ahora que los padres no estaban, sintió no haber traído el pantalón corto. Sin embargo, la falda también resultaba atractiva al abrirse por encima de unas piernas largas y morenas. Jugaba bien, agradeciendo a Eddy todas aquellas mañanas que la había obligado a levantarse pronto e ir a las pistas municipales antes de que se llenaran.

–Eh, eres una gran jugadora. No me habías avisado –le dijo Richard desde el otro lado de la pista.

Ganó el set, aunque no con facilidad. Pero incluso si hubiera podido ganarle, no lo hubiera hecho. Al diablo con la liberación de la mujer; es verdad que estaba de acuerdo con ello, sin embargo existían verdades básicas que el sentido común no podía negar, y una de ellas era que a los hombres no les gustaba perder.

Después a la piscina, donde ella se tiró de cabeza y nadó con facilidad. De nuevo le agradeció a Eddy el duro entrenamiento al que le había sometido.

–Cuantas más habilidades tengas, más lejos llegarás. –Aquéllas habían sido sus palabras, y se dio cuenta ahora que había valido la pena, ya que Richard era un buen atleta y admiraba las aptitudes de Connie.

–Eres estupenda –decía una y otra vez–. ¡Estupenda!

Tenía una forma entusiasta de hablar, con superlativos y exclamaciones, que hacía que fuera difícil saber su edad; por la forma de ser parecía en extremo joven.

De modo que se lo preguntó y él respondió:

–Veinticuatro. ¿Por qué?

–Por nada, en realidad.

–¿Te preguntabas por qué sigo viviendo en casa?

Era más perspicaz de lo que se había imaginado. Y antes de que pudiera responder, dijo:

–De hecho, estoy pensando en marcharme. He pedido un traslado a la oficina de Nueva York. Tengo que darles la noticia poco a poco. Será un verdadero cambio en la vida de mis padres porque soy su único hijo y, naturalmente, no quieren que me marche. –Agregó, sonriendo–: Aunque no puede decirse que haya sido muy duro vivir aquí.

–Me lo imagino –dijo Connie, mirando la terraza con sus muebles de jardín, las marquesinas de azul cobalto y las petunias que florecían en las jardineras. Uno se lo pensaría dos veces antes de abandonar un paraíso como éste, un mundo tan cómodo.

–Vamos, te enseñaré la casa –le ofreció Richard–. A las mujeres siempre les gusta ver las casas, ¿no es verdad?

–Por lo menos a mí sí.

Una amplia sala, protegida del sol del mediodía por unas grandes persianas, daba paso a otra. Se habían adentrado en el siglo XVIII. Podría haberse imaginado que la señora Tory pertenecía a este lugar. Podría haber adivinado que las sillas serían Sheraton, los sofás Chippendale, que el salón estaría empapelado con peonías chinas.

En el centro de la mesa se veía un cisne de cristal. Y Connie sonrió para sus adentros, contenta de haber reconocido un Lalique.

–Es precioso –dijo ahora–. Una casa preciosa.

En el recibidor, Richard se detuvo y el pensamiento le pasó por la cabeza: «Ahora sugerirá que subamos arriba.»

En vez de aquello dijo:

–La cocinera nos ha dejado el almuerzo en el frigorífico. Pensé que podríamos comer fuera.

Sin saber si sentirse aliviada o no, le ayudó a sacar la comida: una ensalada de mariscos, tartaletas de fresas y una botella de vino blanco bien fría.

El parasol y los matorrales proporcionaban sombra. Si no hubiera sido por el zureo de un par de palomas, el jardín hubiera estado completamente en silencio, y Connie suspiró de placer.

–Creo que sé lo que sientes –dijo Richard, comentando el suspiro–. A veces creo que estoy loco al abandonar todo esto para vivir en un par de habitaciones, treinta y tres plantas por encima de las aceras de Nueva York. Y sin embargo quiero hacerlo. –Se quedó pensativo–. Nueva York es el origen, la fuente, de las cosas buenas. No es que no tengamos bastante aquí, música, arte... Pero supongo que eso ya lo has visto por tu cuenta.

–Me avergüenza decir que no.

–¿De verdad? Bueno, entonces, tendremos que hacer algo para remediarlo, ¿verdad?

De forma que hoy sólo era el principio. El corazón de Connie dio un pequeño respingo. Pero respondió con calma.

–Me gustaría mucho.

–En estos momentos hay una exposición de arte del Oeste. Yo fui la semana pasada, pero no me importaría volver.

Todo lo del sudoeste es especialmente bueno. Rocas rojas y cañones y caras indias. A algunas personas les parecen cursis, pero a mí no.

–¿Coleccionas piezas de arte?

Negó con la cabeza.

–No colecciono nada más que libros. Opino que el arte debe estar en los museos donde puedan verlo miles de personas. Además, no lo podría pagar aunque quisiera.

–Estoy de acuerdo contigo... En lo de que el arte debe estar en los museos, quiero decir.

Richard respondió en seguida.

–¿De verdad? Me alegro. La mayoría de las personas de por aquí utilizan el arte para subir de clase. Cuanto más pagas, más importante eres. Y muchas de las cosas que compran son pura moda. La semana pasada estuve en una casa cuando... Oh, no debería aburrirte.

–Por favor, sigue.

–Pero no conoces a la gente a la que me refiero. No sabes cómo piensan, y si no lo sabes, la historia pierde interés.

–No me digas nombres. ¿Son del club?

–Sí. La mayoría de personas que conozco son socios del club.

–Entonces me imagino bastante bien lo que piensan.

Le miró directamente a los ojos, y en aquel mismo instante los dos se echaron a reír. «Me gusta, me gusta –pensó–. Es inteligente y divertido, y honesto, y me gusta.»

La tarde transcurrió velozmente.

–Me lo he pasado muy bien –dijo cuando llegaron a la puerta de su casa–, espero que tú también.

–Ha sido estupendo –contestó ella.

El beso de despedida fue cariñoso y casto.

Se vieron cada día de los veinte que le quedaban de vacaciones. Cuando tenía que ir a trabajar pronto, iba a recogerla y la llevaba a casa. Las noches que salía tarde la esperaba. Era increíble lo fácil que resultaba acostumbrarse y llegar a depender de tales atenciones. Saber que el rostro de la sonrisa estaría al otro lado de la puerta.

La llevó a la exposición, a algunos conciertos y al ballet. Todo esto le resultaba fascinante a Connie. Era verdad que sabía que existían y, sin embargo, se quedaba atónita cuando se materializaba todo ante sus ojos y oídos, como si fuera una especie de amor mágico.

Pensaba en Richard casi todo el tiempo, mientras trabajaba o antes de dormirse o cuando se despertaba después de una mala noche. ¿Cómo podía saber si habría algo después de estos días maravillosos? «Nada era seguro», se dijo a sí misma, recordando el siempre erróneo optimismo de su madre.

No se había ido a la cama con ella. No habían vuelto a su casa desde aquel primer día, lo cual significaba que obviamente sus padres no estaban de acuerdo con la relación, o que él sabía que no estarían de acuerdo si se enteraban. Sutilezas, cosas no dichas y ciertas afirmaciones, estaban dejando claro en su aguda mente que Richard temía su desaprobación.

Esta perspicacia no hacía disminuir el respeto que tenía por él. ¿Se estaba enamorando? Se le pasó por la mente la imagen de Lara el día de su boda, de su rostro mirando a Davey, de la confianza, la adoración y la alegría que había en su mirada. Y Davey no tenía nada que ofrecerle a Lara más que sí mismo.

«Sin embargo, yo no soy como Lara... –Durante un momento se sintió culpable–. Supongamos que Richard trabajara en una gasolinera y viviera en un apartamento de dos habitaciones. ¿Resultaría tan deseable? No, claro que no.» No obstante aquel supuesto tampoco era justo. Con la misma facilidad uno podría preguntarse si en el caso de que ella tuviera acné y pesara veinte kilos más, Richard la desearía. Claro que no, aunque por dentro fuera la misma persona. Los hechos eran muy sencillos: no puedes separar a la gente de sus circunstancias. Todo ello forma parte de la persona.

Pasaron los días. Salieron de picnic. Pasaron el día en San Antonio. Bailaron en las barbacoas campestres y cenaron en exquisitos restaurantes franceses de la ciudad. A la tercera semana seguían como el primer día, una pareja simpática divirtiéndose, que acababan sus horas de placer con un beso tierno y casto. Cuando, en alguna ocasión, Richard le acariciaba los pechos, Connie sentía una intensa excitación, pero él nunca iba más allá.

Esta noche, sin embargo, cambió algo. De pronto mientras degustaban unas *coquilles Saint-Jacques* y bebían vino, Richard se quedó silencioso. A la luz de las velas y cuando tomaban *bavaroise au chocolat,* los ojos de él, vacíos del humor habitual, se fijaron en Connie con una mirada casi desoladora. También ella, sin saber qué hacer, se quedó en silencio.

–Eres la mujer más bella que conozco –dijo.

Ella contestó alegremente.

–La belleza está en los ojos de quien la ve.

–Vamos, no seas tan frívola, Connie. Salgamos de aquí. No se puede hablar en este lugar. Escúchame –ordenó cuando llegaron finalmente al coche–, escucha. –Le cogió las dos manos–. Finalmente me trasladan a Nueva York, y puedo marcharme la semana que viene. Pero no quiero, no puedo irme sin ti, Connie. Estoy enamorado. Nunca pensé, quiero decir, se oye hablar de estas cosas, pero nunca tienen sentido, por lo menos para mí, no lo tenían. Que una persona pueda sentirse como yo me siento ahora, y estar tan seguro de querer pasar el resto de tu vida con alguien. Y sin embargo estoy más seguro de esto de lo que he estado de nada en la vida. ¿Y tú, Connie? ¿Puedes amarme? ¿Quieres casarte conmigo?

¿Cómo podía no querer a un hombre que la miraba y la tocaba como si fuera el objeto más precioso del mundo? El momento era brillante, exquisito, y lleno de expectación. El corazón le latía con fuerza.

–Sí –dijo–, claro que sí.

Al cabo de unos minutos le soltó las manos y puso el coche en marcha.

–Quiero llevarte a casa porque voy a ir a recogerte pronto mañana por la mañana. Tienes que conocer a mis padres.

–¿Les has dicho algo?

–No. No había nada que decir sin saber tu respuesta.

Sintió un escalofrío.

–¿Y qué pasará –preguntó, hablando con cuidado– si no les caigo bien?

–Claro que les caerás bien. Cuando te vean...

–Quizá no sea lo que ellos quieren para ti.

–Lo eres. Connie cariño, eres una mujer bella. Tan refinada, se ve en todo lo que haces.

–¿Pero y si sigo sin caerles bien?

–No importa. Yo te quiero.

Delante de la casa de Connie volvieron a besarse. La noche era tranquila y estrellada. Cuando, todavía apoyada sobre su cálido pecho y hombro, abrió los ojos, vio que el cielo estaba repleto de estrellas. Tenía la sensación de no haber visto nunca tantas. Era un buen presagio.

–No me gusta nada dejarte así –susurró Richard–. Me gustaría poder cruzar aquel umbral contigo y quedarme.

Ella se echó a reír.

–Los Raymond seguramente se morirían de un infarto si te encontraran en mi habitación por la mañana.

–No es ésa la única razón. Podríamos haber estado en mi casa y hacer lo que quisiéramos. Pero de alguna manera no te lo podía pedir, y no te lo pediría ahora. Supongo que supe desde el principio que no ibas a ser cosa de una noche ni nada temporal. Supongo que soy un anticuado, Connie.

Ella volvió a reír.

–Eres de otro siglo, cariño.

–Mientras a ti no te importe.

–A mí no me importa.

–Entonces volveré pronto. ¿Las nueve y media? Eso me dará tiempo de hablar con mis padres.

Se sentía demasiado abrumada como para dormir. Consuelo Tory, pensó. Sentándose en el banco ante el tocador se miró en el espejo. Unos ojos asombrados le devolvieron la mirada. «¿Por qué yo? –se preguntaban–. ¿Cómo se puede conseguir lo que uno quiere tan rápida y fácilmente? La gente siempre dice que la vida no es así.»

En el reverso de un sobre que estaba allí escribió *Consuelo Osborne Tory,* pensando en la elegancia de aquel nombre grabado en letras azul oscuras sobre papel azul claro. A continuación, y después de romper el papel en trozos pequeños para que la señora Raymond no pudiera leerlo, los tiró en la papelera y se preparó para la cama.

Retazos fragmentados de ideas flotaron por su mente. El vestido de mañana: una blusa de seda blanca y una falda plisada con zapatos blancos y negros y un lazo de tafetán negro al cuello sería lo adecuado, quedaría refinado. El anillo de boda: ¿Se atrevería a pedir una alianza de diamantes? No, no pidas nada; simplemente alégrate con lo que te den. Aquel día en su casa, los platos de postre eran preciosos, una sola flor azul sobre un fondo amarillo pálido. Preciosos. «Me encantaría saber dónde los venden. Eddy se quedará estupefacto cuando se entere. Nos veremos en Nueva York... Eddy estará contento con Richard..., contento por mí.»

El susurro del aire acondicionado le indujo el sueño. Dormida, los retazos y fragmentos de ideas siguieron flotando en su mente, como en los sueños que tienen los niños durante la impaciente noche antes de Navidad.

A las ocho ya había hablado media hora con Lara por teléfono.

–Pero no puedes hacer esto –exclamaba Lara–. Casi no lo conoces.

–Peg conoció a papá seis semanas antes de casarse, y todavía seguirían juntos si vivieran. Ya lo sabes. –Cuando no recibió respuesta, Connie insistió–. Ya sé lo que piensas. Pero Richard no es más alcohólico de lo que pueda serlo Davey.

Al cabo de un momento, Lara le preguntó a qué se dedicaba Richard.

–Está en publicidad, y nos trasladamos a Nueva York. –Rápidamente añadió–: Pero no es en absoluto lo que te imaginas cuando se habla de «Madison Avenue». Fuerte y competitivo, ¿sabes? Richard tiene una cierta inocencia que resulta muy atractiva. Y debe tener mucho talento, o no le estarían ascendiendo. Lara, es maravilloso, es todo lo que podía desear, y le quiero.

–Bueno, si estás segura...

–Cariño, estoy segura. ¿No estás tú segura de Davey?

–¿Cuándo voy a conocerle?

–Quiere casarse la semana que viene. ¿Podrás venir?

–Es imposible con tan poco tiempo. Davey tiene problemas con su padre, ha tenido otro ataque de apoplejía. ¿No puedes esperar un poco?

–Richard no quiere. Pero está bien. Es evidente que la boda no va a ser gran cosa. Vendremos a visitarte más adelante.

Y de pronto una imagen se le apareció en la mente: la pintura gastada de la casa familiar, las hierbas del jardín, Richard subiendo las escaleras... No es que fuera a importarle; era demasiado decente, demasiado inteligente para comportarse de esta manera. Aunque, ¿quizá le importaría la mentira?

En cualquier caso había tiempo para pensar en eso más adelante.

–¿Se lo dirás a Eddy? Intenté hablar con él por teléfono hace un rato, pero no contestaba nadie.

–Debe estar pasando el fin de semana en el club. Nuestro Eddy parece haber contactado con gente importante.

«Me apuesto cualquier cosa a que no son tan importantes como los míos», pensó Connie, pero no dijo nada.

Más tarde en el coche, Richard dijo:

–Se lo he contado, y te esperan.

–¿Y...?

–Bueno, se han quedado sorprendidos, claro. Es un poco repentino, al fin y al cabo.

–¿Sólo sorprendidos? ¿No se han opuesto?

–Lo único que les preocupaba es que yo estuviera seguro, y les dije que sí y que tú también lo estabas. Por tanto –siguió– no tienes la más mínima razón para estar nerviosa. Simplemente compórtate con normalidad.

Los Torys estaban de pie en la puerta principal cuando Richard detuvo el coche. En el segundo antes de las presentaciones y los saludos, Connie tuvo la ilusión del cuadro de Grant Wood *American Gothic,* la pareja de granjeros en ropas de trabajo, impasibles y rígidos. La ilusión desapareció y vio el blazer con botones de latón y la seda.

–Me temo que tendrás que volver a meterte en el coche –dijo el señor Tory– y llevar a tu madre a casa de la tía May. Vuelve a estar enferma. La señorita Osborne puede quedarse aquí conmigo.

–Pero perderé toda la mañana –dijo Richard.

–Ya lo sé, pero no tienes remedio. Iría yo mismo pero estoy esperando una llamada importante.

–Lo siento de verdad –explicó la señora Tory–. Señorita Osborne, póngase cómoda. Almorzará con mi marido y Richard estará de vuelta antes de las dos, estoy segura.

Connie se mostró compasiva.

–Espero que su tía...

–Mi hermana.

–Que su hermana se ponga bien. Y por favor llámeme Connie.

Richard parecía estar consternado.

–No sé si os lo he dicho, su nombre de verdad es Consuelo.

–¿Consuelo? ¿Como la de los Vanderbilt?

Connie sonrió. Su sonrisa de labios cerrados, sabía, resultaba encantadoramente modesta.

–De hecho, existe algo de relación. Primos, lejanos, lejanos.

–¿De verdad? Qué interesante.

–Será mejor que os vayáis –dijo el señor Tory.

–Lo siento mucho, Connie –se disculpó Richard.

Ella levantó la mano.

–¡Por favor! Si tu tía está enferma, lo primero es la familia. Yo estaré bien. Me pasaré el rato leyendo.

La biblioteca a la que le condujo el señor Tory y donde la dejó era una agradable y masculina estancia amueblada con sillas de cuero y con paredes rojas. Había esperado encontrar que los libros de los estantes fueran uniformes, caras serias de clásicos, colocados por un decorador, no para leer sino sólo para hacer juego con los muebles. Al contrario, los libros eran una delicia. Y entonces recordó que Richard le había dicho que los libros era lo único que coleccionaba. Encontrando un ejemplar de los *Papeles del Club Pickwick*, se sentó a pasar el rato.

No le había engañado esta estrategia. Se habían llevado a Richard para que su padre pudiera hablar a solas con ella. Al cabo de un rato vendría el señor Tory, seguramente para llevarla a comer, y el interrogatorio, sin duda diplomático, empezaría.

Y eso fue exactamente lo que ocurrió, de modo que a las doce y media Connie se encontró en el comedor sentada delante del padre de Richard con el cisne de Lalique entre ambos.

–Estás muy bien considerada en el club –empezó diciendo–. Eres mucho más eficaz que cualquiera de las personas que han tenido allí últimamente. Pensé que te gustaría saberlo.

–Me alegro mucho –contestó con sencillez–. Gracias por decírmelo.

–¿Has tenido otros trabajos como éste?

–No, nunca. Me temo que soy bastante inexperta.

–¡De verdad! Richard dice que eres una recién llegada a Texas.

–Sí, siempre había querido venir. Es un lugar tan divertido, especialmente para alguien que se ha criado en un pueblo pequeño.

Los ojos hundidos de Tory estaban alertas y todo lo que Connie podía ver eran pequeñas y relucientes rajas.

–¿No se opuso tu familia a que te fueras tan lejos sola?

«Estás llevando a cabo un interrogatorio muy educado –pensó Connie–, pero directamente al grano, ¿verdad?»

En voz baja respondió:

–Mis padres han muerto. Y estoy segura de que ellos no me hubieran dejado. Me educaron severamente. Mis abuelos por parte paterna eran británicos, y él tenía sus cosas. –Suspiró. Él suspiró y las palabras se le presentaban ahora con facilidad–. Pero hacía tanto tiempo que los dos estaban enfermos. Tenía que apartarme de tanta tristeza.

–¿Eres hija única?

–No, tengo una hermana casada. Su marido tiene un negocio en el pueblo. Y tengo un hermano que trabaja en Wall Street.

–Entiendo. ¿Y qué dirías que es lo que estás haciendo? ¿Una diversión?

Connie rió con timidez.

–Podría calificarse de tal. Una pequeña diversión.

–Richard nos dijo esta mañana que quiere casarse contigo. Le contestamos que nos parecía algo precipitado.

Entró la asistenta y dejaron de hablar. Durante el breve e incómodo silencio, la mente de Connie se dividió entre la tensión causada por las preguntas del señor Tory y la observación de cuanto le rodeaba. Las cucharas y los tenedores estaban colocados boca abajo sobre la mesa, seguramente porque debía quedar a la vista el monograma cincelado. El uniforme verde primavera de la chica hacía juego con el papel pintado de las paredes. «Sabe que ocurre algo –pensó Connie–. Cuando vuelva a la cocina informará a la cocinera.»

–Los tiempos han cambiado. Todavía recuerdo –continuó diciendo el señor Tory– que, por lo menos en nuestro grupo, la gente solía casarse con los de su misma clase social, con gente que conocían, o que conocía su familia. Ahora parece que se juntan dos absolutos desconocidos después de tan sólo un par de citas.

Connie intentó hacer un tímido comentario.

–Como Romeo y Julieta.

Tory contestó con sequedad.

–Ellos no acabaron bien, si lo recuerdas. –Cuando ella no contestó, continuó–: Al igual que ellos los dos sois muy jóvenes.

–Richard tiene veinticuatro años.

–Richard tiene veinticuatro que se parecen más a dieciocho. Oh, está bien educado, ha viajado, tiene talento; todo eso es obvio, pero los que le conocemos mejor, sabemos que también ignora lo que es la vida. Es un completo inexperto.

Ella comprendió lo que pensaba el hombre. La chica está buscando dinero, y Richard no se ha dado cuenta.

Ahora se preguntó cuál sería la mejor manera de convencer a este hombre. Adoptar una pose virtuosa y humilde o mostrarse fuerte enfrentándose con él. Si se equivocaba, él podía estropearlo todo, sin tener en cuenta lo que pensaba Richard. Tal vez ella misma lo echara todo a perder... Después de llegar hasta aquí... Bueno, ella no se lo iba a permitir.

–Richard es un idealista –dijo su padre, pronunciando el admirable sustantivo como si fuera «malversador».

Sin haber decidido qué postura adoptar, la tímida o independiente, Connie dijo la verdad:

–Richard es una de las personas más amables que conozco, honesto y de confianza.

–Ah, sí, de confianza. Y eso nos lleva a su falta de experiencia.

Tory miró a Connie con algo de severidad, pero ella no parpadeó.

–Ciertamente, tengo la impresión de que tú, por otra parte, tienes mucha más experiencia.

La insinuación era clara. Siguió el hilo del pensamiento de Tory: Se han estado acostando juntos, la chica se va a quedar embarazada y Richard querrá naturalmente asumir su responsabilidad.

Y ahora ya estaba preparada para Tory.

–Está insinuando, creo, que tengo experiencia con los hombres, señor Tory. Que juego con ellos. –Se rió amargamente, y Tory se sonrojó–. Quizá le gustaría saber, tanto si lo cree como no, que a los casi veintiún años, todavía soy virgen. –Estaba empezando a estar tan indignada que las lágrimas le inundaron los ojos–. Soy de buena familia.

Tory se quedó desconcertado.

–Yo no tengo nada contra ti personalmente. Es evidente que eres buena chica, y...

–Comprendo que está protegiendo los intereses de su hijo, y así debe ser. Si mi padre viviera, estaría preocupándose por los míos. Siempre lo hacía, nos protegía contra el mundo. Murió tan joven... –En este momento las lágrimas le caían en abundancia.

Tory se puso de pie y colocó una mano sobre su hombro. Y ella vio que, a pesar de su expresión férrea, era un sentimental. Pensó que lloraba por su padre muerto. ¿Eran las lágrimas o la indignación lo que le concedían la victoria? No importaba; la batalla estaba ya a su favor.

–Vamos, vamos, no llores. Hablemos sensatamente. No hace falta llorar.

Ella cogió el pañuelo que le ofrecía.

–Seré una buena esposa para Richard, señor Tory. No tiene por qué preocuparse. Conozco el valor del dinero. Me entiendo con la gente, y le ayudaré. Y le quiero con todo mi corazón.

A continuación se oyó el ruido de unos neumáticos que chirriaban sobre la gravilla.

–Ha vuelto Richard –dijo su padre–. Vamos. No debe verte llorando.

El pastor de los Tory celebró el matrimonio en la casa con el señor y la señora Tory de testigos. Richard le había pedido a Connie que invitara a alguien por su parte, pero ella rechazó la oferta. Las únicas personas que conocía lo suficiente eran Celia Mapes, la camarera jefe y la señora Raymond, la casera, que con muchos pequeños detalles habían mostrado el cariño que sentían hacia Connie. Estas dos sencillas mujeres estaban totalmente encantadas con la historia del príncipe azul de Connie, y verdaderamente contentas por ella. De forma que le hubiera gustado invitarlas, pero, al mismo tiempo, sabía que aquello sólo sería una forma de echar más leña al fuego. Obviamente, querían que la boda atrajera la menor atención posible.

Los cinco participantes se colocaron ante una pequeña mesa en el semicírculo del mirador. Connie estaba pensando: «Éste es el punto álgido de mi vida, y acabará dentro de diez minutos. Tengo que recordarlo todo. Las palabras sonoras procedentes de la boca situada encima de una barbilla recién afeitada, que está encima del cuello vuelto. Los padres de Richard. Seguramente no son gente tan terrible, ya que Richard los quiere. La luz que atraviesa las cortinas y que le da un color rosáceo a la cara. Ahora me está sonriendo. No le conozco en absoluto, y me asusta. Sí, claro que le conozco. Representa todo lo bueno. Y aquí está el anillo, una alianza de diamantes. ¿Me está ocurriendo a mí? ¿A mí? Le quiero. No estoy en absoluto asustada. Le quiero...»

–Richard, te quiero –dijo en cuanto hubo finalizado la ceremonia.

Treinta y tres plantas bajo las ventanas de los apartamentos de Nueva York, las luces se movían por el East River Drive. Todo a su alrededor, en todas las direcciones, las luces de la gran ciudad resplandecían, deslumbrando los sorprendidos ojos de Connie. Mañana Richard iba a iniciar su educación en las formas y maneras de la ciudad: los museos, Broadway, Lincoln Centre, la Quinta Avenida... ¡No había fin! Dios mío, no había palabras, ni imágenes para abarcar toda esta maravilla. Durante mucho rato permaneció quieta observando su entorno.

No era todavía medianoche, y Richard se había dormido, pero ella, incapaz de dormir, se sentó a la mesa para tomarse una taza de leche caliente. Su mente repasó los acontecimientos que habían tenido lugar desde ayer, viviendo y reviviendo el inicio de su nueva vida.

Había parecido apropiado, como un círculo que se cierra, pasar la noche de bodas en el hotel de Houston donde se había enterado del empleo del club. Los acontecimientos se habían desarrollado en orden: la despedida de los padres que parecían estar tan sorprendidos por todo, que uno casi sentía pena por ellos; a continuación la entrada en el hotel vestida con el inconfundible traje de viaje de novia. El equipaje recién estrenado. La *suite* de lujo con el champaña y las rosas encima de la mesa. Las luces difuminadas. El camisón de encaje blanco. El novio quitándole el camisón. Los cuerpos abrazados sobre la amplia y cómoda cama.

Había pensado –¿no estaba en todos los libros, revistas y películas?– que la noche sería lenta, un sueño de delicias repetidas. No había sido ni larga ni lenta. Ciertamente, Richard tenía ganas, pero todo había finalizado en los mismos minutos en los que había transcurrido la ceremonia matrimonial, después de lo cual se había quedado inmediatamente dormido. Y ella había tenido que pasar la noche sola y despierta.

Desde la juventud conocía todas las posibles variaciones del acto sexual. Uno tan sólo tenía que coger una revista en la consulta del dentista o en la peluquería para leer acerca de la impotencia masculina, las mujeres anorgásmicas, las lesbianas, la incompatibilidad matrimonal, todo cuanto uno deseara saber acerca del sexo. En la televisión, en el cine, y en las obras de ficción más recientes, el sexo era uno de los temas centrales. De forma que parecía, excitada como estaba por la larga espera y sofocada por el deseo, que sabía exactamente lo que iba a ocurrir. Lo que esperaba e imaginaba por todo lo anterior era alguna versión de la Tierra en movimiento de Hemingway. No había ocurrido así.

«No obstante, aquélla era la primera noche», se dijo a sí misma. Como también había leído, el sexo no era siempre un triunfo automático. En algunas ocasiones requería un tiempo de práctica. Y Richard era encantador. Habían desayunado en la habitación antes de coger el avión a Nueva York, y allí, en una pequeña cajita colocada entre los pliegues de la servilleta, había encontrado unos pendientes de diamantes.

–Una vez vi cómo admirabas a una mujer que los llevaba –le dijo.

En el avión su conciencia hizo algo muy extraño: de pronto se sintió culpable. Había cosas que debía explicarle a este buen hombre, y no sabía cómo empezar.

–Richard, no creo que tus padres creyeran que cogí el trabajo en el club por simple diversión, y...

En aquel momento un resplandor de humor apareció en los ojos de Richard.

–Seguramente no.
–¿Por qué lo dices?
–Porque yo tampoco me lo creí.
Se sintió humillada y ridícula. Pero una vez había empezado, terminaría de hablar.
–Richard te mentí.
–Ya lo sé.
–¿Y no te sentiste asqueado?
–Lo único que me supo mal es que te pareciera necesario hacerlo.
Se sintió sucia.
–Déjame que te diga la verdad –continuó–. Mi padre era un alcohólico. Toda la vida he sido pobre.
–No hace falta que me lo cuentes –le interrumpió Richard con suavidad–. Tú eres tú, y no me importan los demás.
–¿Ni tus padres? ¿Se lo vas a contar?
–No. Será mejor que no lo haga. Son buena gente, Connie, pero tienen sus costumbres.
Y aquí se acabó el asunto, y ella se sintió aliviada. Ahora podía llevarle a visitar a Lara sin tener que dar más explicaciones. Al fin y al cabo no había nada de qué avergonzarse.
Extendió la mano ahora para observar el resplandor de su dedo. A continuación se puso de pie y se dirigió al salón que, amueblado en un estilo moderno con acero y vidrio, emanaba su propio resplandor. En el espejo sobre la cómoda estudió su imagen, vestida con una bata rosa y con los pendientes de diamantes adornando sus orejas. Se quedó satisfecha con lo que veía. Era joven y amada. Había llegado el futuro, y era bueno.

CAPÍTULO III

La pequeña mesa redonda del comedor había sido colocada cerca de la ventana para que Davey y Lara pudieran tener una buena vista de Manhattan por la noche. Connie, que había descubierto con gran sorpresa que le gustaba cocinar, había preparado una cena festiva; cordero al horno en corona, verduras cortadas en forma de flores y un postre sacado de uno de los libros de cocina francesa de Julia Child.

Richard levantó su copa de vino para brindar con todos los presentes.

–Para celebrar nuestra primera cena juntos –dijo. Y mirando alegremente a su alrededor, añadió–: Para celebrar la vida.

Los cinco rostros se pusieron serios, y la boca roja de Connie tembló. ¡Era un momento tan bello! ¡Estas personas maravillosas, todos reunidos en este resplandeciente apartamento donde todo estaba en su sitio y le pertenecía!

Unos pequeños toques habían transformado la frialdad del ambiente ultramoderno. En un anticuario de la Tercera Avenida habían comprado un biombo escarlata lacado para ocultar la pequeña cocina. El ahumado espejo veneciano que colgaba entre las ventanas del otro lado reflejaba el biombo y el grupo sentado a la mesa.

–Una mesa preciosa –comentó Lara–. Vas a ser una buena ama de casa –dijo casi con ternura.

–Ya lo es –añadió Richard–. Connie es una perfeccionista.

–Siempre lo fue. Era la niña más ordenada del colegio. Cada día a la hora de comer tenía que rehacerle los lazos del pelo.

A Richard le divirtió la anécdota.

–¿Lazos? Cuéntamelo todo.

–Ah, sí, Connie llevaba trenzas hasta que llegó a cuarto y se convirtió en un ser sofisticado.

–Y ahora eres una resplandeciente novia –dijo Eddy–. Totalmente resplandeciente.

–¿De verdad? Bueno, soy feliz. ¿Y quién no lo sería en esta maravillosa y flamante ciudad?

–Con tu maravilloso y flamante marido –dijo Lara.

Richard se echó a reír.

–Su entusiasmo me hace feliz. Cada fin de semana me mata andando, y ha ido sola a todas partes desde el Zoo del Bronx hasta los jardines botánicos y la Estatua de la Libertad.

–E hice un viaje para turistas alrededor de la Isla de Manhattan –le recordó Connie.

–Hace casi dos años que estoy por aquí –dijo Eddy– y no he estado en ninguno de esos lugares a excepción de la Estatua.

–Pero has estado trabajando –comentó Connie.

Eddy suspiró satisfecho.

–Trabajando duro. Y ha valido la pena.

Davey se interesó.

–Cuéntanoslo.

–De acuerdo. Bueno, como ya sabéis, hace un tiempo que trabajo solo y me encanta. Tengo entre manos más asuntos de los que puedo llevar. He contratado a un inteligente joven universitario, y estoy pensando en contratar a otro. Cuando doble el negocio, no, cuando lo triplique, cosa que será seguramente dentro de un par de años, tendré que volver a ampliar y si lo hago bien, será mi último paso.

Richard estaba inclinado con un codo apoyado en la mesa y una mirada de verdadero interés en el rostro, preparado para seguir escuchando.

Le complacía a Connie que le gustara su hermano. Seguramente, pensó, recordando las caras severas y la casa silenciosa en River Oaks, le alegra formar parte de una familia activa de gente joven.

Eddy estaba haciendo una descripción exuberante de Wall Street. Levantó la mano, mostrando unos bonitos gemelos de oro.

–Son como cohetes a Marte. Un tipo como Kramden de Kramden Jessup vale trescientos millones. ¡Te imaginas! Eso sin tener en cuenta lo que vale la empresa. Un par de miles de millones, seguro. Las ganancias sobre compras avaladas pueden superar el cincuenta por ciento. Es fantástico. Aunque eso no es lo mío. Todavía no. Quizás un día llegue a ello, pero por ahora estoy haciendo lo que quiero.

–Hablas en un idioma distinto al mío –dijo Richard–. Mi trabajo son las palabras y las imágenes. Captación. En eso consiste la publicidad.

–Bueno, yo también tengo que utilizar la persuasión. Sólo que yo uso números en vez de palabras. –Y la cara de Eddy se iluminó con su familiar sonrisa–. Connie lo sabe, siempre me han gustado los números. Los siento en la punta de los dedos. Intuyo el mercado. Sueño con él. –Hizo una pequeña pausa y continuó–: Demonios, somos familia, de modo que os lo puedo decir. Tengo un valor de casi novecientos mil dólares.

Se volvió hacia Davey y sus dos hermanas.

–Ya sabéis el dinero que tenía cuando me fui de casa. Y os garantizo que habré doblado esta cantidad dentro de seis meses.

Richard estaba impresionado.

–Estás a mil leguas de mí, Eddy. Yo gano un buen sueldo, pero soy conservador. Lo invierto todo en bonos del Tesoro y desgravaciones de impuestos y veo cómo aumenta poco a poco.

–Eso está bien si te sientes cómodo.

–Por ahora sí. Todavía estoy pagando la hipoteca de este piso.

–Has hecho una buena inversión. Éste es un lugar estupendo al lado de las Naciones Unidas. Yo también estoy pensando en comprarme un piso. Estoy cansado de pagar un alquiler. Y me encantaría tener una vista, algo cerca del East River o, todavía mejor, la Quinta Avenida para poder contemplar el parque.

–Eso te costará una fortuna –comentó Richard.

–Ya lo sé. Bueno, puedo esperar...

–Tal como te van las cosas, no tendrás que esperar mucho. –Richard se puso de pie–. ¿Me perdonáis? Estoy esperando que sea la hora adecuada en Texas. Tengo que hacer una llamada a un cliente de Houston.

–Muy, muy simpático –dijo Eddy cuando Richard hubo cerrado la puerta del dormitorio–. Es muy modesto, ¿verdad?

–Richard es un caballero –dijo Connie.

–Debe ganar una fortuna, incluso a su edad.

–Supongo que sí. No hablamos de dinero.

–«McQueen» es una empresa internacional, supongo que lo sabes.

–No lo sabía. Ni siquiera he pensado en ello.

–¡Amor a primera vista! Igual que Lara y Davey. Pero está bien que te añadan unos pequeños lujos, como ese reloj que llevas.

–Lo ves todo, Eddy.

–Eddy siempre ha sido así –intervino Lara.

–Pasábamos por «Bulgaris» en la Quinta Avenida el sábado pasado, y Richard lo vio en el escaparate. Dijo que necesitaba un reloj decente.

Eddy se echó a reír.

–¿Decente? Y tanto que sí. Déjame ver.

Connie se arremangó para mostrar un amplio reloj de pulsera de oro y diamantes.

–Muy bonito –dijo Eddy–. ¿Sabes? Creo que vas a llevar una vida encantadora.

Durante unos instantes Connie se sintió incómoda. Era como si Eddy estuviera presumiendo en su nombre delante de Davey y Lara, alardeando como un niño: ¿ves? ¿ves esto? Quizá no debería haberse puesto el reloj. Sin embargo no se podían ocultar los hechos. Pero resultaba de muy mal gusto señalar las posesiones. Con tenerlas era suficiente.

–Hablando de amores –preguntó ahora Lara–, ¿qué hay de chicas, Eddy? ¿Algo serio?

Eddy se echó a reír.

–No me metas prisa. Es demasiado pronto para enamorarse.

–Nunca es demasiado pronto cuando es de verdad –contestó Lara.

Eddy se encogió de hombros.

–Veremos qué pasa con el tiempo. Mientras tanto, no tengo problemas a la hora de conocer chicas, especialmente en aquel elegante club de Long Island, bueno, el club de campo, del que soy miembro.

Curiosa, Connie le preguntó cómo había sido eso. Eddy se lo explicó:

–Uno de mis clientes me avaló. Supongo que tuvo que trabajarlo, porque no es fácil que te acepten en estos clubes. Pero bueno, he conseguido una inversión de más de un millón de dólares para su empresa de construcción, de modo que supongo que quería hacerme un favor, o conseguir que el dinero siguiera fluyendo.

Y de nuevo Connie se sintió ligeramente avergonzada, especialmente ante Richard, que había regresado al salón. Le hubiera gustado aconsejar a Eddy con buenas palabras, sin humillarle, de que no debería alardear tanto de sus triunfos. Pero viendo aquella verdadera felicidad en los ojos azules, no pudo hacerlo, ni siquiera con buenas palabras.

Finalmente, el mismo Eddy se dio cuenta de que estaba atrayendo demasiada atención. Se volvió hacia Davey y Lara y preguntó:

–Y vosotros, ¿qué habéis estado haciendo desde la última vez que os vi?

–Lo mismo de siempre –contestó Davey en voz baja.

Lara le interrumpió.

–No exactamente. Davey está trabajando en algo que parece muy importante. No es que yo sepa nada de máquinas, pero se lo enseñó a un médico del pueblo y le pareció...

–No, no –interrumpió Davey–. No exageres.

–Nunca hablas de ti mismo –le reprendió su mujer–. El doctor Lewis se quedó muy impresionado. Sabes que es verdad. Si no se lo cuentas tú, lo haré yo.

Davey cedió.

–De acuerdo. Es extraño cómo te vienen las ideas. Había estado trabajando todo el año en algo completamente distinto, una cosa que tenía que ver con tarjetas de crédito, y no me salía nada. Y un día en la gasolinera vi a ese chico hinchando los neumáticos de la bicicleta, y sin razón aparente me vino esta idea.

–En el momento en que me lo contó, tuve esta sensación;

ya sé que parece ridículo hablar de sensaciones cuando ni siquiera entiendo los hechos. Pero lo sabía, simplemente lo sabía, que Davey tenía algo importante entre manos. –El rostro de Lara se iluminó.

–Mi mujer –dijo Davey, mostrando cierto placer– siempre piensa que soy un genio. Se trata tan sólo de una mejora, un pequeño artefacto para una bomba de corazón. Los globos que hacen pasar la sangre por las arterias, ¿sabes? Ven, te lo enseñaré.

Las cinco cabezas inclinadas sobre la mesa casi se tocaban mientras Davey dibujaba un esquema de su invento sobre un trozo de papel.

–Lo que he hecho es añadir un cronometrador. En realidad es como un ordenador, lo pones y –rompió el papel– es difícil explicarlo, pero en realidad es algo muy sencillo.

–Para los que saben de máquinas y ordenadores, quizá sí –dijo Richard– pero no para personas como yo.

–¿De forma que se lo enseñaste a un médico y a él le pareció que tenía sentido? –preguntó Eddy, algo bruscamente.

–Sí, pero él no es cardiólogo. He pensado que debería llevar mi invento, he construido un modelo completo, a un centro de investigación de una de las grandes universidades y ver si les es de utilidad.

–¡Espera un momento! –exclamó Eddy–. ¿No estarás insinuando que vas a regalarlo y dejar que los demás se beneficien de tu invento?

–¿Beneficien? –Davey se quedó sorprendido–. Si la idea es buena, los que se beneficiarán serán los pacientes con problemas de corazón.

–Claro –asintió Eddy con impaciencia–. Mi pregunta es si tienes intención de regalar la idea para que otros se lleven los honores.

–Oh, me gustaría que llevara mi nombre, claro que me gustaría.

–¿Y el dinero? No entiendes que la gente te robaría la idea y ganarían una fortuna con tu invento. Todo se reduce al dinero. A tu edad ya deberías saberlo.

–Tú no eres así, Eddy –dijo Lara–. Siempre has sido una persona generosa.

–Sí, he sido generoso cuando había algo que dar. Primero

tienes que tener. Después puedes dar todo lo que quieras. –Eddy se detuvo un momento, frunciendo el ceño–. Primero hay que cuidarse a uno mismo. Ni siquiera tendrías que haber dejado que aquel médico viera tu modelo. No tienes patente. Demonios, yo no entiendo el dibujo para nada, pero si existe alguna posibilidad de que valga algo, tienes que protegerte, Davey.

–Yo no lo veo así. –El tono de voz de Davey, siempre bajo, era aún más bajo ahora–. Yo no estoy intentando ganar dinero. Sólo quiero hacer algo que valga la pena, si es posible.

Al oír aquello, con cara de desesperación, Eddy abrió los ojos como platos.

–Davey, Davey ¿No crees que alguien que hace algo que vale la pena merece ser recompensado? ¿Hizo Thomas Edison un voto de pobreza?

–Tienes razón –dijo Richard suavemente–. Admiro tus ideales, pero Eddy tiene razón. Puedes hacer algo bueno para el mundo y para ti mismo.

«Bebés en el bosque –estaba pensando Connie–. Lara es la hija de Peg. Y Davey es igual que Lara. Podías dejar los ahorros de toda una vida sobre la mesa, y no tocarían ni un centavo aunque se estuvieran muriendo de hambre.»

–Escúchame. Yo me haré cargo de esto –dijo Eddy–. Tú mantén la idea en secreto, ¿me oyes? No hables de esto con nadie, ¿entiendes? Voy a buscar el mejor abogado de patentes de Ohio.

Connie tuvo que sonreír. Aquí estaba el hermano de siempre, controlando la situación cuando papá había bebido demasiado o cuando Peg estaba enferma. Solía entrar en casa, se hacía cargo de la situación en un segundo e inmediatamente organizaba a todo el mundo.

–Cuando ya tengas la patente –continuó diciendo Eddy– necesitarás financiación para construir una pequeña planta y empezar a producir. Hay muchos edificios en mal estado en el pueblo, lo recuerdo, pero necesitarás mucho dinero en efectivo para modernizarlo. Necesitarás un crédito bancario. Necesitarás un aval. –Empezó a pasear por la habitación–. Yo puedo hacerme cargo de eso. Puedo prestarte lo que necesites. Un préstamo, entiendes. No quiero meterme en tus negocios, Davey. Sólo quiero que los dos prosperéis, eso es todo.

Se detuvo delante de Lara.

–Y si lo de Davey realmente vale la pena, creo que deberías dejar de dar clases y ayudar a Davey. Él es el soñador, el que inventa las cosas, y tú entiendes de números. Eres tan buena como yo. Ahora tienes la oportunidad de ayudar en el nacimiento del invento de Davey.

A continuación, Eddy se dirigió a Richard:

–Y tú trabajas en una de las mayores compañías de publicidad. También necesitaremos tu ayuda cuando llegue el momento.

–Me siento un poco atontado –dijo Davey–, como si me hubiera pasado una apisonadora por encima. No sé por qué no abandono todo este asunto.

–Porque la apisonadora es indolora –contestó Connie–. Siéntate –le ordenó a Lara, que había empezado a recoger la mesa–, eres una invitada.

–No, no he tenido tiempo de estar a solas contigo.

Casi no había sitio para dos en la cocina. Lara se colocó sobre el taburete mientras Connie ponía la vajilla en el lavaplatos. Se le ocurrió a Connie que la mayoría de conversaciones que habían tenido desde pequeñas habían sido en la cocina después de cenar.

–Me encanta Richard –comentó Lara–. Ya sé lo que querías decir. Es estupendo. Y lo que es más importante, se ve que es bueno. Una buena persona.

–¿Lo ves? No te fiabas de mí, ¿verdad?

Lara se echó a reír.

–Eres de las más listas, Connie, pero incluso la gente inteligente puede cometer errores terribles.

–Pues Richard no es ningún error, como puedes ver. Cae bien a todo el mundo.

–¿Qué haces durante todo el día? –preguntó Lara mirando a su alrededor.

–Ya sé lo que estás pensando, que no hay suficiente quehacer en esta casa tan pequeña y que debería ponerme a trabajar. Bueno, lo haré, pero de momento me estoy situando y disfrutando. Richard tiene amigos casados, y yo he estado saliendo con algunas de las esposas a las galerías de arte y otros lugares, y para ser sincera gastando dinero por primera vez en mi vida. No en tonterías; he comprado ropa y montones de libros. ¿Te acuerdas cómo compraba libros papá cuando ni siquiera los podía pagar? Pues bien, yo ahora me lo puedo permitir, y es una buena sensación, permite que te diga.

–Supongo que sí.

–Lara, espero que insistas con Davey y le obligues a hacer caso a Eddy. Si Davey tiene algo importante, quizás ésta es la posibilidad de ascender en el mundo.

–Estamos bien. Tenemos suficiente. Pero por Davey espero que algo salga de su idea. Ha trabajado tanto en tantas cosas que nunca han llegado a nada, y no quiero que se desanime.

–Eres un ángel, Lara.

–Claro que no lo soy. Las personas no son ángeles.

–Bueno, seas lo que seas, no eres como yo.

Connie sentía una sutil alteración en el vínculo entre su hermana y ella. Aquí en su propia casa, un hogar próspero con un marido joven y con éxito –a diferencia del marido de Lara–, parecía como si se hubieran invertido los papeles, como si ella, que siempre había sido la que recibía los consejos, estuviera ahora dándolos. Pero el trato de Lara no había cambiado en absoluto.

–Me alegro tanto de que tengas alguien que te quiere –dijo con mirada tierna–. Al final no hay nada que importe más.

–Supongo que no –contestó Connie.

El tópico de Lara era irritante. Al mismo tiempo le preocupaba que un simple tópico pudiera irritarla tanto.

Se hizo un extraño silencio entre las hermanas, de modo que Connie se sintió aliviada cuando aparecieron los hombres para decir que ya era hora de irse.

–La próxima vez en nuestra casa –dijo Davey–. Y que sea pronto. Debes enseñarle a Richard dónde están tus raíces, Connie.

–No hasta dentro de un par de meses –replicó Richard–. Connie y yo nos vamos a Europa seis semanas.

–¿Ah sí? –exclamó Connie–. ¿De verdad?

–Sí, iba a mantenerlo en secreto algún tiempo más, pero no me puedo aguantar. No hemos tenido una luna de miel, y esto lo va a ser. Además, voy a cumplir veinticinco años.

En las comisuras de los ojos sonrientes de Richard, aparecieron unas finas arrugas.

La sorpresa de Connie, la satisfacción de Richard y la

generosa alegría de los otros animó el pequeño espacio que ocupaban. Y esta calidez pareció permanecer en las habitaciones después de que se hubieran contestado todas las preguntas y los invitados se hubieran marchado.

–¿Pero puedes permitirte el lujo de tomarte seis semanas de vacaciones? –preguntó Connie, mientras se desvestían.

–Me deben algunos días, y además, uno tiene derecho a irse de luna de miel.

–Me refería al gasto. Será carísimo, ¿verdad?

–El mes que viene recibo la herencia de mi abuela, y voy a utilizar un poco para el viaje.

–¿Te referías a eso cuando dijiste que cumplías veinticinco?

–Exactamente. Y también quería decir que vamos a hacer el viaje a lo grande. Iremos en avión, veremos un poco de Italia y Francia, quizá Bélgica, acabaremos en Inglaterra, y regresaremos en el *Queen Elizabeth.* ¿Qué te parece?

–Un sueño –dijo encantada.

Claro, había esperado tales lujos en el futuro, más adelante pero no tan pronto. Que llegaran tan pronto resultaba una maravilla. «Una pequeña parte de la herencia» había dicho. De modo, que la herencia debía de ser grande.

Richard estaba estirado en la cama y ella todavía tenía que desmaquillarse y cepillarse el pelo. Esta rutina ya se había establecido: él la observaba mientras se preparaba para ir a la cama y hablaban de los acontecimientos del día. Había algo muy agradable en la costumbre, como si la hubieran estado practicando durante años.

–Buena gente esta noche –dijo–. Me gusta tu familia.

–Me alegro.

Era agradable poder enorgullecerse de algo delante de él, y esta noche había estado muy orgullosa de su familia. La actuación de Eddy resultó un poco excesiva, evidentemente, pero al fin y al cabo, nadie era perfecto, y uno sólo podía respetar la tranquila dignidad de Davey y Lara.

Pensó en voz alta:

–Lara es un alma dulce y sencilla.

–No tan sencilla. Es inteligente y fuerte. Es sólo su forma de ser la que engaña.

–¿Eso te parece? Sí, supongo que tienes razón.

Y Connie se dio cuenta de lo intuitivo que era Richard;

era sólo la forma de ser de él la que engañaba. «La gente estaba compuesta de capas –pensó–, y a medida que se las ibas quitando una a una, te sorprendías cada vez.» Se preguntó si él también le estaría quitando las capas, una a una. Quizá llegaría a saber más sobre ella que ella misma sabía o llegaría a saber jamás. La idea era alarmante. Empezó a cepillarse el cabello vigorosamente.

–Alguna idea te ha pasado por la cabeza ahora mismo –observó Richard.

–¿Por qué lo dices?

–Una sombra turbó tu rostro.

–¿De verdad? Sólo estaba pensando en lo guapa que es Lara.

–Tú eres más guapa que ella.

–No, no. Vuélvete a fijar en la estructura de los huesos. Ella es perfecta.

–Ya he mirado. Huesos o no, tú eres la que tiene la energía y la vida. Ponte de pie y déjame verte. Quítate la bata.

La seda rosa cayó al suelo, dejándola desnuda delante de él. Volviendo la cabeza hacia el espejo del armario, se veía, muy blanca y con curvas, hombros estrechos como las mujeres en *Godey's Ladies Book,* pequeños pechos erguidos como los de las estatuas antiguas y caderas redondeadas como las de las mujeres desnudas de Renoir.

–Nadie adivinaría lo que hay debajo cuando estás vestida –dijo Richard.

–Mientras te guste a ti.

La vista de su propio cuerpo, mezclado con el espectáculo de él yaciendo sobre la cama, la excitó y la hizo temblar de anticipación.

–Precioso –murmuró, los ojos resplandecientes–, precioso.

A la luz de la lámpara, la piel de Richard era dorada en contraste con el pijama blanco de seda. Y durante un momento que pareció eterno, esperó que se quitara la ropa, o al menos que diera el primer paso. Cuando se movió, fue para extender los brazos por encima de la cabeza, suspirar y bostezar, mostrando sus dientes perfectos.

–Ha sido un día muy largo, cariño, y tendré que levantarme pronto mañana. Supongo que voy a tener montones de trabajo en las próximas semanas. Siempre pasa lo mismo antes de unas vacaciones.

El mensaje era claro. Ella se puso un camisón y se metió en la cama, donde Richard se había dormido casi al instante.

Su mente intranquila repasó la velada volviendo a Eddy que se estaba haciendo un lugar en esta sorprendente ciudad como si fuera lo más normal del mundo... Pensando en Lara y Davey, que tenían un lugar por completo distinto... Y se preguntó qué hacían ellos. Nunca cambiaban. Pensó en los gestos que había visto de pasada, sus abrazos en la cocina, los besos de Davey en la nuca de Lara cuando ésta leía. ¿De qué placeres debían disfrutar en la cama? Pero claro, estas cosas ni siquiera se le podían sugerir a Lara, ni con mucho tacto o delicadeza que se utilizara; para Lara «esas cosas» serían sacrosantas.

En la tranquilidad, a tanta altura de la calle que el único sonido que se percibía era el suave crujido de las sábanas cuando Richard se daba la vuelta, Connie pensaba: «Qué irónico resultaba que cuando finalmente había deseado un hombre éste no la deseara a ella. Resultaba demasiado confuso.»

A continuación empezó a discutir consigo misma. «Utiliza la cabeza. Connie. Es obvio que te adora. Haría cualquier cosa por ti. Sólo hace dos meses que estás casada. Se necesita tiempo para estas cosas, todo el mundo lo dice. Y ¿quién sabe cuántas veces hacen el amor los demás o cómo? ¿Qué sabes realmente de Lara y Davey? Richard te adora. Recuérdalo. Y nos vamos a Europa.»

CAPÍTULO IV

Se quedaron en cubierta toda la tarde mientras el *Queen* se adentraba en el Canal y se hacía a la mar. Richard había elegido una tumbona, una manta para protegerse del viento y un libro, pero Connie permaneció apoyada en la barandilla hasta que la costa pareció tan sólo una línea de nubes grises.

Tras ella quedaban todos los antiguos lugares, castillos, lagos y jardines, los callejones de cantos rodados y los hoteles de mármol de Europa, todo ello tan absolutamente distinto del apartamento en la planta treinta y tres de Manhattan como lo era aquel piso de la casa de Peg en el «Edificio Perry». No, muchísimo, muchísimo más. De buena gana hubiera dado la vuelta al barco y regresado. Ya empezaba a sentir nostalgia, una terrible intranquilidad; era la misma sensación que le había invadido cuando, en Houston, había visto su primer ballet descubriendo que el mundo estaba lleno de sorpresas. Una sensación de urgencia la abrumó.

Viajar con Richard merecía la pena, pero también resultaba frustrante; sus conocimientos resaltaban la ignorancia de ella. Después de una mañana en el Jeu de Paume y el Museo Rodin, tuvo envidia. «Tengo que aprender arte –se dijo a sí misma–, y no sé casi nada de la historia europea. Absolutamente nada.»

Hicieron pocas compras ya que Richard declaró que el tiempo era demasiado precioso para malgastarlo en las tiendas. Sin embargo, sí compró un traje y dos vestidos para Connie, ya que, dijo en serio, ninguna mujer puede volver de París sin alguna prenda parisina. Siempre competente en estos asuntos, le aseguró que el terciopelo rojo oscuro y el satén de color esmeralda serían perfectos para las cenas en el barco.

En Inglaterra, Connie se enamoró de las antigüedades rurales y los viejos paisajes. Después de ver floreadas posadas de Cotswold y las pulidas tiendas de Londres, empezó a imaginarse caobas y cuadros antiguos, una biblioteca con sillones de cuero y retratos de animales. Tuvo la nueva sensación de que las habitaciones con vistas al East River no eran tan estupendas al fin y al cabo, de hecho, eran bastante ordinarias.

Por tanto, en el viaje de regreso aquel sentimiento de urgencia volvió a invadirla.

Richard había querido pedir una mesa para dos en el comedor.

–No te gustará si nos sientan con gente inapropiada –avisó–; a mí ya me ha ocurrido en otras ocasiones.

Pero Connie quería arriesgarse, y fue así como se encontraron en una mesa grande al lado de la señora Dennison Maxwell. Una señora enjuta, bien entrada en los sesenta con un aspecto tan puesto que hizo que sus palabras directas resultaran aún más sorprendentes. Al final de la noche ya había intimado con los jóvenes Tory.

–Es un placer ver a una mujer joven y guapa con un joven agradable. En Nueva York estos días las mujeres más guapas parecen estar casadas con vejestorios. No me lo habéis dicho, pero ésta es vuestra luna de miel, ¿verdad?

Cuando se le informó de que así era, continuó:

–La mía fue en el *Queen Mary*. No se puede comparar. Claro, este barco tiene todas las comodidades. Pero resulta tan terriblemente vulgar. Todos estos cromados y colores chillones. Claro que supongo que los dos sois demasiado jóvenes para recordar el viejo *Queens*, pero seguro que vuestros padres os han hablado de ello, estoy convencida. Aquello sí que era elegante.

Connie recordando algo que había leído en alguna ocasión, contestó con rapidez:

–Ah, sí, los retratos tamaño natural de la reina Mary y la reina Elizabeth, la mujer del rey George, quiero decir. Ah, sí, debía de ser realmente estupendo. Tan tipo viejo continente.

–Me encanta tu acento de Texas –le dijo la señora Maxwell.

–¿Ah, sí? Pensé que ya no lo tenía.

–Pero si Connie no... –empezó a decir Richard, y se detuvo cuando sintió el pie de Connie que rozaba el suyo.

–Tenéis que conocer a mi nieta política. Está casi tan recién casada como tú, sólo hace un año que se casó. Os parecéis mucho. Tengo un sexto sentido con la gente, y estoy segura de que te caerá bien.

–Muy amable, señora Maxwell.

–Está muy ocupada Bitsy. Recoge más dinero para sus instituciones benéficas que tres mujeres juntas. No sé de dónde saca la energía. O el tiempo para estar siempre tan en ello. Nunca parece estar cansada. Dos veces al año va a París, se compra la ropa de temporada, y después se olvida del asunto. –La señora Maxwell sacó una pequeña libreta y una pluma de plata del bolso–. Por favor, apúntame el nombre y número de teléfono aquí. Le diré a Bitsy que te llame y que te presente en la ciudad. Pero no tendrás problemas a la hora de hacer amigos. A la gente siempre les encantan los tejanos.

–¿Por qué demonios querías que pensara que eras de Texas? –preguntó Richard cuando estuvieron solos.

–Porque sí. Ya ves lo que dijo. A la gente les encantan los tejanos.

Él se rió.

–Maxwell. Me pregunto si debe ser de «Maxwell Knox International». Nosotros nos ocupamos de su publicidad. Tal vez lo sea. Esa esmeralda era por lo menos de cinco quilates. Y en cualquier caso, sin la esmeralda, tiene el *aire*. ¿No olías la clase?

–Olí un perfume muy bueno. Eso es todo.

–¿Y no el asqueroso olor de los esnobs?

–En absoluto. Era interesante.

«Una versión exagerada de su propia madre», pensó Connie, y se preguntó si era aquello lo que estaba pensando.

–¿No querrás de verdad conocer a la nieta?

–¿Por qué no? Me proporcionará la visión de un mundo distinto. No tengo nada que perder.

Era verdaderamente otro mundo, tal como había sospechado Connie. Y con gran sorpresa suya, la aceptaron en seguida. Pero, por otro lado, Connie siempre le caía bien a la gente. Era lista e inteligente y simpática. Su interés por todas las cosas que le resultaban nuevas resultaba como una ráfaga de aire fresco para unas mujeres que todo lo consideraban viejo y conocido.

Sondra Maxwell, llamada Bitsy, era conocida por su independencia. Llevaba un abrigo de visión encima de una falda y jersey de lana, zapatos deportivos, y en la muñeca una pulsera cuyo valor Connie, habiendo visto lo suficiente para tener una idea, calculaba en diez mil dólares. Su cabello, que era maravilloso pero no más que el de Connie, era lo suficientemente largo como para balancearse al caminar. Tenía un pequeño caniche de un raro color rojo y convenció a Connie para que comprara la hermana, llamada *Delphine*. Las dos jóvenes con los dos perritos pronto se convirtieron en una atractiva pareja al caminar por las opulentas calles del Upper East Side. Y Connie ya no era una desconocida en la ciudad.

Ahora, con el grupo de Bitsy, iba a un gimnasio, jugaba al tenis, iba de compras, asistía a clases de arte, almorzaba en «Le Cirque», y finalmente llegó a ver su foto en una revista. Durante el cumpleaños de Bitsy en el «Pierre» el grupo fue fotografiado para una de las páginas de sociedad; al final de una larga lista de nombres aparecía el de Connie, y en la parte de atrás del grupo, escasamente visible detrás de un hombro, aparecía su rostro. Compró media docena de ejemplares y mandó uno a Lara.

Hacia finales del invierno, los Tory recibieron una invitación para ir a la casa de los Maxwell. Vivían en cinco amplias habitaciones en un sólido edificio de Park Avenue.

–No me culpéis por los muebles –dijo Bitsy–. Son todos de mi abuela, endosados por la familia cuando ella murió. Pero no tendremos que aguantarlos mucho más. Este lugar se nos ha hecho pequeño, y en cuanto nos mudemos, pondremos muebles nuevos.

Esta disculpa sorprendió a Connie, que había estado a punto de hacer un comentario, y ahora no lo hizo, sobre la belleza del apartamento.

La velada finalizó pronto, ya que todos los jóvenes tenían que levantarse pronto para ir a los Juzgados, al Banco, a la Bolsa, o fuera donde fuera que tuvieran que estar en aquel inmenso bosque de piedra que era Manhattan.

Connie y Richard estaban leyendo en la cama cuando en un momento dado ella dejó el libro.

–Imagínate decir que aquella casa se les ha hecho pequeña. ¿Te lo imaginas, Richard?

–Sí, si tuviera el dinero de Maxwell. Las acciones de la compañía siguen todavía en la familia.

–Es sorprendente ver con qué rapidez han ocurrido las cosas –murmuró.

–¿El qué?

–Que nos hayan tomado como amigos, especialmente a mí, cuando pienso en mis raíces.

Ahora Richard dejó el libro.

–Me sorprendes. ¿Tienes complejo de inferioridad? ¿Con tu inteligencia y personalidad? Y, además, eras la mujer más guapa esta noche.

–¿De verdad?

Él colocó su mano sobre la suya.

–Sí, de verdad. Ah, tu amiga Bitsy, un nombre ridículo, es guapa, pero eso es todo. Eran gente agradable esta noche, muy afables, pero no te dejes impresionar por ellos, Connie.

Durante un momento se quedó en silencio, pensando en la velada.

–He estado pensando –dijo entonces– que realmente sería necesario hacer alguna fiesta. Es una forma de abrirse camino, como has visto esta noche.

–Aquellas personas no se abrieron camino dando fiestas. Nacieron con el camino abierto.

–Ya lo sé, pero estaba pensando... Realmente deberíamos poder dar una cena, o por lo menos, un *lunch* grande, y no podemos hacerlo aquí. ¿No crees que necesitamos un apartamento más grande, Richard? ¿Uno en la parte más alta de la ciudad?

–Oye, no soy el presidente de «McQueen», ya lo sabes.

–Claro que lo sé. No me refiero a nada extravagante. –Y muy cuidadosa y delicadamente, continuó–: De todos formas, este lugar no se parece a ti. No hace justicia a tus gustos.

–Bueno, no está a mi gusto. Ya sabes que lo compré amueblado.

–Ha cumplido su papel, me doy cuenta. –Suspiró. Era tan difícil, tan desagradable, tener que presionar para conseguir algo–. Sólo que resulta tan complicado, siempre tener que decir que no a los amigos y dar excusas. Por ejemplo, Bitsy me ha pedido que forme parte del comité del baile del hospital. Es algo de mucho prestigio, pero el problema es que hay que hacer una buena donación, o todavía mejor, coger toda una mesa. Y realmente no sé cómo continuar negándome. Resulta casi insultante cuando somos tan buenas amigas.

Richard se quedó en silencio.

–Me cae muy bien Bitsy. Ha sido muy simpática conmigo.

–Esa gente va a tres o cuatro recepciones como ésa cada mes durante la temporada, Connie. Ya te lo dije, no pertenecemos a su círculo. No tiene sentido que sigamos intentándolo.

Hubo una larga pausa durante la cual Richard pareció estar esperando algún tipo de reconocimiento de sus palabras, mientras ella en su interior empezaba a entender el mundo. Los Tory no eran ricos, no de verdad. Eran lo que los sociólogos llamaban «clase media alta», prósperos, pero no ricos. La casa de River Oaks, se dio cuenta ahora, tenía muebles nuevos, pero no antigüedades de verdad; los cuadros no eran piezas de museo; no había colecciones de nada, únicamente plata y buena porcelana para el uso diario. Sólo lo que se necesitaba y nada más.

Volviendo a cogerle de la mano, Richard dijo en voz baja:

–Estás muy desilusionada, ¿verdad?

–Un poco.

–¿Qué es lo mínimo que necesitas?

–Con mil quinientos sería bastante. Creo que sería suficiente.

–De acuerdo. Te haré un cheque por la mañana. Aumentaré un poco el presupuesto del año por ti.

¡Eres un encanto! Muchas gracias. Eres estupendo.

Extendió el brazo para apagar la lámpara, y volviendo a colocarse, la abrazó. Con los labios le rozó el cuello.

–¿Estás más contenta ahora?

–Sí, ah, sí.

De momento estaba satisfecha. Pero, ¿qué ocurriría la próxima vez? De alguna manera, todo sería mucho más fácil si no hubiera entablado una amistad con aquella gente. Pero ya estaba hecho y, a causa de ellos, sentía por primera vez en su existencia que la vida podría ser *divertida*.

El abrazo de Richard era más insistente. Quería hacer el amor. Ella deseaba dormirse. Y le pasó por la mente que el deseo que había sentido al principio por él, y que tantas desilusiones le había causado, se estaba convirtiendo en indiferencia, o quizás en un rechazo total. Sus tres minutos, o quizás era tan sólo un minuto y medio, de placer, eran peor que nada para ella, mucho peor...

«Necesitamos un apartamento nuevo –pensaba mientras el hombre yacía sobre ella–. Este lugar es imposible.» Richard se estremeció por última vez, suspiró, le rozó la oreja con los labios, y se preparó para dormir.

Cuencos, jarras, candelabros y bandejas de plata resplandecían en los estantes detrás del mostrador.

–¿De forma que estuvo igualmente contento con la tetera cuando se la llevó a casa? –preguntó el propietario con amabilidad.

–Ah, sí. Me ha picado la mosca del coleccionismo, y por eso he vuelto –contestó Eddy. Y añadió con confianza–: He decidido no comprar nada fabricado después de 1900.

–Pues, no es una mala decisión. –El hombre sopesó un cuenco–. No ahorraban en el peso, eso está claro.

–Me gusta ese pequeño plato repujado. Creo que ésta será la compra del día.

–Una pieza valiosa. No se arrepentirá, señor Osborne.

De nuevo en el exterior bajo la resplandeciente luz del atardecer con el paquete bajo el brazo, Eddy paseó, experimentando la maravillosa sensación de bienestar que tan a menudo le acompañaba estos días. Volaba en el cielo azul, navegando por encima de los mares.

Hacía poco más de un año había pronosticado el tiempo que tardaría en doblar su sueldo. Había pensado que tardaría unos años, pero ya lo había conseguido. Estaba totalmente sorprendido de sí mismo. Los negocios eran importantes, verdaderamente, verdaderamente importantes; y crecían como un globo. Un cliente, más que satisfecho, recomendaba a otro. Desde los zares de la inmobiliaria llegaban gente de teatro, un boxeador importante, un cantante de rock, ricas viudas de Park Avenue, cualquiera y todos. Él hacía que la riqueza de ellos fuera en aumento junto con la suya propia.

Dirigiéndose a los rayos de sol primaverales y saboreando aquellos pensamientos, casi chocó con Connie en la calle cincuenta y siete.

–¿Qué demonios haces aquí a media tarde? –preguntó–. ¿Y con esta cara de alegría? Pareces un gato que se ha tragado un canario.

–Estoy de compras. ¿No creerás que sólo las mujeres se toman la tarde libre para ir de compras?

–¿Qué has comprado?

–Plata. Hago colección.

–A modo de inversión, supongo.

–Bueno, es una inversión, pero además lo hago por placer. También colecciono marfil.

–¿Y dónde se supone que vas a poner todas estas cosas?

–Acompáñame y te lo diré. Te llevaré a tomar el té en el «Plaza». He trabajado durante toda la hora del almuerzo, y estoy muerto de hambre.

Una vez acomodado en el tranquilo refugio del patio de palmeras, desde el cual las abarrotadas calles parecían estar a miles de kilómetros, le explicó:

–Todavía estoy esperando encontrar el piso adecuado, pero mientras tanto mi apartamento nuevo no está nada mal.

–Me lo imagino. –Connie parecía estar casi indignada, pensó él.

–Pero necesitaré más dinero del que quiero gastar ahora si espero encontrar el lugar perfecto en la Quinta Avenida con vistas a Central Park.

–Muy sabio, como siempre.

Eddy exprimió el limón en la taza, la levantó, y observó a su hermana por encima del borde. A continuación, consciente de que, por alguna razón inexplicable, ella estaba enfadada, le dirigió su más seductora sonrisa y volvió a dejar la taza sobre el platito.

–Te ocurre alguna cosa. O estás enfadada, o triste, o ambas cosas.

–No me pasa nada.

–Yo me inclinaría por lo de triste.

–Ya te he dicho que no.

–Sí. He intuido algo distinto durante estas últimas semanas. Has perdido el resplandor. Estoy acostumbrado a verte resplandeciente.

–¡Resplandor! –dijo mofándose.

–Quizá –dijo con tacto– necesitas un trabajo. Eres demasiado inteligente para estar sin hacer nada.

–¿Quieres que vuelva a vender vestidos? ¡No, gracias! Quiero cualificarme para algo que tenga que ver con el mundo del arte, una galería o sala de subastas. Por eso estoy haciendo cursillos de arte. Pero será largo, muy largo, e incluso entonces tendré que tener mucha suerte.

Se quedó en silencio, un silencio tanto más triste a causa de la suave cháchara del ambiente, la agradable animación de la hora del té. Él no podía saber que estaba lamentando el tono de voz cáustico que había utilizado y que le avergonzaba tener envidia de su querido hermano. Él había tenido éxito en todos los negocios que había iniciado. Si existían placeres en el mundo, Eddy los disfrutaría. Si había cosas que saber, él las sabría. Sin embargo por nada del mundo se descubriría ante él, y ésta era la primera vez en su vida en la que se sentía incapaz de preguntarle nada a Eddy. Pero él no podía saberlo.

Todavía en tono conciliador se atrevió a hacer otra pregunta:

–¿Ocurre algo entre tú y Richard?

–No, no, ¿qué te hace pensar eso?

–Sólo preguntaba. Me cae bien Richard. Es inteligente e interesante y parece una persona generosa.

–Es una persona generosa. –Y a continuación dejó escapar su queja–: ¡Es tan caro vivir aquí! No esperaba que fuera así.

–Ciertamente lo es. Pero también depende de la forma en la que quieres vivir. Las amistades que tengas tienen mucho que ver con lo que esperas.

–Bueno, quiero un apartamento decente, eso es todo. Odio estar encerrada en una pequeña caja. Deberías entenderlo. Tú has conseguido algo mejor, ¿verdad?

–No olvides que yo estoy ganando dinero, y no viviendo con un sueldo fijo. Incluso un sueldo bueno como el de Richard no es gran cosa después de los impuestos. Lo importante es que tienes que saber invertir el dinero y hacer que crezca.

–¿Y cómo voy a hacer yo una cosa así? –preguntó con impaciencia.

–Sabes –dijo–, he estado haciendo cosas estupendas para desconocidos. Deducción de impuestos, arbitraje, futuros, cualquier cosa. De forma que, ¿por qué no hago algo por Richard? Se lo he sugerido, pero no le interesa, lo cual no tiene sentido.

–Guarda la herencia de su abuela en el mismo Banco con el que ha trabajado la familia durante generaciones, por eso. Cualquiera diría que están casados con el Banco.

–Uno puede ser demasiado conservador, dejar el dinero en depósito sin que sirva para casi nada. Siempre me asombra cómo hay que empujar a la gente a que haga algo por su propio bien. Mira a Davey. Ahora, gracias a mí, le han aprobado la patente, y le hecho un préstamo para que tenga crédito para la hipoteca. Me dice que ha encontrado un pequeño edificio en buenas condiciones y ha contratado a un par de personas para empezar a trabajar. Para otoño iniciarán la producción. Si no le hubiera acosado un poco, estaría donde siempre, no haciendo absolutamente nada con sus ideas. Y Lara estaría desperdiciando un buen cerebro para los negocios, que yo siempre he sostenido que debería utilizar. Pero tuve que empujarles, literalmente empujarles a ello. Aquellos dos siempre creen que tienen suficiente. Y de alguna forma es cierto. Mira –se quedó pensando–, cuando recuerdo cómo vivíamos en casa, cómo se apañaba Peg, no acabo de entender cómo lo conseguía. Es curioso cómo uno se acostumbra a tener más y cuando el más tampoco parece ser suficiente. Casi, pero no suficiente. Es curioso.

–Sí –dijo Connie seria–. Es curioso. –Y se miró la falda

violeta del traje de lana y los puños verde primavera de la blusa.

Eddy le siguió la mirada.

–Bonito traje.

–Gracias. Richard lo vio en un escaparate y me lo compró.

–Tiene buen gusto. Escucha. Voy a llamarle. No tiene sentido que vaya arrastrándose cuando puede volar.

–Eres una buena persona, Eddy. A pesar de todos tus defectos eres una buena persona.

Connie le acarició la mano, y él supo en aquel momento que su enfado se había disipado.

–Bueno, lo intento. Tendré una pequeña charla con Richard la semana que viene.

–Tienes un bonito despacho –dijo Richard.

–Se me está haciendo pequeño. Mira todo esto –dijo Eddy señalando las habitaciones que quedaban más allá de su despacho–. Estamos todos amontonados.

«Todo aquello» era una vista de cuatro habitaciones repletas de escritorios, uno al lado del otro, y apilados con teléfonos y ordenadores, todos atendidos por varios jóvenes que trabajaban a gran velocidad.

–No es que me esté quejando –le aseguró Eddy a Richard–. Simplemente tendremos que mudarnos. Entre tú y yo, a veces me sorprendo del crecimiento tan rápido que se ha producido. ¿Cómo ha ocurrido?

–Eres una persona encantadora, Eddy. Eres abierto y franco. La gente confía en ti.

–Gracias, cuñado.

–Tú y Connie sois iguales. Llenos de energía. Llenos de vida.

–Bueno, la vida es divertida, ¿verdad? Siempre tengo la sensación de que no viviré lo suficiente para ver o hacer todo lo que quiero, especialmente en este negocio. Hay momentos en que siento cómo fluye la adrenalina. –Eddy ojeó los documentos que tenía delante suyo–. Vamos a ver: ¿has firmado todo esto? Sí, ya lo has hecho. Me alegro de que por fin rompieras con aquel Banco tan conservador. ¡Crecimiento seguro, un carajo! Ocho por ciento y ¿qué queda después de los impuestos? ¡Espera a ver tu declaración de renta al final del año! No te reconocerás, Richard.

–Me preguntaba si harías algo parecido para unos primos míos. Hay uno en particular en Florida. Tiene cinco hijos, y es un problema. Creo que nunca ha invertido en una sociedad limitada. Quizá sea exactamente lo que necesitaba.

–Claro que lo haría. Llámale. ¿Quieres usar el teléfono? Te dejaré solo.

–No, no, Eddy. Le llamaré desde casa esta noche. Ahora que lo pienso, podría conseguir toda una lista de personas, amigos en Texas y gente de mi despacho. Tú les estarías ayudando a ellos, y supongo que ellos te estarían ayudando a ti. Es así como funciona, ¿verdad?

–Exactamente. –Eddy estaba contento–. Y yo te agradeceré la ayuda. Es muy generoso por tu parte molestarte de esta manera.

–¿Molestarme? De todas formas, las familias están para eso, ¿verdad? Por lo menos en Texas.

–En Ohio también –dijo Eddy alegremente.

Richard se puso de pie.

–Ha sido un buen día. Tengo la sensación de que he empezado bien. Me voy para casa.

–Y yo a Long Island. Pasaré el fin de semana en el club. Me permito una semana de vacaciones dos veces por año. Lo necesito.

–Estupendo. Diviértete. Te lo mereces. –Los hombres se dieron la mano, y Richard se marchó.

–Qué tipo tan decente –pensó Eddy–. Hay algo tan inocente en él. Es difícil creer que procede de Houston. Cualquiera diría que es de un pueblo perdido como yo.

El club había asumido rápidamente el papel de hogar. «Cuando eres un joven, bastante guapo, tienes sentido del humor, juegas muy bien a tenis, bailas bien, eres simpático y tienes algo de dinero, puedes sentirte a gusto en cualquier lugar», pensó Eddy mientras tomaba el sol al lado de la piscina.

A su izquierda, el campo de golf, un resplandor de verde veraniego, ondulaba hacia unas colinas distantes. A su derecha y en la terraza se alineaban las mesas naranjas con parasoles. Una agradable cháchara le envolvía.

–¡Es realmente bello! –exclamó.

Su amigo y compañero preferido de tenis contestó con desaprobación.

–¿Este lugar? Yo puedo mostrarte un club que hace que esto parezca un tugurio.

–¡Imposible!

–Ah, sí. Este lugar es vulgar, si quieres saberlo. *Nouveau riche*, y se nota.

Eddy apartó la cerveza fría y prestó atención.

–Si es tan horroroso, ¿cómo es que eres socio?

–Francamente, porque no me aceptaron en «Buttonwood». Soy un nuevo rico. –Terry se echó a reír–. Y no tan «rico» en realidad.

Ahora Eddy sintió curiosidad.

–¿Qué diferencia hay entre los dos? Ponme un ejemplo.

–Oh, no sé. La gente, supongo, el aspecto que tiene, quiénes son.

–¿Cómo sabes todo esto?

–Mi hermana se casó con un socio de «Buttonwood». –Terry rió de nuevo–. Se casó hacia arriba. Mira, vamos a hacer una cosa. Le pediré que nos consiga dos chicas y que nos invite al baile de los sábados. Será un cambio, será divertido, y verás exactamente lo que quiero decir. ¿Estás de acuerdo?

–Estoy de acuerdo –replicó Eddy.

«Buttonwood» era realmente distinto. El tiempo y la elegancia, una elegancia sobria, fue percibida inmediatamente por la astuta mirada de Eddy. La casa con gran probabilidad había sido la residencia de verano de algún magnate del mundo del petróleo, ferrocarriles o bancos a finales del siglo pasado. Ningún decorador moderno había tenido nada que ver con los oscuros paneles tallados o estas suavemente descoloridas zarazas inglesas.

Aparentemente, tampoco ningún modisto contemporáneo había tenido contacto con las mujeres. «Parecían –pensó en seguida mientras seguía a Terry a través de la multitud hasta la terraza–, parecían, bueno, poco vestidas, podría decirse.» En su club los sábados por las noches, las mujeres resplandecían con joyas y vestidos adecuados para la ópera, joyas y vestidos como los que se veían en las columnas de sociedad de los periódicos dominicales.

Terry, al encontrar el grupo, estaba haciendo las presentaciones.

–Y éste es mi buen amigo, Eddy Osborne.

La hermana era una réplica cordial y mayor de Terry. Su marido, cuyo nombre Eddy no llegó a captar –sonaba a Truscott– era delgado y calvo; tenía gestos de lord y unos ojos fríos. «No le caigo bien –pensó Eddy en seguida–. Que se vaya al diablo.»

Las dos jóvenes, Marjorie Alguien y Pamela Alguien, eran altas; tenían rostros atractivos y pelo lacio sujetado con un pasador. Señoritas de la alta sociedad; sus fotografías salían en los periódicos y revistas, en bodas, exposiciones de perros y gimcanas. Una iba vestida de lino blanco, y la otra de lino amarillo.

Ya que Terry, que al fin y al cabo tenía derecho a la primera elección, se había puesto a hablar con la que iba vestida de amarillo, Eddy se quedó con la de blanco.

–Soy Pamela –dijo, dedicándole una rápida sonrisa–, por si acaso te has hecho un lío con los nombres, cosa que resultaría normal.

Era simpática. Ciertamente había pensado que la otra era Pamela.

–No tienes una copa –dijo.

Truscott –¿o era Truscott el apellido?– la oyó.

–No hay tiempo para copas. Has llegado tarde como siempre, Terry.

–Ya lo sé. Lo siento, pero vengo tan poco aquí que siempre me pierdo.

¡Touché! «No se tienen mucha simpatía esos dos», pensó Eddy. Inesperadamente se cruzó la mirada con Pam. Ella sonreía. *Viejo cascarrabias. Témpano.* Sus labios formularon las palabras en silencio. Él le guiñó el ojo, ella le devolvió el guiño y entró a cenar sintiéndose bastante contento.

Una pareja mayor, seguramente los verdaderos invitados de los Truscott antes de que Terry se invitara a sí mismo, estaban sentados a la mesa. Este otro caballero, cuyo nombre, pronunciado por Truscott, sonaba a algo como «Ripley» o «Brearley», era aparentemente un agente de Bolsa, porque de inmediato Truscott y él se embarcaron en una discusión sobre el mercado de valores. Eddy se encontró dividido entre los atractivos de Pamela y los atractivos de la conversación. Los términos «reservas federales», «producto nacional bruto», «proporción de ganancias» le llegaban desde el otro lado de la mesa.

Al final tuvo que dar su opinión. Se había producido una pausa en la conversación y se aprovechó de ella.

–No he podido evitar oírles –dijo–. Tienen razón, no hay duda en lo que se refiere a las acciones hoteleras o las sociedades limitadas en los hoteles. Ésta es la era del transporte.

Los fríos ojos de Truscott miraron fijamente la corbata a rayas de Eddy.

–Me alegra saber que está usted de acuerdo con nosotros –dijo.

–¿Está usted en el mercado? –preguntó Ripley, o Brearley.

Su tono de voz era amable, como si, intuyó Eddy, quisiera contrarrestar el sarcasmo de su compañero.

Terry se echó a reír.

–Ligeramente, sólo ligeramente. –Estremeciéndose de placer, se volvió a su cuñado–. «¿Osborne y Compañía»? ¿No has oído hablar de «Osborne y Compañía»?

–Claro que sí –contestó Truscott con severidad–. ¿Está...

–Es él. Vernon Edward Osborne. Él mismo.

Truscott se sonrojó.

–No habías dicho...

–Ya lo sé. Le presenté como Eddy, que es como lo llamamos.

–Me alegro mucho de conocerle –dijo Truscott, recuperándose–. No tenía ni idea...

No, Eddy se dijo a sí mismo. Si no hubieras asumido que era simplemente uno de los insignificantes amigos de Terry, hijo de puta, me hubieras mirado de otra forma. Pero en voz alta, y con la máxima educación posible, contestó que se alegraba de estar allí y poder conocer a la familia y a los amigos de Terry.

«Dinero, dinero –pensó al dirigirse de nuevo a Pamela–. Eddy Osborne sin dinero es un don nadie. Pero ya lo sabía ¿verdad? Y por eso me marché de Ohio.»

–¿Qué es «Osborne y Compañía»? ¿Soy una tonta por no saberlo? –preguntó Pamela.

–Una financiera. Inversiones. Y no eres tonta. ¿Por qué ibas a saberlo? Seguramente sabes cientos de cosas que ese fósil desconoce.

–Bueno... Caballos, perros, animales, el medio ambiente. Todo eso. Trabajo en ello. Pero, te ha insultado ¿verdad? No deberías dejar que gente como él te insultara.

–Gracias. No dejaré que ocurra. –Observó la mirada nítida de unos ojos grises en forma de almendra bajo una frente baja y morena–. ¿Perros y caballos has dicho? Háblame de ello.

–Bueno, adoro los caballos. Doy clases en una escuela de equitación.

–¿Cuántos años tienes? ¿Dónde vives? ¿Te molestan mis preguntas?

–Tengo veintidós años, y vivo con mi madre no lejos de aquí, y no, no me molestan tus preguntas.

–Yo tengo treinta años, y vivo y trabajo en Nueva York. Vivo solo. Me encantaría marcharme de aquí para que pudiéramos hablar, Pamela. Es decir, si te apetece –añadió.

–Me encantaría, pero es obvio que no podemos marcharnos. Y me llaman Pam.

–¿Qué te parece mañana? ¿Puedo llevarte a cenar? –Cuando ella asintió, le extendió una pluma y un trozo de papel–. Apunta tu número de teléfono y cómo llegar a tu casa. ¿Te va bien a las seis y media?

–Estupendo. Y ahora será mejor que nos unamos a la conversación –dijo con corrección–. Estamos siendo muy mal educados.

Comprendió la corrección. Tenía clase y era bien educada. La Clase Dirigente, eso era. Tenía ese aire. Y corazón también. La forma en que había descrito a ese viejo esnob.

«Es algo nuevo», pensó cuando se despidieron aquella noche.

La carretera de atrás no estaba lejos del Sound. Había pasado por allá con anterioridad y conocía el camino. Las casas aparecían separadas, la mayoría de ellas sólidas y de pizarra marrón, recluidas al final del camino y construidas por familias de Nueva York a principios de siglo. Al girar por el camino, pasó por un túnel de matorrales cubiertos de hierba y se detuvo ante un porche con la pintura desconchada. «El lugar ha visto mejores tiempos», pensó.

Pam, sonriendo de oreja a oreja, bajó los escalones. Mirándola, se sintió ligeramente despreocupado.

–Espero que tengas hambre –dijo– porque he reservado una mesa en lo que me han dicho es el mejor restaurante francés a cincuenta kilómetros a la redonda.

–Siempre tengo hambre.

–No se nota –contestó admirando un cuerpo delgado y fuerte.

–Ejercicio. Soy una maniática de los deportes, pero principalmente, como ya te dije, monto a caballo. ¿Y tú?

–¿Montar a caballo? –Al no haber montado nunca, Eddy dudó–. Hace años que no practico, pero he estado pensando que me gustaría volver a empezar.

–¡Tienes que hacerlo! Es maravilloso. No hay nada como levantarse pronto por la mañana, mientras el mundo sigue durmiendo, a excepción de tú misma, el caballo, y los pájaros. Lo que me gusta más es montar por la playa.

Tenía una forma alegre y agradable de hablar, de modo que la animó a seguir con sus comentarios y preguntas. Había insistido en que le dieran una mesa privada en una de las ventanas del rincón con vistas al jardín, y allí se quedaron hasta mucho después de la puesta de sol. Para entonces se había enterado de muchas cosas, entre ellas que había sido una debutante, que su padre había muerto, y que su madre había abandonado el apartamento de Nueva York para ahorrar.

–Mamá celebró un baile para mí en el «Pierre». Realmente no se lo podía permitir, y a mí no me hubiera importado que no lo hiciera, pero las tradiciones significan mucho para ella. Nuestra familia tiene muchas tradiciones. Antes tenían dinero, también, hace un par de generaciones, pero de alguna forma fue decreciendo poco a poco. Nunca he entendido cómo puede ocurrir una cosa así.

–Ocurre con mucha facilidad –dijo Eddy–. No requiere ningún esfuerzo.

Los dos se echaron a reír.

–A mí no me importa mucho –comentó Pam–. Me gusta

la vida que llevo aquí. Las clases de equitación están bien pagadas, y no hay nada mejor que te paguen por hacer una cosa que te gusta.

–¿Y qué pasa en invierno?

–Tenemos pistas de interior para cuando no podemos salir.

–¿Y qué haces cuando...? –Se detuvo–. Por favor perdóname. De pronto me he dado cuenta de que te he estado haciendo muchas preguntas. Es uno de mis defectos. Cuando conozco a una persona que me gusta, siempre quiero saberlo todo y en seguida. Lo siento.

–¡No, por favor! Me estabas preguntando qué hago cuando...

–Cuando no estás con los caballos.

–Soy voluntaria. Mi madre me llama una voluntaria profesional. Trabajo en el refugio de animales, y soy miembro de un comité para salvar las marismas, y el «Sierra Club», y cosas así. Me pongo hecha una verdadera fiera cuando veo a los especuladores destrozando estas tierras. Construirán por todas partes sin dejar ni un trozo de verde. Los que vivimos aquí todo el año adoramos el lugar. Para nosotros no es simplemente un lugar de veraneo.

En sus viajes diarios entre el rascacielos donde estaba su despacho y su apartamento, Eddy tenía que admitir que había pensado muy poco últimamente en si la tierra era verde o no. Intentó recordar si conocía alguna otra persona que estuviera interesada por las marismas o los animales perdidos, y no se le ocurrió nadie. Ésta debía ser una preocupación de las personas que poseían tierras en el mismo lugar desde hacía años y que las apreciaban. Interesante. Otro mundo, distinto a todos los mundos que había conocido hasta ahora. Y se preguntó qué podía estar pensando ella de él...

De regreso a su club, repasó la noche. ¿Debería intentar volver a verla? Era un largo camino desde su club hasta allí, y ciertamente no le faltaban mujeres en lugares mucho más convenientes. No era una gran belleza. En cuanto a las posibilidades de sexo, a pesar de que obviamente tenía un cuerpo espléndido, tenía la sensación de que sería algo fría. Y sin embargo había algo en ella...

Seguía pensando en todo esto cuando entró en el club.

En la entrada alguien le llamó.

–¿Osborne? –Un hombre mayor, uno de los amigos del señor Hartman, se acercó a Eddy–. Soy Julian Jasper. Nos conocimos en casa de los Hartman, por si no me recuerda.

Eddy extendió la mano.

–Claro que le recuerdo, señor Jasper.

Cualquiera lo conocería, cualquiera que se preciara de estar al día. Después de hacer fortuna con estaño boliviano, Jasper, ahora retirado, se había convertido en uno de los más importantes filántropos de la ciudad, y miembro de una docena de juntas directivas de sociedades benéficas.

–Quería hablar contigo. ¿Podemos sentarnos un momento?

Con toda seguridad a esto le seguiría la petición de un donativo, pero eso no importaba. Estaba entrando mucho, y era sólo justo que saliera algo. De forma que Eddy se sentó.

–Quizá te hayas enterado de que voy a ser el nuevo presidente de la junta directiva de «Mount Mercy».

–Sí, lo leí en el *Times*, señor Jasper.

–Bueno, pues es un trabajo duro, Osborne. Es un viejo hospital, tiene grandes deficiencias, y yo necesito ayuda.

–Lo comprendo.

«¿Veinticinco mil? –estaba pensando Eddy– ¿Cincuenta?»

–Los miembros de la junta son viejos. Lo que quiero decir es que la mayoría de nosotros hace años que estamos allí, hace por lo menos diez años que no renovamos a nadie, y yo quiero hacerlo. Sangre joven y nueva, con ideas frescas. ¿Te interesaría?

Eddy no estaba seguro de haberle oído bien.

–Me temo que no acabo de entenderle –dijo.

–Te estoy ofreciendo un puesto en la junta directiva del «Mount Mercy».

Se quedó pasmado. Miembro de este cuerpo tan distinguido, él que había llegado a la ciudad siendo un don nadie. Naturalmente se esperaría un gran donativo de él; cien mil, supuso rápidamente; pero valdría diez veces más en honor y prestigio.

–Estoy abrumado, señor Jasper. Claro que acepto. ¿Quién no aceptaría? Sí, estoy abrumado. No se puede describir de otra manera.

El otro se quedó complacido.

–Nos serás de gran ayuda, Osborne. Hartman dijo cosas espléndidas de ti, y claro, he oído mencionar tu nombre favorablemente en Wall Street. Sí, sí, sangre joven. Me gustaría presentarte a los otros miembros un día de éstos. ¿Un almuerzo en el «Harvard Club», quizás?

–Estupendo. Cualquier día. Estoy encantado, señor Jasper. Encantado.

Como siempre, tuvo que contenerse para no subir silbando a su habitación. «Vaya, vaya, Vernon Edward Osborne, estás prosperando.»

Entonces, de pronto, volvió a pensar en Pam Granger, y lo relacionó todo. Casi pudo oír cómo se relacionaba todo en su mente. La verdadera razón de sus dudas acerca de llamarla de nuevo era muy sencilla: temía que le rechazaran. Había temido que ella, al fin y al cabo, era demasiado distinta, que estaba fuera de su alcance. Una extraña inseguridad tratándose de Eddy Osborne, nadie hubiera dicho que la inseguridad era un sentimiento del que padecía. Pero este breve encuentro abajo le había elevado a un nuevo estatus. Y descolgó el teléfono.

–¿Pam? Espero no haberte despertado.

–No, estoy leyendo en la cama.

En la cama. Pelo largo suelto sobre la almohada. Un camisón blanco lo suficientemente transparente para ver la carne rosada.

–No sé qué piensas tú, Pam, pero yo me lo he pasado muy bien esta noche. ¿Te apetecería repetir?

–Me encantaría, Eddy.

–¿Mañana?

–Estupendo.

–De acuerdo. ¿Te recojo a las seis?

–Se me ha ocurrido una cosa –dijo–. Va a hacer buen día mañana. ¿Qué te parece si nos encontramos en los establos y montamos un rato? Yo estoy libre toda la tarde.

¿Qué le habría dicho? Le pareció recordar que había dado la impresión de que sabía mucho de equitación, pero que simplemente hacía tiempo que no practicaba. ¡Qué aprieto! Tenía una vaga idea de haber leído que uno se montaba en el animal por la izquierda y que se hundía en la silla mientras se movía la criatura. A eso se le llamaba «trote». Y eso era todo lo que sabía.

–¿Eddy? ¿Estás ahí?

–Sí. Sí, Pam. Sólo es que estaba pensando en que mi traje de montar está en casa.

–¡Vaya!

Pensó con rapidez; compra un traje mañana a primera hora y arriésgate. Siempre has sido atlético, y no puede ser tan difícil.

–Compraré ropa por la mañana. Seguramente lo que tengo en casa debe estar viejo y apolillado. Hace tanto tiempo que no me lo pongo. Y prepárate. Estaré más tieso que un palo, estoy seguro.

–No te preocupes, lo recordarás todo en seguida. Además, no olvides, yo soy profesora.

Se sintió tan ansioso, tan excitado que se puso a cantar en la ducha aquella noche. No era habitual tener dos triunfos en un día.

Y así empezó una semana memorable. Como se había convencido de que su primer intento de montar a caballo sería un éxito, lo fue. Al menos, no fue ningún fracaso. Elegante en traje nuevo y, tras pasar una hora leyendo un manual de instrucciones, Eddy consiguió una buena actuación.

–¿Lo hago muy mal? –le preguntó a Pam mientras dirigían los caballos con cuidado por debajo de unas ramas caídas.

–Para alguien que hace años que no monta, lo estás haciendo muy bien –le aseguró–. Todo lo que necesitas es práctica.

De hecho, se estaba divirtiendo. Seguro que mañana le dolería el trasero, pero eso no importaba. Uno podía aficionarse a este deporte. Era mucho mejor que el golf, que siempre le había parecido algo muy lento.

La ciudad, en los días que siguieron, podría haber estado en otro planeta. Había una gran diferencia entre sus ruidosas calles y el placer del aire fresco y las grandes praderas. Pam y Eddy hicieron excursiones. Navegaron, nadaron, comieron bocadillos de cangrejo en el muelle, jugaron a tenis, y rieron mucho. Con gran sorpresa de Pam, Eddy quiso visitar las casas históricas; se quedó aún más sorprendida al ver lo mucho que sabía de muebles y estilos arquitectónicos.

–Me gusta tener cosas bellas –dijo sencillamente–, de

modo que tengo que aprender.

Ella le llevó a una tienda de antigüedades, donde él compró un par de figuras de Staffordshire, auténticas y encantadoras, pero modestamente valoradas. En la misma tienda vio un par de figuritas de Dresde, que naturalmente eran caras; le hubiera gustado comprarlas, pero no lo hizo por temor a parecer ostentoso delante de Pam, a quien al fin y al cabo casi no conocía. Una noche fueron a ver una película italiana, otra a un concierto al aire libre, y en otra cenaron en el jardín de la casa de Pam, y se sentaron en el porche con su madre, que se acostó tras un intervalo adecuado.

La cuarta noche, bajo una luna llena, regresaron al porche. La casa ya estaba a oscuras, y no se oía nada al subir los escalones a excepción de los golpes de la cola del perro.

–No le he visto antes –dijo Eddy–. ¿Dónde están los otros?

–Duermen en la habitación de mi madre. Éste es *Buster*. Es mío. Le rescaté de la perrera. ¿Te lo imaginas? Te hubiera roto el corazón ver los ojitos que ponía. No comprendía por qué se marchaban sin él. De forma que me lo quedé yo, y creo que está superando la pérdida. Pobre perro.

De verdad que me gusta. De verdad, se dijo a sí mismo. Y curiosamente preguntó:

–Dime. ¿Piensas en el futuro? ¿Haces planes sobre lo que quieres hacer en la vida?

–Oh, me gustaría vivir más o menos como ahora. Y algún día tener un marido e hijos, pero dentro de algún tiempo.

Eso era extraño, ya que no era una mujer competitiva como las que se veían en los bancos y despachos de abogados. La mayoría de mujeres tenían la palabra «matrimonio» escrito en la cara después de media docena de citas.

Siguió presionando.

–¿No tienes la sensación de que te estás perdiendo algo?

–No. Me gusta ser independiente. ¿Qué me estoy perdiendo?

Dudó y se arriesgó.

–Bueno, el sexo, por ejemplo.

Ella se echó a reír.

–No me reprimo. No, cuando conozco a la persona adecuada.

Volvió a presionar.

–¿Cómo te das cuenta de que lo has conocido?

Y ella, volviendo a reír, contestó:

–Vamos, sabes que no hay que hacer una pregunta tan tonta.

Tenían las sillas tan cerca la una de la otra que casi les rozaban las rodillas. La más dulce y seductora fragancia flotaba en el ambiente: ¿su perfume o la parra que trepaba por la barandilla? Se puso de pie y le cogió las dos manos. Su cuerpo, cediendo con facilidad, se elevó para encontrarse con él.

–¿Dónde vamos? –susurró.

–Aquí en el columpio. No te preocupes, no chirría.

Su cabeza flotaba como una explosión de fuego que le llegaba desde lo más interno, de la sangre que corría por sus venas. En un instante, la ropa quedó descartada; y un segundo después yacía con ella en el columpio. Había oído hablar de hacer el amor sobre un colchón de agua, del erótico movimiento que se producía; también había oído hablar de hacer el amor al aire libre en una noche de verano, pero nunca lo había probado hasta ahora. Aquéllos fueron los pensamientos que le pasaron por la cabeza, y no hubo ningún pensamiento más, sólo aquella explosión de fuego, y después, la dulzura. La dulzura.

–Y yo pensé, pensé que serías fría –dijo.

–¿Frígida?

–No, eso no. En absoluto. Pero es difícil de explicar. Simplemente no me imaginé que fueses así.

Ella había estado estirada descansando la cabeza sobre su hombro y ahora se incorporó.

–¿Cómo qué? ¿Cómo soy?

Él también se incorporó, estremeciéndose. Nunca, nunca había tenido una relación tan satisfactoria.

–No me creerás. Dirás que es un frase típica de los hombres. Pero la verdad es que nunca he sentido algo como esto. No sé qué hiciste, pero...

–Y si yo te digo que no acostumbro a hacer el amor con un prácticamente desconocido, ¿me creerás? Seguramente estás pensando, oh, eso lo dicen todas, y supongo que tienes razón, pero en este caso resulta que es la verdad. Necesito tener un sentimiento de verdad, fuerte y profundo. Y eso no pasa casi, casi nunca. –Pam le cogió la mano–. ¿Me crees o no?

Él la miró a los ojos, que ahora brillaban bajo la luz de la luna.

–Te creo –contestó.

Después de aquello supo que no podría olvidarla. De regreso a Nueva York cuando se terminaron sus vacaciones, pensó en ella. Le hubiera gustado regalarle algo, no flores, ni chocolates, o libros, pero algo bello, como un colgante o una pulsera. Sólo como recuerdo de aquellos maravillosos siete días. Pero recordó que ella había hablado con desprecio de las chicas que aceptaban regalos caros de los hombres. Tenía principios. Sabiendo aquello de ella, se decidió por las flores, las rosas más exuberantes que encontró.

Y otra cosa: le había dejado muy claro que no estaba preparada para el matrimonio, lo cual era perfecto porque él tampoco lo estaba. Todavía no.

«Pero cuando lo esté –pensó–, será con Pam, o si ella no me quiere, lo cual es posible, con alguien igual que ella.»

Unos seis meses después Richard Tory pudo decir:

–Tu hermano es un genio de las finanzas. Mira, con aquellas acciones que compró, he aumentado mi capital en un diez por ciento. Es increíble. Me parece –propuso con cautela–, creo que ahora podemos empezar a buscar el apartamento que querías.

Una calidez como la que produce un licor surgió del pecho de Connie, y miró por última vez la pequeña caja de zapatos, adornada con cromados y acero barato. La pequeña caja de zapatos que había sido en su día una delicia.

–¿Cuántas habitaciones?

–Bueno, quizá cuatro.

Pensó en las diez habitaciones nuevas de Bitsy.

–¿Qué te parece cinco? Dijiste que querías traerte los libros de Houston.

–Bueno, de acuerdo. Será caro, especialmente donde busca Eddy, y supongo que es ahí donde quieres estar tú. Aunque no es que podamos estar a la altura de él. –Richard sacó una libreta y un lápiz, y ella esperó, mirando por encima de su hombro, con una inclinación ansiosa de la cabeza–. Veamos, con mi salario puedo subir a cinco o seis. Podré pagar la hipoteca. Y la pagaré tan rápidamente como

Eddy haga que crezca mi dinero. Al fin y al cabo la propiedad inmobiliaria siempre es la mejor inversión. No se puede perder comprando un piso en Nueva York.

–¿Y los muebles? Lo único que poseemos es este biombo y el espejo.

–Compraremos con cuidado. Iremos a la Tercera Avenida donde encontramos esto. Lo haremos poco a poco, paso a paso. Tenemos todo el tiempo del mundo.

«No tanto –pensó Connie–. Richard era lento, preciso y lento. No como Eddy, que iba tras lo que quería y lo conseguía.»

CAPÍTULO V

Eddy y Connie habían viajado a ver la nueva fábrica de Davey. Era un día de celebración.

–Antes de ir a ver la fábrica –dijo Lara– almorzaremos. Tengo un pavo en el horno. Podemos ir más tarde.

–Pero no demasiado tarde. Eddy y yo tenemos que coger el avión de las seis para volver a Nueva York.

–Pensé que os quedaríais hasta el domingo –comentó Lara, con voz quejumbrosa–. Una visita tan corta...

–Ya lo sé. Pero Eddy cambió de opinión. Ya sabes que es un adicto al trabajo, y en cuanto a mí, tengo un marido. Por cierto, Richard me ha pedido que os dijera cuánto siente no haber podido venir. Tiene un montón de reuniones, pero acudirá con toda seguridad para Navidad. Es una promesa.

«Connie está extremadamente guapa hoy», pensó Lara. El color de su cabello era más claro, un rubio casi ceniza, y llevaba una chaqueta de visón. No hacía falta saber mucho de visones para darse cuenta de que no se trataba de una rebaja de los grandes almacenes, ni tampoco los zapatos rosados y el vestido de lana que hacían conjunto.

–Estás guapísima –dijo–. Y pareces feliz.

–¿Ah sí? –contestó Connie a la ligera–. Seguramente es por el apartamento nuevo.

–¿Sólo por eso?

–¿Sólo? Es suficiente

–Cuéntame cómo es.

–Bueno, está entre Madison y Park. No sabrías dónde es, pero es un vecindario de primera. En conjunto no es exactamente lo que yo quería porque las dos habitaciones de atrás son un poco oscuras. No obstante, es un sueño comparado con el tugurio que teníamos. Ahora sólo nos falta amueblarlo. –Connie suspiró–. Hemos acabado con el dormitorio y tenemos muchas otras cosas encargadas. Muebles rurales ingleses, caoba y roble, mucha zaraza y lino. Me enamoré de todas esas cosas cuando estuvimos en Inglaterra.

Se percibía un ligero tono autoritario en su voz, un cambio sutil que seguramente ella ni había notado, desde la última vez que Lara la había visto en el apartamento que ahora describía como un tugurio. Siempre le había extrañado a Lara que el dinero pudiera cambiar tan bruscamente a la gente. Aunque, pensó, si la nueva fábrica de Davey funciona, no le cambiará a él. De eso estaba segura. Y sin embargo no sentía desaprobación hacia Connie, simplemente una ligera duda.

A continuación dijo con timidez.

–Estoy bastante contenta hoy. Soy feliz y tengo esperanzas. Este mes no me ha venido la regla. Quizás esté embarazada.

Connie se puso de pie y la abrazó.

–¡Cariño, espero que así sea! Realmente una persona debería conseguir lo que tanto ha deseado.

–¿Tú? ¿O es mejor que no pregunte?

–Todo a su debido tiempo. No tengo prisa.

–Parece que Eddy tampoco tiene prisa. Me gustaría que se casara, por lo menos.

–¿Por qué? En estos momentos no podría ser más feliz, y creo que sale bastante a menudo con una chica.

–¿De verdad? ¿Quién es?

–Lo único que sé es que se llama Pam. Le gustan los caballos. –Connie rió–. De forma que se dedica ahora a la equitación. Creo que ella es de la alta sociedad o algo así.

–Bueno, Eddy siempre ha tenido grandes ideas. –Lara estaba divertida.

Cuando entraron los hombres almorzaron, e inmediatamente después se metieron en el jeep nuevo de Davey para ir a la otra punta de la ciudad donde se encontraba la fábrica. Era un edificio situado detrás de una verja de alambre bajo y compacto que había sido antiguamente un almacén. El espacioso aparcamiento estaba vacío.

–Hay sitio para quinientos coches, me parece a mí –dijo Eddy–, ¿no crees, Davey?

Davey sonrió.

–Muchos más de los que yo jamás necesitaré, eso seguro.

Eddy le corrigió.

–Más de los que necesitarás durante un tiempo, quieres decir.

Encima de la entrada pintada de blanco se veía un letrero digno que tan sólo decía LA COMPAÑÍA DAVIS. El espacio abierto del almacén se había compartimentado formando diferentes zonas de trabajo, donde se habían colocado piezas de maquinaria, algunas desconectadas y otras sin empaquetar.

Lara hizo un comentario orgulloso.

–Un poco distinto del cobertizo que teníamos antes.

Los despachos estaban en la parte trasera del edificio. Davey los señaló.

–Éste es el mío, y aquél el de Lara. Ella me quita mucho trabajo de encima especialmente en todo lo que se refiere al papeleo.

–Tienes un contable de primera, espero –continuó Eddy–. Debes vigilar esos impuestos, vigilar los dólares.

Davey asintió. Lara, de pie entre los dos, no pudo evitar sentir, al margen de su independencia y confianza, una cierta sensación de que los dos hombres la protegían. «Supongo que se debe a una generación de lavado de cerebro», se dijo a sí misma divertida.

–Los vigilo –dijo Davey.

–Tienes que hacerlos crecer más y mejor.

–¿Qué quieres decir?

–Escúchame, Davey. No puedes permitirte el lujo de quedarte rezagado. Tienes algo bueno aquí, un hijo que crece, y hay que alimentarlo. Tienes que alimentarlo para que crezca.

–¿Qué quieres decir? –repitió Davey.

–Lo que quiero decir es que ya es hora de que cotices en Bolsa. Necesitas capital para poder ampliar. Escúchame, Davey. Sé de lo que estoy hablando.

–Estoy cómodo tal como estamos ahora. Lara y yo; bueno, ella se ocupa del despacho, los sueldos, y los pedidos, mientras que yo me ensucio las manos con las máquinas. Y tenemos tres vendedores viajando. He estado pensando en contratar más vendedores, es cierto, pero...

–Si consiguieras al menos doce accionistas, cada uno con cincuenta mil dólares, por ejemplo, tendrías más de medio millón para hacer mejoras.

–No quiero liarme con desconocidos y dejar que opinen acerca de cómo llevo mis asuntos. Soy un chico de pueblo, Eddy, lo admito.

–Escúchame. No tendrías que vender acciones a desconocidos. Debe de haber por lo menos una docena de personas bien situadas en este pueblo, quizás incluso amigos tuyos, que estarían encantados de poder invertir en una compañía en crecimiento. –Eddy miró a su alrededor y levantó la vista hacia el techo–. Este lugar está bien, sí, pero podría mejorarse mucho. Y tendrías dinero en efectivo para comprar maquinaria. Estoy seguro de que la necesitas.

–Pues sí –accedió Davey–. Esperaba conseguir un préstamo para hacerlo.

–Entonces estarías atado por los intereses. ¿Quieres hacerlo a mi manera, Davey? Yo puedo montártelo todo. Financiar es asunto mío, por el amor de Dios. Lo único que tienes que hacer es seguir trabajando como siempre y yo me ocupo del resto. ¿Te he aconsejado mal alguna vez?

–No. No, lo has hecho.

–De acuerdo, entonces. Vuelve a casa y empieza a pensar en quiénes podrían ser los candidatos para la compra de acciones.

Davey y Lara se miraron dudosamente. Al cabo de unos instantes Lara se pronunció:

–¿El doctor Donnelly? Ha sido el médico de la familia de Davey desde que él era un bebé –le explicó a Eddy–. ¿Y Tony? ¿Qué te parece, Davey? Su tía Alma le dejó una buena herencia. –De nuevo explicó–: Es amigo de Davey desde que eran párvulos.

–¡Estupendo! Éste es el tipo de gente que necesitáis.

Ahora habló Davey:

–Podría pedírselo a Ben de la tienda de frutos secos. Seguramente a él le interesaría.

El entusiasmo de Eddy fue en aumento.

–¿Lo ves? Ya tenemos tres, sigue adelante. –Miró el reloj–. Tengo mucha prisa. Debo regresar. Escucha. Me pondré a trabajar en esto, hablaré con mis abogados y estaré en contacto contigo a final de semana. Hay un gran futuro aquí, Davey. Mucho más grande de lo que te puedes imaginar. Pero hay que ponerlo en marcha. ¿Lo entiendes?

–Supongo que sí –dijo Davey–. Eres muy convincente, debo decir.

–¡De acuerdo! Estaremos en contacto.

Dieron un rodeo para ir al aeropuerto. Connie dijo que tenía la sensación de haber estado fuera siglos y quería hacer un pequeño *tour* de los viejos lugares. Davey le dijo que no había nada realmente nuevo en el pueblo a excepción de unas galerías comerciales y una urbanización al sur del pueblo.

Cuando llegaron allí, una dispersión de casas poco originales pero agradables se situaban en un prado desnudo de árboles. Eddy insistió en ver la casa muestra. De modo que todos se pasearon por las habitaciones vacías que olían a madera nueva, pasaron por los baños de revista y una magnífica cocina con una barbacoa y vista del cielo otoñal en la cima de la colina.

–Esto –afirmó Eddy– es lo que vosotros deberíais comprar.

–No es el momento –repuso Davey–. Tenemos que invertir el dinero en el negocio.

–Ahora es el momento, Davey. Siempre digo que la gente debe disfrutar de la vida. Hoy nunca volverá. Es ahora cuando eres joven. –Eddy señaló la ventana–. Mira el espacio que hay allí fuera. Puedes vallarlo, poner unos setos de hoja perenne. Tendrías sitio para un jardín, quizás incluso una piscina. ¿Qué tienes ahora? Un patio sórdido y un porche destartalado.

–Tienes razón –asintió Connie–. Al fin y al cabo no está hablando de una mansión, sólo de una casa sencilla.

Lara estudió los apliques de amarillo limón, los armarios europeos y los candelabros de latón. En su opinión no eran muy sencillos, y lo dijo.

Con una cierta impaciencia en el tono de voz, Connie le reprochó:

–¡Tú nunca quieres nada!

Con el mismo ceño fruncido hablaba Connie cuando iba a la escuela. Y Lara, contrarrestando la impaciencia con la misma paciencia que utilizaba entonces, contestó:

–No tiene sentido desear lo que no te puedes permitir.

Eddy golpeó a Davey ligeramente en la espalda.

–¡Adelante! Ahora lo puedes pagar. Yo seré tu hipotecario. En este momento estoy moviendo grandes cantidades de dinero.

–Gracias, Eddy, pero la respuesta es no. Ya te debo suficiente –contestó Davey.

–De acuerdo, cuñado. Eres un tipo tozudo y siempre lo has sido. Pero no hace falta que te diga que yo tampoco me rindo. –Miró el reloj–. No nos queda mucho tiempo. Vamos.

En el aeropuerto local, los Davis vieron cómo Eddy y Connie subían al avión. Al llegar al final de la escalera se volvieron y saludaron con la mano, el resplandeciente cabello de Connie agitándose al viento. Y Lara, junto con una sensación de pérdida por la partida, sintió una curiosa relajación. Los dos tenían tanta energía. Eran muy parecidos, gente con prisa, listos y cariñosos y con todas las horas del día repletas de actividades. Uno se cansaba con sólo pensarlo.

–Fue una visita agradable –dijo Davey–. Los quiero mucho a los dos, pero me alegro...

–¿Te alegras de qué, cariño?

–Bueno, me alegro de que tú seas distinta.

–Fue una visita agradable –dijo Eddy cuando el taxi giraba en la calle de Connie–. Los dos tenían buen aspecto y parecían felices. Ya ves lo que ocurre cuando a la gente le empiezan a ir bien las cosas.

–Siempre han tenido buen aspecto, Eddy. Pero ese piso es incluso peor de lo que recordaba.

–Oh, no está mal. Lo tienen como una patena.

–Sí, y no te creas que no es duro mantener aquel lugar limpio. Especialmente si tienen un niño. Me dijo esta mañana que cree que está embarazada. Realmente deberían comprar una casa.

–Lo harán. Pero Davey es tan lento en tomar decisiones. Siempre tengo que convencerle, empujarle a que lo haga.

Cielos, ¡espero que esté embarazada! Será divertido verla finalmente con un bebé.

«Divertido para ella, no para mí –pensó Connie para sí–. Todo ese trabajo que dan los niños. Literalmente, catorce horas al día.»

Era agradable estar en casa aunque sólo hubiera permanecido fuera tan poco tiempo. Mañana tenía la clase de arte en el museo, y después una cita con la gente de la alfombra para el comedor. Richard quería pasar con moqueta, pero Bitsy Maxwell acababa de comprarse una alfombra persa, y no había comparación posible entre las dos cosas. Su alfombra tenía el sutil resplandor de una vidriera. Tendría que convencer a Richard.

El taxi se detuvo en la puerta y Eddy continuó. El viejo portero la saludó. Su postura, tan erguida como la de un soldado en uniforme seudomilitar, resultaba patética. Imagínate toda una vida abriendo puertas y saludado a la gente como si de verdad te importara si van o vienen. Y después regresar a casa por la noche, pasarse quizá una hora en el Metro, a una casa monótona en una calle cualquiera. Triste.

–Buenas noches, Higgins. ¿Está en casa el señor Tory?

–Sí, señora. Llegó hace un par de horas.

Eran sólo las diez y media. La gran reunión debía de haber acabado pronto. No había luz en el recibidor cuando abrió la puerta del apartamento, y en ningún otro lugar. Debía estar durmiendo. Era un gran dormilón. Suspiró y de pronto se dio cuenta de que este suspiro suyo, de resignación y frustración, se estaba convirtiendo en un hábito que debía abandonar.

El caniche gimió en su cesta. Encendió una lámpara, cogió el perro, lo besó, y le dijo que se callara. A continuación, quitándose los zapatos para no molestar a Richard, cruzó el suelo desnudo hasta la habitación. La puerta estaba abierta. Un débil haz de luz procedente de la lamparilla caía sobre la cama, donde Richard yacía desnudo y boca abajo.

Sintió un calambre, como si hubiera tocado una chispa con la mano. La idea le cruzó la mente: está *muerto,* y con la mano se tocó el corazón.

Debió de haber hecho algún ruido. Después, durante las incontables recapitulaciones de la escena, recordó sólo que accionó el interruptor al lado de la puerta, iluminando la habitación con una luz rosácea, que él se incorporó de golpe, que vio su rostro horrorizado, todo ojos, y que no había uno sino dos hombres en la cama.

Durante la fracción de tiempo que estuvo allí absorbiendo la verdad de lo que estaba viendo, recordaría lo que se decía de la gente que se ahogaba, cómo en unos segundos pasa por tu mente toda una vida; tal vez fuera cierto, aunque, para ella, no era toda una vida, sino incidentes esporádicos de esa vida, la cara de su madre, muerta y en el ataúd forrado de satén, y Richard vestido con ropa de tenis aquella primera mañana, y Lara hablando de tener un niño...

Richard permanecía acobardado detrás de una manta, absurdo como una vieja beata ocultando su desnudez. El otro hombre se deslizó bajo el otro extremo de la manta, absurdo como una avestruz escondiendo la cabeza. Y la risa de Connie fue un falsete agudo que acabó en un jadeo. Richard seguía sin decir palabra.

Después huyó. Se sentó a la mesa de la cocina, al ser la cocina la única otra habitación completa, y descansó sobre ella la cabeza.

–Dios mío –gimió–. ¡Dios mío!

Al cabo de mucho rato se incorporó, balanceó el cuerpo de un lado a otro, se inclinó, descansando las manos sobre los codos, frotándose una y otra vez los brazos. Tenía la mente vacía, estaba paralizada.

Cuando cesaron los profundos sollozos, se dio la vuelta en la silla y miró por la ventana al patio y las ventanas iluminadas como un tablero de ajedrez. Después a la cocina del otro lado, donde una asistenta estaba guardando la vajilla. Debían de haber dado una fiesta para estar recogiendo a estas horas.

Y detrás de aquellas ventanas, rutinas cotidianas, normales y triviales, podrían estar ocurriendo cosas extraordinarias. Aniversarios y enfermedades terminales, peleas, crímenes, reuniones, muertes, quiebras y bodas. ¿Quién entre todos los inquilinos que saludaban a los jóvenes señor y señora Tory podían imaginarse lo que acababa de suceder en su dormitorio?

Finalmente, oyó susurros en la puerta principal y el ruido al cerrarse ésta. Sin volverse supo cuándo llegó Richard a la puerta de la cocina. Se estaría preguntando, en su desesperación, qué debía decirle. Aunque, después del primer *shock*, estaba empezando a sentir una ira tremenda: ella, joven y guapa, tan engañada, desdeñada. Tampoco podía evitar el sentir pena por él, tan humillado.

Mientras se acercaba, tuvo que mirarlo. Se había puesto el pijama y una bata, pero las prendas quedaban medio abiertas, y su cuerpo desnudo le producía repugnancia. Su voz resultaba casi inaudible.

–Supongo que no sé por dónde empezar, qué decir.

–Yo tampoco sé qué decir. –Y de nuevo surgieron las lágrimas–. ¿Qué hay que decir? Mil cosas o quizá nada.

–Escucha. Por favor, escúchame. Ésta ha sido la primera vez, lo juro. Y no puedo explicarlo, excepto que teníamos una reunión de negocios, hacía buen tiempo de modo que volvimos caminando, y yo le invité a tomar una copa. Una cosa completamente normal.

Ella no podía responder. «Esto no es real –pensaba–. Esto no me está ocurriendo a mí. A mí, Connie Osborne. Osborne. Ése es mi nombre.»

–Lo que ocurrió, supongo, es que bebimos demasiado. Con el estómago vacío –acabó con poca convicción, de pie delante de ella todavía con esa mirada implorante en el rostro.

–¿Quién es? –murmuró–. ¿Alguien que conozco?

–Trabaja en el despacho.

Ella dijo con amargura:

–Qué agradable para ti. Qué conveniente.

–Connie, te he dicho que no suelo hacer esto. Lo siento. Me pasaré el resto de la vida sintiéndolo.

–Que lo sientas no sirve de gran cosa. ¡Ay! –exclamó–. Debería haberlo intuido, tendría que haber sido más lista.

Y volvió a inclinarse dolorida, frotándose los brazos.

Él preguntó en voz baja:

–¿Por qué? No había razón para ello.

Eso era cierto. ¿Por qué razón habría sospechado de este joven vivaz y atlético? Que era demasiado tímido, que estaba demasiado asustado por sus padres, quizá. No necesariamente. ¿Qué había esperado hasta el matrimonio para acostarse con ella? No necesariamente. ¿Qué después del matrimonio no tenía grandes deseos sexuales? Y, desesperadamente, sin decir palabra, se preguntó a sí misma: «¿Qué sé yo? Es el primero. Sólo puedo adivinar cosas...»

Quizás inconscientemente, Richard había juntado las manos delante suyo. El gesto era tan patético que tuvo que cerrar los ojos.

–Hemos sido tan felices juntos –le oyó decir–. Viajando, escuchando música, formando un hogar. Hemos sido muy felices juntos.

«Sí –pensó–, en todas esas cosas lo hemos sido. Me ha enseñado tanto y mostrado tanto. Y, además, me ha dado tanto. ¡Es horrible! ¡Todo es horrible!»

Se acercó más, alto al lado de donde ella seguía agachada, tan cerca que percibió el olor de su colonia.

–Connie..., ¿no vas a dejarme?

Ella levantó la vista, mirándole directamente a los ojos, que imploraban y mostraban tanto dolor como el de un perrito recién maltratado.

–¿Es verdad, me juras que no lo has hecho nunca antes?

–Connie, te lo juro. Y no volveré a hacerlo. Nunca.

Ella suspiró. Era como si llorara su corazón, pesado de confusión e ira, vergüenza y pena por él. Pobre hombre. Pobre, insensato joven.

–Estás temblando. –Fue a buscar un chal del armario–. No sé cómo el viento consigue meterse en estos edificios.

Su gesto era una súplica; ella lo entendió; sin embargo, imaginándose dónde habían estado aquellas manos y cuerpo hacía tan sólo una hora, no podía soportar su cercanía. Todavía no.

Posiblemente lo comprendió, porque dejó caer el chal y volvió a la silla. Durante mucho tiempo permanecieron sentados, sin hablar. Pasó una hora, y el silencio, como un mar pesado, se posó sobre ellos. En una ocasión, Richard abrió la boca, hizo un ligero sonido, y volvió a cerrarla. Al segundo intento Connie le interrogó.

–¿Hay algo más que quieras decirme?

Su mirada se dirigió al cielo nocturno teñido de rosa por las millones de luces de la ciudad. El sudor empapaba su frente, y tenía lágrimas en los ojos.

–Quería preguntar, quiero decir, espero que no vayas a contarle a nadie lo de esta noche.

–Claro que no, Richard.

–¿Ni siquiera a Lara y Eddy?

–A nadie, Richard.

–Porque no quiero perder su estima.

–Ya lo sé.

–¿Y me darás otra oportunidad? ¿Lo harás? ¿Lo harás?

–Sí, lo haré.

¿Cómo podía no hacerlo? ¿Cómo podía, simplemente, echarle a la calle?

–Dios te bendiga, Connie. Que nos bendiga a los dos. –Entonces se levantó, diciendo suavemente–: Estás agotada. Vete a la cama. Yo dormiré aquí en la cama plegable.

–No, yo elegiré la cama plegable.

¿Realmente pensaba que podía estirarse en aquella cama después de lo que había visto? Para un hombre tan sensible, tan intuitivo, esto era increíble. Sin embargo, debió darse cuenta, inmediatamente, de lo obtuso que había sido, porque no discutió, sacó la cama plegable y la preparó.

Cuando se estiró, pudo ver, por el extremo superior de la ventana, un trozo oblongo de cielo. Rosado, oscureciendo lo que debería haber sido un negro tranquilizador, parecía sucio ahora, como una mancha sedosa sobre el enorme mundo y su pequeña vida propia.

Por la mañana las cosas tienen un aspecto distinto. Los problemas son menores, solía decir Peg. «Bueno, quizá no tan distintas, pero posiblemente un poco más pequeños –pensó–, más manejables.» Había dormido tan profundamente, en un estado de agotamiento, que ni siquiera había oído a Richard salir de casa. Meticuloso como siempre, había enjuagado su taza de café y zumo y los había dejado a secar. Ahora Connie se quedó pensando mientras tomaba el café.

Algo en lo más profundo de su corazón, en su mente lúcida, quería darle sentido a las cosas. Era, al fin y al cabo, la primera vez. Lo había jurado, y siempre decía la verdad. Había estado bebiendo, no era un gran bebedor, y el whisky seguramente le había trastornado. Muy probablemente, también, ni siquiera sabía lo que estaba ocurriendo. El otro seguramente le había provocado, mientras Richard, sumido en una niebla, le había seguido la corriente. Mientras estaba allá dándole vueltas a las cosas, reconstruyendo los acontecimientos, se convenció más y más de que ésta era la única explicación razonable.

Sí, claro que lo era. «Pobre Richard –pensó de nuevo–. Debe estar revolviéndose por dentro. Debe estar deseando un agujero para esconderse.» Se lo imaginó en el despacho, intentando concentrarse en el trabajo, manteniendo la dignidad mientras los horribles recuerdos de la noche anterior le invadían la mente.

Durante la tarde tuvo un impulso. «Le llamaré por teléfono –se dijo en voz alta–. Quizá le anime, quizá le ayude a pasar el día. También me ayudará a mí. Es lo único que hay que hacer, ¿verdad? Quizá le sugeriré que salgamos un fin de semana a alguna posada tranquila de Nueva Inglaterra. Nos llevaremos unos libros, pasearemos y cenaremos delante de una chimenea. Unos días tranquilos animan y refrescan. Lo que ocurrió fue horrible, pero hay que extirpar la porquería esté donde esté. Extirparlo como si fuera un absceso. Sí, le llamaré y después haré una reserva. Seguro que encuentro algo para las próximas semanas. Empezaremos de nuevo.»

La pequeña y vieja posada blanca estaba en un caminito más allá del pueblo. Aparecía enmarcada por unos rojos y amarillos otoñales. Bajo la templada brisa, las hojas caían lentamente hasta la quieta hierba. En el huerto las manzanas podridas estaban cubiertas por una funda amarilla, cuya dulce fragancia invadía el ambiente. Había pistas de tenis en la posada, canoas y un sendero para pasear.

Tácitamente, los dos habían acordado olvidar el lamentable episodio para siempre, de modo que nada se dijo para impedir la vuelta a la vida normal. La tercera noche, Connie fue incluso capaz de apartar la horrible imagen de la escena acaecida en su bella cama, y responder a los deseos de Richard de hacer el amor. Por la mañana, a la hora del desayuno extendió de pronto el brazo y le cogió la mano; ella estaba segura de que aquel gesto y sonrisa eran de gratitud.

Una pareja mayor en la mesa de al lado, percatándose del gesto, se miraron cariñosamente con una actitud que indicaba, nosotros también fuimos jóvenes, en luna de miel, tan enamorados, ¿no fue maravilloso?

Y Connie, respondiendo en su interior, se dijo: «Bueno, aquí no ocurre exactamente lo mismo, saben, pero ha estado bien en muchas cosas y vale la pena conservarlo.»

Regresaron a la ciudad sintiéndose reconciliados y refrescados. Les esperaban sus agradables rutinas: Richard en la oficina y Connie, durante los próximos meses por lo menos, en las tiendas adquiriendo posesiones para su nuevo apartamento.

Habían vuelto a empezar.

Y entonces, una agradable tarde de sábado al mes siguiente, de vuelta a casa, Connie entró en Central Park cerca del Mall para disfrutar del paseo lejos del tráfico de las calles. Se estaba poniendo el sol, los cochecitos de bebé, las bicicletas y los que paseaban el perro se dirigían ya hacia casa, pero aquí y allá en lugares resguardados seguían sentadas algunas personas. Connie sonreía; sentía la sonrisa en la cara. ¡Qué ciudad tan maravillosa con todas sus variedades! ¡Qué maravilloso ser joven aquí, tener dinero en el bolsillo y poder comprar unas bellas lámparas chinas como las que había encontrado hoy!

Éste fue el momento en el que se detuvo el tiempo, de forma que siempre más asociaría aquellas lámparas con lo que vio en algún momento entre las tres y media y las cuatro. Lo que vio fueron dos hombres en un banco, en parte ocultados por una rama de pino, dos hombres abrazados, y con los labios juntos... Qué asco, aquí sin preocuparse por quién pudiera verles, o quizá tan absortos que no se daban cuenta de que alguien podía verles... Uno de los hombres era Richard.

Se quedó helada. Su corazón latió con tal fuerza que, durante un instante, pensó que se detendría. Pero sus piernas seguían en movimiento. Era como si sus piernas fueran lo suficientemente listas como para alejarla de allí. Era como si comprendieran que debían llevarla a casa, al refugio y la seguridad. A casa. A casa.

«Cierra la puerta y siéntate, todavía con el abrigo puesto, jadeando, paralizada. Lo intentaste, hiciste lo que debías. ¿Cómo te puede haber mentido? Podrido. Podrido.»

Al cabo de un rato se puso de pie y preparó una taza de café. Lo estaba bebiendo, calentándose las heladas manos con la taza, cuando se abrió la puerta y entró Richard, con la misma cara de alegría de siempre.

–¿Qué tal tu día? Tenía más trabajo sobre la mesa del que pensaba, si no hubiera vuelto a casa al mediodía.

–¿Sobre la mesa? –dijo–. ¿No será en Central Park?

La miró fijamente.

–¿Qué quieres decir?

–Richard, te he visto, de modo que no intentes mentirme. Ya me has mentido bastante.

Apartó la mirada. Un rubor como una enfermedad le cubrió la frente y el cuello.

–No fue la primera vez, aquella noche. –Esperó y, a medida que la ira iba en aumento, gritó ferozmente–: ¡Contéstame! No lo fue, ¿verdad?

–Bueno, no exactamente. Pero de verdad, de verdad, no ha ocurrido muchas veces. Quiero decir...

Se derrumbó. Perdió toda su fuerza. Se veía en la forma que le caían los hombros y las manos. Y el pecho de Connie se vio invadido por el peso de la desilusión.

Su voz era espesa.

–Te creí. ¿Cómo puedes haberme hecho una cosa así? ¿A una persona que confiaba en ti?

Su respuesta fue tan baja, tan nerviosa, que ella casi no pudo oírle.

–Supongo, supongo que no pude evitarlo. Sólo ocurre a veces.

–¿Es ésa la única explicación que puedes darme?

Suspiró y se dejó caer en la otra silla, al otro lado de la mesa.

Ella pensó ¡qué pérdida de tiempo! Pero él no podía evitarlo, de modo que no era culpa suya. A excepción del ultraje de las mentiras, desde el principio.

–No deberías haberte casado conmigo. ¿Puedes decirme por qué lo hiciste?

–Quería amar a una mujer –contestó con sencillez.

–¿Entonces era un experimento? ¿Una forma de terapia?

–No. Puedo. Me gustan ambas cosas.

–Aunque lo prefieres con los hombres.

–No lo sé. Pero te quería, Connie. Todavía te quiero.

–No puedo imaginarme por qué.

–Tu belleza, tu inteligencia y curiosidad, la energía que tienes y yo no. Mi alma te quiere, y mi cuerpo también.

–Contestando a su mirada irónica repitió–: Sí, es verdad.

Connie negó con la cabeza. Le saltaban las lágrimas, pero no quería ponerse a llorar. En una crisis hay que dominarse. Y esto era una crisis. Éste era el final del camino que había empezado aquella mañana cuando entró en su despacho, moreno y alto, vestido para jugar al tenis. En aquel momento cayó una lágrima.

Y Richard exclamó:

–¡Dios mío, Connie, lo siento! ¿Qué puedo hacer? ¿Puedo pedirte que me des otra oportunidad?

Ella se limpió una lágrima con el reverso de la mano.

–No serviría de nada, y tú lo sabes.

–¿Entonces qué? ¿El divorcio?

–No tengo elección, tal como están las cosas.

¿El divorcio? ¿Y entonces? Se acabaría esta miseria. Pero la agradable rutina cotidiana con él también acabaría. Hasta aquel momento, en este tenso e inútil silencio, no se había dado cuenta de lo agradable, a pesar de las desilusiones, que había sido la vida, con las anécdotas cómicas a la hora de cenar, o los paseos nocturnos a ver escaparates o al ir al cine o a bailar o simplemente leyendo juntos.

Al final Richard, aclarándose la garganta, empezó con dificultad a hablar.

–Hagas lo que hagas, por favor... Si hay alguna forma que mi padre no se entere de las razones. Creo que no podría enfrentarme a eso.

–¿Quieres decir que a estas alturas de la vida no aceptaría lo que eres?

–No todo el mundo es tan liberal, Connie.

–¿Y tu madre?

–Si siempre lo hubieran sabido quizás estarían acostumbrados. No lo sé. –Rió débilmente, como disculpándose–. Pero esto sería una sorpresa, por decirlo de alguna manera.

La pareja delante de su imponente hogar, rostros sin sonrisas, fría cortesía.

–Sí –dijo–, lo entiendo. Se ensañarían contigo. Eso harían.

–No sé si sería así. Sus silencios también pueden ser bastante imponentes.

–¿Has pensado alguna vez que quizás eso tenga algo que ver con cómo eres?

De pronto se puso a la defensiva.

–Soy feliz. Y hubiera continuado siendo feliz si tú no me hubieras visto hoy. He llegado a aceptar mi forma de ser, y no lucharé más contra ello.

–¿Hubieras continuado haciéndome esto?

–Dije que lo sentía, Connie.

–De acuerdo, no le diré nada a tus padres, ni a nadie más a excepción de mi hermano. Puedes confiar en mi palabra.

–Ya lo sé.

–Dame la culpa a mí del divorcio. Nunca les caí bien, de modo que seguramente se alegrarán.

Él no lo negó, y tan sólo dijo:

–Puedes quedarte con el apartamento. Está completamente pagado. Me he quedado casi sin nada. Lo que queda está invertido con Eddy.

Esta inesperada oferta le hizo a Connie sentirse sucia, y casi culpable, como si él hubiera leído sus pensamientos y se percatara de lo doloroso que resultaba abandonar aquel lugar.

–No quiero compensaciones –dijo con severidad.

–No tendrás que pelear conmigo por nada.

–No quiero pelearme, Richard. Sólo quiero hablar con Eddy. Él sabrá qué debo hacer. Ahora ya no puedo hablar más. Estoy agotada. Totalmente agotada.

–No estoy de humor para explicaciones ni para que se compadezcan de mí amigos como Bitsy Maxwell –dijo Connie–. Tendrán que esperar. Yo se lo diré a Lara, o sea que no se lo digas tú, Eddy. Estará desolada por mí, pero los demás sólo preguntarán por curiosidad, ya lo sabes.

Estaban en el despacho de Eddy, esperando la llegada de Richard. Colocados ordenadamente en pequeños montones estaban los papeles como una isla blanca sobre un mar de caoba; era la carpeta de las acciones de Richard.

En aquel momento entró Richard. Durante la pasada semana había estado durmiendo en un hotel, o más probablemente yaciendo allí despierto; grandes ojeras dibujaban semicírculos bajo sus ojos.

Eddy se puso en pie, le ofreció la mano, y sonrió.

–Adelante, Richard. Me alegro de verte, pero lamento mucho las razones.

Connie jugueteó con el anillo que llevaba en el dedo y no levantó la vista. Richard, ahogando un temblor en la garganta, empezó a hablar:

–Supongo que Connie te lo ha contado todo. No sé qué pensarás de mí ahora, Eddy. Esto no es lo que esperabas para tu hermana. Me siento...

–Me lo ha contado. Y en cuanto a lo que pienso, bueno, yo no estoy aquí para juzgar nada ni a nadie. Lo único que puedo decir es que la gente comete errores. ¿Qué se puede hacer? Ambos sois decentes y honrados, de forma que no hay razón alguna para que este asunto no se arregle de forma amistosa. Eso es lo que pienso.

Tenía ganas de acabar con todo aquello lo antes posible. No es que le faltara compasión; era precisamente porque sentía tanta que evitaba el contacto con la tristeza; debía ir al grano y erradicar la tristeza, aceptar el hecho y resolver los asuntos prácticos.

–No tenía intención de engañar a Connie. Ahora me doy cuenta de que debería habérselo dicho. Fui deshonesto.

–Bueno, eso es agua pasada. Ahora hay que mirar hacia el futuro. Ya he puesto a Connie en contacto con un abogado. ¿He de suponer que tú también tienes uno?

–No lo necesito. Ya le he dicho a Connie que no tengo intención de discutir nada con ella. Puede quedarse con el apartamento. Puede quedarse con todo.

Resultaba doloroso oír a Richard tan abatido. Y Eddy, por la cara que ponía su hermana, supo que ella sentía el mismo dolor. Entonces habló.

–Ya te dije, Richard, que no quería robarte. No quiero hacerte daño.

–Pero aceptarás el apartamento –agregó rápidamente Eddy.

–¿Qué haré con un montón de habitaciones vacías? –Connie hablaba con tristeza.

–No estarán vacías –dijo Richard–. Pagaré todas las cosas que has encargado.

Eddy tuvo un impulso extraño. Quería gritarle a Richard: ¿Por qué eres tan bueno? ¡El mundo se mofa de tanta bondad! Es una debilidad, esta bondad tuya. Nos resultaría mucho más fácil si te defendieras un poco. Miró al hombre allí sentado incómodamente y pequeño. –¿cómo podía Richard parecer pequeño?– en el sillón de cuero. Richard le devolvió la mirada con una sonrisa tímida a la que Eddy respondió con compasión, hasta que bruscamente se imaginó dos hombres en la cama, y sintió ira. ¡No había tenido derecho a casarse con ella, ningún derecho!

Que este asunto del matrimonio pudiera acabar en un lío tan grande resultaba horroroso. Connie, pobre chica, había tenido tanta prisa en casarse. «Pam era algo completamente opuesto –pensó agradecido–. Una mujer de los ochenta, se sentía bien estando sola, ganándose la vida, tomándose las cosas día a día sin ansiedad. Era un complemento perfecto para él –y no sólo sexualmente–, porque aquél era también su estilo de vida. No veía a casi ninguna otra mujer más que a ella; pocas veces se encontraba obligado a aceptar una "cita" por alguna relación de trabajo a quien no quería ofender rechazando la invitación, y nunca le gustaban las "citas" porque, como él decía, normalmente tenían la palabra "matrimonio" escrito en los ojos.»

Libertad. La libertad era lo más importante, sin ataduras, sólo aquellas que pueden dejarse cuando llega la hora. Todo esto se adivinaba con sólo mirar a estos pobres...

–En lo que se refiere a una pensión –decía Richard, dirigiéndose a Eddy ahora–, bueno, tú sabes lo que tengo. Aceptaré cualquier cantidad que a ti te parezca justa. Sólo tienes que decirme cuánto. Y recuerda, Connie tiene gustos caros.

–¡Me haces sentir asquerosa cuando hablas así! –espetó Connie–. No tenemos hijos y yo no necesito una pensión. Sólo tienes que llegar a un acuerdo justo.

Eddy levantó la mano antes de que Richard contestara.

–Basta. Basta. Dejad que diga que hay suficiente para los dos. Richard, tus desgravaciones fiscales han subido este año, ¿recuerdas? Y lo mismo ocurrirá el año próximo. Connie, ¿por qué no vas a leer una revista en la sala de espera mientras yo hablo de números? Será un momento.

Incapaz de concentrarse, Connie dejó a un lado la revista y dejó que su mente vagara por lugares y rostros no relacionados entre sí. «La conclusión de todo aquello era que no podías depender de nada. ¿Por qué Peg, con sólo cuarenta y pico de años, tenía que haber muerto de cáncer? ¿Por qué había acabado Richard siendo como era? Lo único en lo que se puede confiar es en el dinero. Es tangible. No muere joven ni te desilusiona. Cuídalo y durará. Está para mantenerte caliente y segura y, además, proporcionarte honor. Esa recepcionista cree que no sé que me está mirando de arriba abajo, envidiando mi visón y mis zapatos de cocodrilo. Yo también lo hacía cuando trabajaba en el club de Richard; solía fijarme en los anillos cuando repartía los menús. Ya lo sé... Me quedaré con el apartamento amueblado, protegida a pesar de todo. Bueno, podría ser peor, mucho peor. Y no arruinaré a Richard.»

La recepcionista se estaba dirigiendo a ella.

–El señor Osborne ha llamado. Puede volver a entrar.

Al abrir la puerta del despacho privado, la alegre voz de Eddy era demasiado alta.

–Le doy dos años antes de que vuelve a casarse. Y gracias a Dios que no tenéis hijos.

Unas seis semanas después, Connie se encontraba de pie en la acera bajo los blancos rayos de sol invernales con un trozo de papel en la mano. «No es posible –pensó–. Dado como vivía con Richard y el cuidado que tenía, especialmente después de aquella terrible noche, ¿cómo puede ser? Sin embargo no se podían negar los hechos. Tiene que haber sido durante aquel fin de semana en el campo...»

–No se alegra –había dicho el médico, observando el rostro de Connie.

–Acabo de separarme. Esto es absurdo. No puedo tener un hijo.

La doctora, una tranquila mujer mayor, mantuvo un tono de voz neutro, diciendo con calma:

–¿Quieres decir que no quieres?

Aunque estaba completamente decidida, el corazón de Connie empezó a latir de pánico.

–No resulta muy agradable, ¿verdad? –dijo–. Un aborto, me refiero.

–Ciertamente –contestó la otra mujer–. Por eso te dije que te fueras a casa y lo pensaras durante un par de días. No más.

–No tengo que pensarlo. No estoy en condiciones de tener un bebé. ¡No lo quiero! –exclamó, retorciendo sus manos húmedas en la correa del bolso–. Y particularmente no quiero este bebé. No me alegraría. ¿Y sería eso justo? ¿Lo sería? Ni siquiera sé qué va a pasar con mi propia vida, sin tener que pensar en la de otro. No, no, no puedo.

La doctora se puso en pie.

–Entonces puedes pedir hora a la enfermera. Te darán las instrucciones.

De modo que Connie dobló la hoja de instrucciones y se dirigió a casa. Era media tarde, estaba oscureciendo, y los niños regresaban del parque. Tres cochecitos pasaron por aquella manzana. Dentro de unos meses ella también podía encontrarse con un cochecito. Era impensable.

El corazón seguía latiéndole con fuerza cuando abrió la puerta del apartamento. Durante unos minutos se quedó quieta en el recibidor mirando a su alrededor como para orientarse. A continuación, con el abrigo todavía puesto, cogió el caniche y se paseó por las habitaciones.

Era casi imposible pensar que una vida estaba creciendo en su interior. ¿La vida era tan común como la muerte y no era la muerte algo incomprensible? No se sentía en absoluto diferente, pero allí había una vida, un corazón diminuto que latía. ¡Y ella estaba a punto de dejar que se lo extirparan! Le invadió un temblor violento. Y mientras se aferraba a *Delphine*, sintió el corazón del caniche latiendo, latiendo...

¿Qué hacer? ¿Qué hacer? «No, no puedo. No estoy preparada para un hijo, no quería tener uno antes de saber lo de Richard, y ahora menos que nunca. No me alegraría tener un hijo suyo. Tendría que fingir, y el niño se daría cuenta. Los dos nos sentiríamos tan heridos y tristes...» Se sentó y lloró. El perro que tenía en el regazo la observaba mientras le lamía la mano.

Al final, una vez agotadas las lágrimas, se levantó y miró a su alrededor. Se habían hecho grandes progresos en las últimas semanas. El salón estaba completo, una mesa de roble ocupaba el comedor y los armarios que hubieran contenido los libros de Richard en el estudio estaban ya acabados. En el dormitorio había una cama nueva, lo cual era una pena porque la primera había sido muy bonita. Pero no hubiera podido dormir en ella, y ésta, cubierta con un edredón amarillo, estaba bastante bien. Las vistas de estas posesiones empezó a tranquilizarla. Resultaban reconfortantes, envolviéndola y asegurándole que, a pesar de todo, estaba a salvo.

No había razón alguna para que le invadiera el pánico. Si te mantenías tranquila, podías superar cualquier cosa. Mañana ya habría tenido lugar la sencilla operación. Y después de eso adelante, se dijo.

Así pasó la velada Connie, durmiendo profundamente, y a la mañana siguiente, estaba tranquila.

Aquella misma tarde, Lara también había ido al médico. Dijo tristemente:

–Esta vez estaba tan segura. No lo puedo explicar, pero estaba tan segura cuando tuve la primera falta.

Por la ventana situada detrás del médico veía el aparcamiento, en el que una joven, sosteniendo un bebé y cogiéndole la mano a otro chico, corría bajo la lluvia.

–No sé –dijo de nuevo–. No sé.

–Y yo; yo tampoco sé gran cosa. Sólo que lo hemos intentado todo, señora Davis. –El hombre era simpático, y estaba verdaderamente apenado, pero eso no era de gran ayuda. Y él mismo lo dijo–. A veces nosotros los médicos nos enfrentamos a problemas que se resisten a resolverse. Eso tampoco le consuela, ¿verdad?

Lara negó con la cabeza y se limpió los ojos.

–¿Una adopción? –preguntó el médico–. Puede funcionar perfectamente, ya lo sabe.

–Se tardan años en conseguir un bebé, doctor. No hay ni la mitad de los que la gente pide.

–Eso es cierto cuando hablamos de bebés. Pero si estuviera preparada a adoptar un niño que necesita padres, y hay tantos, que van de un hogar a otro, y a uno se le rompe el corazón al pensarlo, quizá fuera feliz. Usted y su marido serían unos padres estupendos.

«Yo quería el hijo de Davey, nuestro bebé –se decía a sí misma–. No un niño que se acuerda de su propia madre.» Pero no dijo nada, excepto que Davey había dicho exactamente lo mismo.

–Considérelo –dijo el doctor–. Vuelva a casa y se lo piensa.

De forma que se pasaron la noche hablando de ello, sentados el uno al lado del otro en el sofá. Davey rodeaba con un brazo los hombros de Lara y, finalmente, dijo:

–Llega el momento, sea cual sea el problema, cuando uno tiene que enfrentarse a la verdad. Y creo que ha llegado ese momento. De hecho, durante la última reunión de accionistas, Don Schultz mencionó que un primo suyo había adoptado un chico de algún hospicio de Minnesota, creo que era. Es un lugar que lleva la iglesia, y te dan el historial del niño, los antecedentes y todo. Realmente creo que deberíamos intentarlo, Lara. Ya es hora de que dejemos de hacer el tonto y tomáramos una decisión.

Claro, tenía razón. Ella lo sabía. Y dijo:

–Estoy preparada. Sí, estoy preparada. ¿Buscarás el nombre del lugar mañana?

–Lo haré. Y, Lara, escúchame. Las cosas no están tan mal. Encontraremos un niño con necesidad de cariño, y nosotros tenemos mucho cariño que repartir, tú y yo. Piensa en la pobre Connie, casada tres años y todo se ha acabado. Ése es un problema que tú y yo no tenemos.

–Lo sé. Está muy afectada.

–¿Por qué no vas a verla? No la has visto desde que ocurrió: ¿por qué no le das una sorpresa? Te quedas un par de días con ella. Vais al teatro, a un restaurante francés, os divertís. Mientras tanto, yo hablaré con la gente de Minnesota o donde sea, e iremos allí a buscar nuestro bebé, nuestro hijo.

«Bueno, no se puede decir que esté sola», pensó Connie, mientras esperaba su turno, y se entretenía especulando acerca de las otras mujeres en la sala. Había una docena de mujeres y casi la misma cantidad de hombres. Dos chicas muy jóvenes, sin duda hermanas, estaban cogidas de la mano; era imposible adivinar cuál de las dos iba a abortar, ya que las dos estaban asustadas y a punto de echarse a llorar. Una mujer cansada, de casi cincuenta años, llevaba una alianza y un abrigo deshilachado. Daba la impresión de haber educado ya a una docena de hijos. Una joven de aspecto fuerte con pestañas falsas, uñas falsas como alfileres sangrientos, y pantalones que desvelaban cada curva de su cuerpo intentaba animar a las hermanas.

–No es nada, chicas. De verdad. Ésta es la cuarta vez que lo hago.

En la sala blanca con las filas de instrumentos quirúrgicos, el doctor y la enfermera vestidos de blanco y la fría luz blanca, Connie recordó esa frase: no es nada. Descansa. Ten confianza. ¿Te acuerdas de la infectada muela del juicio? Era como esto, la blancura, la desnudez y las voces dando órdenes en voz baja; la punzada de dolor, la punzada rápida; cierra los puños y aguanta. La habitación daba vueltas. No estás aquí. Estás en una playa lejana, bajo un árbol. Tienes los sobacos sudados, pero no has dicho ni una palabra. Aguanta. Ya casi está, dice alguien. Ahora qué alivio... Se ha acabado.

La llevaron a una cama pequeña y le dijeron que descansara. Le dieron una bebida larga y fría, y se durmió. Cuando se despertó, el día invernal había llegado casi a su fin, y vinieron a decirle que podía regresar a casa.

O sea que no era nada.

La primera persona que vio en la entrada fue a Lara, sentada en un banco cerca del ascensor.

–Oh –dijo Lara, abalanzándose hacia Connie–, ¡hace horas que te espero! No me dejaron entrar en tu apartamento.

–¿Por qué no me dijiste que venías? ¿Ocurre algo?

–No, no a nosotros. Pero a ti... Oh, Connie, no podía quedarme en casa. He estado pensando y pensando en ti y en Richard.

Se elevó el tono de voz de Lara, preocupada y llorona, de forma que una pareja que salía del ascensor se volvieron a ver qué ocurría.

En algunas ocasiones Lara se comportaba de esta manera, inocente y de forma alocada. ¡En qué momento llegaba! «Cualquier otro día me hubiera alegrado sobremanera de verla. Ahora tendré que ponerme a charlar con ella hasta bien entrada la noche, supongo, con explicaciones y lamentaciones.»

–Vamos –dijo casi autoritariamente.

Encendió las luces, dando vida al salón y al estudio, todo ello enmoquetado, los muebles encerados y resplandecientes, y el ambiente aromatizado con pupurri.

–¡Oh, qué bonito! –exclamó Lara, uniendo las manos

como un niño ante un árbol de navidad.

El gesto irritó a Connie, cuyas piernas empezaban a sentirse débiles. Después de todo había sido «algo», porque ahora lo único que quería era estirarse. Pero Lara la abrazó.

–Cariño, si hubiera sabido que tú y Richard teníais problemas hubiera venido antes. Quizás incluso te hubiera ayudado a resolver las cosas. ¿Quién sabe?

Connie se rió débilmente.

–No sabes lo que estás diciendo. No había nada que se pudiera arreglar. Nunca te lo he contado todo. Tenía intención de hacerlo pronto, pero no he tenido muchas ganas de hablar. Eddy es el único que lo sabe. Nadie más.

Aquello era cierto. Ni siquiera se lo había contado a Bitsy todavía, aunque hablaba con ella por teléfono casi cada día.

Lara se quedó pasmada.

–Lo siento mucho. No puedo decirte cuánto lo siento. Nos quedamos asombrados, Davey y yo. Nos caía bien Richard. Le queríamos mucho.

–Es una persona que se hace querer. –Connie se pronunció secamente, sin energía.

Lara la miró.

–No tienes buen aspecto, cariño. ¿Estás terriblemente triste?

–De hecho, no. No terriblemente, quiero decir. –Ahora le temblaban las piernas–. ¿Por qué estamos aquí de pie? Siéntate. Estoy agotada.

Recordó entonces que Lara querría cenar. Había verduras y costillas en la nevera, pero la mera idea de levantarse a prepararlo la asustaba.

–De hecho, no me encuentro bien. Quizás he cogido algo.

–No –dijo Lara con determinación–. Son los nervios y no me extraña. Estás pasando una crisis. ¿Te preparo un poco de té?

–Es hora de cenar. Debes de estar muerta de hambre. Espera unos minutos, e iré a preparar algo.

–Ni hablar. Quédate aquí. Yo puedo encontrar las cosas en tu cocina.

«Igual que Peg», pensó Connie.

–¡Qué cocina tan suntuosa! –exclamó Lara.

Oyó el golpe de la puerta de la nevera al cerrar y el tintineo de un cazo, sonidos domésticos, alegres, recordándole de nuevo a Peg. Y sintió vergüenza por no haber recibido mejor a Lara. «Estoy realmente agotada», pensó, y cerró de nuevo los ojos.

Cuando los abrió, Lara estaba de pie delante suyo sosteniendo una bandeja con una costilla de cordero, una ensalada y una taza de té.

–Pareces estar demasiado cansada para sentarte a la mesa, de modo que he traído la bandeja. Pero quizá deberías tomártelo en la cama.

–No, estoy bien aquí. Es estupendo. Eres demasiado buena conmigo –dijo Connie. La amabilidad hizo que le saltaran las lágrimas–. Siempre lo has sido.

–Vamos, vamos. Me sentaré aquí contigo, y si tienes ganas de hablar, habla. Y si no, no lo hagas.

–Has preparado el aliño para la ensalada, ¿verdad? Es muy buena. Yo no me preocupo mucho ahora por las comidas.

Lara la riñó con suavidad.

–Deberías hacerlo. No debes descuidarte.

Y sentándose con una bandeja sobre el regazo, empezó a comer, mientras, al mismo tiempo, con preocupación, observaba a Connie.

–¿Quieres que hable, Connie? No me refiero a tus problemas. Si quieres estar en silencio, dilo.

–Habla, claro. Y en lo que se refiere a mi divorcio, te lo contaré mañana. Es una historia muy larga.

–De acuerdo, entonces, yo te hablaré de mí. En primer lugar, hemos decidido comprar aquella casa. Eddy nos convenció de que podíamos pagarla.

–¿De verdad? ¡Me alegro! Es una casa preciosa.

–Espera. Tengo una noticia aún más importante. Casi no quiero hablar de ello hasta que se haga realidad. Y tú eres la única que lo sabe. Pero creemos, esperamos tener un hijo.

–¿De verdad? Oh, Dios mío. ¡Qué maravilloso! Lo has deseado tanto. Pero no se te nota. ¿Para cuándo será?

Lara negó con la cabeza.

–No, cariño. No estoy embarazada, y nunca lo estaré. Finalmente hemos decidido adoptar uno, eso es todo.

–Ah. Bueno. Eso también es estupendo, ¿verdad? Cuéntamelo. He oído decir que hay una lista de espera larguísima. ¿Es verdad?

–Bueno, espero que no. Es mucho más fácil si uno decide

elegir un niño mayor. De modo que no será un bebé. Pero no nos importa.

–Oh. –La visión de Lara sosteniendo un bebé, una versión en miniatura de ella misma, desapareció–. ¿Chico o chica? –preguntó Connie con alegría.

–Lo primero que encontremos. Mientras tanto estamos arreglando la habitación de invitados para utilizarla hasta que podamos mudarnos.

Connie tuvo una doble visión: el resplandor estéril de aquella habitación de la mañana cuando le habían quitado algo, y el desorden de otra habitación que Lara ahora llenaría de juguetes y ruido y...

–Espero que no tardéis mucho en dejar aquel horroroso piso –dijo.

Lara sonrió.

–A mí nunca me ha parecido tan horroroso. –Y Connie le devolvió la sonrisa.

–Tú nunca te quejas.

Era agradable estar allí tranquilamente con su hermana, y se alegraba, a pesar de todo, de que hubiera venido. La comida y el té empezaron a reanimarla. Entonces recordó que no había comido nada desde primera hora de la mañana y lo dijo.

–¿Y qué te ha hecho pasar todo el día sin comer?

Un extraño pensamiento, quizás inducido por la mirada de preocupación de Lara, la ternura en sus ojos y voz, pasó por la mente de Connie: siempre me han cuidado. «Primero, tuve a mi madre; mi padre, también, a su manera, pero principalmente Peg. Después Lara y a continuación Richard.» A partir de este pensamiento le vino el repentino deseo de contárselo todo a Lara. Y empezando desde el final de la historia dijo:

–La razón por la cual estoy débil es que acabo de venir de abortar.

El tenedor de Lara cayó con un estruendo sobre el plato.

–¿Qué?

–He abortado.

–¡No me creo lo que estoy oyendo!

El cuerpo de Lara pareció desplomarse. Separó los labios e inclinó la cabeza. Se había quedado instantáneamente atónita. Y el corazón de Connie empezó a latir de nuevo lleno de pánico.

–No sabía que estaba embarazada cuando me separé, no es que eso hubiera cambiado las cosas –explicó–. No sabes lo de Richard. No era mala persona, era muy bueno, pero no podía quedarme con él porque...

Lara levantó el brazo.

–¿Qué importa Richard? No me importa lo que era ni lo que hizo, pero tú: ¡has matado a tu bebé!

Claro. ¡Así es como lo vería Lara! Y Connie se reprochó: tendría que haber mantenido la boca cerrada. Tenía una mirada feroz en los ojos.

–No es que me encantara hacerlo –dijo lo más tranquilamente posible–. Pero era necesario, Lara. Tuve que... Y en cualquier caso, todavía no era un ser humano. Era del tamaño de mi dedo. –Al ver aquellos ojos oscurecidos por la furia, tartamudeó–: O algo así.

–Te estás mintiendo. ¡El tamaño! ¡El tamaño! Estaba vivo, respirando y creciendo, y tú lo asesinaste. Maldita seas, Connie. Yo hubiera dado años de mi vida por tener un hijo propio, y seguiría haciéndolo. ¿Es justo? ¿Dios es justo?

Lara se levantó de golpe, haciendo caer la bandeja; Wedgwood azul roto, la salsa de la carne desparramada sobre la nueva moqueta beige de Connie.

–¡La moqueta! –exclamó Connie–. ¡Se ha estropeado! ¡Estropeado! Y sólo la puse la semana pasada.

Corrió hacia la cocina a buscar soda y trapos. Lara recogió los platos rotos. Durante unos minutos no dijeron nada mientras las dos mujeres, de rodillas, trabajaban para reparar los daños causados.

–Casi ha desaparecido –dijo finalmente Lara, mientras se incorporaba.

Connie, furiosa, valoró los daños.

–Casi. ¡Eso es una gran ayuda! Una mancha marrón claro en vez de marrón oscura.

Y le pareció que este accidente, pequeño y trivial como era, era la última gota que colmaba el vaso.

–Te compraré una alfombra nueva –dijo Lara.

Connie, segura de haber percibido cierta ironía en el tono de Lara, contestó:

–¿Tú? Tú no tienes dinero para pagar lo que ha costado.

–Bueno, lo siento. La gente tiene accidentes. Supongo que hoy no es mi día.

–El mío seguro que no. Debería estar tranquila, intentando recuperarme, en vez de todo esto.

–Necesitarás una gran recuperación después de lo que hiciste hoy.

Llorando amargamente, Connie dijo:

–¡No estoy psicológicamente preparada para tener un niño ahora! ¿No lo entiendes? En medio de un divorcio. ¿Qué clase de hogar podría ofrecerle?

–Yo le hubiera ofrecido un hogar. Ese bebé, ese bebé era una parte de Peg, una parte de ella que hubiera seguido con vida, y tú lo destrozaste. Dios sabe si Eddy llegará a tener hijos. Yo seguro que no. Nunca me recuperaré de esto. Nunca.

–¡Ése es problema tuyo! Yo voy a obligarme a recuperarme. No tengo elección.

El rostro sofocado de Lara estaba lleno de manchas. Le goteaba la nariz mientras buscaba un pañuelo. Pareció haberse derrumbado totalmente, como una vieja con el corazón roto.

Y Connie imploró:

–¿Por qué nos estamos peleando por esto, Lara? Si crees que me he equivocado, bueno, estás en tu derecho. Intentemos entendernos. Pero yo no puedo deshacer lo que ya está hecho, ¿verdad? Y en cualquier caso –acabó en un tono suave–, realmente era decisión mía, asunto mío, mi pena.

Lara negó con la cabeza.

–No puedo evitar pensar una y otra vez: ¿qué diría Peg? ¿Puedes creer que ella alguna vez hubiera hecho una cosa así?

Esta nueva referencia a su madre la hirió. Resultaba demasiado dolorosa, era irrelevante y no ocupaba ningún lugar en esta habitación. De modo que la respuesta de Connie fue más dura de lo que quizás hubiera deseado.

–Peg nunca estuvo en mi lugar. Además, Peg hizo cosas que yo no hubiera hecho, como quedarse al lado de un borracho cariñoso, por ejemplo.

–Oh, Dios mío, ¿cómo puedes decir esas cosas de ella? –gimió Lara.

–Porque es verdad. Me duele decirlo, pero tú sabes muy bien que nunca quiso enfrentarse a la realidad. Por favor, Lara.

–Yo sí que me enfrenté a la realidad durante todos aquellos años que te cuidé. Y yo soy la que te eduqué, ¿lo recuerdas?

–Lo recuerdo. –Las cariñosas manos de Lara peinándola. El dulce rostro de Lara en el patio del colegio a las tres–. Pero yo ya no soy la hermana pequeña, aceptando consejos sentada a tus rodillas. Algunas veces me gustaría volver al pasado. La vida era más fácil entonces.

–Nunca recibiste consejos como éstos de mí. Si pensara que había sido así nunca me lo perdonaría.

–Lara, dejemos todo esto antes de ir demasiado lejos. Tienes que dejarme vivir mi vida.

–Siempre te he dejado vivir tu vida, Connie.

–Ahora no.

–¿Eso es lo que piensas? Bueno, ya lo he oído todo. –Lara sollozaba–. Vine para ayudarte, vine por amor y esto es lo que me encuentro. Esto.

De pronto, Connie sintió calor. Sentía cómo el calor le surgía desde lo más profundo de su cuerpo. Y surgía también el terror. Las causas podían ser la emoción y el conflicto, pero también la infección. Y las inútiles lágrimas de Lara la enfurecían. Espetó:

–Si hay algo que odio ver, es la gente con autocompasión.

–No me compadezco de mí misma. Me compadezco de ti, Connie.

–¡Pues no lo hagas! Me apañaré sola. De hecho, me apañaré muy bien –dijo, sin creérselo.

–¿Esto es lo que llamas «apañarse»? Eres una gran desilusión, Connie. Terrible. Sólo espero que de alguna manera arregles tu vida. Sólo me queda la esperanza.

–Mojigata. Beata... –murmuró Connie.

–¡Te he oído! ¡Te he oído!

–¡Pues me has oído! ¿Te importaría dejarme en paz? No soporto más sermones y discursos. ¡Déjame en paz!

–Te dejaré en paz. Claro que te dejaré en paz. Ya no te molestaré más. –Lara se dirigió al armario–. ¿Dónde está mi abrigo? Me voy, Connie. Tú sigue llevando tu vida como te dé la gana. Y buena suerte.

Esta violencia, esta ruptura, era más de lo que podía soportar. De nuevo, Connie sintió la debilidad de sus piernas. Tuvo que sentarse.

–Espera, Lara. ¿Qué haces?

–Coger el primer avión a casa –dijo Lara, abrochándose el abrigo.

–No hay ninguno a esta hora. Espera.

–Entonces dormiré en el aeropuerto.

Cerró la puerta detrás suyo.

Durante un rato, Connie se quedó mirando el vacío de la puerta. Al final se levantó, pasó al lado de la patética mancha que existiría como recuerdo de aquel día mientras durara la alfombra, y se echó en el sofá del estudio. Nunca, nunca una ira tan tormentosa había surgido entre ella y su hermana, o para el caso, entre el resto de la familia. La ira simplemente no era su forma de ser. Este sentimiento de ultraje debió de haber surgido de lo más interno de Lara, de algún lugar más profundo que del que ella se imaginaba que existía, quizá tan profundo que habría perdido a Lara para siempre. Y el dolor de Connie era ahora palpable, un nudo, un puño cerrado en su pecho.

La habitación estaba absolutamente silenciosa, la encantadora habitación que ella había decorado, con el estilo de casa rural inglesa que ella había deseado. Las cortinas estaban cerradas, dejándola aislada del mundo, acentuando la quietud. Se incorporó y las abrió a la ciudad, a la calle de abajo donde se movía la vida.

La vida. Tan sólo esta mañana, hacía unas horas, le había acompañado otra vida, ahora desaparecida. Un extraño pensamiento le asaltó fugazmente: nos hubiéramos querido. Yo te hubiera querido, incluso sin desearte. Un pensamiento extraño y solitario.

Mañana le contaría a Eddy lo que había ocurrido. O quizá no lo hiciera todavía. Él tenía sus propios asuntos, era un hombre ocupado, y ya había hecho tanto por ella. Sin embargo, quizá le pidiera consejo. Los cursos de arte aún tardarían en materializarse en un trabajo importante. ¿Debería mientras tanto pensar en volver a trabajar en la *boutique*? Tenía que ocupar los días en algo. Necesitaba consejo.

El pequeño caniche se le acurrucó a los pies, y ella se inclinó para acariciarlo. Su amor era puro y simple. El perro, a diferencia de los animales humanos, no juzgaban ni desilusionaban.

–Sin ti, *Delphine* –susurró en voz alta–, no sé cómo pasaría el resto de la noche.

CAPÍTULO VI

Lara miró al otro lado de la pequeña sala donde ella y Davey estaban sentados, como buscando afirmación. Éste era el momento decisivo, el punto culminante, la llegada después de algunos meses de viaje a través del tiempo y varios kilómetros cruzando un paisaje de finales de otoño hasta llegar hasta esta sencilla casa de tablillas, en este lejano pueblo. Ahora ya estaban allí. Y de pronto fue consciente de los fuertes latidos de su corazón.

La señora Elmer era una mujer tranquila con el cabello canoso del tipo que suele calificarse de «maternal». Y durante la última media hora había estado narrando una triste y sencilla historia.

–Susana es una chica muy inteligente, pero ha vivido lo que yo describiría como una guerra. Su padre murió en un accidente en la fábrica cuando su madre estaba embarazada. La madre, una emigrante de Europa del Este sin familia, quedó tan devastada que, aunque se cuidaba de la niña, no pudo proporcionarle el ambiente más adecuado. Después, cuando ella misma enfermó de leucemia, bueno, ya pueden imaginárselo.

Los ojos de Lara no se apartaron ni un momento de la cara de la señora Elmer.

–¿Quién se hizo cargo de la niña? –preguntó.

–Los vecinos. Primero una familia y después otra. Cuando, tras la muerte de la madre, no estuvieron dispuestos a quedársela, el Estado se hizo cargo de ella y fue a un hogar adoptivo.

–¿Un buen hogar? –preguntó Lara.

La señora Elmer se encogió de hombros.

–Digamos que no malo. Hace ya dos semanas que yo la tengo aquí, después de que su llamada telefónica preparara el camino para una posible adopción. Soy como un paso intermedio. Vienen y se van.

Habló Davey.

–¿Diría usted que es una niña asustadiza?

–De hecho, creo que es extraordinariamente valiente consideradas las circunstancias. Nada le ha durado. Nada. Cursa primer grado, y ha cambiado de colegio ya tres veces. Lo que necesita es un lugar permanente y mucha paciencia y cariño.

Cuando Davey preguntó:

–¿No existen parientes por parte de padre tampoco?

Lara supo que le preocupaba que algún extraño llegara a reclamarla en años venideros.

La señora Elmer lo comprendió de inmediato.

–No, ni un alma. Si adoptan a Sue, le gusta que la llamen así, será definitivamente su hija. Ahora, ¿les gustaría verla?

Davey sonrió.

–Creo que estamos preparados, señora Elmer –dijo.

–Iré a buscarla. Están todos jugando en el patio.

Se acercó y posó una mano sobre el hombro de Lara. Sintiendo el temblor de su mano, ella pensó: «Así sería si estuviera yo de parto, sólo que duraría más y él estaría recorriendo el pasillo de arriba abajo molestando a la gente, encendiendo y reencendiendo su pipa con estas manos temblorosas...»

En aquel momento se abrió la puerta y regresó la mujer, empujando a una niña pequeña delante suyo, una niña delgada con extraordinarios ojos azul negro colocados en un estrecho y delicado rostro, y luciendo una larga cola de caballo castaña. Y la inmediata reacción de Lara fue de sorpresa: no se parece en absoluto a ninguno de los dos. Nunca tendré el placer de ver a parte de Davey o de mí en ella. A continuación, con rapidez, se reprendió: «No existe la alegría perfecta, Lara.»

–Sue –dijo la señora Elmer–, éstos son el señor y la señora Davis. ¿Quieres darles la mano?

Temerosa, la niña levantó la vista de sus ajados zapatos y miró los de Lara. Una pequeña y fría mano se extendió y murmuró una palabra casi indescifrable.

«No debo llorar, Lara», se dijo a sí misma. Y habló a la niña con suavidad.

–Sue... Hemos oído hablar tanto de ti. Te hemos querido traer un regalo, una sorpresa. Está en la caja. ¿Quieres abrirla o lo hago yo?

Como insegura de cuál sería la respuesta, Sue esperó, y Lara dijo rápidamente:

–Ven, lo haremos juntas. Coge tú un extremo del lazo, y yo estiraré del otro lado.

Bajo las capas de papel se escondía la más extravagante, la más bella muñeca que pudiera llegar a imaginarse, una perfecta niña con pelo rubio de verdad, un rostro expresivo y un vestido de fiesta de encaje blanco y lazos rosas.

La niña se la quedó mirando, sin tocarla.

–Cógela –la animó Lara.

La niña seguía mirándola.

La señora Elmer dijo casi con orgullo:

–Ven qué bien se porta Sue.

Lara y Davey se miraron el uno al otro como si compartieran un pensamiento común: *Se comporta bien porque está aterrorizada*. Y sacando la muñeca de la caja, Lara la colocó en los brazos de Sue.

–Es tuya, cariño. Quiere que la quieras. ¿Cómo deseas llamarla?

Esta vez la niña respondió claramente y con rapidez:

–Lily.

–Oh, me gusta el nombre –dijo Lara, mientras que, por encima de la cabeza de Sue, los labios de la señora Elmer se movieron silenciosamente diciendo:

Era el nombre de su madre.

«No puedo soportarlo, Lara», se dijo a sí misma.

De pronto, apasionadamente, Sue aplastó la muñeca contra su pecho y corrió hacia el sillón colocado al otro extremo de la habitación.

Las cejas levantadas de Davey, el ceño fruncido, le hizo a su mujer una pregunta similar a la que ella misma se estaba haciendo: «¿Deberíamos?, ¿podremos aceptar todos los problemas de esta niña?»

Y, sin embargo, cualquier niño que viene a vivir entre desconocidos, sacado de cualquier hogar que haya tenido, tenía problemas. Algunos equipajes eran más pesados que otros, eso era todo. Sólo un bebé podía llegar sin recuerdos.

La señora Elmer acercó su silla a la de Davey y Lara, fuera del alcance auditivo de Sue.

–Bueno, ¿qué les parece? –preguntó–. ¿La van a querer? Realmente es una niña muy dulce.

La pregunta era como un ansioso aval, como el de un vendedor. Como si estuvieran comprando un coche nuevo: ¿Lo quieren? Es una compra excelente.

–Está bien educada para tener sólo seis años, ¿verdad? Realmente no ha causado ningún problema. He visto niños que no han sufrido tanto como ella, que lloran y tienen pataletas, lo cual es comprensible, Dios lo sabe, pero difícil de aguantar.

Davey no le estaba haciendo ningún caso a la señora Elmer. Y Lara, siguiéndole la mirada, vio que Sue mecía a la muñeca en sus brazos y sonreía. Aquella sonrisa, tan femenina y encantadora, llegaría, supo Lara, hasta el corazón de Davey, haciéndole olvidar cualquier arrepentimiento por no haber conseguido un niño.

Aquella sonrisa, franca, como si Sue estuviera sola en la habitación, también le tocó el corazón a Lara. Tuvo una repentina intuición: «Puedo conseguir que la alegría florezca del corazón de esta niña. El resultado valdrá el esfuerzo. Casi con alegría –pensó–, una visión frívola y feliz, oh, le haré trenzas cuando le crezca más el pelo. Le haré una gran trenza con un lazo en el extremo.»

–Claro –iba diciendo la señora Elmer en voz baja–, el que se la queden depende de que ella desee irse con ustedes. Yo no permito que se vayan de aquí los niños si no quieren. Ustedes tampoco lo querrían si así fuera. –Levantó la voz–. Sue ¿puedes venir? Queremos hacerte una pregunta. ¿Te gustaría irte a casa del señor y la señora Davis?

Lara la corrigió:

–Tía Lara y tío Davey. Eso es lo que seríamos si vinieras a vivir con nosotros. –Y, sin embargo, sintió una punzada de dolor al saber que nunca la llamarían «mamá».

Pero aquellos ojos, ¡tan negros y resplandecientes! La patética imagen al levantar la mirada hacia Lara, estudiando el rostro de la mujer. Estaban diciendo: «¡Llevadme! ¡Llevadme!» O estaban diciendo: «No os quiero. Dejadme en paz.»

–Hemos estado deseando tener una niña como tú –dijo Lara, intentando no usar un tono demasiado persuasivo, sólo queriendo mostrarse simpática–. En nuestra casa no tenemos hijos. Tendrías una habitación para ti. Está pintada de amarillo y blanco, y en los estantes hay juguetes maravillosos, un cochecito para Lily, una cocinita pequeña...

Y, sin embargo, ¿no se trataba esto de un chantaje? Por otra parte, ¿por qué no? ¿De qué otra forma podía seducir a una niña de seis años?

–Y si quieres tener un cachorro... –empezó a decir Davey.

–¿Un cachorro de verdad?

–De verdad.

De nuevo con gran solemnidad, la niña dijo:

–Me gustaría.

–Irás al colegio –siguió Lara– y tendrás muchos amigos. Conozco a muchas chicas que querrán jugar contigo.

–¿Cómo se llaman?

–Bueno, está Betty y Jennifer y Lisa. Y muchas más.

Con cuidado de no hacer nada brusco ni alarmante, Lara rodeó suavemente a Sue por la cintura.

–Te querremos mucho –dijo.

No hubo respuesta. Sin embargo, ¿qué respuesta podía esperar?

–¿Vendrás con nosotros, Sue? Haremos un agradable viaje de regreso a casa. Creo que nos pararemos a tomar helado por el camino. –Más chantaje–. ¿Vendrás?

Sue hizo una pausa. La pausa pareció muy, muy larga. «Oh, quiero a esta niña –se dijo Lara a sí misma–. Hay algo en ella... Quiero a esta niña.»

–¿Vendrás? –volvió a preguntar una vez más.

–De acuerdo –contestó Sue.

Y Davey, casi también con lágrimas en los ojos, habló con un nudo en la garganta.

–¿Cuánto tardaremos en resolver las gestiones legales para poder regresar a Ohio?

–No se tarda mucho –dijo la señora Elmer.

Y así fue como Susana Davis fue a su nuevo hogar.

No todo iba a ser fácil, ni tampoco lo habían esperado los Davis. Ciertamente, las primeras horas fueron bien. El viaje de regreso se amenizó con muchas paradas para comer, un viaje en barco por el lago Michigan, y de compras en Chicago, lo cual era muy necesario, ya que todas las viejas pertenencias de Sue cabían en una sola maleta.

Al probarse una americana de invierno, hizo cabriolas delante del espejo. Un placer egoísta y natural en la nueva experiencia de recibir cosas disminuyó su timidez hasta que, llegado un punto, comportándose como cualquier niña de su edad, Sue rechazó una de las sugerencias de Lara. Este toque de independencia animó a Lara.

–Pero me gusta el rojo. Quiero el rojo.

–Entonces, será el rojo, señorita Sue.

Y al decirlo, se produjo un eco en la cabeza de Lara, un eco de su propia voz años antes diciendo algo similar a otra niña, que siempre tenía ideas fijas acerca de sus deseos.

–Lo que tú digas, señorita Consuelo.

Había transcurrido un año desde aquella trágica noche en Nueva York. Después de aquello pasaron semanas durante las cuales el dolor y la humillación de las palabras dc Connie habían ido en aumento. «Acabando con mi vida.» ¡Qué cruel e incierto! Y en lo que se refería a los actos de Connie... Matar una vida que podría haber llegado a crecer y estar delante de un espejo como esta pequeña y delgada niña que se observaba vestida con una chaqueta roja...

«Si Connie pudiera estar ahora allí, con nosotros –pensó Lara–. Debería haberme llamado. Todos estos meses... Debería haberlo hecho. Y sé que Eddy le ha contado que veníamos a buscar a esta niña. Por lo menos podría haber llamado para desearnos suerte.» Durante unos momentos se le hizo un nudo en la garganta; a continuación el nudo desapareció, dejando una huella de lamentable resignación. Y volvió al presente, a su nueva hija.

Al llegar a casa, encontraron a Eddy en un coche alquilado esperando en la entrada.

–Por el amor de Dios –exclamó Davey–, mira quién ha venido.

–Supuse que llegaríais más o menos ahora, de modo que cogí el avión, alquilé un coche y aquí estoy. No quería perderme este momento.

Allí estaba, el viejo y familiar Eddy, llegando siempre con todo su entusiasmo, impregnando el ambiente de bienvenida y alegría.

–¡Mira esta belleza! ¡O sea que tú eres Susana! Yo soy tu tío Eddy, ¿no me das un beso?

Lara pareció dudosa. Quería avisarle: no tan rápido. No le asustes. Pero Eddy ya había levantado la niña y la sostenía por encima de la cabeza, y ahora, abrazándola, la besaba en las mejillas. Y Sue reía.

Eddy tenía magia en la punta de los dedos. ¿Había algún ser humano que se le pudiera resistir?

–Me detuve en el pueblo –dijo, dejando a Sue en el suelo– y te he comprado un pequeño regalo.

El pequeño regalo era una bicicleta azul con un timbre y un cesto.

–Me apuesto algo a que no sabes montar una de éstas, o sea que te voy a enseñar ahora mismo.

–¡Espera, espera! –protestó Davey–. Acabamos de llegar, y ni siquiera hemos abierto todavía la puerta.

–De acuerdo, de acuerdo, sólo quiero ver si le va bien. –Colocando a la niña sobre el sillín, Eddy empezó a darle lecciones–. Escucha al tío Eddy. Pon los pies aquí. No, no los muevas. Estupendo. Ahora yo te empujaré. No te dejaré caer. Estupendo. Así. No tardarás en aprender.

Así pasaron las primeras horas. A Sue le enseñaron su habitación; guardaron la ropa nueva, y *Lily* fue a sentarse en la silla de las muñecas. Lara preparó una cena ligera. Invitaron a Eddy a pasar la noche, pero éste rechazó la invitación.

–No, alquilé una habitación cerca del aeropuerto para poder salir de madrugada. En cualquier caso, la primera noche debéis pasarla los tres juntos.

–Eddy, eres un príncipe –dijo Davey.

Eddy se echó a reír.

–Llámame Gales. Eh, la próxima vez que venga, ya os habréis instalado en la casa nueva.

–Gracias de nuevo al príncipe –dijo Davey.

Eddy hizo tintinear las llaves del coche.

–Bueno, tengo que irme. Felicidad a todos.

Les dio un beso y, al marcharse, se le oyó bajar rápidamente las escaleras.

–No me había dado cuenta de que era tan encantador

con los niños –comentó Lara–. Debería estar casado.

–¿Sigue teniendo la misma novia? ¿Aquella chica de Long Island? ¿La de los caballos?

–Creo que sí. Pero tal vez tenga diez por todo lo que yo sé. No habla mucho de su vida privada.

Después de la cena, que Sue atacó con ganas, Lara le dio un baño, observando que no estaba demasiado limpia y que le sobresalían las costillas. Había recibido unos cuidados mínimos, pobre chica. Cuando Lara la hubo lavado, secado, peinado y cepillado los dientes, le puso un camisón blanco nuevo, la metió en la cama y la tapó con el edredón rosa.

–¿Quieres que te lea un cuento, Sue? Éste es un libro precioso. *Winnie-the-Pooh*, se llama. Empecemos –dijo Lara con animación.

–No quiero un cuento, señora... Me he olvidado del nombre.

–Señora Davis. Pero para ti, soy tía. Tía Lara. ¿No te acuerdas?

Y de nuevo el pensamiento, la esperanza, cruzó la mente de Lara que algún día, quizá, la llamarían «mamá». Quizá, también, eso no ocurriría jamás.

–¿Dirás «tía Lara»?

–Tía Lara. –La chica bostezó.

–Tienes sueño. –El delicado rostro estaba tan blanco, tan delgado, a la luz nocturna–. Ha sido un día muy largo –dijo Lara con suavidad–, y tenemos tantas cosas que hacer mañana. Hay que matricularte en el colegio, montar la bici nueva si quieres y, oh, muchas cosas. Deja que te abrace.

–¿Cómo va? –preguntó Davey.

–Muy bien, creo. Por ahora, bien.

Pero a media noche grandes llantos despertaron a Davey y Lara en su habitación al otro lado del pasillo. Lara salió corriendo. Incorporada en la pequeña cama amarilla, Susana temblaba y sollozaba. Lara la cogió entre los brazos.

–Vamos, vamos...

Era todo lo que podía decir. Aquellas palabras triviales, sin sentido en sí mismas, significaban mucho si procedían de unos brazos cálidos y una voz cariñosa.

Ansioso, Davey preguntó desde el umbral de la puerta:

–¿Crees que le duele algo?

–Le duele todo –contestó Lara y, comprendiendo, él asintió con la cabeza.

Durante largo rato permaneció con la niña dejándose mojar por las lágrimas y a punto de llorar ella misma. No se hicieron preguntas, no se dieron respuestas. No era necesario. La niña lloraba porque el mundo le aterrorizaba; añoraba a su desaparecida madre; el lugar era extraño; la noche oscura. La mujer lloraba porque éste no era el bebé que ella quería; estaba enferma de pena; sin embargo, sabía que iba a amar a esta niña y deseaba que ella le devolviera el cariño. De modo que permanecieron juntas y abrazadas hasta que cesaron los sollozos de Sue y volvió a quedarse dormida bajo el edredón. Pero Lara, sin abandonarla, se quedó adormilada, sentada en la vieja mecedora hasta la mañana siguiente.

«Paciencia, paciencia era lo único.» Le dolía cuando Sue, desafiando una orden, exclamaba:

–¡No eres mi madre!

Muy tranquilamente, Lara respondía:

–Ya lo sé. Pero como tu madre ha desaparecido, yo voy a ser la persona que te cuide como lo hacen las madres.

Le dolía cuando Sue lloraba por la noche y se aferraba a ella, le dolía imaginarse la pesadilla que le había desvelado. «De forma que paciencia y más paciencia era la única solución.»

No obstante, poco a poco, día tras día, pequeños cambios, casi imperceptibles, empezaron a producirse.

Las amigas de Lara traían a sus hijos a jugar. Al principio cuando invitaban a Sue a devolver la visita, ella se negaba a ir. «Teme que la deje allí, y que tendrá que volver a cambiar de casa –pensaba Lara–. No es que no nos quiera, claro que no. Sólo teme otro cambio.» Y algo le decía que sería una buena idea hablar abiertamente de este temor y de todo lo demás, el colegio, los hogares adoptivos y la madre muerta.

–Dime, Sue, ¿por eso no quieres ir a casa de Jennifer? ¿Temes tener que quedarte allí?

El silencio fue la respuesta de Sue.

–¿Irás si me quedo allí contigo?

Respondió con una inclinación de cabeza.

Tras media docena de pruebas de este tipo, un día Lara la dejó para ir al despacho que, según habían acordado Davey y ella, tendría que ponerse en manos de otra persona mientras Sue se adaptaba y mientras se trasladaban a la casa nueva. Cuando regresó a la casa de su amiga, Sue estaba jugando en el jardín. No había añorado a Lara.

–Ves –dijo Lara, abrazándola con fuerza–, ves como siempre vengo a recogerte. El tío Davey y yo nunca te abandonaremos. Incluso si quisieras dejarnos, no te lo permitiríamos. Te encontraríamos fueras donde fueras, incluso en la luna. ¿Sabes por qué? Porque tú nos perteneces, y nosotros te pertenecemos, para siempre. Por eso.

Afortunadamente, la profesora de primer grado era especialmente comprensiva.

–Al principio, señora Davis, vi cómo le saltaban las lágrimas, pero siempre se reprimía, escondiéndose de los otros chicos. Es una niña orgullosa. Pero, veamos, han pasado seis meses desde que vino. La mejoría en su actitud es realmente espléndida.

–Es muy lista –dijo Lara–. Cuando mi marido y yo hablamos a la hora de cenar, nos damos cuenta de que Sue presta gran atención. Cuando utilizamos una palabra nueva siempre quiere saber el significado.

–Y es guapa. Eso significa aceptación. Le sorprendería la forma en que los chicos se fijan en la belleza.

–Gracias a Dios por su belleza.

–Todo saldrá bien, señora Davis. Todavía se siente insegura socialmente, tiene mucho que aprender, pero a mí no me preocupa en absoluto. Es evidente que ustedes lo están haciendo muy bien.

En aquel momento, Lara se sintió invadida de pies a cabeza por un sentimiento de bienestar. Por lo menos una vez al día, a medida que pasaba el tiempo y Sue intimaba más con ella, había sentido aquella calidez, de modo que algunas veces tenía que reprimirse para no cantar de alegría por temor a aburrir a la gente con la repetición de sus esperanzas y felicidad.

Bozo Blark, la estrella del rock, llevaba tejanos y diez mil dólares de cadenas de oro. Con solemnidad observó a Eddy desde el otro lado del escritorio.

–Eres un ganador, Osborne. Éste es el primer año que no he pagado impuestos, ni un centavo. ¡Santo cielo, no me lo puedo creer! No lo acabo de entender. Sé que me explicaste lo de deducir pérdidas en sociedades y...

Sonriendo, Eddy le interrumpió:

–No tienes que entender nada, Bozo. Simplemente dedícate a hacer discos, y yo ahorraré tus millones.

–De acuerdo. Estaré en contacto. Y una cosa –añadió Clark al salir–, la oferta sigue en pie. Todas las entradas que quieras para mis conciertos, cuando sea.

Lo último que quería Eddy era estar atrapado entre una multitud de adolescentes mientras Bozo balanceaba las caderas y cantaba. A Bozo le sorprendería saber que Eddy prefería el Metropolitan Opera y la Filarmónica. Pero su respuesta fue entusiasta.

–Reuniré a algunos amigos y uno de estos días, aceptaré tu oferta. Gracias, Bozo.

En cuanto hubo salido Bozo Clark, apareció la señora Evans con una bandeja de plata sobre la cual había un plato de bocadillos de pan integral y una pequeña cafetera llena de café.

–¿Se da cuenta, señor Osborne, que no ha comido y que son más de las cuatro?

Eddy, sonriendo, se dio cuenta de que la sonrisa era tímida, como si fuera un chico al que le reñía una madre cariñosa. Le gustaba este juego, le encantaba tener a una digna viuda de pelo gris con acento de clase alta inglesa a su servicio. La mayoría de hombres buscaban una secretaria que tuviera las curvas en su lugar, que supiera mostrar su cuerpo, y tuviera menos de treinta años. Pero Eddy tenía un sentido distinto de lo que resultaba adecuado.

–Me cuida muy bien, señora Evans.

–Bueno, si no le diera un poco la lata, me mataría trabajando. Colocaré esto sobre la mesita y puede relajarse en el sillón. Relájese y descanse.

–Estoy empezando a hacerlo ahora mismo. En cuanto coma, me voy al campo. Vale la pena aguantar el tráfico de los viernes si después puedes disfrutar de dos maravillosos días de verano. Y usted también váyase a casa, señora Evans. Le iría bien un pequeño descanso.

–Gracias, señor Osborne. Creo que lo haré. Y dejaré órdenes de que no le molesten.

Eddy se estiró, desentumeciendo las piernas que habían

estado bajo el escritorio desde primera hora de la mañana. Había sido un día duro, y sin embargo, como siempre, le encantaba este agotamiento. Si resultaba contradictorio, pues que lo fuera; era la verdad. Sin duda alguna un alpinista aferrándose a sus clavijas a 3.000 m. de altura conocía el cansancio, pero seguía hasta alcanzar los 3.100 m, y sentía placer cuando lo conseguía.

–Estoy escalando mi montaña –dijo en voz alta en la tranquila habitación.

O incluso podía decir que ya había llegado hasta la cima. Ya que aquí estaba, situado finalmente en este su tercer y definitivo despacho, el lugar perfecto que siempre había soñado. Ocupaba una planta y media del edificio. Tenía una plantilla de cuarenta empleados, sin contar las secretarias. El negocio iba como un motor recién puesto a punto, ganando dinero. Cada minuto, cada segundo, contaba, en eso de ganar dinero. Sonaban los teléfonos, el teletipo escupía papeles. Los ordenadores escribían, mientras los jóvenes discutían en sus escritorios. Eran los gloriosos ochenta, y Eddy estaba en el ojo del huracán.

Cuando miraba por la ventana, al oeste la «Torre Trump», al sur el «Rockefeller Center» y el «Empire State», al este «Sutton Place», al norte el Parque y el Museo, parecía un diorama. Las torres grises y blancas eran bonitas miniaturas, de forma que al salir de su oasis privado para bajar en el ascensor, y salir a la acera uniéndose a la enormidad y cacofonía de los cláxones y sirenas, resultaba un golpe fuerte. Sin embargo le encantaba este golpe.

«Esta habitación es maravillosa», pensó. Incluso el plato Royal Worcester encajaba en la decoración. El decorador era un genio; había leído los pensamientos de Eddy. Durante el derribo de un hotel del siglo XIX, en el centro, había recuperado los paneles de caoba que ahora recubrían estas paredes. Tenía la calidez del tiempo, con algunas abolladuras que lo atestiguaban, como lo que uno vería en un club inglés. También en aquellos clubes la enorme alfombra oriental sería oscura, descolorida en zonas donde el sol le había dado durante más de un siglo. Desde un rincón un reloj daría las horas con un carillón; el reloj de Eddy, comprado el año pasado en una subasta, era una auténtica pieza del siglo XVII, y le había costado casi dos mil dólares. Existían, claro está, incluso piezas mejores; era muy probable que algún día se deshiciera de éste y lo reemplazara por otro mejor.

«Sus asuntos iban suficientemente bien –pensó–, como para garantizar la compra de cualquier cosa que pudiera desear. Cualquier cosa.» A menudo, cuando se despertaba a media noche, o cuando de pronto pasaba por delante de un espejo o un escaparate mientras corría en busca del coche, se sorprendía a sí mismo con un breve sentimiento de irrealidad. A continuación, sintiendo el aire en su rostro por encima de la manta o, cuando era el caso, el suelo bajo sus pies, o al reconocer su joven rostro, recién afeitado y moreno bajo la sana mata de cabello, admitía la sorprendente realidad.

Calculaba que su valor alcanzaba casi diecinueve millones de dólares, y sólo tras siete años. Su sueldo llegaba a los once millones al año. Las acciones de la empresa superaban los seis mil millones. Y pensaba en el viejo tópico: nada tiene más éxito que el éxito. ¡Qué cierto era! Su intuición en el mercado de valores no le había fallado hasta ahora. Incluso en un mercado en alza había muchos inversores que, a ritmo de tortuga, no llegaban a ningún lado; incluso en un mercado así había que saber cómo y dónde ir. Pero el principal negocio de la empresa seguían siendo las inversiones protegidas de impuestos, en propiedad inmobiliaria, petróleo, ganado, cualquier cosa que produjera pérdidas para poder así reducir el salario imponible del individuo. Allí es donde estaba el dinero de verdad, en la capacidad de mantener lo que uno tenía. Y por eso la gente venía a manadas a «Osborne y Compañía».

«Había hecho bien –pensaba ahora– en independizarse. ¿Quién necesitaba socios con todos los desacuerdos que se producían, consultas repetitivas, y compromisos para actuar con lentitud, cuando podías moverte en solitario? Lo que sí necesitaba y ahora poseía eran unos cerebros rápidos que le proporcionaran la información que necesitaba, entendieran las instrucciones y las cumplieran.» Pagaba buenos sueldos para contratar a los brillantes graduados de Harvard y Wharton. Cuando trabajaban bien, les ofrecía una buena prima, y cuando lo hacían mal, los despedía. Era exigente, pero le respetaban por ello.

Todavía le sorprendía la rápida aceptación en todas partes. Ciertamente, había en el mundo de las finanzas gran cantidad de recién llegados con los cuales la gente siempre estaba dispuesta a negociar. Pero estaban decididamente en contra a la hora de aceptarlos en sus hogares y clubes, mientras que a Eddy le invitaban a todas partes.

Como para demostrar su último pensamiento sonó el teléfono.

–Eddy, ¿estás en la ciudad esta noche? Un par de tipos se van a reunir para cenar y jugar una partida de backgammon en el «Yale Club». ¿Te apetece venir?

–Lo siento, Doug, me gustaría ir, pero me voy fuera de la ciudad. Gracias por pensar en mí.

–¿Entonces qué te parece el martes?

–El martes me va estupendo. Nos encontramos a las seis. ¿De acuerdo?

Una o dos veces por semana se encontraba con un grupo del «Yale Club». Al girar por Vanderbilt Avenue, echaba una última ojeada al Parque; a veces se quedaba allí quieto un par de minutos en la esquina, mirando y sintiendo la emoción antes de la partida.

Al ser buen jugador, a veces acababa con unas ganancias de unos miles de dólares, pero era lo suficientemente inteligente para no ganar con demasiada frecuencia. Era mejor ser conocido como un hombre que perdía con gracia y era generoso. A estas alturas de su vida ya era consejero de media docena de sociedades filantrópicas, todas ellas importantes, que exigían grandes donaciones, pero Eddy, lejos de escatimar, daba con gran generosidad. Incluso el conceder préstamos a los amigos, cosa que hacía con frecuencia, le ponía contento. Le hacía sentirse poderoso.

El reloj dio la hora. Calculando con rapidez, se repartió el tiempo; una hora para ir a casa, ducharse, y meter algunas prendas de vestir en una bolsa, y dos horas, si tenía suerte, hasta llegar a casa de Pam. Pero primero tenía que hacer la llamada semanal a Lara que nunca olvidaba. Y levantó el auricular.

Cuando contestó la pequeña voz de Sue, hizo el juego que ella esperaba de él.

–Hola. Soy tío Eddy. ¿Eres tú, Davey? No, deja que adivine. Eres el chico de al lado.

Se oyó una risita y una protesta.

–¡Tío Eddy! ¡Sabes quién soy!.

–Ah, claro. Eres Sue. Tendría que haberte reconocido por la blusa rosa.

–¡Hoy no! Llevo una camiseta de *Snoopy*. ¿No lo ves?

–No veo muy bien. Me he dejado las gafas en algún sitio.

Interrumpió la voz de Lara.

–Me toca a mí, Susie. El tío Eddy seguramente tiene prisa. Cuelga por favor.

–Cada vez me sorprenden más las bromas de la niña. Tiene un verdadero sentido del humor.

Ya lo sé. ¡Y es un encanto! Pensar que al principio nos preocupaba que nunca volvería a ser feliz.

–¿Dónde estás ahora mismo?

–¿Dónde estoy? ¿Qué quieres decir?

–¿En qué habitación estás?

–En la cocina, preparando la cena. ¿Por qué?

–Porque sí. Me gusta imaginarte en la casa, cocinando en aquella cocina de ensueño o invitando a una multitud el sábado por la noche.

Durante un instante se la imaginó de pie en la cocina donde colgaban los cazos de cobre; la última vez que había ido a visitarla, tenía una fila de maceteros llenos de violetas en el alféizar.

–Estoy utilizando la barbacoa. Es maravillosa.

–¿No te alegras de que te obligara a comprar esa casa? –preguntó–. ¿No te encanta?

–Claro que me encanta. ¿A quién no?

Y de nuevo se sintió invadido por el placer, un resplandor físico que se extendía por la garganta, hasta acabar con una risa. Aquí también se había «hecho cargo» de las cosas; gracias a él, Lara y su familia estaban en la casa que merecían, modesta como era. Y no es que él hubiera pagado la casa; eso no era cierto; simplemente le ha había dejado a Davey el dinero suficiente para la entrada, una suma que Davey, con el buen crecimiento de su nueva empresa, ya le había devuelto. Pero la idea venía y la semilla la había plantado, Eddy Osborne.

–¿Ha llegado Davey? –preguntó.

–Acaba de entrar. Está arriba quitándose la grasa de las manos.

–¿Otro invento?

–Un instrumento para la cirugía ósea. Acaba de ver a un médico ortopédico en Cleveland. Ya viene. Davey, es Eddy.

–Hola.

–¡Hola, Davey! Lara dice que estás trabajando con un nuevo invento.

–Más o menos. Parece prometedor, pero todavía no lo sé. –Ése era Davey, prudente y cauto.

–Repasé el informe de tu contable ayer, y es estupendo.

–Sí, las cosas van bien. Siguen llegando los pedidos, y la semana pasada contraté a cinco hombres más. Incluso así nos resulta difícil mantenernos al día con el trabajo.

–¿Todavía quieres hablar de inversiones conmigo? Puedo conseguir que te hagas rico, Davey, si me dejas.

–Eddy, de nuevo te digo, no nos interesa lo que tú llamas «ser rico».

–De acuerdo. Otro día será. Tengo la misma prisa que siempre. Dale un beso a Lara y a la niña. ¿Cómo le van las cosas?

–Tenemos nuestros momentos buenos y malos, pero en general buenos. Estamos ya bastante acostumbrados los unos a los otros.

–¡Estupendo! Dale a Sue otro abrazo del tío Eddy.

Cuando colgó, se sintió bien. Siempre se sentía bien después de llamar a Ohio, en cualquier caso, saber que Lara estaba bien colocada por primera vez en la vida le hacía feliz. Siempre estaría bien, con un cuidado interés en su floreciente negocio. Davey podía ser un típico fabricante pueblerino del siglo XIX, pensó, y volvió a darle vueltas: si sólo me dejara que le invirtiera el dinero, podría conseguir que se enriqueciera. Es el mejor tipo del mundo, pero tiene una vena puritana y terca, y Lara es igual. No querer, realmente no querer tener dinero, dinero de verdad, con toda la libertad y poder que daba. Y Eddy se encogió de hombros, sonriendo mientras pensaba.

Media hora después estaba en su coche, dirigiéndose al túnel de Queens Midtown. A medio camino, cambió de opinión y bruscamente subió por Madison Avenue. No había visto a Connie en por lo menos dos semanas. Todavía no eran las cinco, de modo que la cogería justo antes de la hora de cerrar.

El pequeño establecimiento ocupaba un estrecho espacio

entre una gran tienda en la esquina y una galería de arte. El único escaparate mostraba un maniquí que lucía un traje de punto negro y blanco y un sombrero rojo. Un dálmata de tamaño natural estaba atado con una correa.

–Muy inteligente –dijo Eddy al entrar.

Connie estaba sola en la tienda.

–¿El qué?

–El escaparate. ¿Lo has diseñado tú?

–Claro que no. Eso es trabajo de diseñadores de escaparates.

–No lo sabía. ¿Qué cobra? Un ojo de la cara, me imagino.

–Más o menos. Entre el alquiler, que sin duda alguna subirá próximamente, y el sueldo de las dos dependientas, cubro gastos. Hay que vender muchos vestidos para cubrir gastos. Es una preocupación. –Connie suspiró.

–Afortunadamente, no dependes de esto para vivir. Y estás guapísima, de modo que te debe sentar bien.

Connie se encogió de hombros. A él no le gustaba verla así, de mal humor y brusca. Además, como él estaba de buen humor, quiso que ella también lo estuviera.

–Supongo que no te dije que fui a ver a Lara durante la festividad del cuatro de julio. Tiene una niña estupenda. Realmente estupenda. ¿O te lo dije?

–No, no dijiste nada Eddy –contestó, de forma algo susceptible, pensó.

Y replicó:

–Bueno, si no te lo dije, es porque no sabía si querías oírlo.

–¿Por qué no iba a querer saber lo de la niña? ¿Qué puedo tener en contra de una niña?

–¿Qué puedes tener contra Lara desde hace tanto tiempo? –preguntó.

–Me parece que es al revés.

–Siempre me encuentro en medio de las dos. Ella piensa que deberías haberla llamado cuando adoptó a Sue. Tú piensas...

–Yo creo que después de que me acusara de asesinato y saliera de mi casa de aquella manera, el problema es suyo. Eso es lo que yo pienso.

–Me rindo –dijo Eddy–. No entiendo nada.

El rostro de Connie se enterneció.

–¡Querido Eddy! Tienes buenos sentimientos. Siempre quieres poner paz, ¿verdad? Pero hay algunas cosas que resultan imposibles. No creerás que a mí me gusta este problema con Lara. Mi única hermana...

Al quebrársele la voz y ver que le saltaban las lágrimas, movió la cabeza.

–No debería haberlo mencionado. Dios sabe que no quiero ponerte de mal humor. Lara también se pone triste cuando le hablo de ti, de forma que ya no lo hago. Lo siento, Connie.

Ella le besó en la mejilla.

–Está bien, Eddy. Voy a cerrar. ¿Quieres cenar conmigo?

–Gracias, pero me voy al campo. Pero te veré el lunes, si estás libre.

–Estoy libre. Diviértete, cariño.

El tiempo era agradable y el viento pasaba suavemente por las ventanillas abiertas del nuevo «Mercedes» gris; había contemplado la idea de comprar un coche rojo, pero decidió que un juguete rojo era incoherente con la dignidad. En cualquier caso, el coche era espléndido. Respondía como algo vivo, como un buen caballo. Mientras conducía, maniobrando por entre el tráfico, seguía pensando; su proceso mental estaba tan entonado como la maquinaria del vehículo.

«¡Si sólo esas dos volvieran a juntarse!» Le resultaba difícil comprender cómo el dolor podía prolongarse durante tanto tiempo. Las dos estaban angustiadas, lo sabía, angustiadas y enfadadas. Las palabras que se habían dicho evidentemente habían resultado cortantes. Era una pena, una triste pena.

Por lo menos Connie había salido de la depresión. El triste divorcio ya había pasado –¡pobre Richard!– y ella tenía la *boutique* para entretenerse. Le sorprendía que no se hubiera casado de nuevo. Era del tipo de mujeres que se casan. Le pareció recordar haber hecho una apuesta con Richard de que se habría casado en menos de dos años, pero ya había pasado el tiempo, y no había ningún candidato. Connie iba con cuidado, claro está, y habiéndose quemado una vez, era todavía más cuidadosa. Además, tenía derecho a ser selectiva; era una mujer bellísima, y tenía cerebro, unas cualidades que no siempre, ni siquiera frecuentemente, iban juntas.

Continuando en la misma línea de pensamiento, Eddy pasó con naturalidad a su asunto más privado, el asunto Pam. Durante las últimas semanas había intuido una creciente impaciencia en su interior, una sensación de que las cosas se estaban alargando en exceso. Las razones, o quién tenía la culpa, si existía culpa, era difícil de saber, seguramente porque ambos, Pam y él, eran los responsables. Ninguno de los dos tenía prisa en casarse.

Sin duda, tenía sentido lo que ella siempre decía, que quería unos años de independencia antes de asumir un compromiso. Bueno. Pero había demasiados hombres atractivos a su alrededor... Lo sabía y a la vez no quería saberlo.

Era muy intuitivo. Con demasiada frecuencia veía cómo la miraban los hombres, que rápidamente apartaban la vista cuando él se daba cuenta. Y después estaban todas aquellas invitaciones, como la del domingo pasado cuando regresaban del cine.

–¡Eh, Pam! ¿Puedes hacer una partida de dobles mañana?

El hombre tenía una mirada altanera en su oscuro rostro. Se pavoneaba, y sus ojos arrogantes seguro que atraían a las mujeres. Los hombres crueles a veces atraían a las mujeres, por muy absurdo que pareciera. Eddy reconoció el tipo. Seguramente iba de cama en cama, una distinta cada noche. Un hombre como aquel no se detendría tras una partida de tenis...

¡Pensar que cuando la conoció había pensado que era «fría»! Bajo aquel aspecto de niña «recatada», era un volcán. ¡Cómo le gustaba el sexo a Pam! Sexo, lo imponderable e inexplicable. ¿Quién sabe lo que podía hacer o no hacer durante la larga semana mientras él trabajaba en la ciudad? De pronto, se puso furioso.

La vista de un coche patrulla deteniendo a un motorista le serenó los ánimos, y aminoró la marcha. «Pero bueno, seguramente estoy haciendo una montaña de nada –se dijo a sí mismo–. Imaginaciones. Estoy exagerando. Pam me quiere. De eso no hay nada, por la forma en que estamos juntos, y no sólo en la cama.»

Al girar por el camino de gravilla, pasando arbustos que rozaban su parachoques, pensó con una sonrisa secreta cómo la madre de Pam estaba deseando que él se casara con ella. ¡Oh, al principio había sido distinto! No estaba inscrito en el *Registro Social*; podría haber sido cualquier inversor de Wall Street, que se gastaba todo lo que ganaba y que podía perder su empleo en cualquier momento. A estas alturas ya opinaba de otra forma.

Aparcó el coche y salió, cogiendo una revista que tenía sobre el asiento contiguo. Era una popular revista económica. Este número, que había salido tan sólo ayer, contenía el largamente esperado artículo sobre él mismo. «El genio del mundo de las finanzas.» Hace unos años hubiera entrado en la casa agitando la publicación en la mano, ahora se lo pensaba todo antes de actuar. «Sí –decidió–, causaría mucho mayor impacto si la gente lo descubría por sí sola, que es lo que seguramente ocurriría.» Subió los escalones de la terraza sin la revista y llamó a la puerta.

Cuando la voz tranquila de la señora Granger contestó «Adelante», entró en el comedor donde la encontró sobre un taburete cambiando las bombillas de un candelabro.

–¡Oh, Eddy! Qué alegría verte, Pam está arriba duchándose, y yo estoy luchando aquí. Si sólo fuera tres centímetros más alta, no sería tan imposible...

–Déjeme a mí. –Se quitó la americana, revelando unos elegantes tirantes a rayas y un bolsillo de camisa con un bonito monograma.

–¡Lo que se consigue con tres centímetros! –dijo alegremente mientras la señora Granger le daba las bombillas.

–Bastante más de tres. No me importa lo que digan las feministas, una mujer necesita tener un hombre en casa. Un marido. –El tono de voz era triste.

Decidiéndose a mantener la charla alegre, contestó con una risa:

–¿Para qué? ¿Para cambiar las bombillas?

Ella era astuta. En seguida su respuesta fue igualmente ligera.

–Oh, para preparar las copas y hablar con el fontanero. Ese tipo de cosas.

Se provocaban. Sin embargo la mujer le caía bien. Su charla, mientras que resultaba obvia, le daba la impresión de ser divertida e interesante.

–Te debe parecer una ridiculez que dos mujeres vivan aquí solas rodeadas de tanto espacio vacío. Pero mi bisabuelo construyó esta casa, y he pasado los mejores momentos de mi vida aquí. La casa siempre estaba llena de primos e invitados; utilizábamos hasta el último metro cuadrado. Dejarla acabaría conmigo. Además, a Pam le gusta tanto como a mí. Tiene los caballos a poca distancia y, bueno, ya lo sabes.

Lo sabía. Podía imaginarse la casa en sus mejores tiempos. Las sillas de mimbre de la terraza llevarían cojines nuevos y el invernadero, ahora en ruinas, proporcionaría flores suficientes para llenar todos los rincones y el mirador. Incluso ahora el lugar tenía cierto encanto y dignidad.

Miró el aparador; Sheraton original, estaba seguro. Sobre él había un servicio de té Jorge II. La plata vieja adquiriría un brillo especial, y era como seda en las manos. «Estas piezas debían ser propiedad de la familia desde hace cinco generaciones. Sería agradable formar parte de esta familia», pensaba mientras colocaba las últimas bombillas. Uno se sentiría sólido, enraizado, como si perteneciera a algo.

–¡Eh! –Pam bajó las escaleras llegando al comedor, con una revista en la mano–. ¡Tú y tus secretos! Mamá, mira lo que han escrito acerca de Eddy.

Las dos mujeres se inclinaron sobre la revista, leyendo las dos páginas. La luz del atardecer se filtraba por la puerta atravesando la bata rosa de Pam, dibujando sus largas piernas hasta la cadera, y produciendo en Eddy una cálida sensación de anticipación y recuerdos. Se quedó de pie apartado hasta que hubieron acabado de leer y después aceptó con modestia las alabanzas.

–¡Eddy! –exclamó Pam–. Nunca me imaginé las cosas tan importantes que estabas haciendo. Nunca hablas de ello.

–Porque Eddy es un caballero –dijo su madre.

–Todos estos artículos exageran –comentó–. Los periodistas tienen que convertirlo en algo sorprendente, sensacional. Así se ganan la vida, al fin y al cabo, de modo que no les culpo. En cualquier caso, todo el mundo tiene talento para algo y deben hacer lo que pueden con ello. Y eso es lo único que yo hago, tenga el valor que tenga, eso es todo –concluyó con una sonrisa fácil.

La señora Granger se quejó.

–Si lo hubiera sabido, habría preparado una fiesta. Ahora sólo tenemos hamburguesas y ensalada.

–A mí me parece estupendo, señora Granger.

–Creo que será mejor que los dos cenéis sin mí. Estoy invitada a casa de tía Mona, y todavía no me he vestido. Voy a llegar tarde. –Al pie de las escaleras se dio la vuelta–. De hecho, voy a pasar la noche allí. Está demasiado lejos para volver sola por la noche. No te olvides de poner la alarma antirrobos, Pam.

–Yo me alojo en el club –dijo Eddy– pero me aseguraré de que lo haga antes de marcharme.

De modo que acababan de hacerle un pequeño regalo, una agradable sorpresa para la noche en vez del columpio del porche o las mantas que ponían en la parte trasera de la furgoneta de Pam, que eran sus únicas posibilidades entre las infrecuentes visitas de Pam a la ciudad.

Pam le miró con ojos resplandecientes.

–Comamos y vamos a cambiarnos. ¿Has traído la ropa de montar? Pensándolo bien, no la necesitarás. Montaremos a estilo del Oeste, en tejanos.

–¿Por qué?

–Estamos cuidando unos caballos pintos, y pensé que sería divertido montar por la playa esta noche. Necesitan ejercicio. ¿Te apetece?

–Claro que sí.

–Hay una bonita luna, y será precioso.

Montar por la noche era uno de los grandes placeres que ella le había enseñado. La normalmente desierta y tranquila playa, a excepción del sonido de las olas y los cascos de los caballos chocando contra la arena o salpicando el agua, resultaba siempre una sorpresa para un habitante de Nueva York.

–De acuerdo, me apetece –dijo.

Sin embargo, esta vez la noche no iba a ser sólo de ellos. En los establos había dos hombres preparándose para montar.

–Hola Pam, ¿qué hay de nuevo? –preguntó uno.

–Vamos a sacar los pintos. Éstos son mis amigos, Alex y Marty. Están locos por los caballos como yo. Éste es Eddy, Eddy Osborne.

–¿Sabes poner la silla de montar al estilo del Oeste? –preguntó el hombre llamado Alex.

–Creo que sí –dijo Pam.

–Yo creo que no. Vamos, te enseñaré.

No nos hagas ningún favor. Eddy sintió otro arrebato de ira. Odiaba la forma de hablar del hombre, la forma indiferente en que movía los hombros.

El establo olía a heno y a la fragancia natural de animales limpios y bien cuidados. En dos departamentos, uno al lado del otro, había dos yeguas idénticas castañas y blancas. Pam les acarició los belfos.

–¿No te parecen preciosas? El dueño está montando un rancho estilo Oeste al norte del Estado.

–Coge éste –aconsejó Alex–. Es un poco más estrecha.

Detrás de Pam, colocó una mano sobre su hombro, mientras Eddy le miraba. Observó mientras el otro hombre ajustaba la silla del animal de Pam y, a continuación, lo imitó. Sacaron las yeguas y montaron.

–Le pasa algo a este estribo. No está bien –dijo Pam.

Eddy empezó a desmontar para ayudarla, pero Marty, todavía en el suelo llegó antes que él. Y, de nuevo, Eddy vio el toque familiar del hombre, esta vez sobre la pierna de Pam.

¿Quiénes se creían que eran? Malditas manos, malditos ellos. Pero Eddy sabía cómo dominar su ira. La noche era demasiado bonita, la oportunidad demasiado espléndida, para arruinarla. Más tarde, más tarde, lo resolvería, se enteraría de una vez si...

Cabalgaron. Se levantó una brisa, dispersando las palabras por encima del mar, y cabalgaron sin hablar. Cabalgaron en fila, Pam delante. Cuando la yegua salió a galope, el cabello se elevó detrás de ella. El efecto conjunto de la chica y el animal, ambos tan delgados y ágiles, era tan elegante como cualquier espectacular ballet en el Lincoln Center. La fuerza y la belleza de Pam excitaron a Eddy. A continuación intentó el autoanálisis. Sabía que era uno de los hombres más competitivos; sabía que le afectaba la rivalidad, verdadera o imaginada, de todos los demás hombres. Pero nunca antes se había sentido tan molesto o irritado.

No dijo nada hasta que regresaron a la casa y estaban tomando café en la cocina. Allí, más bruscamente de lo que había planeado, le salieron las palabras.

–¿Te has acostado, en serio y en repetidas ocasiones, quiero decir, con algún otro hombre aparte de mí?

Lo que quería preguntar y no se atrevía a hacerlo era: *¿Te acuestas con algún otro hombre cuando yo no estoy?*

–¿Qué te hace preguntar eso?

Dudó un instante.

–No te lo tomes mal, pero a veces tengo la sensación de que algunos hombres se comportan de forma excesivamente íntima contigo. Como esta noche, por ejemplo. La forma en que esos tipos te ponían las manos encima.

–Oh, Eddy, eso es ridículo.

–No, no lo es. Eres una mujer muy, muy sexy.

–Ponerle la mano encima a una mujer no quiere decir nada.

–Eso depende de cómo se hace. A veces significa que el hombre quiere mucho más de la mujer.

–Bueno, si soy tan sexy como dices, no es extraño que los hombres quieran hacerlo. Por el amor de Dios, Eddy, ¿vas a tener celos?

–No me gusta que los hombres se comporten así contigo. ¿Son eso celos? No lo sé. Nunca he tenido celos antes. Pero intuyo algo cuando tienes hombres a tu alrededor, eso es todo. Francamente, intuyo que te gusta.

–Yo también seré franca contigo. Es agradable que a una la admiren, Eddy, especialmente cuando me paso la semana entera sin verte.

Se produjo una pausa antes de atreverse a hacer otra pregunta osada.

–¿Con cuántos hombres te has acostado además de mí? Si no quieres decírmelo, entenderé que no te importo, y eso será todo.

Pam se puso de pie y apoyó su mejilla contra la de él.

–Me importa mucho, y te diré lo que quieres saber. He estado con dos hombres, sólo unas pocas veces con cada uno, y eso fue antes de conocerte a ti. Claro, tenía miedo del sida. Pero aunque no existiera la enfermedad, nunca sería promiscua. ¿Por qué hablas de todo esto, Eddy?

Él sintió que ella decía la verdad y, acercándose, le cogió la mano.

–Nunca hemos hablado en serio de las cosas, ¿verdad? Sólo pensé que ya era hora de que lo hiciéramos.

Ella sonrió.

–Hablaré de lo que quieras.

Eddy le devolvió la sonrisa.

–Más tarde. Preferiría subir arriba. ¿Quieres?

–Deja que me prepare. Te llamaré.

Él nunca había visto su habitación ni había estado en la planta superior de la casa. Cuando ella le llamó, entró en una habitación azul y blanca, cielo veraniego y nubes de seda. Sobre un pequeño sofá al pie de la cama, Pam estaba sentada desnuda entre cojines de encaje blancos. La expresión de su cara al mirarle era de total seriedad de una manera completamente distinta a cualquier cosa que hubiera visto jamás en su rostro. Sorprendentes impresiones y sensaciones pasaron por su mente en cuestión de segundos. Incluso esta habitación era algo que no se hubiera imaginado nunca, era tan sensual y femenina; podría ser el lugar en el que dormían Lara y Davey. Era matrimonial. *Nuestro dormitorio es la habitación más importante de la casa*, le había dicho Lara cuando se mudaron de casa. Y un extraño deseo pasó por los huesos y venas de Eddy al recordarlo. Nunca había sentido un deseo tan grande. Regresar a casa cada noche a una mujer bella, compartir esta cama con ella, pertenecerse el uno al otro.

Sintió que se le atragantaban las palabras, una pequeña punzada en el corazón y extendió los brazos.

–¿Podrías...? –dijo casi tartamudeando–. ¿Podrías hacer que esto fuera permanente? Lo que quiero decir es: ¿te casarías conmigo?

–Oh –dijo ella–. Oh, oh, sí, podría. Sí, sí, lo haré. Quiero hacerlo.

Ella estaba llorando, riendo. Estaba viva y era perfecta. Casi tan alta como él, se encajó entre sus brazos. Era lo que necesitaba.

Risas, el humor habitual, se apoderó de ellos por la mañana.

–¿Crees que será mejor que te marches antes de que regrese mi madre? –preguntó Pam.

–Santo cielo, no. Sabía que me iba a quedar. Prácticamente me invitó. Seguramente está pensando en la fecha de la boda.

Pam observó el césped donde los rociadores estaban dejando caer gotas tan brillantes como las chispas.

–Cuando lo pensaba –dijo lentamente–, y al no tener

prisa, nunca pensaba en ello a menudo, pero cuando lo hacía, me imaginaba una enorme recepción sobre la hierba. Una carpa para el baile. La ceremonia en St. John's de Lattingtown. Un vestido maravilloso, seis damas de honor, todo. Sabes.

–A mí me parece bien.

–Cariño, mi madre no puede pagarlo.

–¡Lo pagaré yo! ¿Qué diferencia hay?

–Mucha diferencia. No lo permitiría, cuestión de orgullo, mucho, mucho orgullo, cariño.

–Creo que es una tontería, si quieres que te diga la verdad.

–Quizá sí, pero las cosas son así.

–¿Y qué hacemos?

–Podríamos fugarnos.

Desilusionado, Eddy contestó:

–Eso no es muy festivo.

–Ya lo sé. Bueno, déjamelo pensar un poco.

–De acuerdo, piensa. Pero quiero que vengas a la ciudad esta semana. Alguien me habló de un gran apartamento que se vendía, doce habitaciones, techos altos, una belleza. Vamos a verlo.

–¡No me lo puedo creer! Hablas como si el dinero no tuviera ninguna importancia. ¿De verdad eres tan rico, Eddy?

Él sonrió.

–Las cosas me van bien. Suficiente dinero para que no tengas que preocuparte. Suficiente para que tengas todo lo que quieras.

Deslumbrada, respondió:

–No quiero grandes cosas, Eddy. Nunca las he querido. Esto me parece tan raro. Me cuesta acostumbrarme.

La sonrisa se convirtió en carcajada.

–Ya te acostumbrarás. Te encantará.

Los planes de Eddy se desarrollaron con la misma rapidez con la que se desenrolla una película. El apartamento era magnífico, con paneles en las paredes, chimeneas de mármol que funcionaban, una vista a lo lejos sobre el río, y una panorámica cercana de unos jardines privados. A Pam, mirando el enclave de verde, le resultó difícil comprender cómo alguien podía deshacerse de un lugar como éste.

–Divorciados –le dijo Eddy.

Ella hizo un jocoso gesto de horror.

–No me gusta el presagio.

–No seas idiota. El divorcio no es contagioso. Además, he visto a la mujer. Es gorda y fea, o sea que no es extraño.

Examinó el gran salón.

–Quieren vender los muebles, pero seguro que nosotros no los queremos. Es basura. Basura cara. Yo pondría un armario, un par quizás, a cada lado de la chimenea para guardar mi plata. La colección ha aumentado tanto que incluso tengo cosas en cajas debajo de la cama.

–El piano es bonito. Creo que es de madera de palisandro.

–¡Tienes razón! ¿Quieres comprarlo?

–No toco.

–No importa. Queda precioso donde está. Las grandes habitaciones necesitan un piano. Será una obra de arte. Después de ti. Tú eres la verdadera obra de arte.

Un poco más tarde dijo pensativamente:

–Sabes, quizá no sea tan mala idea lo de casarse solos. He estado pensando que una boda tan grande, incluso una pequeña, sería también un problema para mí. Te he hablado de la pelea de mis hermanas, y no sé cómo podría; sería difícil, doloroso, juntarlas. Todo el asunto me produce mucho pesar, Pam. Y las dos son tan buenas personas. Ya lo verás cuando las conozcas. Quiero ir contigo a Ohio para que conozcas a Lara. Te enamorarás de ella. Le ocurre a todo el mundo.

–De todas formas, está siendo muy terca, ¿verdad?

–Bueno, lo están siendo las dos. Ninguna de las dos quiere disculparse por las cosas que se dijeron. –Eddy suspiró–. Bueno, volvamos a lo nuestro. Acabo de tener una idea genial. ¿Qué te parece si nos fugamos a París? El orgullo de tu madre queda intacto, el problema de mi familia se resuelve, y nos tomamos unas vacaciones. ¿Qué te parece?

–Me parece una gran idea –contestó Pam en seguida–. Un doble sí.

Se casaron en la Iglesia Americana, acompañados por un joven abogado, un cliente de Eddy que estaba casualmente en París aquella semana con su mujer. Después cenaron en el «Grand Vefour» y regresaron a su suite en el «Hotel Ritz». Por la mañana pasearon por la Place Vendôme y con tranquilidad y ocio llegaron a Van Cleef y Arpels, donde compraron un anillo de diamantes que, con las prisas, no habían adquirido en casa.

Pam conocía París bastante bien. Había visitado la ciudad con frecuencia durante la buena época, antes de la muerte de su padre, y condujo a Eddy con facilidad por todos los lugares turísticos desde la Torre Eiffel hasta el Louvre. Se había iniciado la temporada de otoño, devolviendo a la bella ciudad después del receso veraniego a una interesante serie de conciertos, teatros, restaurantes, inauguraciones y discotecas. Eddy y Pam salieron cada noche a una de todas estas cosas.

Después empezaron con las compras. Ella recordaba dónde encontrar antigüedades; adquirieron un armario Luis XVI, un reloj de oro molido y algunas sillas. Eddy sabía lo que compraba, sorprendiendo a los anticuarios y sorprendiéndose a sí mismo por los conocimientos que había adquirido en tan poco tiempo. En la Île St. Louis, en una pequeña galería de arte, compraron una escena marina posimpresionista en la que se veía una playa al atardecer y un grupo de jóvenes mujeres sentadas sobre la arena. Fue una elección de Pam.

–Es bonito –asintió Eddy–, pero es el tipo de cuadro para poner en una habitación o pequeña sala y disfrutarlo en privado. Francamente, en las habitaciones grandes como el salón y el comedor, quiero arte importante, cosas que estén a la altura de un museo.

En total armonía, los dos se pasearon durante tres espléndidas semanas. Caminaron, bailaron, se rieron y pensaron en temas idénticos. Y él se sentía orgulloso, creciéndose interiormente, cuando los hombres se volvían para mirar a la alta, sana e indudablemente joven americana, incluso con sus nuevas prendas francesas, el largo cabello al viento, su paso seguro y los perfectos dientes blancos.

Ocasionalmente, captaba el final de una pregunta que pasaba y desaparecía de su mente: ¿Es esto amor? ¿Lo que cuentan del amor? *Hasta que la muerte nos separe... No puedo vivir sin ti...* «Bueno, sí –decidió–, debe ser esto. Sea lo que sea, es estupendo.»

Era absolutamente feliz.

CAPÍTULO VII

–Pam va a una despedida de soltera, de modo que he venido a pasar la velada contigo –dijo Eddy, y añadió al repasar la biblioteca de Connie–; la casa está preciosa. Te has comprado una lámpara nueva.

–Un capricho. ¿Quieres que te prepare una copa?

–Una taza de café es lo que quiero. Me he tenido que batir con un viento espantoso al venir hacia aquí.

Con la mirada siguió a su hermana que se dirigía a la cocina. Llevaba una bata de terciopelo rojo oscuro bordado con hilo dorado, junto con un par de magníficos pendientes. Griegos, pensó, y hechos a mano. No se podía confundir ni el diseño ni el brillo del oro de veintidós quilates. Seguramente eran otro «capricho», y Eddy tuvo que sonreír. Connie se cuidaba bien. Pero, ¿por qué no? Gracias a él el dinero que le había dejado Richard estaba multiplicándose por diez; no era una fortuna, pero más que suficiente para mantener una casa como aquélla, y vestirse a la moda.

A Pam no se le ocurriría nunca comprar una bata como aquélla. Se sentía más cómoda con una falda y jersey. Cualquier tesoro que poseía Pam lo había comprado él, al igual que casi todo el contenido del nuevo apartamento. Los dos mayores intereses de Pam eran los caballos y el sexo. Bueno, así estaba bien. A él le gustaban los caballos, y en lo que se refería al sexo, no le importaba que las cosas siguieran así, siempre y cuando no utilizara sus encantos con otro. Pero desde aquella conversación en casa de su madre, no le había causado razón alguna para dudar de ella. Algunas otras jóvenes esposas se dedicaban a flirtear inocentemente incluso en presencia de sus maridos, pero Pam no. Todas aquellas cosas las guardaba para él. La sonrisa de Eddy, ampliándose al recordar ciertos detalles, se convirtió en una risa casi alegre.

–Pareces un gato de Cheshire –dijo Connie, volviendo con una bandeja–. ¿De qué te ríes?

–Pensando en mi mujer. Ser feliz. Me deja sin saber qué hacer cuando sale.

–¿Una noche? ¡Qué suerte! Sin saber qué hacer es como estoy yo la mayoría de las noches.

El penoso tono de voz casaba mal con la brillantez física de Connie, el resplandor de su cabello y piel, la boca escarlata, las largas uñas escarlatas. Pero los dedos estaban cerrados y en tensión sobre sus rodillas, y dos arrugas de preocupación fruncían su ceño.

–¿Dónde están todos tus amigos? –preguntó–. Tenías tantos.

–¿Bitsy y los suyos? Almorzarían conmigo si tuviera tiempo, que no lo tengo porque estoy en la tienda, pero están todas casadas, y no quieren una mujer sola haciéndoles compañía por la noche.

–No cuando es tan guapa como tú, eso seguro. Eres como una amenaza para ellas.

–Pues gracias. Bueno, he estado saliendo un poco, sabes, pero no hay nadie que me importe mucho. Lo único que quieren los hombres es acostarse contigo, y lo que yo deseo, hablemos claro, es estar casada.

–Es una pena... –empezó a decir Eddy, y se detuvo antes de finalizar el comentario que resultaría inútil.

–Una pena lo de Richard querías decir. Sí, era agradable vivir con él. Lo teníamos todo excepto una buena vida sexual. –Y con un candor que no había mostrado jamás, añadió–; si no hubiera sido por lo otro, los hombres, supongo que lo podría haber aguantado. De hecho, yo no soy una mujer muy apasionada.

A pesar de sí mismo, Eddy sintió una cierta vergüenza. ¡Una pena! Se preguntó si ella sabía, si era posible que supiera, lo que se estaba perdiendo.

–Sí –continuó–, se portó bien conmigo, y me da pena.

Sigue acordándose de mi cumpleaños. ¿No te parece triste? Tarjetas de cumpleaños y navidad. Nunca se olvida. Y yo hago lo mismo.

–Bueno, esto está bien. Civilizado. Pero no hay razón alguna para no serlo.

También se le ocurrió que sería civilizado si ella y Lara hicieran algo para remediar aquella lamentable situación, cuando Connie preguntó si veía alguna vez a Richard.

–Me ocupo de sus negocios por teléfono. Pero, por casualidad, me lo encontré en Madison Avenue hace una o dos semanas, y comimos juntos. Estaba igual que siempre.

–¿De qué hablasteis?

–Me preguntó por ti, y le dije que las cosas te iban bien. Eso es todo. Después seguimos hablando de dinero. Le estoy consiguiendo un once por ciento en sus inversiones, cuatro a uno en las inversiones protegidas de impuestos, y los impuestos aplazados hasta el infinito. Evidentemente, está contento. Consiguió una buena prima este año y me lo pasó todo.

–Todo eso parece muy complicado.

–En realidad, no. Algún día, si realmente te interesa, te lo explicaré.

Connie se echó a reír.

–A excepción de lo básico no me interesa mucho.

–Ya me parecía que no.

Su risa era deliciosa, y el gesto que la acompañaba, la barbilla levantada, resultaba encantador. Realmente era una pena que una mujer como ella siguiera sola. Y de pronto, sin ninguna razón lógica, tuvo una idea.

–Pam y yo realmente deberíamos inaugurar la casa –dijo–. Dar una buena fiesta, algo grande. ¿Qué te parece?

–Eso depende de Pam. Es mucho trabajo, y no hace ni seis meses que os habéis mudado. A excepción del piano no tienes ni un mueble en el salón.

–Más espacio para bailar. Cuando todo esté acabado, no podremos bailar.

Eddy ya estaba planeando. Tendría que hacer una lista de sus clientes y de otros potenciales clientes. Pero lo principal era encontrar algunos candidatos para Connie. Así de entrada no se le ocurría nadie, pero con un pequeño esfuerzo lo conseguiría, y Pam también tendría ideas. Le caía bien

Connie. Claro que a Pam le caía bien casi todo el mundo. Pero Connie era encantadora, y se llevaban bien.

–Sí –dijo–, daremos una fiesta. ¿Puedes ayudar a Pam con las invitaciones y demás?

–Claro que sí. Y me alegro mucho de que las cosas te vayan tan bien, Eddy. –Connie apoyó una mano cariñosa sobre la rodilla de su hermano.

Caía aguanieve en el exterior, y el frío era intenso, de forma que, en contraste, el apartamento era un jardín tropical, aromático y cálido. Connie llegó pronto, justo cuando finalizaban los preparativos. En el recibidor, que era tan grande como su propio salón, las paredes estaban recubiertas de árboles en flor. La escalinata que conducía al segundo piso del dúplex estaba adornada con zarzaparrilla, colgando a modo de guirnaldas. Ramos enormes de rosas y fresas decoraban las mesas y los estantes de la biblioteca y el comedor, además de en el saloncito de Pamela y el refugio de Eddy. En el inmenso salón, todavía sin muebles a excepción de las blancas cortinas de seda, los camareros habían colocado sillas y mesas en un círculo, dejando espacio para aquellos que quisieran bailar.

Connie se quedó contemplando este magnífico espectáculo. Estaba deslumbrada. Aquélla era la única palabra para describir sus sentimientos. Richard había sido generoso con ella, no había duda alguna de ello, pero su apartamento cabía cinco veces en éste y todavía sobraría sitio. Volvió a la biblioteca. Sus paredes de madera francesa eran preciosas. La alfombra estaba hecha a mano. Encima de la chimenea colgaba un cuadro nuevo; ¿un Sargento? Connie había asistido a cursos en el museo y sabía lo que estaba viendo. La carne color perla, el terciopelo oscuro, la pose de la mujer, eran inconfundibles. Esto es lo que se podía hacer cuando tenías dinero *de verdad*. ¿Cómo lo había conseguido Eddy? De nuevo se sintió deslumbrada y se vio invadida por un sentimiento de profundo respeto por la inteligencia y energía de su hermano.

–¿Admirando la dama? –preguntó Eddy desde el umbral de la puerta.

–Claro que sí. ¿Cuándo ha llegado?

–Justo a tiempo para esta noche. ¿No te parece una belleza?

–¿No tienes consejero artístico? Hay mucha gente que lo tiene.

–¿Por qué? ¿Para qué?

–Bueno, para mantener los ojos abiertos y ver qué se pone a la venta por el mundo entero. Seguro que tú no tienes tiempo para eso.

–Leo –dijo Eddy–. Lo leo todo. Ahora mismo estoy aprendiendo cosas acerca del arte oriental. No sabía que había tanto que aprender sobre alfombras. Sarouk, Ispahán... –Alzó los brazos–. Dios mío, el mundo está tan lleno de arte. Libros... El otro día compré unas primeras ediciones de Dickens con ilustraciones de Phiz. ¿Y qué te parece esta lámpara? –preguntó señalando una flor de bronce sobre un pequeño tallo del mismo metal–. Es modernista.

–Ya lo sé. Preciosa.

–Me costó casi doscientos mil –susurró–. No te preocupes, ya sé que es vulgar hablar de precios, pero sólo te lo cuento a ti y a nadie más. Ven a ver esto... –estaba diciendo cuando Pam le interrumpió.

–Cariño, deja en paz a tu hermana. Cuando Eddy se aficiona por algo, se lanza en cuerpo y alma a ello. Me temo que estará agotado antes de llenar estas doce habitaciones. Connie, estás preciosa como siempre.

El vestido de seda color albaricoque de Connie era una columna de pliegues Fortuny al estilo de la Grecia antigua.

–Y qué buena idea no ponerte más joyas que esos preciosos pendientes.

–Gracias.

«He aprendido», pensó Connie.

Los suntuosos pendientes de diamantes, una extravagancia que no había podido resistir, eran preciosos en sí mismos, no tenían igual.

–Tú también estás guapísima. Como una novia –dijo devolviéndole el cumplido.

Sin que se notara, estudió a Pam, que aparecía bellamente aristocrática vestida de satén blanco. Tenías que ser muy alta y educada en el ambiente perfecto para poseer ese aire que te permitía vestir con tanta sencillez, llevar el pelo cogido en un moño y seguir teniendo aquella elegancia.

–¡Una novia! Bueno, es blanco, en cualquier caso, lo más

cercano a un vestido de novia. Supongo que siempre me arrepentiré un poco de no haber disfrutado de una gran boda.

–Ya lo sé. Yo tampoco la tuve. No es que se pueda comparar.

No había comparación, el comentario inconsciente y algo patético dejó a Connie sintiéndose un poco tonta.

A continuación sonó el timbre de la puerta y Eddy dijo con rapidez.

–Viene una gente muy variada esta noche, Connie. Seguro que hay alguien que resulte interesante para ti.

Era difícil saber quién era «interesante» y quién no lo era mientras uno se movía de grupo en grupo, de habitación en habitación, con el murmullo de las conversaciones, una copa en la mano y un canapé y una servilleta en la otra. Estaban los típicos viejos casados que querían mantener una conversación alejados de sus esposas que abandonaban al otro extremo de la habitación; se veían los acostumbrados cazadores, algunos de ellos muy, muy atractivos, luchando por conseguir una mujer a quien llevarse a casa; el habitual decorador –el de Pam y Eddy esta vez– inteligente, refinado y homosexual; había un joven prometedor con el que Connie mantenía una prometedora conversación sobre la nueva película de Woody Allen, cuando le dijo que hacía tres semanas que se había casado, y «allí está, la bella pelirroja con el vestido azul».

En general, se encontraba entre algún grupo que hablaba con su hermano mientras éste se paseaba entre los invitados. «Eddy resultaba sorprendente –pensó–, mientras hombres que le doblaban en edad, mostraban su respeto por él.»

–Me han dicho que has comprado seis millones de dólares de prendas para la unidad de cardíacos en Mount Mercy.

–Nosotros también inauguraremos nuestra casa en Nassau, y os esperamos a ti y a Pam. Mi mujer se pondrá en contacto con Pam.

–Mi socio quiere conocerte, Eddy. Pensé que quizá podríamos almorzar juntos la semana que viene en el comedor privado de Traver Guaranty. Su primo es el presidente, ya te acordarás de ello.

Los ojos azules de Eddy resplandecían en contraste con su perpetua tez morena. Disfrutaba de cada palabra. ¿Y por qué no? Todo lo que era, seguro, admirado y buscado, lo había conseguido solo. Y el corazón de Connie se llenó de orgullo y alegría por su hermano.

Estaba charlando con desconocidos cuando se anunció la cena. Tras encontrar su nombre en una de las pequeñas mesas de la biblioteca, se preguntó por qué la habrían puesto en un lugar tan alejado. Sin embargo, como no tenía ganas de bailar pensó que quizá resultaba lo más apropiado. A excepción del lugar de Connie, todos los demás estaban ocupados, y al echar una ojeada vio que los comensales eran principalmente matrimonios de mediana edad.

El hombre solo sentado a su lado se levantó y le apartó la silla. Como siempre, tardó sólo unos segundos en evaluarlo, hacer, como si dijéramos, una fotografía mental de la persona. No era ni joven ni viejo. Su oscuro pelo ondulado empezaba a mostrar canas, tenía unos bellos y observadores ojos castaños, y un cuerpo fuerte desfigurado por una pequeña barriga.

–Martin Berg –dijo, presentándose.

–Connie Osborne. Soy la hermana de Eddy.

–¡Ah! Alguien me dijo que su hermana era bellísima. No tenía ni idea de que me cayese la suerte de estar a su lado para la cena.

Aquel comentario convencional podía pasarse por alto, como algo insignificante o un pequeño flirteo sin importancia. Aparte de eso, el hombre tenía poco que decir. Cuando llegó el primer plato, una sopa de langosta, anunció que tenía hambre y se puso a comer. Connie, suponiendo que aquello significaba que se estuviera callada, hizo exactamente eso. De nuevo se preguntó por qué la habían colocado allí.

Los demás aparentemente se conocían. Una animada conversación se inició en la mesa, o más bien, varias conversaciones, concurrentes e interrumpidas.

–¿Estuviste en lo de Southampton? Dicen que las flores las trajeron de Europa... Bueno, no se consiguen esas rosas en este país... Me han dicho que Charlene se gasta diez mil al mes en flores.

–...habla francés como una nativa. Todos estudiaron en Suiza.

–La Côte d'Azur está estropeada. Cuando me acuerdo de cómo era... Aquella casa maravillosa en Cap Estel...

–Claro, lo que hay que tener es un *mas* en alguna colina

aislada de la Provenza. Trajo el decorador de París.

Bajo estas palabras triviales y fuertes acerca de cosas francesas llegó una voz suave, casi un susurro, a la derecha de Connie.

–Pareces lejos de aquí –comentó Martin Berg.

–¿De verdad? No era mi intención.

–Creo que estás aburrida. Me parece que normalmente eres simpática y alegre.

–¿Cómo lo sabes?

–Te vi antes de la cena en el salón. ¿Tengo razón?

–Bueno, normalmente hablo un poco más, pero...

–Esta gente es pesadísima, y ni siquiera te escucharían si pudieras interrumpirlos. Será mejor que hables conmigo, si quieres, claro está.

La suave voz de bajo era, curiosamente, atractiva y exigente. De forma que contestó con ganas:

–Me gustaría. ¿De qué quieres que hable?

–De ti. ¿Estás casada?

–Divorciada. ¿Y tú?

–Pronto lo estaré. Hace mucho tiempo que estamos separados, pero han surgido complicaciones. Dos hijos. ¿Tienes bebés?

–Afortunadamente, no.

–Te has fijado que digo «bebés» y no «hijos». No debe hacer mucho que has acabado los estudios.

–Gracias, pero no soy tan joven. Tengo veintisiete años.

–Yo cuarenta y siete. Mi hijo está estudiando en la Sorbona. Y tengo una hija, una querida hija a la que echo terriblemente de menos.

Una afirmación tan cándida y dolorosa por parte de un desconocido le pareció inhabitual. O bien era un alma solitaria y tímida con necesidad de contacto humano, o bien una persona tan segura de sí misma que podía permitirse el lujo de decir lo que le venía en gana y cuando le venía en gana. Y, volviendo a mirar su rostro con los labios estrechos, corbata elegante, e igualmente elegantes gemelos y reloj, concluyó que era lo último.

–¿Dónde vive tu hija? –preguntó.

–En París, con su madre. El divorcio es una herida, sean cuales sean las circunstancias.

Connie, asintiendo, recordó a Richard en la cocina diciendo una y otra vez, lo de siento haberte hecho daño, Connie.

Cambió el humor de Berg.

–Hablemos de algo alegre. De tu hermano –dijo a propósito–. Claro que sabes que le llaman «el genio». Y realmente es un genio. Yo tardé años en que me aceptaran en Wall Street, y mira hasta dónde ha llegado él casi de la noche a la mañana.

–¿También te dedicas a las finanzas?

–Sí. Inversiones. –Una extraña sonrisa le cruzó el rostro. ¿Había sido tan divertida la pregunta? Y durante un momento jugó con el postre, un helado con merengue y salsa de chocolate–. No debería comer estas cosas, aunque los dulces son mi debilidad. ¿Cómo consigues estar tan delgada? –preguntó al ver que Connie no había dejado nada en el plato.

–Ejercicio, gimnasia diaria.

–Yo también debería hacerlo, pero odio la gimnasia. Lo único que me gusta es el baile. ¿Te gustaría bailar ahora?

Se levantaron, pidieron disculpas y se dirigieron al salón. Una pequeña alcoba en el semicírculo de palmeras cerca del piano estaba preparada para los músicos; la música había atraído a casi todo el mundo a la pista de baile, girando y volando al ritmo del tom-tom.

Berg bailaba bien. La gente mayor a veces parecía absurda cuando intentaba bailar el rock and roll, pero él lo hacía bien, y vio por la sonrisa que se estaba divirtiendo. A continuación, a petición de alguien, la música cambió de pronto a otro género: canciones de *My Fair Lady*. Ahora Connie se dejó coger por Berg. Era casi tan alta como él, de modo que sus mejillas se rozaban. Y cuando ella movía la cabeza, se miraban directamente a los ojos. Había pequeños puntos verdes en el iris castaño. Eran ojos simpáticos, decidió, como los de Richard excepto que no había humor en ellos, ni timidez, tampoco, ni timidez en cómo la sostenía por la cintura.

La gente les miraba. Un hombre dijo agradablemente al pasar:

–Buena actuación, Martin.

La admiración resultaba palpable, cayendo como agua cálida sobre sus pasos perfectos y sobre Connie, que no podía evitar pensar que era la mujer más guapa del salón.

Cuando la música volvió al rock and roll, Martin se detuvo.

–Yo ya tengo bastante por hoy. ¿Tú no? ¿Qué te parece si vamos a algún otro sitio para bailar a la antigua? ¿Al «St. Regis Roof»? Hay que lucir un vestido como el tuyo. ¿O preferirías ir a algún lugar tranquilo a tomar una copa?

Era obvio que estaba muy, muy interesado. Y con una diferencia. Qué era lo que hacía que su interés fuera diferente de la poca sutil petición de pasar la noche juntos era difícil de saber. De forma que le dijo que una copa estaría muy bien.

–Me alegro que hayas elegido eso, Connie. Esperaba que lo hicieras. ¿Dónde vamos?

–A mi casa –dijo ella.

–Una habitación muy agradable –comentó Martin, mirando a su alrededor.

–No hay ningún Sargento sobre la chimenea. En realidad ni siquiera hay chimenea.

Él se encogió de hombros.

–¿Qué importa? Tu hermano es un hombre rico. Él puede comprarse un Sargento. Y esto está muy bien. Buen gusto.

Estaban tomando la segunda copa de champaña. Connie había aprendido que era una buena idea tener una botella de champaña en el frigorífico para cualquier eventualidad como ésta. Pero ahora empezaba a sentir los efectos del vino; la sangre le recorría por las venas de modo precipitado y las palabras le salían con lentitud. Era absolutamente necesario hacer algo para no dormirse.

–Podríamos poner un poco de música y apartar la alfombra –sugirió.

–Una gran idea.

De nuevo entre los firmes brazos del hombre, le siguió con perfecto ritmo. Encontrándose cara a cara, se observaron de forma solemne; a continuación él la besó suavemente en los labios. Su boca era agradable con la fragancia del vino, mezclado con un ligero sabor a menta. La volvió a besar; a ella le dio vueltas la cabeza; se unieron aún más. Finalmente, dejaron de bailar y se quedaron quietos donde estaban, abrazados. Cesó la música. Continuaron abrazados en un silencio tan espeso y profundo que ella podía oír el latido de su corazón. No había duda alguna de lo que se produciría a continuación.

–¿Connie? Dime dónde.

En el dormitorio se desnudaron lentamente, sin quitarse los ojos de encima. Al final, ella se quedó totalmente desnuda a excepción de los largos pendientes de diamantes.

–¡Eres bellísima! –exclamó.

Con habilidad, le desabrochó los pendientes, los colocó sobre la mesilla de noche y la estiró sobre la cama.

Sabía complacer, prolongar el placer. De hecho, Connie nunca había experimentado tanto placer con nadie. No fue algo estático; a estas alturas sabía que ella era una de aquellas personas que nunca alcanzarían el máximo, al igual que había gente para la cual comer no era un verdadero placer. Pero, no obstante, fue bueno. Rápidamente se dio cuenta de que Berg era apasionado y que querría una respuesta apasionada de ella. Si no la recibía, quizá no volviera jamás. Ella deseaba volver a verle, porque era indudablemente un hombre, y ya se había cansado de los niños.

Cosas que había leído y que le habían contado otras mujeres, todo tipo de variaciones, le vinieron ahora a la cabeza. El sexo era un arte. Muy bien, ella lo practicaría.

–Eres –dijo Martin por la mañana– la mejor que he conocido. –Sus ojos resplandecían de felicidad y admiración–. Eres maravillosa, Connie.

Era la tarde de un oscuro y gris domingo. Pero la cocina donde estaban desayunando era alegre, y la sensación de todo ello de compañerismo.

–¿O sea que eres de Ohio?

–Una chica de pueblo.

–No tienes ese aspecto. Pareces salida de la Quinta Avenida. O París. En cuanto a mí, yo soy de Flatbush. Eso está en Brooklyn, por si no lo sabes.

–Lo sé, pero nunca he estado allí.

–No te has perdido nada. Es bastante horrible.

–Entonces te diré que tú tampoco pareces ser de un lugar así.

Martin se echó a reír.

–De hecho sí que lo parezco. Mis padres eran emigrantes

polacos. Mi padre era taxista. Ahora está muerto. Mi madre también. –Se detuvo–. Ya basta. A ti no te interesa nada todo esto.

–Sí que me interesa.

Y era cierto, en pocos minutos se había dado cuenta de que este hombre era la primera persona que había conocido desde que abandonó Texas que se había labrado su propio camino, y que procedía, al igual que ella, de la llamada clase «trabajadora».

–Sigue. ¿Y el resto de la familia?

–Soy el más pequeño de siete, uno de los dos que nacieron aquí y que hablan inglés sin acento. El otro, mi hermano Ben, da clase de económicas en una universidad comunitaria. El mayor murió en la guerra de Corea, otra hermana también murió, dos hermanos se dedican al negocio de la sombrerería en Chicago, y la otra hermana está casada con un médico en Houston. –Le sonrió de forma algo modesta y concluyó–: De forma que bien mirado los hijos del taxista están bastante bien situados.

–No me has dicho nada de ti mismo.

–¿De mí? No hay mucho que decir. He trabajado mucho. He sido camarero, y he empujado carretillas de prendas de vestir. Pero también he tenido suerte, ya lo sé. Conseguí una beca para ir a Yale y después a la Escuela Wharton.

–Eso no se puede llamar exactamente suerte.

Él se encogió de hombros. Vio que éste era un gesto característico en él. Y continuó:

–Ben es el más sorprendente. Pensarías que sería un libre pensador, es un hombre tan «liberado» en otras cosas, satisfecho de vivir casi sin un duro, tan antiburgués y todo eso, y sin embargo es religioso, prácticamente ortodoxo. Somos judíos, claro está.

Él no estaba escondiendo sus orígenes; de hecho, estaba orgulloso de ellos, mientras que el recuerdo de ella era tan repugnante que debía esconderlo no sólo de los otros sino de ella misma. Esto lo vio claro por primera vez, y se encontró diciéndole a este desconocido:

–Yo siempre miento acerca de mí misma. Dejo que la gente crea que soy de una familia texana relacionada con el petróleo. Si pudiera contarte cómo era en realidad mi familia...

Martin levantó una mano para impedir que siguiera hablando.

–No tienes por qué contarme nada. Lo único que me gustaría saber es por qué no me estás mintiendo a mí.

–No lo sé. –Jugueteó con el tocino y el huevo que tenía sobre el plato.

¿Por qué? Quizá porque producía una sensación de tranquilidad, porque estaba tan tranquilo y compuesto y autoconfiado, incluso vestido con aquel absurdo albornoz unisex.

Rectificó su respuesta.

–Supongo que pienso que a ti no te importarán los pasados y las familias igual que a los demás. Y confío en ti.

–No te preocupes. Nunca revelaré tu pequeño secreto, ya que significa tanto para ti.

–Te parece una tontería, ¿verdad?

De nuevo se encogió de hombros.

–Seguramente. En cualquier caso, no tiene importancia. Lo importante es que confías en mí. Espero que no confíes en todo el mundo con la misma rapidez. Puede resultar peligroso.

–Ya lo sé. Pero soy bastante buena a la hora de juzgar a la gente, excepto –añadió con timidez–, excepto cuando me casé. La única vez en que era importante juzgar bien, no lo hice.

–Somos muchos, si esto te consuela. Y como dijiste anoche, es una suerte que no tengas hijos.

Se produjo un silencio tan largo que Connie, sintiéndose inquieta, lo rompió sugiriendo que pasaran de la cocina a unos sillones más cómodos en la biblioteca.

Había un pequeño montón de libros al lado de un jarrón con tulipanes. Martin los miró.

–¿Estás leyendo libros de historia? –preguntó, subrayando con sorpresa la palabra *historia*–. ¿Napoleón? ¿La Revolución Francesa?

–Lo estoy intentando, poco a poco. En realidad, los libros son de Richard. Él leía todo lo que podía acerca de Francia. Tenía una mente sorprendente, le interesaba todo, la historia, el arte, la música, todo.

–Es bueno que no estés amargada –comentó Martin.

–Bueno, la verdad es la verdad.

Asintió.

–A mi mujer le encanta Francia también. Se ha instalado

permanentemente en París. En invierno toma un apartamento en Cannes, aunque no sé por qué. Puede hacer mucho frío allí en invierno, y la playa es horrible.

Connie se interesó.

–¿También ella es de Brooklyn?

–No, la familia de Doris estaba un poco más alta en la escala social. Vivían en la parte oeste. Ella era asistente social cuando la conocí. Es una gran persona, muy sensata, muy seria. Una mujer de gran calidad. Todavía la respeto. De forma que supongo –añadió– que la siguiente pregunta será por qué acabamos divorciados.

Dos arrugas aparecieron en la frente de Martin, y sus ojos parecieron tan cansados que, de pronto, se pareció al hombre que algún día sería.

–Es insidioso, el proceso de separación. Difícil de analizar, porque hay tantas formas posibles de echarse la culpa. Pero, principalmente, desde que vivo solo, abandoné el apartamento, aunque todavía es de mi propiedad, y alquilé dos habitaciones en un hotel, un lugar mucho más alegre, he llegado a una conclusión: ella era demasiado seria. Todas aquellas profundas discusiones, sus amigos «políticos»... Nunca había nada alegre ni ligero. Ya aguanto demasiadas cosas serias todo el día. Quiero *divertirme,* un poco de diversión. Me encanta bailar. A ella no le gustaba nada. Cosas así. –Dejó de hablar–. Pero echo de menos a mi pequeña. Deja que te enseñe una foto. –Se levantó y regresó con el billetero–. Aquí está. Melissa.

Una niña feúcha con los ojos oscuros de Martin, miraba a Connie mientras él esperaba un comentario.

–Parece simpática. No se parece a ti, ¿verdad? A excepción de los ojos.

–Se parece a Doris. Pero es como yo. Su mente, su forma de ser..., es como yo. Estuvo aquí durante las vacaciones de navidad, y nos lo pasamos muy bien. Se me rompió el corazón cuando la llevé a Kennedy a coger el avión.

Connie sintió el dolor del hombre.

–Lo siento, Martin –dijo cariñosamente–; me gustaría poder consolarte.

Él la cogió la mano y la sostuvo entre las suyas.

–Has hecho otras cosas para hacerme sentir mejor, Connie. No esperaba, hablo en serio, juro que no esperaba en absoluto lo que pasó anoche. Pero eres bella, una mujer vibrante, y apasionada, y ocurrió, eso es todo.

–No acostumbro a hacer cosas así, te lo aseguro.

–Ni yo tampoco. Nunca he sido muy dado a tener ligues de una noche. Quiero mantener una relación, sentir algo por la otra persona, una relación sincera. He vivido demasiado tiempo con la mojigatería; es extraño, que te cuente tantas cosas personales de mí. De todas formas supongo que será mejor que las sepas, porque creo que nos vamos a ver mucho de ahora en adelante.

Cuando Eddy le telefoneó aquella noche, Connie dijo:

–Me has ganado. Estaba a punto de llamarte para decirte que fue una fiesta maravillosa.

–Te marchaste pronto.

–En realidad no quería, pero Martin Berg...

–Ya lo vi. Le debes haber caído muy bien.

–Es muy simpático. Se parece un poco a ti. Empezó pobre como tú...

–¿Cómo yo? Ya me gustaría.

–¿Qué quieres decir? ¿Le van las cosas mejor que a ti?

–¿Quieres decir que no sabes quién es?

–¿Finanzas? ¿La Bolsa... no es eso lo que hace?

–Dios mío. ¡Es de «Frazier, De Witt, Berg»! Tienen cinco mil empleados y sucursales por todo el mundo. Es una de las empresas más antiguas y con más clase de Wall Street.

–¿Qué quieres decir con «empresa con clase»?

–Viejos aristócratas. Empresas que se remontan a varias generaciones. En este caso Frazier está muerto, pero mantienen el nombre. De Witt contrató a Berg hace veinte años a pesar de su origen de Brooklyn, porque tenía mucho negocio y porque el hombre es brillante. Manejan miles de millones de dólares. Opas. Honorarios enormes, enormes, sea cual sea el lado del que estén. ¿Dónde fuisteis?

–A mi casa. Estuvimos hablando un rato, después se fue a casa. Es agradable hablar con él, muy modesto. Nunca dirías que es tan importante.

–El hombre vale por lo menos quinientos millones. Y ha hecho donaciones millonarias a lo largo de los años.

–¿Crees que volverás a verlo?

–Quizá. Nunca se sabe con los hombres.

Eddy se echó a reír.

–Lo verás. Estabas preciosa anoche. Pam me dice que te diga que tu vestido era un sueño.

–Dale las gracias. Ella también estaba muy guapa.

–Siempre lo está, mi modesta esposa. Aunque tú eres más el tipo de Berg.

–¿Qué quieres decir?

–Quiero decir que intuyo que vas a verlo muy a menudo. Y sabes lo buenos que son mis intuiciones.

–Bueno, no lo sé –dijo Connie, cautelosamente–; pero es un hombre simpático. Realmente simpático.

Transcurrieron los meses. Era un hombre extraordinario. Tenía una energía prodigiosa, trabajaba dieciocho horas de las veinticuatro. Cada mañana a las seis y media el chófer lo llevaba a un desayuno de trabajo a las siete en su despacho, a otro despacho, o a un hotel.

–La hora del desayuno es la más conveniente para reunir a la gente –le explicó–. Abogados, banqueros, contables y directores generales.

–No sé de dónde sacas la energía –susurraba ella cuando, todavía medio dormida, le oía moverse por las habitaciones de puntillas para no despertarla.

–Siempre y cuando me quede suficiente para ti –contestaba él.

Y le quedaba. A ella no le hubiera importado que fuera menos apasionado, pero él no lo sabía y nunca lo sabría, ya que el objetivo de Connie era complacer. La amabilidad, inteligencia y aspecto inmaculado de él hacía que fuera fácil de complacer.

A veces, cuando pasaba la noche en sus habitaciones, se paseaba estudiando, sin curiosear, las posesiones que siempre revelaban tanto del propietario: los trajes de veinticinco mil dólares y las camisas hechas en Londres tras las puertas abiertas de los armarios, los cepillos de plata sobre la cómoda, los libros encuadernados en piel y fotografías de sus casas, la casa de Palm Beach y la de Vail. En una ocasión, cogió un libro, cayó una fotografía y vio en un grupo de familia a una mujer que debía ser su esposa, una dama alta vestida con blusa y falda; tenía un rostro severo como el de Melissa. Connie se preguntó entonces qué pasaría con el divorcio.

–Habrá un buen acuerdo económico –le había dicho Martin–; tal vez de hasta cien millones. ¿Quién sabe? Es una venganza, claro está.

Y cuando Connie se quedó traspuesta por la suma, añadió:

–Hay otros que han tenido que pagar más. Resulta gracioso, también, porque Doris nunca ha sido una gran gastadora, nunca ha querido muchas cosas. Empezamos en un apartamento en Long Island, después tuvimos un pequeño rancho, y sólo fue a insistencia mía que llegamos a tener una gran casa colonial. Después decidimos mudarnos a la ciudad a causa de mis reuniones nocturnas y fui yo quien eligió el apartamento; a ella le parecía demasiado grande y caro. Lo único que ha amado es la casa de París; es pequeña, pero es una joya, y ahora es toda suya. –Gruñó–. Está cerca de la Sorbona, donde ella atiende clases. Le gusta que la consideren una intelectual. Ni siquiera tenía afición por las joyas. Ostentación de la clase media, ya sabes.

Con alegría, Martin compraba y compraba objetos para Connie.

–Me siento como un cateto –se quejó un sábado por la tarde cuando compraron el abrigo de marta–. Hace tantos años que no compro una cosa así, que no puedo creerme cómo han subido los precios. No es que me importe –añadió rápidamente–. Ni mucho menos.

El mismo día adquirieron en «Harry Winston» un rubí birmano, y en «David Webb», un par de pulseras de diamantes.

–La semana que viene vamos a un baile benéfico –le explicó– y quiero que lleves el abrigo, el rubí y las pulseras.

Entendió lo mucho que le importaba a este hombre hacer su entrada del brazo de una joven espléndidamente vestida. Lo que no acababa de entender eran sus intenciones a largo plazo; ¿iba a ser una amante, una querida o una esposa?

A menudo durante aquel año, cuando Martin atendía reuniones de desayuno en el «Hotel Regency», Connie le esperaba en el hall de mármol y terciopelo, observando el entrar y salir de la gente. Aparecían, naturalmente, en todas las edades y tamaños, pero la mayoría eran, o por lo menos eso le parecía a ella, parejas formadas por hombres entrados en años con barriga y calva, acompañados de una mujer joven que le pasaba una cabeza. Estas caras jóvenes llevaban cualquier cosa desde chándales o anoraks con pantalones negros ceñidos, hasta visones negros que les llegaban a los tobillos. A menudo tenían serias caras orgullosas. Eran amantes, o segundas esposas, adquiridas por su juventud. Martin y ella debían tener ese aspecto... No quería pensar en ello.

Entonces él aparecía en las escaleras, moviéndose con rapidez y sonriéndola. Bajo su consejo había perdido cinco kilos, y casi la misma cantidad de años. Era indudablemente un hombre poderoso y atractivo. No, ellos no se parecían a los demás... Y le dolería perderle... Un ligero temor recorría la espalda de Connie, mientras temblaba la pregunta esencial, a la espera de ser pronunciada. Pero ella no se atrevía a hacerlo.

A principios de primavera fueron a Vail, viajando en el avión privado propiedad de la compañía de Martin. Connie era una persona de climas cálidos, y Vail seguía profundamente anclada en el invierno. Pero las montañas resultaban magníficas, y la casa también, con los muebles hechos a mano, telas indias y fotografías del viejo Oeste. Martin era un esquiador perfecto, mientras que ella no se había puesto nunca unos esquís y temía un poco hacerlo.

–¿No tendrás miedo? –le preguntó, y ella, recordando que una vez había mencionado que Doris se había negado a aprender, le aseguró que no.

Un profesor privado vino a darle clases, y dominando tanto el miedo como el frío, hizo grandes progresos; dominando, también, el idioma de las colinas, empezó a hablar como una entusiasta alrededor de las chimeneas donde los amigos de Martin, de los que tenía muchos, pasaban las veladas. Y así le complacía.

Transcurrían las estaciones. En verano la ciudad tenía un aire distinto. Sus restaurantes favoritos estaban relativamente vacíos, había conciertos al aire libre y bellos paseos. A veces los fines de semana se encontraban con Eddy y Pam en Long Island. Pero la mayor parte del tiempo Connie estaba ocupada, habiendo mantenido abierta la *boutique*. Dado que su futuro era incierto, le pareció más prudente no cerrar; además, estar sin hacer nada todo el día en espera de lo que iba a ocurrir por la noche era no ser más que una cortesana, que era, a pesar de lo antiguo de la palabra, la más adecuada.

En el otoño volvieron las fiestas, cenas de caridad y bailes benéficos. Martin sacaba entradas para todo. Tras su experiencia con Bitsy Maxwell, Connie sabía calcular cuánto le costaba todo esto. Generosos como eran los regalos de Martin, eran proporcionados con su riqueza; se preguntó si Eddy colaboraba en la misma proporción y pensó que no. A Eddy le gustaba el placer personal que venía con ver a la persona a quien daba, y quizá, pensó, también, de controlar a la persona que recibía el regalo.

Llegó una segunda navidad. Martin anunció que su hija venía a pasar la semana con él. Le encantaba el mar y volaría directamente a Florida.

–Hace dos años que no uso la casa. Pero dejo que lo hagan mis amigos cuando quieren. Esta vez también he invitado a mi hermano Ben. Ha tenido la gripe, y un descanso le irá bien. –Martin se rió–. Ben no está de acuerdo con la casa. Dice que es escandalosa, y desde su punto de vista, supongo que lo es. Tampoco está de acuerdo conmigo. Pero nos llevamos bien.

Estas últimas palabras dolieron a Connie. Aunque hablaba de Eddy con ligereza y alegría, nunca le había dicho nada a Martin de Lara, a excepción de que tenía una hermana en Ohio, porque no habría podido mencionar la separación sin lágrimas. El tema era demasiado doloroso como para dar explicaciones.

En Palm Beach, al final de un enorme césped que se extendía hasta el océano, apartada del público por verjas y matorrales en flor, yacía una larga casa de estuco con un tejado de tejas españolas. Toldos a rayas daban sombra a las altas ventanas. Hibiscos y adelfas resplandecían al sol. Enormes habitaciones se comunicaban a través de logias y terrazas, que daban a un patio mediterráneo donde se encontraba una fuente. En un invernadero oval, Martin exhibía su colección de orquídeas.

–Pensé que sería un buen *hobby* –explicó–. Incluso compré libros para aprender a cuidar orquídeas. Te sorprendería saber cuántas variedades existen. Pero he abandonado la afición y dejo que lo hagan los jardineros. Nunca tengo bastante tiempo para dedicarme a cosas como éstas.

Connie estaba mirando por encima de su hombro hacia la piscina y el ala de invitados.

–¿Cuántas habitaciones tiene? –preguntó.

–Sesenta y cuatro. Sin contar las dependencias de los jardineros y el chófer, que están separadas.

Ben Berg y Melissa llegaron de Nueva York y París a una hora el uno del otro, y poco después estaban sentados a una pequeña mesa en el patio cenando. Tres pares de idénticos ojos oscuros rodeaban a Connie. Los tres Berg tenían el mismo cabello espeso; el de la chica era sólo una maraña de tosca seda negra. Los dos hermanos tenían el mismo rostro alerta y vigilante, pero la expresión de Melissa era de preocupación o quizá despiste. En cualquier caso, parecía uno de aquellos niños que habían nacido viejos. Iba mal ataviada con un vestido de un color verde del cual surgía un cuello largo y barbilla puntiaguda. «Su madre debería saber un poco más o preocuparse más», pensó Connie apiadándose de la niña.

El agua corría por la fuente. Cuando cesaban las voces, aquella música llenaba la noche. Ni una brisa. La llama de la vela casi ni se movía.

–Una noche perfecta –murmuró Martin.

Extendió el brazo para coger la mano de su hija y la sostuvo mientras ella comía con el tenedor en la otra mano.

Connie sonrió.

–¿Cómo puedes comer así? –preguntó.

–Soy zurda –contestó Melissa, sin soltar la mano de su padre.

Se querían, pensó Connie. La chica, sufriendo, era la víctima final de un matrimonio que se desmoronaba. Como siempre. Y de nuevo, se apiadó de la chica.

Mucho después de acabados los postres, los dos hombres seguían hablando. Sin prestar mucha atención, Connie oyó que estaban manteniendo una pequeña discusión. Ben, ligeramente sardónico, decía algo de la industria: *debería estar creando productos y empleos, no pagando deudas.* Y Martin respondía enfáticamente. Melissa no hablaba, pero Connie era consciente de sus miradas. Se preguntaba, seguramente, cuál debía ser la postura de Connie, y no sabía que Connie se preguntaba exactamente lo mismo.

La melancolía empezó a pesar demasiado, y Connie se puso de pie bruscamente, diciendo:

–Nos estamos olvidando del cambio de horarios. Para Melissa ya es más de medianoche.

–Claro –dijo Martin en seguida–. Iros a la cama. Tú también, Connie. Quizá mañana querréis ir de compras. Creo que Melissa necesita ropa de verano.

De forma que se había dado cuenta del horrible vestido. Evidentemente. Se daba cuenta de todo.

Con Melissa en la casa, Martin se quedaría en su propia cama. De forma que Connie permaneció despierta en una habitación que era demasiado grande para una sola persona. La memoria le daba vueltas.

–¿Cómo van las cosas entre tú y Martin? –le había preguntado recientemente Eddy, queriendo decir, *ya vas por el segundo año. ¿Cuándo se va a casar contigo?* A lo que respondió, *las cosas van bien,* y le dejó sin más información.

El divorcio estaba durando mucho, era cierto. No obstante, no existía garantía alguna de que Martin no quisiera que las cosas continuaran tal como estaban, incluso después del divorcio. En este mundo no había garantías de nada, y nada duraba para siempre. Tendría que saberlo a estas alturas. No debería dar por supuesta esta vida protegida, este nido de lujo, este ambiente dorado. De hecho, no tendría que haberse dejado enamorar por el hombre. Mientras yacía mirando el techo, se le hizo un nudo en la garganta, como si estuviera a punto de llorar.

Las compras del día estaban colocadas sobre la cama de Melissa, colgadas en el armario y tiradas sobre las sillas. Había bañadores, vestidos de verano, ropa para todas las ocasiones en las que pudiera encontrarse una chica de once años. Mirándose en el espejo, Melissa permitió que una tímida sonrisa se extendiera sobre sus labios y alegrara sus sombríos ojos. Lino de color melocotón daba alegría a sus pálidas mejillas. Su espesa cabellera estaba bien peinada y lucía una diadema.

Connie, desde la hamaca, observando el cambio, comentó:

–Te gustas. Eso está bien.

–Nunca he tenido cosas como éstas. Mi madre... –Y Melissa se quedó en silencio.

–Bueno. Ahora sabes que siempre debes ponerte colores alegres, colores vivos.

–Me pondré esto esta noche. A papá le gustará.

–Estoy segura de que sí.

Melissa es mi corazón, había dicho Martin.

La chica se sentó al borde de la cama y empezó a doblar los jerseys. Connie la observó, una espalda cargada y todavía algo fea, a pesar de las mejoras. Era absurdo que esta chica le hiciera sentirse incómoda. Nunca antes, fuera donde fuera con Martin, ni a quien hubiera conocido, se había sentido tan incómoda e insegura. Sin embargo aquí, en esta casa, en presencia de esta niña y su confiado e irónico hermano, que seguramente desaprobaba tanto de Connie como de la casa, se sentía fuera de lugar. Era una extraña.

Estaba buscando una salida airosa cuando Melissa habló.

–¿Eres una amiga especial de papá?

–Soy una amiga. No sé lo que quieres decir con «especial».

–Oh, especial. Una señora que vive aquí.

Connie se sonrojó; tenía la sensación de que iba a recibir alguna información no deseada. Sin embargo, continuó hablando.

–¿Viven aquí las amigas especiales?

–No siempre. Pero Daisy sí. Ella era muy guapa. Pero tú eres aún más guapa.

El comentario, y la mirada franca de la chica, eran por completo ingenuas. Era demasiado tímida, demasiado fuera de este mundo, para ser maliciosa, de modo que seguramente decía la verdad.

–De forma que Daisy era una amiga especial.

–Ah, sí. Cuando dejamos a papá y nos fuimos a vivir a París, supongo que papá se sentía solo, de forma que Daisy vino a vivir con él. Pero creo que al cabo de un tiempo dejó de gustarle.

–¿Por qué piensas eso? –preguntó Connie, manteniendo un tono de voz neutro, aunque su corazón empezó a latir con fuerza.

–No quería marcharse, pero papá le dijo que se fuera. Yo estaba aquí y les oí.

–Entiendo. Se lo dijo.

–Sí. Creo que me quitaré el vestido e iré a nadar. ¿Quieres venir?

–Ahora no. Quizá más tarde.

Durante varios minutos Connie se quedó en el cuarto de baño mirándose en el espejo. Desapareció el sonrojo, dejándole un rostro pálido y asustado. *Le dijo que se marchara.* Y colocando la mano sobre la mejilla, se contempló los delicados dedos abiertos como un abanico, las uñas bien cuidadas y el bello rubí. ¿Había llevado la otra mujer, llamada Daisy, una joya de Harry Winston? ¿Y había estado mirándose en el espejo contemplándose a ella misma y a su futuro? ¿Se había enamorado también ella de Martin Berg antes de que la echara?

En el exterior se había levantado el viento, sacudiendo las palmeras del césped. Se acercó a la ventana para observar cómo se agitaban y luchaban contra la lluvia que acechaba. Durante mucho tiempo se quedó allí, medio absorta por la tormenta que se aproximaba y medio absorta por la tormenta de sus propias deliberaciones.

Finalmente, fue a buscar su estuche de maquillaje del armario de la habitación, cogió las pastillas anticonceptivas, y las echó todas en el inodoro.

CAPÍTULO VIII

A mediados de primavera el médico confirmó lo que Connie ya sospechaba.

–Tendrás un bebé en diciembre –dijo.

Después de oír historias de algunas mujeres que, después de un aborto, no habían podido volver a concebir, se quedó tranquila. Pensó que resultaba irónico que, embarazada por segunda vez en condiciones inciertas, se encontrara ahora en el otro lado. Pero todavía tenía que informar a Martin, al que tal vez no le alegrara verse obligado a ser padre del hijo de su amante. Por otra parte, ¿no le alegraría a un hombre cercano a los cincuenta ver confirmada su juventud?

Tal como fueron las cosas, ni se alegró ni se enfadó, más bien se quedó totalmente sorprendido.

–¡Pero estabas tomando pastillas! –exclamó.

–No son completamente infalibles.

Una terrible duda se apoderó de ella, quizá sugiriera un aborto. Se quedó pensativo, mientras ella soportaba un inquietante silencio y le observaba el rostro.

A continuación preguntó:

–¿Para cuándo será?

–Diciembre.

Martin asintió.

–Por lo menos la fecha es conveniente.

–¿La fecha?

–Mi divorcio quedará ultimado en treinta días. Me enteré

esta mañana. Por eso elegí este lugar para cenar. Para celebrarlo.

Estaban en «La Frenouille», uno de sus lugares preferidos para cenar. Ella miró un ramo de jacintos amarillos, y más allá a una familia de alegres adolescentes con sus jóvenes y guapos padres. Una familia sólida. Una familia joven.

–Podemos casarnos el fin de semana del *Memorial Day*. Tendremos un hijo sietemesino.

Ella comprendió. Tenía que mantener una posición digna. Tiempos modernos o no, el mundo de las finanzas no era el mundo del teatro o las artes. Y tuvo que preguntarse ahora qué hubiera dicho o hecho si no se hubiera arreglado lo del divorcio, o qué estaría pasando si el deseo que sentía por ella hubiera desaparecido, como aparentemente lo había hecho su deseo por otra u otras.

Pero eran especulaciones inútiles. Aquellos peligros habían pasado ya.

–Pareces preocupada –dijo.

–Supongo que sigo sorprendida.

–Bueno, yo también lo estaba hace un momento. –Sonrió–. Pero ahora que se me ha pasado la sorpresa, resulta bastante agradable, sabes. Brindemos con champaña.

Brindaron. Martin se puso charlatán; una vez aceptada la realidad, siempre empezaba a poner en marcha proyectos, saltando de una cosa a otra.

–Tendremos que mudarnos a nuestro apartamento. Espera que lo veas. Es espectacular, toda una planta con vistas a la Quinta Avenida. Claro, habrá que decorarlo. Nunca me gustó la decoración que se hizo la primera vez. Doris lo quería a su gusto, pero no sabía nada. Y Melissa necesita una habitación adecuada, aunque la utilice poco. Hay que pensar también en una habitación para mi hijo. Haz que sea apropiada para un joven. Quizá nunca duerma en ella. Es hijo de su madre, y seguramente me odia. Pero en cualquier caso hay que hacerlo. Y habitaciones para los invitados. Supongo que ahora tu hermana querrá venir alguna vez con su familia.

–Quizá no. Es una chica de pueblo. Y están tan ocupados con su negocio.

Imágenes como fotografías pasaron por su mente una tras otra: Lara en la puerta principal de su nueva casita blanca, de pie con Davey delante de la orgullosa fachada de la «Davis Company», Lara trayéndole la bandeja con la cena aquella última noche, Lara... El problema era que cuanto más esperaba uno a dar el primer paso, a escribir una carta o a coger el teléfono, más difícil se hacía, hasta que llegaba a ser imposible, y se enterraba la pena en el fondo del corazón.

–Bueno, yo recibiré visitas de vez en cuando. Es agradable, cuando un cliente llega de Australia, no tener que alojarle en un hotel.

A pesar de las palabras, los pensamientos de Connie iban de una cosa a otra. Era consciente de la vida que crecía en su interior. De pronto le pareció tan extraordinario que una cosa así pudiera estarle ocurriendo a ella, tan extraordinario que debería ponerse de pie y anunciarlo. Y pensó de nuevo en lo que diría Lara si lo supiera. Pensó en Peg. Y, extrañamente, pensó en Richard. Durante unos pocos segundos se vio invadida por la melancolía.

–Celebraremos la boda, una boda en el jardín de la casa de Westchester. Habrá que arreglarla un poco, eso es todo. Por lo demás, está en buenas condiciones.

–Me pregunto por qué no me la has enseñado, y el apartamento tampoco.

–Porque no he sentido mucha alegría en ninguno de los dos lugares. Pero ahora tú traerás alegría. Y belleza. Y vida.

Había veintisiete habitaciones en el apartamento. Pasando por montones de muebles cubiertos con sábanas, Connie siguió a Martin hasta un gimnasio, una sala de billar, una sala de música, una cocina del tamaño de un restaurante, y más. El suelo del comedor era de mármol, pero las sillas victorianas eran feas, al igual que un oscuro y gigantesco cuadro de hombres a caballo batallando entre mujeres medio desnudas, tiradas en el suelo a punto de ser violadas. Connie hizo un gesto de desagrado.

Martin se echó a reír.

–Sí, es horrible. Deshazte de él. Quiero que contrates los servicios del mejor decorador de la ciudad y le des carta blanca. Se necesitarán un par de millones para que esto quede bien, pero es nuestro hogar. El hogar de él. –Le golpeó suavemente la barriga.

–O de ella.

–La habitación de la esquina será adecuada para él/ella.

Tiene muchas horas de sol.

–De acuerdo. Él/ella.

Y Connie sintió de nuevo la excitación y la conciencia de algo que crecía en su interior. Miró las enormes habitaciones. La nueva vida, sin saberlo, llegaría al mundo en posesión de todo esto, la seguridad y la grandeza.

El gran decorador era un joven elegante de comportamiento algo despectivo, que se movía con rapidez por el apartamento, aprobando o desaprobando, generalmente esto último. De la casa de Connie, con gran sorpresa suya, el único objeto que pensó valía la pena conservar era el viejo espejo que Richard había comprado en la Tercera Avenida.

–El que compró esto sabía lo que se hacía –comentó el hombre.

Tampoco le impresionaron las palabras «carta blanca». Carta blanca aparentemente era, en estos vecindarios ricos, lo que se esperaba de todo el mundo.

–Claro que yo pujaré por ti en las subastas importantes –le informó a Connie–, pero también mantendré los ojos abiertos y te señalaré los objetos por los que puedes pujar tú. Verás que las subastas pueden ser entretenidas incluso si no compras.

A continuación la avisó.

–Busca lo francés. Las casas importantes no se amueblan al estilo inglés. –Con aquellas palabras desapareció el *look* inglés del que tan orgullosa había estado Connie.

A partir de aquel momento se inició una amistosa rivalidad entre Connie y Eddy, que hacía ya tiempo había descubierto el encanto de la galerías, aunque –se quejaba de buen humor Martin– «no entiendo de dónde saca el tiempo para estas cosas».

A continuación añadió.

–Espero que esté pisando tierra firme, Connie. Ha subido como la espuma.

–No te preocupes por Eddy. Siempre ha sabido exactamente lo que está haciendo y dónde va.

A menudo el hermano y la hermana salían juntos, en busca de tesoros. Connie compró un par de caballos Tang, del siglo VIII. Eddy compró un escritorio de Tiffany. Ella adquirió un jarrón chino por doce mil dólares. Él compró un par de armarios *bibliothèque* por cuarenta mil dólares cada uno. Ella compró dos huevos Fabergé engarzados con joyas, y él compró un cuadro de Berthe Morisot de niños que jugaban en un jardín. Ella también compró retratos, que se suponían antiguos y, algo avergonzada, se rió del pequeño timo.

–Tienes que ayudarme con el arte, Eddy. Tengo que admitir que si una cosa no tiene un nombre que todo el mundo reconoce o que sea carísimo, no estoy segura de si es bueno o no.

–No siempre hay que ir por lo que se considera bueno –dijo Eddy cariñosamente–. Yo he aprendido. Amar es la clave. La semana pasada compré una acuarela de un estudiante del Village por un par de dólares. Quizás algún día sea famoso y quizá no. Pero no me importa demasiado. Las cosas «buenas» siempre se pueden comprar, y yo lo hago. Ésta era una pieza excelente, un gato bebiendo de un charco de agua de lluvia. Se nota que acaba de dejar de llover, y hace calor porque la acera desprende vapor. La sensación es extraordinaria.

A Eddy siempre le había gustado hacer las cosas bien. Cuando mandaba flores, especificaba lo que quería. En una ocasión, hacía ya mucho tiempo, le había visto comprar flores para el cumpleaños de su madre, peonías escarlatas con iris morados; la florista le dijo que no pegaban nada, pero Eddy insistió, y sí que quedaban bien, muy bellas.

–Te estás gastando una fortuna –dijo–. ¿No le importa a Berg?

–Me dijo que lo hiciera.

El hermano y la hermana se miraron fijamente.

–¿Puedes creerte lo que estamos haciendo? ¿Que realmente somos nosotros?

–Y que tú vas a convertirte en la señora de Martin Berg –exclamó Eddy.

Las cosas cambiaron. De haber vivido, aunque lujosamente, en la vida privada de Martin casi como una compañera anónima, ahora Connie salió a la luz.

Una mañana a primera hora le acompañó a su despacho.

–Wall Street –explicó Martin–. ¿Sabes de dónde le viene el nombre? Lo llamaron así porque se encontraba dentro del muro que construyeron los primeros holandeses alrededor de la ciudad. Es difícil de imaginárselo, ¿verdad?

Accedieron a un amplio y largo vestíbulo que llevaba a un ascensor privado. A pequeños intervalos, en las paredes colgaban retratos de solemnes caballeros, bien afeitados o con barba, pero todos con cuello blanco, y algunos con los cuellos al estilo de los noventa. Mil ochocientos noventa. Y ahora ya estaban en mil novecientos noventa.

–Los padres fundadores. Bastante pomposos, ¿verdad? –comentó Martin divertido–. Pero unos pájaros astutos. Aquel de allá es Frazier.

–¿Dónde está De Witt?

–Ya lo conocerás. Está vivo y goza de buena salud, en el piso de àrriba. No colgamos cuadros hasta que la gente se muere. Ven, te enseñaré el «toril». Allí es conde se comercia.

Fila tras fila de escritorios estaban colocados delante de una pantalla electrónica en la que aparecían y desaparecían números a gran velocidad. Otras luces centelleaban en los teléfonos sobre las mesas, detrás de las cuales se encontraban hombres ocultos por montones de papeles.

–El bloque comercial. –Martin hablaba en voz muy baja–. Grandes bloques de instituciones y fondos de pensiones. Se mueven millones de dólares en pocos minutos. Fascinante, ¿no te parece?

Tenía una forma de afirmar algo y después pedir que los demás estuvieran de acuerdo con él; tuvo que admitir, de hecho, que se había acostumbrado a su forma de ser con bastante rapidez. También sabía que él esperaba que ella estuviera de acuerdo en que el bloque comercial resultaba fascinante y, aunque le parecía más estático que fascinante ver a un hombre sentado como un zombi con un teléfono colgado de la oreja, asintió.

–En el fondo, Connie, ésta es la base del negocio. Comerciar, quiero decir. Fusiones y adquisiciones son el plato fuerte estos días, claro está, y yo estoy en medio de todo ello, desde Zurich a Tokyo, pero nunca me olvido de que fue aquí donde empecé. Bueno, sigamos a fusiones y adquisiciones.

»Detrás de cada una de estas puertas –continuó diciendo Martin mientras se paseaban por la planta de arriba– hay algún brillante licenciado trabajando en un asunto que puede ganarle millones a la empresa o quedarse en nada. Si demasiados negocios quiebran, lo mismo le pasa a él. Tiene que producir, ganarse los seiscientos mil dólares al año que se le pagan. Estos tipos trabajan, y quiero decir *trabajar*. Veinticuatro horas sin parar cuando están a punto de culminar un negocio. Chicos jóvenes –dijo casi con afecto–, ¡y mira cómo han cambiado la faz del país! ¡Piensa en el efecto que tiene su prosperidad! Casas y apartamentos, entradas para el teatro, antigüedades y barcos, restaurantes, viajes; es sorprendente. Bueno, aquí está mi rincón.

La habitación era moderna, ordenada y frugal. Era utilitaria, con su propia pantalla electrónica a un lado. El único elemento decorativo era un ficus. Constituía un lugar de trabajo. No se parecía en nada al elegante despacho de Eddy.

Se dirigió a la hilera de ventanas y observó la vista. Vio la estrecha tira de Manhattan de río a río, la bahía, las torres gemelas del «World Trade Center» y, pequeña en contraste, la Estatua de la Libertad. Al darse la vuelta, sus ojos cayeron sobre las cifras que se movían en la pantalla; parecían pulsar con ritmo, como el latido de un corazón, como si estuvieran al mando de este cuerpo, de esta ciudad con todas sus torres, y toda su vida. Y lo dijo.

Martin sonrió.

–Tienes más razón de lo que crees. Bueno. Ven a conocer a mi socio. Está al otro lado del pasillo.

Preston De Witt se puso de pie cuando entraron. Era muy alto y delgado; sus mejillas estrechas y bien afeitadas estaban rosadas y su abundante pelo blanco bien peinado a cada lado de la raya.

Martin, después de hacer las presentaciones, anunció:

–Esta tarde hago novillos, Preston. Me llevo a Connie a comer al «Twenty-One» para celebrar nuestro compromiso.

–Estupendo. –El acento era vigoroso, también, casi británico, o más exactamente, pensó Connie, el tono de Franklin Roosevelt que se oía en los documentales–. ¿Y cuándo será la boda?

–El fin de semana del *Memorial Day*, en el campo –explicó Martin.

–Te aseguro que asistiré, y Caroline también si se encuentra con ánimos. Es estupendo.

En aquellos pocos momentos, Connie y Preston se habían evaluado. De la impresión de él sólo sabía lo que veía en sus inteligentes y astutos ojos negros, tan extraños en contraste con su piel blanca; los ojos eran calculadores. Seguramente le gustaba lo que veía, ya que no había razón alguna para que no le gustara una joven rubia que vestía un elegante traje beige. La impresión de Connie fue positiva: es guapo, realmente impresionante. Su traje parecía estar completamente almidonado, como si no se hubiera sentado nunca. Martin, en cambio, estaba arrugado una hora después de ponerse la ropa limpia. Los dos hombres tenían la misma edad, aunque nadie lo hubiera dicho. Preston parecía tener quince años menos.

–Parece joven –comentó cuando se encontraron en el ascensor.

–Se cuida. Equitación, tenis, vela, todo. Lo aprendió cuando era niño, se educó así. En Brooklyn, donde yo crecí, no tenía velero, ni tampoco un caballo.

–¿Qué le pasa a su mujer? ¿Está enferma?

–Sólo cuando le conviene. Nunca está enferma cuando se trata de un acontecimiento de la alta sociedad, cosa que no es nuestra boda, de forma que ya veremos. En cualquier caso, es una lata, y no le culpo a él por tener un ojo errante. ¡Y mira que ronda!

–De forma que no os veis en actos sociales.

–Pocas veces. Pero no me entiendas mal, nos caemos bien. Yo respeto mucho a Preston. Trabaja duro, y ni siquiera tiene por qué hacerlo. Heredó esta empresa, pero también tiene una fortuna independiente que procede de la familia de su madre. Minas y madera que poseen desde hace al menos tres generaciones. Quizás él sea la cuarta, no estoy seguro.

–Es increíble que os llevéis tan bien, considerando que sois tan diferentes.

–Oye, yo he cuadruplicado los beneficios de la empresa desde que estoy aquí. Era tan sólo una empresa de inversiones, y yo soy el que la ha convertido en un poderoso Banco de inversiones. Yo soy la persona que lo ha hecho, y Preston lo sabe.

–Estoy segura.

Ya en el coche, Martin continuó hablando.

–Allí está la Bolsa. Un día te llevaré a verla. Te parecerá una casa de locos. Cientos de agentes chillando y agitando los brazos, hasta las tres y media que es cuando cierra. ¡Qué industria! Tipos pequeños apostando, tipos grandes en arbitrajes de riesgo. Tu hermano hace un poco de eso, me han dicho. Yo no. No me gusta el riesgo.

El coche se desplazó por Wall Street. A cada lado se veían muros de ventanas y, detrás de todas aquellas ventanas, Connie ahora sabía, había filas de escritorios, teléfonos, y gente hablando. ¡La fantástica riqueza que producía el hablar! Claro, se corrigió inmediatamente, había algo más que palabras. Pensar de otra forma era simplificar el asunto. Era una ingenuidad. Y sin embargo, durante un momento, una imagen totalmente irrelevante le vino a la cabeza, una imagen de Davey, trabajando en su pequeña fábrica, inventando algo con las manos sucias.

Se había levantado una fría tormenta de abril, una breve vuelta al invierno. La gente corría por las ventosas calles, amontonándose en las entradas del Metro, abriéndose paso entre la multitud, aferrándose a los cuellos de los abrigos y a sus modestos paquetes. Pero el ambiente dentro del coche que se dirigía al «Twenty-One» era cálido y seco. Incluso había una pequeña manta de viaje por si era necesario, de lana azul oscura con un monograma. Connie suspiró y extendió las piernas cómodamente.

–¿Te encuentras bien? –preguntó Martin, como siempre.

–Estupendamente.

Estar protegida, tan lejos de las pobres almas que deambulaban por las calles y en el Metro, era una bendición.

Más de veinte hectáreas rodeaban esta residencia entre las bajas colinas de Westchester County. Desde la ventana donde se encontraba Connie, veía las pistas de tenis, la piscina climatizada, los establos, y el sendero para los caballos que se adentraba en el bosque. Cuando se abrió la puerta, se volvió hacia Martin.

Sus ojos se abrieron de par en par.

–Dios mío –dijo–, ¡eres la perfección misma!

–¿No parece que esté embarazada de tres meses?

–Nadie lo adivinaría.

–He engordado tres kilos. Y todo donde se ve. O se vería si la falda no fuera tan ancha. –Se alisó la diáfana seda rosa.

Por detrás le colocó el brazo por la cintura. A través del espejo que tenían delante, ella pudo ver el clavel blanco que llevaba en la solapa; vio que era feliz.

–¿Estás segura de que te encuentras bien? –preguntó.

–Estoy perfectamente.

–El juez ya ha llegado, pero todavía falta media hora. Los invitados se van presentando. Y Eddy acaba de llegar con una sorpresa para nosotros. ¿Le digo que suba?

–Sí. Me estoy poniendo nerviosa aquí arriba sola.

La llegada de Eddy se adivinaba a pesar de la moqueta de las escaleras y el suelo. Sus pisadas rápidas producían un ruido sordo; le tintineaban las llaves, se aclaraba la garganta, hacía *ruidos*. Era como si su vitalidad, al igual que la de Martin, fuera imposible de contener. Ahora casi entró de un salto en la habitación, gritándole a Connie.

–¿Te preguntabas por qué aún no habías recibido mi regalo de boda?

–¡Qué pregunta! ¿Qué quieres que conteste?

–No contestes. Ve a la ventana.

Se veían filas de coches en el círculo de gravilla de la entrada y en el sendero que conducía a la casa.

–¿Dónde quieres que mire?

–A tu derecha. Detrás del «Rolls» donde está el chófer. ¿Qué es?

–Una camioneta.

La corrigió.

–Una camioneta «Mercedes». ¿Te gusta?

–¡Eddy! ¡Eres un encanto! Me encanta. ¡Es preciosa!

–Bueno, fue idea de Pam. Pensamos que sería perfecto para ti y para tus hijos para pasear por el campo. Hay sitio para *Delphine* y todos los demás perros en la parte de atrás.

–Sois unos encantos –repitió Connie–. ¿Por qué no sube Pam para que pueda darle las gracias?

–Le darás las gracias más tarde. –Eddy dudó, se puso serio, y exclamó en voz baja–: ¡Qué pena que no invitaras a Lara!

Connie contuvo la respiración. Su corazón empezó a latir con fuerza y tuvo que sentarse.

–¡Oh, Eddy! ¿Cómo puedes hacerme esto un día como hoy? ¡No puedo ponerme a llorar ahora y que se me estropee todo el maquillaje! Sí que la invité. Le escribí una carta preciosa la semana pasada y la mandé con tantas esperanzas y miedo... ¡No te lo puedes imaginar! No sabía cómo se lo tomaría. Pensé que se enfadaría de que se lo pidiera. Y como ves, tengo razón, no ha contestado. No ha dicho ni una palabra. Sabía que no vendría.

Eddy echó la cabeza hacia atrás riéndose.

–¡Pues te has equivocado! ¡Está aquí! Incluso trajeron a Sue, vestida como un pastel de boda. No contestó porque quería darte una sorpresa. Te espera en el vestíbulo.

–¡Oh, Dios mío! Oh, Eddy, ¿dónde está? ¡Dile que entre!

Los ojos de Connie, llenos de lágrimas que se mezclaban con el rímel, le inundaron los ojos hasta el punto que la imagen de Lara pareció tambalearse en el umbral de la puerta. «Está más vieja –pensó Connie–; ha engordado, tiene treinta y siete años.» Y extendió los brazos.

Lara lloró. A continuación, murmurando dijo:

–No quiero arrugarte el vestido. –Y se apartó de Connie, diciendo una y otra vez–: pero estoy contenta, muy contenta.

–No me contestaste, de forma que pensé que no vendrías.

–Tenía tantas ganas de que nos invitaras. Davey me dijo, y Eddy también muchas veces, hace ya tiempo, que debería llamarte. Y yo quería hacerlo, pero temía que me rechazaras.

Se fruncieron las cejas de Lara, dándole un aspecto implorante a su rostro. En aquel momento Connie vio en ella a su madre.

–Me gustaría que Peg estuviera aquí –dijo.

Eddy, que, como un orgulloso y tierno padre, las observaba, se apresuró a intervenir:

–Si lo estuviera, diría: «Que siga la fiesta.» –Miró su reloj–. Voy a dejaros a las dos, pero volveré dentro de veinte minutos para llevar a la novia al altar.

–Cuando vuelvas, ¿traerás a Davey y Sue aunque sólo sea un minuto? Quiero que Connie vea a mi Sue.

Las hermanas se quedaron con más de dos años de vivencias que contarse.

–Eddy me dice que tu niña es un encanto –dijo Connie.

–Lo es. Estoy encantada de la forma en que está evolucionando.

–Y me dice que tú y Davey tenéis un negocio fabuloso.

–Bueno, él debería saberlo. Ha tenido mucho que ver con todo ello. Pero *fabuloso* es una palabra exagerada.

–Eddy siempre exagera. Grande, eso es lo que es Eddy. Pero de todas formas estoy impresionada. Cuando me acuerdo de aquella barraca en el jardín, cuando me acuerdo de todas las cosas que hemos aguantado, y todos los cambios ahora...

–A veces es mejor no recordar demasiado. Me gustaría poder olvidar, y quizá lo consiga, las cosas que te dije. Fui excesivamente dura, Connie. Supongo que fue eso, todos aquellos años deseando tener un niño, me volví loca porque tú podías tener uno y no lo querías.

–No sigas –dijo Connie suavemente– ya ha pasado todo. No estropeemos el momento.

–Tienes razón. –Lara miró a su alrededor–. ¡Esta casa! Nunca he visto una cosa igual. Estás viviendo como una princesa, Connie.

En el suelo, al lado de la puerta, había un juego de maletas ribeteadas de latón a punto de ser trasladadas. Las piezas eran de cuero granate, el más suave, el más delicado que se utiliza para bolsos caros.

–Qué maletas tan bonitas –dijo Lara.

–El regalo de cumpleaños. Las eligió Martin.

–Espero que no las golpeen en el aeropuerto. Sólo en el vuelo de casa a Nueva York, abollaron una bolsa. Davey dice que se puede arreglar.

Se había pronunciado una frugal ama de casa. *Acábalo, sácale partido*. Así habían educado a Lara y siempre sería así. Y Connie no podía ni imaginarse el susto que recibiría Lara si supiera que Martin había pagado doce mil dólares por aquellas seis piezas.

–¿Vais muy lejos? ¿O es un secreto vuestra luna de miel?

–Vamos a dar la vuelta al mundo. –Connie dudó, intentando decidir si minimizar la verdad o contarlo todo, y decidió hablar claro; nunca se habían tenido secretos en el pasado, y no había razón alguna para hacerlo ahora–. La empresa de Martin ha comprado un avión nuevo. Tiene de todo, incluso un piano de cola. ¿No te parece fantástico? Vamos a ir a lugares salidos de los cuentos de hadas. Bora Bora y Cachemira y Madagascar. He estado intentando leer algo sobre estos países antes de ir. Martin me admira cuando sé cosas. ¿Te lo han presentado al entrar?

–Ha sido un encuentro breve. Eddy nos presentó.

–Martin es muy simpático. Y es un hombre, no... –Había estado a punto de decir, «no un Richard», pero se detuvo al recordar la afectuosa nota de Richard, deseándole la mayor felicidad con Martin y terminó–: Cuando llegues a conocerle, ya verás. Te caerá muy bien.

–Si tú le quieres, yo también le querré. –La conversación se detuvo. Era como si ambas, en el mismo momento, se hubieran dado cuenta de la realidad de su presencia. Se estudiaban mutuamente. «Ella es sólida y tranquilizadora –se dijo Connie–. Se apaña perfectamente, y será siempre igual aunque viva hasta los noventa.»

–¿Qué ves cuando me miras tan seria? –preguntó Lara.

Connie negó con la cabeza.

–No, no, sólo miraba tu vestido. Me gusta el color azul.

–Lo compré a toda velocidad cuando supe que veníamos. ¿Me hace muy gorda?

–No mucho. Pero has engordado un poco.

–Siete kilos.

–¡Tanto! ¿Cómo has dejado que te pasara una cosa así?

–Supongo que no lo adivinarás. –Los ojos de Lara resplandecían, como si fuera a llorar, aunque ahora sonreía–. Estoy embarazada.

¿Era posible? No, no después de tantos años.

–¿Te sorprende? Sí, es verdad. Estoy de seis meses, por tanto, no estoy realmente tan gorda.

Connie se levantó y abrazó a Lara. Realmente afectada, no sabía qué decir.

–Connie, basta de lágrimas –protestó Lara suavemente–. Tu maquillaje. Ven, deja que te ayude a arreglarlo.

–¿Te dijo Eddy que yo también estaba embarazada?

Eddy, apareciendo en el umbral de la puerta, lo negó.

–En absoluto. Consideré que era un secreto tuyo. Ahora, mira quién está aquí.

–Entra y deja que te abrace. Pareces sorprendido... Ya has oído lo que he dicho.

–Están ocurriendo tantas cosas de golpe, por eso.

–¿Para cuándo? –preguntó Lara.

–En diciembre. ¿Te sorprende?

–Claro que no, cariño.

Y Davey añadió:

–¿Por qué íbamos a estarlo? Nos alegramos por ti.

–Sí, las dos haciéndome tío por partida doble –dijo Eddy–. O debería decir «otra vez» porque ya lo soy. ¿Dónde está? ¿Dónde estás, Sue?

–Aquí. –De detrás de Davey salió una niña de pelo castaño vestida de fiesta.

–Ésta es la tía Connie –anunció Lara–. ¿Verdad que está guapa con su vestido de novia?

Unos ojos grandes y solemnes observaron a Connie.

–No está tan gorda como tú, tía Lara.

–Su bebé no está tan adelantado como el nuestro, por eso. –Y como la confusión de Connie debía resultar evidente, Lara explicó–: Hace mucho tiempo que Sue sabe que va a tener una hermana. El médico nos lo dijo.

–Para que supiéramos de qué color decorar la habitación del bebé –añadió Sue–. El dormitorio está al lado del mío. Es de color rosa, y yo le regalaré un gato rosa cuando nazca. Lo compré con mi paga.

«Han conseguido una especie de milagro», pensó Connie, al recordar las primeras historias de Eddy cuando hablaba de una pequeña huérfana asustada y de la paciencia de Lara. Inclinándose para besar a esta pequeña en ambas mejillas, dijo:

–Creo que tu bebé será el bebé con más suerte de este mundo al tener una hermana como tú.

La mirada de Connie se cruzó con la de Lara por encima de la cabeza de Sue. La emoción entre las cuatro paredes era tangible, casi imposible de soportar.

–Esto está mejor, las dos juntas –dijo Eddy.

A continuación él, también, debió haber sentido la necesidad de aligerar el momento, porque con cierta brusquedad fingida empezó a dar órdenes.

–Fuera todos, todos, abajo. Yo tengo que llevar a la novia al altar, y estamos a punto de hacer la gran presentación.

Connie flotaba. En su largo vestido rosa, el color de las nubes al atardecer, bajó flotando la escalera de espiral llegando al salón y al pasillo entre los invitados hasta donde la esperaba Martin.

Al lado suyo rondaba una criatura singular, su propio espíritu, separado del cuerpo, astutamente observando el acto y todos los participantes, incluyéndose a sí misma.

El juez es viejo; su voz es tan seca como sus palabras; no hay poesía en ellas como había aquella vez en Houston cuando el cura dijo: *Queridos, estamos aquí reunidos*. A Connie le gusta la poesía en las ceremonias, pero es mejor así, menos complicado que elegir un cura o un rabino. Mientras estén casados y el niño crezca en seguridad, nada más importa.

Dentro de unos minutos se habrán intercambiado los anillos, y todo habrá acabado. Martin se inclina y besa a Connie; es un beso largo en la boca, y ella está un poco avergonzada delante de toda esta gente. Su mirada se cruza con la de Bitsy. Ahora ella es infinitamente más rica que Bitsy, que es lo que cuenta, aunque Bitsy todavía se mofe de Martin Berg por ser un nuevo rico.

Vuelven a desplazarse por el pasillo entre dos filas de sonrisas. El hermano de Martin, Ben, considera a Connie un trofeo de esposa, y quizá lo sea, porque hoy ella es el premio de Martin, y él la trata como un premio. Pero sus cuñadas de Chicago, ajadas y llenas de joyas, tienen rostros amables y sentimentales; *Oh, Martin, es preciosa*, susurran al pasar ella. Eddy le guiña el ojo, y Pam le tira un beso. Pam es estupenda. Siempre se divierte. Ahí está el perfil patricio de Preston. Sus ojos, con un destello pícaro, se posan excesivos segundos en los de Connie. Su mujer podría ser su madre, aunque se conocieron cuando los dos estudiaban en la universidad. El hijo de Martin está de mal humor. Llegó a disgusto y se volverá mañana a París. Ahí está Melissa luciendo un vestido verde con encaje de verdad, un bello vestido francés, pero otra vez verde. Seguro que no le cae bien a su madre. Connie la ayudará. Connie será buena con los hijos de Martin, se acordará de sus comidas preferidas y lo hará todo bien.

Ahora se detienen esperando recibir besos y felicitaciones. Después de todo aquello, los invitados se dispersan por las espaciosas habitaciones hasta llegar al jardín. Se oye música, música de felicidad.

¡Cómo le hubiera gustado esto a la madre de Connie! ¡Cómo le gusta a Connie! Está radiante.

Había pequeñas mesas bajo los parasoles floreados en las terrazas y jardines. Camareros con bandejas de plata sobre sus enguantadas manos se movían entre las mesas y seguían a los invitados por los senderos entre arbustos de laurel, ofreciendo una variedad de canapés tan lujosos que hacían superflua la cena que iba a servirse en el interior de la casa.

Tan grande y diversa era la congregación que los amigos tenían dificultad en encontrarse. Algunos maridos y mujeres se habían separado y no tenían con quién hablar, mientras que otros, cansados de pasear de un lado a otro, con el vaso en la mano, se sentaban en cualquier lugar disponible e iniciaban una educada conversación con totales desconocidos.

–Veintitrés años y después un divorcio –comentó Carolina De Witt–. El hombre debería avergonzarse, eso es todo lo que tengo que decir.

–Éste no es exactamente el lugar para decirlo –contestó su marido–. Estás hablando de mi socio.

–No acostumbro a avergonzarte, Preston. Hablaba en voz baja. Y es una vergüenza, digas lo que digas. Doris era una esposa mucho más adecuada. No es que la conociera muy bien, pero sólo con mirarla se veía que era mucho más apropiada.

–Aparentemente, él no es de tu opinión –contestó Preston secamente.

–Sólo mira el vestido que lleva. Esta gente viste con excesiva ostentación. Todo es excesivo. Ostentoso. Demasiada comida, demasiadas flores. ¡Ah! Allí hay una joven bien vestida. Aquella alta con un vestido blanco y negro.

–Es la cuñada de la novia. Casada con el «genio».

–¿El Osborne del que todos hablan?

–Sí, Osborne. Hace muchos años que estoy en este negocio y mi padre antes que yo, pero todavía no sé cómo lo consigue.

–En cualquier caso tuvo el gesto de casarse con una dama. Uno no se equivoca cuando ve calidad. Incluso en la forma en que se sienta. ¿Entiendes lo que quiero decir?

Pam estaba diciendo:

–Éste debe ser un lugar estupendo para los caballos. Tendríamos que comprar un sitio así, Eddy, ¿no te parece? Me estoy cansando de Long Island. Hay demasiada gente, incluso en la zona más selecta.

–¿Kentucky? Yo no podría vivir ahí, cariño. Está demasiado lejos.

–Una vez fui a visitar a una compañera de universidad allí, y me encanta, me encantó el espacio. –Pam hablaba melancólicamente.

–De acuerdo. Cuando me retire. ¡Pero no estoy dispuesto a retirarme todavía! Las cosas me van demasiado bien para eso.

Pam miraba a Eddy con esperanza.

–Podría ser una inversión. Puedes ganar mucho dinero con los caballos.

–¿De verdad te gustaría?

–Me encantaría.

–Entonces te prometo que lo tendré en cuenta.

¿Y por qué no? Hacerla feliz. De eso se trataba, para eso tenía dinero, pensó, sintiendo de nuevo la calidez de la gran generosidad. Y se imaginó diciendo algún día «nuestra casa de Kentucky»; se imaginó paseando –no, cabalgando– por cientos de hectáreas, todas suyas; se imaginó, también, la gente que serían sus amigos y vecinos, la aristocracia del sur. Pam casaría a la perfección. Se había fijado en la admiración prodigada por la vieja quejica de la esposa de De Witt. Se identifican, se dijo a sí mismo. La vieja riqueza, incluso cuando, en el caso de Pam, se pierde, deja su huella.

–Tu hermana ha llegado lejos –comentó ahora Pam–, dando cada vez un paso más grande con cada matrimonio.

–Oh, éste será el último, sin duda alguna.

–¿Tú crees?

–Estoy seguro –contestó Eddy, recordando de pronto algo. Richard había venido a su despacho sólo un mes antes para hacer otra fuerte inversión–. Seguro –repitió.

–Es curioso lo distintas que son tus dos hermanas –dijo bromeando.

–¿Por qué? Las dos están embarazadas.

–¡Es bueno para ellas!

–¿No para ti? ¿Para nosotros?

–En algún momento, claro. Todos lo hacen si pueden ¿no es verdad? Pero hay que elegir el momento.

Él asintió. Estaban ocurriendo demasiadas cosas en este momento; tenían los días ocupados con el trabajo, contactos sociales que producían más trabajo, amigos de verdad, deportes, teatro, música, y viajes cortos para ver un cliente en algún lugar de Europa, otros más largos para asistir a los festivales de equitación en Irlanda, o a la Scala para oír una buena voz y siempre París, su primer amor, donde les esperaba siempre una suite de hotel. En cuanto pudiera programarlo irían a Nueva Zelanda y Australia. En una vida así no había sitio para un bebé. Todavía no.

Pam musitó, repitiéndose:

–Es sorprendente lo distintas que son. No me refiero a físicamente, quiero decir temperamentalmente. Lara es tan fuerte, mucho más que Connie.

–Yo no diría eso.

–Yo sí –asintió–. Y en algún momento verás que tengo razón.

En ese instante Lara no se sentía especialmente fuerte. Sus pies, calzando los zapatos que había comprado para esta ocasión, empezaban a dolerle. Y el bebé bajo el amplio vestido había estado haciendo una vigorosa gimnasia. De modo que Davey y ella se habían lanzado sobre dos asientos vacíos a la sombra de un laurel, mientras Sue, que había encontrado un chico de su edad, había desaparecido.

Las otras dos sillas las ocupaban dos hombres. Uno era de mediana edad y serio, mientras que el otro, de no mucho más de treinta años, se distinguía por una cabellera pelirroja y una cara llena de pecas. Los dos, que aparentemente no se conocían, habían ya entablado una conversación.

–Todo está desproporcionado –decía el mayor–. El otro día leí algo de un magnate que posee siete casas. Una estaba en Marruecos, otra en las Islas Fiji, las Islas Fiji, ¡Dios mío! ¿Le encuentras sentido a eso?

El tono sincero del hombre llegaba casi hasta la irritación.

–Si fuera de izquierdas, no le encontraría sentido. Claro, el de derechas diría que si un hombre se lo gana, tiene derecho a gastárselo como quiere. Pero, por otra parte, tampoco soy de derechas. –Y el joven como si quisiera aligerar el tono de la conversación, se volvió hacia Davey–: ¿Tú que opinas?

Davey, nunca dado a hablar mucho, especialmente cuando se trataba de temas abstractos, dudó un momento antes de contestar.

–Es cuestión de proporción, ¿verdad? Yo sé que estoy en contra de la riqueza. –A continuación se rió–. Incluso yo mismo estoy intentando acumular un poco.

El más serio se aferró a estas palabras.

–De acuerdo. Pero yo no me refería a un poco. Me refería a cientos de millones. ¿Puedo preguntarle a qué se dedica?

–Tengo una pequeña empresa. Fabricamos piezas electrónicas para usos médicos, cirugía arterial y...

–Bueno. Entonces eres un productor. Fabricas cosas que la gente necesita. Ganas unos dólares honestos. Lo que yo veo son manipulaciones, bonos y opas que acaban en deudas. –Y frunciendo el ceño avisó–: El endeudamiento acabará con la economía.

–Estoy de acuerdo en gran parte de lo que dice –dijo el pelirrojo, añadiendo con cierta desgana–. A pesar mío, tengo que estar de acuerdo con lo que dice.

–¿Por qué dices «a pesar mío»?

–Porque me gano la vida haciendo opas. Trabajo para «Frazier, De Witt, Berg».

Se hizo un silencio hasta que, tras unos minutos, el primer hombre se rió avergonzado.

–He vuelto a meter la pata. Por viejo que sea, nunca aprenderé. –Señaló la animada multitud, el verde césped y la casa con sus terrazas y toldos amarillos–. Éste no era exactamente el mejor sitio para mis comentarios, ¿verdad?

–No pasa nada, se lo aseguro. –El rostro pecoso y el tono de voz eran simpáticos–. Por cierto, me llamo McClintock, Allen McClintock.

–Será mejor que acabe de meter la pata. Me llamo Berg. Soy el hermano de Martin.

Los otros tres le miraron sorprendidos. Y Davey, aguantándose la risa, dijo en voz baja:

–Será mejor que acabe la historia. Nosotros somos los Davey, Davey y Lara. Lara es la hermana de Connie. –Pero cuando vio la cara de apuro de los otros dos, añadió rápidamente–: No os preocupéis. No tiene importancia. Lara y yo ya lo hemos olvidado.

Los tres se pusieron en pie como para disgregarse, pero

se quedaron quietos sin saber muy bien qué hacer. Fue Allen McClintock quien rompió el silencio.

–Parece que van a servir la cena, y yo estoy muerto de hambre –comentó.

De forma que el extraño grupo se dispersó, uniéndose a la gente que se dirigía hacia la casa.

–Interesante y divertido –comentó Davey.

–Más incómodo que divertido –contestó Lara.

Para cuando llegaron a la casa y hubieron encontrado a Pam y Eddy, el novio y la novia estaban ya en la pista de baile. El pálido vestido de Connie flotaba, y su cabello se agitaba al viento. Francamente exuberante y triunfante cantaba «podría bailar toda la noche» a todos aquellos rostros sonrientes que la observaban.

A Eddy, mientras la miraba, le vino el recuerdo de la noche en que los dos se habían conocido en su casa, y tuvo la premonición de un día como hoy. «Encantadora Connie, Consuelo –pensó–, la mimada de su madre. Bueno, Martin Berg quizá no fuera el duque de Marlborough, pero seguramente era mucho más rico de lo que había sido el duque.» Y el tierno corazón de Eddy se llenó de orgullo.

Lara tuvo otros recuerdos, primero de la pequeña y exigente hermana, después de una joven que se marchaba de casa porque «tenía que haber algo más en la vida» y porque «no soy como tú Lara».

Cogió la mano de su marido.

–¿Verdad que es bella? ¡Espero que esta vez sea feliz!

–Oh, Connie consigue lo que quiere. ¿Pero ser feliz? Eso es otra cosa –concluyó.

CAPÍTULO IX

El bebé de una semana dormía en la cuna al lado de la cama en la que descansaba Lara. El sol del atardecer caía sobre su redonda cabeza y subrayaba una pelusa rojodorada.

Eddy comentó:

–Va a tener el cabello de Peg.

Pam preguntó:

–¿Vais a llamarla Peggy, o mantendréis el nombre formal de Margaret?

Lara se echó a reír:

–Lo que resulte más natural, supongo, aunque parece que hemos empezado con lo de Peggy.

Martin Berg les había prestado su avión privado para efectuar la visita, de forma que habían tenido espacio suficiente para traer regalos. Venían cargados. La canasta, recubierta de encaje y rosas de satén rosa, la había elegido Pam. Un bello cochecito británico con una funda azul marina con monograma era regalo de los Berg, junto con un plato, vaso y cucharilla de plata y un vestido de bautizo de encaje, además de regalos para Sue.

Eddy enfocó la máquina de fotos.

–Connie dijo que tomara fotos. Estaba muy enfadada con el médico por no dejarla viajar. –Miró el reloj–. ¿A qué hora es la reunión de accionistas?

–A las tres y media. Davey está recogiendo a Sue en el colegio, y después podéis ir a la fábrica. Tenemos un poco trastocados los horarios esta semana por culpa de Miss Peggy. –Y Lara sintió que le invadía una calidez de pies a cabeza.

Pam le preguntó por Sue.

–No es que sepa mucho de psicología infantil, pero sí sé que un nuevo bebé puede causar problemas en la familia.

–Bueno, hemos intentado prepararla desde el principio y, hasta ahora, ha funcionado. Pero, claro, hay que tener suerte; soy consciente de ello. Mira, ahí llegan. Oigo el coche.

Unos minutos después se oyó ruido en la escalera. Sue y otra chica seguidas más tranquilamente por Davey entraron en la habitación.

–¡Mamá! ¡Mamá! He traído a una amiga a ver nuestro bebé. No se creía que teníamos uno, de modo que la he traído a casa.

Las dos niñas miraron brevemente la canasta.

–¿Podemos tocarle la mano? –preguntó Sue.

–Si tenéis cuidado. Los bebés son muy blanditos. No me has dicho el nombre de tu amiga, Sue. ¿Recuerdas lo que te dije de las presentaciones?

–Ah, sí. Ésta es Marcy. Y ésta es mi madre. Y el nombre de mi hermana es Peggy. ¿Hay polos en el congelador?

–Sí, cariño. Papá te ayudará a cogerlos.

Cuando el pequeño grupo se hubo marchado, Lara cogió un pañuelo y se sonó.

–Perdona, estoy un poco llorona.

–¿Qué te ocurre? –preguntó Pam.

–Tú no te has fijado, claro. Pero ésta es la primera vez que me llama mamá. –Lara miró la canasta–. Soy tan feliz que me siento un poco mareada. Nada parece real. ¿Cómo puede durar una felicidad tan grande?

–Santo cielo –dijo Pam–, pensé que eras una optimista como Eddy.

–Lo es –dijo Eddy con contundencia–; es real, y durará. No hay razón para que no sea así.

Con esas palabras bajó a la planta inferior a reunirse con Davey.

–De modo que tienes unos accionistas simpáticos –dijo Eddy al dirigirse a la ciudad–. Eso es lo bueno de las comunidades pequeñas. A veces yo lo echo de menos.

–¡Y un rábano! –Davey se rió–. Tenías unas ganas locas de marcharte de aquí, y tú lo sabes. Pero es cuestión de temperamento. A mí me gustan las cosas pequeñas. Mira mis accionistas. Ya te he contado que casi todos me conocen desde que nací. Doc Connelly y Henry Baker, él es el inspector escolar, y era amigo de mi padre, y mi mejor amigo Tony; cielos, él y su mujer vinieron corriendo a las dos de la mañana la semana pasada cuando tuve que llevar a Lara al hospital. Durmieron en el sofá, despertaron y prepararon a Sue para el colegio, nos invitaron a Sue y a mí a cenar. Dios, no se encuentran amigos así en cualquier lugar.

«Normalmente es tan silencioso –pensó Eddy–; hoy está decididamente eufórico. ¿Y por qué no, tal como les van las cosas?»

–Tienen confianza plena en mí. Saben que llevo bien el negocio. Podrías decir que esta reunión de accionistas es sólo una formalidad. Nadie cuestiona nunca las cosas que hago. Es una sensación agradable, Eddy. A veces pienso que soy el hombre más afortunado del planeta.

–Me pregunto –dijo Eddy, al habérsele ocurrido una idea– si después de la reunión, por cierto, es muy amable por tu parte dejarme estar allí, aunque no me importaría pasear por la planta y ver todas las nuevas máquinas...

–Haz lo que quieras, Eddy. Sólo pensé que te divertiría oír el informe económico.

–Ah, sí. Lo que estaba pensado, ¿te importaría que plantease, después de la reunión, algunas ideas sobre finanzas personales? Puede que le interese a algunos de los presentes. Claro, esto no tiene nada que ver con tu compañía. Nada que ver contigo.

–Adelante. A mí no me importa si los demás quieren quedarse un rato más.

«Eso –pensó Eddy al observar el procedimiento–, no se parece en nada a las reuniones de accionistas a las que asisto yo. No era una cuestión de números, sino era en la actitud donde se notaba la diferencia. Este puñado de caballeros, y una decorosa dama de mediana edad, una viuda próspera –intuyó Eddy–, eran todos amigos.» Vio claramente lo que había descrito Davey. Reconoció unos personajes honestos y francos.

Para presentar a Eddy, Davey con su habitual sencillez y

franqueza había hecho un pequeño discurso.

–Éste es el verdadero responsable del nacimiento de la compañía. Sin él nunca me hubiera puesto en marcha. Hizo que funcionaron mis ideas.

No existían muchos hombres dispuestos a reconocer la importancia de otros en su éxito personal. «No en Nueva York, no en mi negocio», pensó Eddy, recordando los grandes egos que a menudo se cruzaban en su camino.

–Y ahora el señor Vernon Osborne, al que todos llamamos Eddy, quisiera decir unas palabras.

Para empezar, obviamente, tenía que dar las gracias y hacer algún comentario entusiasta acerca de Davey y la compañía. Después de eso iría directamente al grano.

–No sabéis cuánto me he alegrado ahora mismo al enterarme del montante de vuestros beneficios. Y estoy seguro de que os alegráis de que vuestro dinero rinda tan bien. Sin embargo –y aquí Eddy hizo una pausa significativa–, sin embargo, echemos otro vistazo, un vistazo a las devoluciones que recibís de vuestra renta personal. ¡Santo cielo! ¿Cuántos de esos bonitos dólares serán vuestros y cuántos pertenecen al Tío Sam? Ahora me gustaría explicaros una manera en la que, al comprar una sociedad limitada, podréis conservar una buena parte de estos beneficios, o incluso la totalidad. ¡Ningún impuesto! Ah, sí –dijo Eddy al responder a una frase de sorpresa–, es legal, es sencillamente cuestión de invertir en sociedades limitadas. Todos vosotros sois inversores sofisticados, y por tanto sabéis cómo las pérdidas generan desgravaciones. Pero posiblemente no conozcáis las desgravaciones de uno a diez o los aplazamientos fiscales.

Estaba a punto de seguir explicando cuando se alzó un brazo, y la mujer planteó una pregunta.

–Soy Carol Robinson. He sido vicepresidenta de un Banco, de modo que conozco bien las sociedades limitadas. De hecho, tengo participaciones en una urbanización. Pero nunca he oído hablar de uno a diez. Es increíble.

–Realmente es increíble. Pero se hace continuamente.

–¿Quieres decir que inviertes un dólar y desgravas diez dólares de pérdidas?

Eddy asintió.

–Eso es exactamente lo que quiero decir. Las desgravaciones en algunas inversiones pueden ser enormes y no sólo en el campo del petróleo y la inmobiliaria. Ganado, cine, litografías...

Todos le prestaban atención. Su actuación era perfecta, y le resultaba fácil porque sabía lo que estaba haciendo; era lo que hacía cada día, y hasta ahora nunca había fallado.

La presentación, a la que mentalmente había pensado dedicarle menos de media hora, se alargó durante dos horas. Al final había convencido a los diez asistentes, que accedieron a invertir sumas que iban desde los quince hasta los setenta y cinco mil dólares. Se intercambiaron direcciones y números de teléfono, se dieron la mano y así finalizó una exitosa reunión.

–¿Y tú qué, Davey? –le preguntó Eddy de regreso a casa.

–Creo que no. Prefiero pagar mis impuestos y dormir tranquilo.

–¡Por el amor de Dios, Davey! ¿Crees que yo te aconsejaría mal? De nuevo te lo pregunto.

–No es eso. Es sólo, bueno, ya sabes cómo soy.

Eddy no contestó. Era mejor dejar el tema en vez de perder el tiempo intentando hacerle cambiar de opinión a esta... *mula*. A veces Davey podía resultar enfurecedor.

Cuando Pam y Eddy se hubieron marchado aquella noche, Davey se sentó al borde de la cama para hablar.

–Creo que está un poco enfadado conmigo, aunque es demasiado amable para que se le note, pero yo no me acercaría a sus negocios ni loco –gruñó–. ¡Capital «Marlboro»! ¡Desgravaciones del uno a diez! Ni siquiera es moral. Las pérdidas son ficticias, artificiales, todo es una trampa.

Lara habló con tranquilidad.

–Aparentemente es una trampa legal, Davey. No sé por qué estás tan molesto.

–No me importa si es legal o no. Es indecente. Voy a aconsejar a todos los que estaban hoy que no lo hagan, que se mantengan alejados de todo esto.

–¡No vas a hacerlo! –Lara que estaba de pie al lado de la canasta, se llevó las manos a las caderas–. ¡No vas a decirles que no te fías de Eddy!

–Claro que no les diría eso. Les diré que yo no creo en el negocio y que yo no participo en él. Ganado, litografías. ¡Santo Cielo!

–Me sorprendes, Davey. ¿Cómo puedes hacerle eso a Eddy?

–Porque esta gente son mis amigos, Lara. Mis amigos.

–¡Pero él es mi hermano! ¿Cómo puedes traicionarle de esta forma? Especialmente después de todo lo que ha hecho por nosotros, después de toda su ayuda. Estoy de acuerdo en que tú no quieras invertir, pero decírselo a los demás es imperdonable, eso es lo que es.

La discusión duró hasta bien entrada la noche. Al final Davey cedió y prometió guardar silencio.

–Quizás esté exagerando –concedió–. Quizá tengas razón.

También Connie tuvo una hija antes de que se acabara el año. Nació sin grandes alharacas una fría tarde de diciembre poco después de que cerrara la Bolsa. Martin corrió al hospital, entró como un rayo en la habitación de Connie y salió a toda prisa a ver a la recién nacida que estaba en la sala de bebés.

Cuando regresó tenía lágrimas en los ojos.

–Oh –exclamó–, ¡es preciosa! La pequeña Tessie. ¡Es bellísima!

«Tessie –pensó Connie enfadada–, no.» Pero habló con tranquilidad.

–Ya sé que te prometí que se llamaría como tu madre, y así será, pero Tessie es un diminutivo de Thérèse, y quiero que se utilice el nombre completo. Además, quiero que se escriba con los acentos y todo, Thérèse. Eso es lo que realmente quiero, Martin.

–De acuerdo, de acuerdo. Tessie. Thérèse. ¿Qué importa?

–Thérèse. Ésa es la pronunciación francesa, y es mucho más bonito.

–Tú –bromeó–. Mi dama francesa. Y pensar que tu hermana le puso sencillamente Peggy a su hija. –Se echó a reír–. Thérèse. ¡Qué bebé tan maravilloso! Es igual que Melissa.

«Santo Cielo, espero que no.»

Martin se inclinó sobre la cama para arreglar la almohada bordada que habían traído de casa, y besó suavemente a su mujer como si temiera hacerle daño si apretaba demasiado. Estaba exultante.

–¡He tenido más alegrías en los pocos años que llevo contigo que en todo el resto de mi vida!

SEGUNDA PARTE

1981-1990

CAPÍTULO X

Fue una época dorada, no la época dorada de los años, sino la de una juventud que transcurría con salud y comodidad. Las hermanas, a pesar de vivir a tanta distancia la una de la otra, estaban más unidas que nunca. «Si Peg viviera –pensó Connie–, estaría encantada de vernos, y ver cómo crecen las nuevas generaciones.» Incluso los dos maridos se entendían bien. Su pasado y sus experiencias eran completamente distintas, sin embargo y porque los dos eran hombres de muchos intereses, resultaban compatibles. Las donaciones de Martin habían llegado a una escala tan colosal que a menudo aparecían en la primera página de los periódicos, pero Davey, también, podía sentirse orgulloso por las ayudas que prestaba a su pueblo: un pequeño grupo de teatro, una guardería para sus trabajadores, un fondo para ampliar la biblioteca del pueblo y muchas otras cosas más.

A veces, durante los fines de semana que Davey podía escaparse, Martin mandaba el avión de la compañía a recogerles para traerles a Westchester a practicar deportes o a Nueva York para asistir al teatro, para el que siempre, y en el último momento, encontraba las mejores entradas. Le encantaba utilizar sus enormes mansiones, y casi nunca faltaban los invitados.

Una tarde de otoño antes de las vacaciones de Acción de Gracias, mientras Davey y Sue estaban en el zoo, las niñas, ya con cuatro años, jugaban en el salón de la casa de la

Quinta Avenida mientras que sus madres, junto con la niñera escocesa de Thérèse, las observaban. Martin había tenido razón. Thérèse era como Melissa, pálida, pequeña y seria. La niña ahora la miraba con los mismos ojos castaños de Martin pero, a diferencia de los de él, los de ella eran tristes. Y en el interior de Connie se debatían dos sentimientos, odio y también un feroz y obstinado amor. Tenía que proteger a Thérèse, aunque contra qué era difícil saberlo, excepto que la enseñaría a cuidar de sí misma.

La niña de Lara se reía con una pelota que continuamente se le escapaba. Dos grandes hoyuelos aparecieron en sus mejillas; su cabello dorado-pelirrojo caía suavemente sobre su encantador rostro. Y Connie se preguntó qué sentiría Lara si Thérèse fuera suya... Una repentina inquietud se apoderó de ella. Lara era capaz de pasarse toda la tarde sentada con las niñas, pero Connie necesitaba moverse.

–¿Todavía tienes ganas de ir conmigo a las galerías?

–No me importaría. ¿Qué estás buscando?

–Le había echado el ojo a unas cuantas cosas. Me gustaría volver a verlas antes de la subasta de mañana.

–No veo que tengas sitio para poner ni una cosa más en esta casa.

–Éstas son para la casa de campo. O quizá Palm Beach. Nos hemos deshecho de algunas cosas horribles que puso Doris, y ahora necesitamos sustituirlas. Te diré una cosa –continuó Connie–: la mitad del placer está en la decoración. Realmente me da pena cuando veo acabado este apartamento.

Tras cuatro millones de dólares de mejoras había quedado magnífico. Y observó los antiguos tapices de color verde musgo, las molduras doradas y la seda color coral que cubría las ventanas. No había salón en toda la ciudad, ninguno que hubiera visitado ella, y había estado en los mejores, que superara éste.

–Hay un Cézanne que me encanta –dijo–. Pero no estoy del todo segura. Claro, cuesta una fortuna, de modo que Martin tendrá que verlo primero. ¿Quién sabe? Quizá no le guste. –Se puso de pie–. ¿Nos vamos? La señora Dodd va a llevar a las niñas a dormir la siesta.

Esculturas sobre pedestales y pinturas que colgaban de las paredes llenaban las galerías. Muebles y bibelots, tesoros antiguos de todos los continentes, llenaban las espaciosas habitaciones. Lara seguía a Connie, que examinaba todo y tomaba notas.

–Mi decorador me dijo que mirara una mesa para la casa de Westchester. Es para colocar detrás del sofá en el salón amarillo. Aquí está. Chippendale. Dice que tendría que costar unos ochocientos mil. Es mucho, ¿verdad?

Lara se quedó en silencio.

–Claro que es una pieza maravillosa. Mira el calado, Lara. Bueno, yo no pagaré mas de setecientos mil. Estos decoradores siempre exageran. Sin embargo, quizá debiera, oh, por el amor de Dios ¿qué haces ahí? –exclamó al ver a Eddy que acababa de aparecer.

–Lo mismo que tú –contestó–. Buscando cosas que comprar.

–¿Comprar qué?

–Un Corot. Una joya. Hace tiempo que quiero uno, y éste es una maravilla. ¿Quieres verlo?

Eddy se había convertido en un experto, y no sólo en arte. Lo sabía todo acerca de vinos y caballos. Sabía dónde estaban los mejores cocineros, dónde encontrar el mejor Shar Pei con pedigrí, y cómo elegir un diamante. Connie se quedaba a veces boquiabierta ante sus conocimientos.

–Lara –dijo–, ¿te das cuenta de que nuestro hermano es un hombre del Renacimiento?

Los tres volvieron a donde colgaban los cuadros. Se habían juntado dos o tres lotes separados para esta subasta, de forma que la muestra era variada. Cuando pasaron por una pared en la que se exponían culos, otros órganos desnudos, y cuerpos poco atractivos de ambos sexos abrazándose, Eddy hizo una mueca.

–Lo que hagan es asunto suyo, y a mí no me importa, pero no pagaría ni un dólar para verlos colgando de mis paredes.

Connie miró el nombre.

–Es una de las estrellas en alza. Podrías comprar uno como inversión y esconderlo en el desván hasta que fuera el momento de vender.

–Te ríes, pero te diré una cosa. He estado leyendo las previsiones de precios de subasta de «Barrons», y parecen no tener límite, incluso en cosas como éstas. Quizás especialmente para cosas como éstas. En serio, yo he empezado a dedicarme a cosas nuevas, al menos, para mí. Antigüedades rusas. Puedes ponerlas junto a casi cualquier cosa, y le añaden brillo. ¿Tú que dices, Lara?

–No sé gran cosa de arte –contestó Lara–. No se ve mucho donde vivimos nosotros. Estuvimos en la National Gallery el año pasado cuando fuimos a Washington para el cumpleaños de Davey. Me parece maravilloso tener todas aquellas cosas en los museos para que la gente lo pueda ver. –A continuación se sonrojó como si de pronto fuera consciente del no intencionado reproche. Para arreglarlo añadió–: Vayamos a ver el Corot. ¿Dónde está?

–He cambiado de opinión y no me quiero acercar a él, o me volverá a tentar y acabaré comprándolo.

–Pero si tantas ganas tienes de tenerlo, ¿por qué no lo compras? –preguntó Connie.

Eddy se dedicó a mirar por la habitación. Estaba distraído.

–No lo sé. Estoy intentando recortar un poco los gastos. Falta de dinero en efectivo.

Connie se quedó sorprendida.

–¿Tú? ¿Haciendo recortes?

–No exactamente. Una cosa temporal, he dicho. No hay fondos para un Corot este mes, eso es todo. –Se alegró y les sonrió, mostrando una fila de dientes blancos–. Habrá otras cosas el mes que viene. –Miró el reloj–. Debo marcharme. Tengo una cita. Pero, oye, ¿por qué no nos reunimos y pasamos un fin de semana largo en las Bermudas o en otro sitio?

–Un fin de semana largo no –replicó Lara–, pero uno corto me parece posible. Davey tiene que trabajar...

–Trabaja demasiado. Tendría que descansar más antes de que acabe agotado.

–Tú sí que pareces estar agotado, Eddy –observó Lara.

Se enderezó. Se arregló la corbata y volvió a sonreír.

–¿De verdad? Bueno, no es nada que no se arregle con una noche de descanso. Oye, llego tarde. Estaremos en contacto.

–Realmente no tiene buen aspecto –insistió Lara en cuanto se hubo marchado.

Connie se encogió de hombros.

–No lo sé. La otra noche Martin dijo lo mismo. Pero Martin no le entiende en absoluto. Le cae bien Eddy, aunque no comprende cómo ha conseguido ganar tanto dinero en tan poco tiempo. Claro, Martin ha recorrido un largo camino.

–Estoy preocupada por Eddy. La forma en que se ha comportado ahora...

–Seguramente ha estado despierto toda la noche. Llevan una vida bastante loca, si me lo preguntas a mí. La discoteca hasta media noche, montar a caballo; les encanta cabalgar por la playa al amanecer. Ahora, Pam dice que quiere comprar un balandro, quiere participar en las regatas de las Bermudas. Él piensa que Martin también debería comprarse uno. –Connie se echó a reír–. ¿Te imaginas a Martin tirando de cuerdas en un mar revuelto? Dios sabe qué se le ocurrirá a Eddy. No puedo ni imaginármelo. ¿Y tú?

No, Lara no podía. Muchísimas de las cosas que veía en la vida de Connie y Eddy estaban muy lejos de sus ideales. Y siempre le parecía excesivo, aunque estuviera bien. No obstante, cada uno a lo suyo, y ella no iba a ser quién para juzgar.

–Yo tampoco puedo imaginármelo, Connie –dijo–. Todo me resulta bastante extraño.

A grandes zancadas, Eddy cruzó Madison Avenue hasta su despacho. Se había entretenido demasiado en aquella galería. Maldita sea, ¡le encantaba aquel Corot! Era tan bello. Pero no estaba de humor. «Vamos –se dijo a sí mismo–, no lo disfrutarías, tal como estás ahora.»

Mala suerte, eso era todo. Siempre había funcionado. O casi siempre. Y justo habían tenido que descubrir a los de Ohio. No se sabía nunca con la Hacienda Pública. Tratar con ellos era como meter la mano en un saco sin fondo. Podías encontrarte con un inspector sensato y razonable o, con igual facilidad, con uno puñetero y meticuloso. La ley era lo que la persona que la interpretaba decía que era.

Bueno, Abner Saville tendría la solución. Abner era uno de los contables más listos de la ciudad. Y Eddy se dirigió rápidamente a su despacho, donde Abner, con su forma de ser tranquila y racional, le calmaría los nervios.

–Parecías muy preocupado cuando me dijiste que viniera –le dijo Abner cuando entró en el despacho–. Me has dejado preocupado.

–¿De verdad? Bueno, supongo que yo también estaba un poco preocupado. Normalmente no soy así, ¿verdad? Pero he tenido un par de llamadas desagradables estos últimos días, y no estoy acostumbrado a cosas así.

Las cejas negras de Abner se elevaron a modo de sorpresa.

–¿Desagradables? ¿De qué se trataban?

–Hice una serie de operaciones de desgravación fiscal hace unos años cuando estuve en Ohio. El negocio de mi cuñado tiene diez o doce accionistas, todos ellos amigos suyos. Y todos compraron sociedades limitadas. Ahora parece que Hacienda va a prohibir las desgravaciones. –Eddy suspiró–. Maldita sea, el negocio era estupendo. Diez por uno.

Las cejas negras se elevaron un poco más, arrugando una frente preocupada. Saville emitió un pequeño silbido.

–¡Diez a uno, Eddy! ¡Qué demonios! No podían ser verdaderas sociedades inmobiliarias.

–No. Litografías.

–¡Por el amor de Dios! Eso no colará jamás.

–Ha colado.

–¿Sí? ¿Cuántas veces?

–Bueno, una. Han pasado cinco años y el gobierno no ha dicho ni una palabra.

–De forma que coló una vez. Buena suerte. Nunca deberías haber engañado a la gente para que comprara esa basura. Es mi deber decírtelo.

–*Basura* no es una palabra muy agradable, Abner. –El tono de voz de Eddy era triste–. Y *engañar* tampoco.

–Quizá no, pero tú eres un vendedor muy convincente, Eddy. Y también un inversor muy astuto. Deberías saber que deducciones como ésas no tienen ningún sentido y que el gobierno iba a descubrirlas.

No estaba recibiendo la tranquilidad que esperaba de Abner.

A continuación, Abner dijo:

–Veo que tú personalmente no inviertes en cosas de este tipo.

–No. Mis beneficios provienen de las comisiones. –Y al ver que Abner no hacía ningún comentario, protestó–: Nadie ha tenido tanto éxito en las desgravaciones como yo, y la ciudad entera lo sabe.

–Me temo que el gobierno también.

–¿Qué quieres decir con eso?

–Eddy, el gobierno está empezando a investigar las pérdidas falsas. Y tú eres un abastecedor conspicuo de estas pérdidas.

–¡No son pérdidas «falsas»!

–Eddy, no digas tonterías. Has sido cliente mío durante mucho tiempo, un cliente importante, y un buen amigo. No me proporciona ningún placer, te lo aseguro, estar en desacuerdo contigo.

–Sí –gruñó Eddy–, todo va bien cuando va bien. Entonces todo el mundo te quiere. Pero una sola cosa va mal, y el panorama cambia por completo.

–Cuéntame lo de las llamadas telefónicas.

–Esta gente está histérica. Una mujer me llamó tramposo y se echó a llorar, otra dijo que su contable nunca le hubiera dejado hacer una cosa así si le hubiera consultado y que era una vergüenza, etcétera, etcétera. Un montón de histéricos. Y como ya te he dicho, desafortunadamente, todos son amigos de mi hermana y su marido. Es un pueblo pequeño, todos se conocen, saben hasta lo que han desayunado el día anterior.

Se produjo un silencio, durante el cual Eddy sintió los latidos de su corazón; a continuación pronunció la pregunta más importante.

–Lo único que quiero saber es: ¿pueden demandarme por algo?

Abner hizo una mueca.

–No, tú no has cometido fraude. Simplemente les diste unos consejos absolutamente terribles. Pero no es bueno para tu reputación, Eddy, cuando vendes cosas de este tipo.

–Afortunadamente, todos están en Ohio. No, bueno, no quiero decir eso. Realmente lo siento, lo siento por ellos.

–Será duro. Impuestos retroactivos, multas e intereses. No es nada agradable.

–Pero estás seguro de que no pueden demandarme...

–Estoy seguro. –Abner se puso de pie–. Pero antes de marcharme, me gustaría darte un consejo, Eddy.

Un poco más tranquilo, Eddy consiguió sonreír.

–¿Qué? ¿Otro?

–Sí, otro. No estoy nada contento con tus aplazamientos de impuestos. Algunas de tus operaciones me extrañan. Estás rozando la ilegalidad. Tengo que repasar tus libros con mucho cuidado en los próximos meses. Te aconsejo que dejes de arriesgarte y de estar en la cuerda floja, Eddy. Ya sabes lo que quiero decir. Un poco más de prudencia y todo eso.

Saville le estaba dando una de cal y otra de arena. Era un consuelo saber que no podrían demandarle. Pero el hablar de la «cuerda floja» le dejaba con una sensación de inseguridad, mezclada con cierto resentimiento al verse retado. Al llegar al recibidor de su casa, no anunció su presencia con el habitual silbido.

Pam le saludó con un beso.

–¿Hueles el arroz? Eso es lo que vas a cenar. Cangrejos, pollo, jamón, pescado y mucho ajo. Creo que al final hemos encontrado una cocinera estupenda. ¿Qué te pasa? Pareces agotado.

Le hubiera gustado que la gente no hiciera siempre comentarios sobre su aspecto, de forma que simplemente dijo:

–Estoy bien, pero ha sido un día largo.

Un hombre no trasladaba sus problemas al hogar, especialmente cuando su esposa no podía hacer nada para resolverlos. Sería como las fuertes pisadas de su padre cuando subía las escaleras para traer más malas noticias. Un temblor le recorrió el cuerpo al recordarlo.

Estaban tomando café cuando sonó el teléfono. Pam contestó.

–Es Davey. Quiere hablar contigo.

Eddy disimuló un suspiro.

–Lo atenderé en el estudio. Por favor, cuelga.

Anticipando otra larga explicación, se acomodó en el sillón y despreocupadamente, fingiendo alegría, dijo:

–Hola Davey. ¿Cómo va todo?

Davey respondió taciturnamente.

–Mal. Muy mal.

–¿Mal? ¿Qué ha ocurrido?

–Eddy, no juegues conmigo. Ya sabes lo que ha ocurrido.

–Lo de las sociedades quieres decir. ¿La inspección fiscal?

–Todos los que compraron una van a ser sometidos a una inspección. Y a todos les ha dicho su contable que no tienen ninguna posibilidad de salir airosos. Que no tienen nada que hacer.

–¡Espera un momento! Creo que te estás equivocando. La central está aquí en Nueva York, los tíos que producen las litografías; sé que se defenderán, puedes estar seguro. Ellos tienen mucho más que perder, al fin y al cabo, y...

–Eso es mentira, Eddy. Yo mismo fui a Cleveland a consultar con un amigo, un tipo que conozco del colegio, que trabaja para Hacienda y es mentira.

El primer pensamiento de Eddy fue: «Ha ido a Cleveland incluso antes de hablar conmigo; no se fía de mí.» El siguiente pensamiento fue: «¿Qué querrá ahora de mí?»

El tono acusador creció en intensidad.

–Mi amigo Tony perderá toda la herencia de su tía y más porque, para agravar las cosas, le pidió dinero prestado a su primo... Demonios, los detalles no importan. Pero su primo no le habla, y Tony no me habla a mí.

–Eso es ridículo. ¿Por qué van a estar enfadados contigo?

–Yo soy el que te recomendé, ¿no te acuerdas?

«¿Qué querrá de mí? ¿Que me disculpe? Bueno, de acuerdo, tiene derecho a ello, si eso es lo que quiere.»

–Davey, lo siento mucho –dijo Eddy en voz baja–. Dios sabe que tenía buenas intenciones. Pero eso no arregla nada, ya lo sé. Y sin embargo tendrás que admitir que hay riesgos en cualquier inversión, tanto si es un caballo, o una casa, o cualquier cosa.

Acabó tartamudeando, poco acostumbrado como estaba a permanecer a la defensiva y no gustándole nada.

–Parece que esto era más un juego que una inversión. El asunto estaba tan mal estructurado que todos los que lo han visto se han quedado de piedra.

–Es cuestión de opiniones. Yo no estoy de acuerdo. He conseguido una gran reputación en esta ciudad haciendo inversiones de millones de dólares, inversiones que tu gente, no importa quiénes sean, nunca han visto ni siquiera han llegado a soñar en ellas.

–No creo que debas estar resentido, Eddy. Si hay alguien que tiene derecho a estar resentido, ése soy yo. Y lo estoy. Todos mis accionistas, los amigos que confiaban en mí, son ahora enemigos a causa de esto.

–Eso es ridículo –repitió Eddy.

–Quizás a ti te lo parezca, pero así es. Lara ni siquiera puede entrar en «Levy's» a comprar calcetines para los niños, de la vergüenza que siente.

Nunca en toda su vida había visto a Davey tan excitado.

¡Davey, al ataque! El asunto iba en aumento...

–Lo siento. Ya te lo he dicho. ¿Qué más quieres que haga? No sé qué otra cosa puedo hacer.

La respuesta fue fría.

–¿Ah no?

–No. No lo sé.

–Yo sé lo que haría en tu lugar.

–Entonces, dímelo.

–Si yo fuera tan rico como se supone que eres tú, recompensaría a esa gente.

Eddy pegó un bote en el sillón.

–¿Qué? No lo dirás en serio.

–Claro que hablo en serio.

–Pues si es así, es la cosa más tonta que he oído desde hace mucho tiempo. ¿Quieres que lo pague yo? ¡Por el amor de Dios, Davey! Mira, ellos invirtieron, ha salido mal y es una pena. Yo no tengo ninguna obligación moral con esa gente, y si eso es lo que piensan...

–Me refiero a una obligación moral. Cuando una viuda confía en ti, y tras mis recomendaciones...

–No me sermonees, Davey. Habla en serio. Siempre he respetado tus principios, pero llega un momento cuando empiezas a decir tonterías... ¿Crees que no tengo principios? Es de una inocencia pensar...

–De forma que no tienes intención de hacer nada. Simplemente dejarlos a todos en la estacada. ¿Es eso? Tú les has llevado al agua, y ahora vas a dejar que se ahoguen.

«¡Dios mío, qué día! Aquella viuda llorosa, y Abner, y ahora las quejas de Davey que no cesaban. Los nervios de Eddy, aquellos nervios sólidos y sanos cuya presencia pasaba casi inadvertida en su cuerpo, estaban ahora a flor de piel.»

–Mira, Davey, no sé qué decirte. Nunca has sido tan poco razonable. Honestamente, me estás volviendo absolutamente loco con este asunto, que lamento, verdaderamente lamento. ¿Cuántas veces tengo que decírtelo para que me dejes en paz? Sólo esta noche, por el amor de Dios...

–Claro que te dejaré en paz. Claro que lo haré. Te dejaré tan en paz que te olvidarás de mi existencia.

Era imposible saber quién de los dos colgó primero el teléfono. Durante varios minutos, Eddy se quedó quieto intentando recomponerse. Se sentía completamente frustrado.

Estaba enfadado, estaba humillado y triste. ¿Cómo podía haberle ocurrido una cosa así a Eddy Osborne, el conciliador, que evitaba todas las discusiones, especialmente en su propia familia?

Pero había ocurrido, y era imposible saber cómo iba a resolverse.

Transcurrieron días oscuros en Ohio, días tristes bajo el cielo invernal.

–¿Va a ser esta otra inútil pelea como la de Connie y yo? –preguntó Lara–. Cada vez que hablo con Pam, parece más imposible, y nos sentimos fatal. Ella no consigue nada de Eddy, y yo no consigo nada de ti.

–Estoy cansado de hablar de esto –contestó Davey con tristeza–. Y tengo que pensar que realmente no entiendes mi punto de vista.

–Bueno, yo no soy la única. Connie dice que, en opinión de Martin, es el comprador quien debe ir con cuidado.

–¡Estupendo! Me pregunto si a Martin le gustaría tener que enfrentarse con los rostros que tendré que ver yo en la próxima reunión de accionistas. Allí en la cabecera de la mesa, sintiendo toda su furia dirigida hacia mí.

En cuanto hubieron despachado los temas de la reunión, y la gente empezó a levantarse, Davey pidió unos minutos de atención. Su corazón latía casi dolorosamente. Sin embargo sabía que debía hablar para aliviar su pena.

–Quiero deciros algo a todos vosotros. Será sólo un momento. Me resulta difícil hasta respirar estos días. El ambiente es sofocante. Me evitáis. Vosotros, mis amigos. –Tuvo que hacer una pausa–. Ya sé que vuestros bolsillos han sufrido, y algunos de vosotros mucho. Joe, ya sé que invertiste para pagar la educación de tu hijo. Doc Donnelly, ya sé que tenías intención de mejorar tu retiro. Dick, tú eras mi entrenador... ¿Haría yo algo que pudiera hacerte daño? –Ahí Davey tuvo que detenerse.

A continuación extendió los brazos hacia los reunidos a modo de súplica.

–Decidme, ¿creéis que haría algo que pudiera perjudicaros?

Un silencio que a Davey le pareció extraordinario, incluso odioso, se produjo a continuación. Miró a su alrededor, pero nadie le miraba directamente.

A continuación alguien habló. Era Henry Barker, el inspector escolar, un hombre conocido por sus palabras cortantes y directas.

–Deberías habernos aconsejado que no invirtiéramos. Pero es tu cuñado y no lo hiciste. Creo que eso es todo.

–¿Por qué debería haberlo hecho, Henry? Yo no tenía razón alguna para pensar que no sería una buena inversión.

–No es verdad, Davey. Tú tenías tus dudas, y ahora estás atrapado. No, Davey. Estoy seguro de que sospechabas algo, si no tú también hubieras participado. Es muy raro que no lo hicieras.

Con estas palabras diez pares de ojos se posaron sobre el rostro de Davey.

–Soy consciente de que no resulta muy convincente, sin embargo la verdad es que..., que yo personalmente no invierto en nada más que en esta compañía.

–Tienes razón, no es convincente –dijo Henry Baker.

–¿De qué me acusáis? No lo entiendo. ¿He ganado yo dinero en esta operación?

–No, pero tu cuñado sí.

–¿O sea que esto va durar hasta el final de los días? ¿Me vais a rehuir como un leproso por culpa del hermano de mi mujer?

–No puedes esperar que todos te tengamos el mismo respeto que antes. Hay que dejarlo claro. Tú te lo has buscado, o sea que ahí lo tienes. La dura realidad.

El doctor Donnelly dijo tranquilamente:

–Con el tiempo. El tiempo lo cura todo. Ahora sugiero que demos por terminada la reunión.

«Estoy tan herido –pensó Davey mientras se dirigía a casa–, como si me hubieran dado una paliza. "Ya no respetan mis opiniones" dijo ese hombre. Y vi por sus rostros que estaban todos de acuerdo.»

No había oscurecido por completo aquella noche de febrero cuando, después de cenar, Peggy, con su traje para la nieve, pidió permiso para salir a la calle. Lara, mientras le abrochaba el traje, seguía hablando furiosamente por encima de la cabeza de la niña.

–No tienen derecho a culparte ni a ti ni a Eddy. Estaban dispuestos a ahorrarse dinero de los impuestos. Les pareció muy tentador, ¿verdad?

Davey volvió a pensar en la reunión.

–El ambiente era gélido. Yo estaba helado. La hostilidad...

–¡Cualquiera diría que van a ir todos a la cárcel! De acuerdo, Hacienda lo ha ilegalizado y todos tendrán que pagar. No es muy divertido, pero no es el fin del mundo. Oh –añadió Lara–, vi a la esposa del doctor Donnelly en la ferretería y fingió no verme. Es espantoso.

Ya no tenía ganas de seguir analizando y explicando; esta noche era tan sólo la repetición de otra docena de noches. Y, sin embargo, aún dijo algo nuevo.

–Si yo hubiera invertido con ellos, las cosas serían distintas. Ahora resulta sospechoso, como si yo no me fiara de Eddy. O debería haberles aconsejado que no creyeran en el proyecto. ¡Y yo no creía en él! Sólo que, maldita sea, tú no me dejaste, Lara. Dijiste que había hecho tanto por nosotros que sería feo hablar mal de él.

–¿Y no es verdad que había hecho mucho por nosotros?

–Defiendes a cualquier miembro de tu familia. Especialmente Eddy.

–Yo no olvido tan rápidamente como tú. Es una buena persona. Tiene derecho a equivocarse alguna vez.

–¡Menuda equivocación!

–Nunca pensé que serías un desagradecido, Davey Davis. Oh, por el amor de Dios, ¿quién llama a la puerta?

Alguien golpeaba con fuerza la puerta trasera. Lara salió corriendo.

–¿Qué quieres? –empezó a decir. Y a continuación, al ver el rostro de Susan por el vidrio de la puerta dijo–: ¿Qué? ¿Qué ha ocurrido?

La niña estaba aterrorizada.

–¡Peggy! Se ha caído por las escaleras de casa de los Burke. No se... –empezó a llorar–. ¡No se mueve! ¡Mamá, no se quiere mover!

Salieron corriendo. En el jardín de los vecinos se había congregado ya un grupo de gente al pie de las escaleras. Tras una barricada de piernas y espaldas inclinadas, una pequeña pierna cubierta con un traje de nieve era todo lo que se veía; Lara tuvo que abrirse paso entre la barricada antes de ver a su bebé: su bebé, cuyo gorro se había caído, con el cabello descansando sobre la nieve y los ojos cerrados. Se arrodilló. Era incapaz de pronunciar una palabra.

Una voz dijo:

–No la muevan. No hay que hacerlo. Yo he estudiado primeros auxilios.

Otra voz por encima de la cabeza de Lara preguntaba:

–¿Qué ha ocurrido? ¿Qué ha ocurrido?

Se oían otras voces.

–La ambulancia llegará en seguida... Tardan tanto... No la toquen...

Se echó a llorar sobre el hombro de Lara.

–Mamá, mamá, yo estaba en casa de Amy, y seguramente Peggy me fue a buscar a casa de los Burke y resbaló sobre el hielo. ¡Oh, mamá!

Pero Lara siguió sin decir nada, mientras, arrodillada, observaba a su hija.

Davey colocó la cabeza sobre el pecho de Peggy. Como si se pudiera oír el latido del corazón con toda aquella ropa. Miró a Lara.

–Se ha desmayado. Eso es todo. Se ha desmayado.

A continuación con un extraño gesto se frotó el rostro con las manos y alguien le apartó de allí.

La gente ayudó a Lara a entrar en la ambulancia, donde ella y Davey se acomodaron al lado de la camilla. Durante largos minutos recorrieron las oscuras calles de la ciudad. El día que había empezado con un deshielo se había convertido en una noche fría y gélida. Lara nunca había tenido tanto frío. Los dientes le castañeteaban. Suplicante, miró los ojos de un joven enfermero que estaba a la cabecera de la camilla.

–No está muerta –dijo, respondiendo a una pregunta no pronunciada.

Lara asintió. Sus pensamientos daban vueltas, repitiéndose de forma extraña y ritual: «Si mantengo la calma, si hago todo lo que me dicen, si no grito ni pierdo el control, entonces seré recompensada por mi buen comportamiento y la niña se pondrá bien. Sí, sí, eso es lo que debo hacer.» Juntó las manos como si estuviera rezando. En aquel momento Davey colocó una mano sobre la suya y se quedaron allí, todavía sin hablar, sin quitarle los ojos a Peggy, que aún no se había movido.

La luz de urgencias resplandecía en el patio, produciendo la única calidez y alivio en el frío pueblo. Las luces eran acogedoras. En cuanto entraran, todo se resolvería. La gente allí sabría lo que tenían que hacer.

Un cuerpo tan pequeño enfundado en el mono y camiseta, un cuerpo tan pequeño al lado de toda aquella gente vestida de blanco. Médicos, enfermeras, residentes. ¿Quién era quién? Lara no prestaba atención; Davey hablaba con los médicos en un rincón. Voces aceleradas y rápidas iban y venían a mirar y escuchar. La respiración dificultosa de Peggy era como un ronquido; un sonido horrible, pero al menos demostraba que estaba viva. El hombre de la ambulancia había dicho que no estaba muerta, ¿verdad? «Hazle caso, Lara. No está muerta.»

Le estaban tomando la tensión arterial. Le escuchaban el corazón.

–No hay sangre en los pulmones –dijo un joven que llevaba un estetoscopio colgado al cuello.

¿Pero no le salía sangre de las orejas? Sin poder hablar, Lara se lo señaló.

–Eso es a causa de la fractura de cráneo –dijo el joven–. Una fractura de cráneo no tiene por qué ser tan terrible.

Quería ser amable. «No tiene por qué ser.» ¿Qué querría decir? Quería decir que podía serlo.

Ahora el pequeño rostro de Peggy empezó a hincharse. Casi se veía cómo estaba ocurriendo mientras la carne se hinchaba, morada. Una costra de sangre se había endurecido sobre una mejilla. Cuando Lara fue a quitársela, la apartaron con suavidad.

–Es sólo un rasguño.

–¿Se despertará pronto?

Fue su primera pregunta y al hacerla supo que era una tontería.

Davey negó con la cabeza como diciendo: «No los distraigas. Ellos saben lo que hacen». Y dijo en voz alta:

–Cariño, necesitan tiempo.

–Pero, mira –susurró Lara–, está moviendo los labios.

Efectivamente, una mueca poco real se estaba formando

en el rostro de la niña, una expresión que nunca antes habían visto.

–Está inconsciente –repitió Davey.

Hacía poco menos de una hora había estado en casa comiendo budín de plátano.

Y, de pronto el pequeño cuerpo se puso tieso, se arqueó, se estiró, volvió a arquearse con la cabeza echada hacia atrás mientras que los brazos y las piernas se movían frenéticamente de un lado a otro.

–¡Dios mío! –gritó Lara, aferrándose al brazo de Davey.

Estaban colocando un depresor sobre la lengua de Peggy mientras la sostenían con fuerza.

–Un ataque –le dijo una enfermera a Lara–. No mire. Se le pasará en seguida.

–¿Pero por qué? ¿Por qué? –gimió Lara.

–Quizá sea mejor que la señora Davis salga fuera –pidió el médico, que parecía ahora el jefe.

Un hombre mayor, acababa de llegar, corriendo como si le hubieran llamado en algún lugar distante.

–No –protestó Lara–. No. Me callaré. Por favor. Por favor.

Cuando el ataque finalizó tan bruscamente como había empezado, la niña quedó inerte, y la lenta y ruidosa respiración se inició de nuevo. Se llevaron a Davey a un lado. De nuevo se oyeron palabras en un extremo de la habitación, y de nuevo volvió a reunirse con Lara.

–Van a hacerle radiografías del pecho y el cráneo. Y después un electroencefalograma.

Y lo supo. Sabía lo suficiente acerca de daños cerebrales para comprender lo que estaba ocurriendo. Si había acariciado la idea –y lo había hecho– de que en esta sala de urgencias la curarían rápidamente, después de lo cual se llevarían a Peggy a casa, ahora sabía que no sería así.

Siguieron horas en cuidados intensivos. Llegaron los especialistas, el otorrino, el oftalmólogo y los neurólogos para observar, comprobar, recetar y, principalmente, al final, aconsejar paciencia. A medida que pasaban las horas, hablaban con mayor cautela y con menos esperanza. Ni un solo matiz de sus voces o miradas se les escapó a Lara y a Davey. Sin admitirse nada el uno al otro, no tenían que admitir nada, porque todo estaba clarísimo: la niña seguía inconsciente.

Cada tres horas los padres podían entrar a verla. Y la patética y tonta frase continuaba sonando en la cabeza de Lara: estaba comiendo budín de plátano, sentada a la mesa al lado de Sue.

Casi se habían olvidado de Sue. En casa, la primera noche del accidente, los dos se habían preguntado si le habían dicho a Sue que vigilara a Peggy en el patio, y los dos habían contestado:

–No. Pensé que lo habías hecho tú.

–O sea que por esto estaba en casa de Amy aquella noche. Peggy salió de casa un poco más tarde, ahora lo recuerdo. Estábamos discutiendo –explicó Lara, y volvió a echarse a llorar–. Discutiendo como tontos.

Al segundo día llegó Connie y se encontró con Lara en la sala de espera en la unidad de cuidados intensivos.

–Me llamó Sue. Pobre niña, casi no podía hablar. Oh, Lara, ¿qué puedo hacer por ti? –Connie bajó la voz. Dos mujeres de mediana edad, esposas de granjeros quizás, observaban con gran curiosidad su abrigo de pieles–. Y Martin dice que si necesitas algo, si os falta algo, Davey debe decírselo. ¿Lo entiendes? Me voy a quedar unos días. Davey dice que no has descansado nada. Tienes que ir a casa y dormir, Lara. Yo me quedaré aquí.

–No puedo dormir. No he dormido. En cualquier caso, vendrá Davey.

–Él también necesita descansar. Y tiene que pasar algún rato por la fábrica. No puedes dejar que todo se desmorone. De modo que me voy a quedar unos días. No discutas.

–En cualquier caso, no puedo dormir. Ya te lo he dicho.

–Puedes intentarlo. Si Peggy se despierta, yo estaré aquí. Me conoce y te llamaré en seguida y le diré que vienes. Ahora vete a casa.

Al día siguiente llegó Eddy con Pam. Pam abrazó a Lara, pero Eddy se dirigió primero a Davey.

–Davey, Davey, no tengo palabras. Retiro todas las cosas horribles que te dije aquella noche. Que Dios nos ayude.

Davey tenía lágrimas en los ojos.

–No tiene importancia, no vale la pena. Sólo importa nuestro bebé... Gracias por venir, Eddy.

De todas partes llegó la compasión y ayuda. Los vecinos llevaron a Sue al colegio, vigilaron la casa y dieron de comer a los perros. El teléfono no dejó de sonar, llegaron cartas; cincuenta nombres aparecieron sobre una tarjeta del colegio de Peggy. Incluso aquellos que tan agriamente no habían querido perdonar a Davey cambiaron de postura. La esposa del doctor Donnelly se llevó a Sue a jugar con su nieta. Ben Levy dejó un pavo asado en la puerta de la cocina. Y Henry Baker, al encontrarse con Davey en la gasolinera, se acercó a darle la mano a Davey.

Sin animosidad, Davey no pudo dejar de preguntar con tristeza:

–¿Sigues sin fiarte de mí, Henry?

La respuesta no fue desagradable, aunque sí firme.

–Eso no tiene nada que ver con tu pequeña. Una cosa no tiene que ver con la otra. Rezo por tu hija.

Más tarde de aquella semana, Lara llegó a casa y se encontró un mensaje en el contestador. Sue no había ido al colegio aquella mañana.

Los tres adultos, Lara, Davey y Connie se miraron el uno al otro. «¿Era posible que cayeran más desgracias sobre aquella pequeña familia», se preguntó Davey.

–Llevaba la cartera –dijo Lara–, lo recuerdo perfectamente. Vi cómo se dirigía al grupo que va en coche.

–¿Quién los llevó hoy?

–Lee Connor. La llamaré.

Cuando regresó, Lara estaba aterrorizada.

–Lee dice que Sue la llamó esta mañana para decirle que no iría al colegio. –Lara se hundió en el sofá–. Creo..., creo que no podemos soportar una cosa más –le temblaba la voz.

Davey se aclaró la garganta.

–Hay que mantener la calma. Hay que pensar con claridad. No debemos excitarnos. Pensar con claridad.

«Tiene que hacer el papel de fuerte –pensó Connie con pena–. No puede mostrar sus sentimientos. Lara puede, pero él no se atreve.»

En voz alta dijo:

–Dame una lista de sus amigos, y yo haré algunas llamadas. Seguramente ha ido con alguien al cine o a las galerías comerciales.

–Sue no haría una cosa así –repuso Lara débilmente–. Es

muy responsable, muy obediente.

–De todos modos... Siempre hay una primera vez, y está empezando a estar en esa edad. Dame una lista, Lara.

–Hay una en el tablón de la cocina. Yo soy la madre encargada de la clase.

Después de dieciocho llamadas, Connie, al no recibir ninguna pista, empezó también a sentirse débil. ¡El mundo estaba tan lleno de horrores! ¿Podía la chica haberse liado con un chico mayor y haber ido a encontrarse con él en algún lugar? ¿Algún pervertido, algún asesino? Se decían cosas terribles por los noticiarios.

Cuando regresó de la cocina, encontró a Davey y Lara en el mismo sitio en que los había dejado, mirando al vacío sin energía ni la capacidad de pensar. Alguien tendría que pensar por ellos.

–Tengo la intuición de que se ha ido al cine –dijo Connie, intentando ser optimista.

Davey frunció el ceño.

–¿Qué te hace pensar eso?

–Porque recuerdo una vez, cuando tenía once o doce años, que estaba tan furiosa con mis padres por algo, no recuerdo el qué, que me fui al cine y me quedé a ver un programa doble. –Nadie respondió–. Escucha –añadió Connie, fingiendo una fortaleza que no sentía–. Voy a ir hasta el cine y echar un vistazo, por si acaso. Cogeré vuestro coche. Quizá debería ir también hasta las galerías comerciales. A los chicos les gusta ir allí. ¿Se te ocurre algún lugar en particular, Lara?

–La tienda de discos, supongo –dijo Lara, tan débilmente que Connie casi no oyó las palabras–. Y le gustan los batidos.

La sesión matinal se estaba acabando cuando Connie llegó al cine. En seguida vio que no había ninguna niña entre el puñado de jubilados; era, al fin y al cabo, un día escolar. A continuación se dirigió a las galerías comerciales, la cual, al ser muy pequeña, era fácil de registrar. Al regresar a casa sin éxito, tuvo una sensación de malestar en el estómago.

Determinada, sin embargo, en mantener una actitud positiva, entró animosamente en la cocina. Lara y Davey estaban sentados a la mesa de la cocina, cada uno con una taza en la mano. Eran ya pasadas las seis, y nadie parecía querer preparar la cena.

–¿Y algo de comer? –preguntó–. Ya sé que no tenéis hambre, pero no debemos perder la calma, y eso resulta imposible con el estómago vacío.

–Soy incapaz de tragar nada –dijo Lara–. Pero hay comida en la nevera. Coge lo que quieras. Hay todo un asado que mandaron los Burke.

Connie abrió el frigorífico.

–No lo veo –dijo.

–Está ahí mismo.

–No está.

Lara se puso de pie para ir a mirar.

–Qué raro. Estaba ahí esta mañana.

–Quizá no sea tan extraño. Mira a ver si falta algo más.

Extrañada, Lara miró a su alrededor, y entonces, como en un sueño, dijo:

–Estoy segura de que dejé el frutero lleno de manzanas y peras. Y había un pastel que alguien nos trajo en aquella caja.

Los pensamientos de Connie tomaron forma con rapidez.

–¿Cómo se ha estado comportando últimamente?

Lara levantó sus cansados ojos.

–Preocupada, claro, como los demás.

Davey habló:

–Ha estado muy callada. –Y después añadió–: Pero supongo que realmente no lo sé, Connie. No hemos estado prestando mucha atención a nada excepto...

Connie le interrumpió:

–Quiero ver su dormitorio.

–¡Oh! Estás pensando que se ha escapado de casa. Pero, ¿por qué iba a escaparse? –imploró Lara.

Connie ya estaba casi en la planta superior cuando los otros la siguieron al dormitorio de Sue. La primera impresión era de abandono; era como si aquellos objetos inanimados, las cuatro paredes floreadas y la cama cubierta de jerseis, americanas o libros escolares, le estuvieran transmitiendo un mensaje. Al abrir la puerta del armario, vio una fila de bonitas prendas, algunas de las cuales reconoció porque habían sido regalos de ella.

–¿Falta algo? –le preguntó a Lara.

–La muñeca. La que le regalamos nosotros el día en que la conocimos. Siempre está sobre la cama –dijo Lara, atragantándose.

Davey señaló la hucha rota.

El pensamiento de Connie se clarificaba por minutos y se sintió invadida por una terrible sensación de prisa. Y preguntó:

–Decidme rápidamente qué prendas faltan y cuánto dinero había en la alcancía.

–Quizá setenta y cinco dólares. Falta su chaqueta de abrigo, y las botas. –Lara abría los cajones–. Creo que faltan algunos jerseis. Pero no lo sé, es difícil... –Y cayó colapsada sobre el borde de la cama con la cara entre las manos.

–Cariño –dijo Connie–, ya sé que es terrible, pero hay que enfrentarse a los hechos. Hasta ahora está claro que Sue se ha escapado de casa. No la han matado camino del colegio, sabemos eso, y no la han raptado, gracias a Dios. Ahora lo que hay que hacer es ir tras ella.

Davey paseaba de un extremo al otro de la habitación. Al final del dormitorio, cada vez que se daba la vuelta, una madera suelta del suelo crujía de forma irritante. Hablando más consigo mismo que con nadie gruñó:

–¿Y cómo voy a hacer eso? ¿Ir en su busca? ¿Dónde? Y tenemos a Peggy, ni viva ni muerta, y el doctor quiere hablar con nosotros mañana por la mañana.

Sonó el teléfono. Como si se les hubiera inyectado una esperanza instantánea, los tres corrieron a donde sonaba en el recibidor. Davey lo cogió. A los pocos segundos toda esperanza había desaparecido.

–Es Martin para ti –dijo, dándole el auricular a Connie.

–Supongo –dijo Martin– que no ha habido cambios, o me lo habrías dicho. De forma que será mejor que regreses.

–No puedo. –Davey y Lara la habían dejado sola, de forma que habló sin rodeos–. Martin esto es un desastre. –Y le contó lo de la niña desaparecida.

Su silbido traspasó el oído de Connie.

–¡Dios mío! ¿Qué más va a ocurrir? ¿Habéis llamado a la Policía, supongo?

–Davey lo hará ahora. Pero hay miles de niños desaparecidos, y personalmente no se lo dejaría a la Policía. Creo en un poco de colaboración. Hacer labor de detective, pensar por uno mismo.

–¿Qué quieres decir con eso?

–Quiero decir que me voy a quedar aquí y voy a intentar

encontrarla. Estas dos personas no están en condiciones de enfrentarse a más problemas.

–Escúchame –dijo Martin–, esto es ridículo. No eres una detective. No vas a ir por ahí metiéndote en juegos peligrosos, Connie.

Ella se ofendió.

–¡Juegos! ¡Como si esto no fuera la cosa más seria del mundo!

–Sí. Seria y peligrosa. Un juego mortal. No sabes la historia completa. La chica podría haber sido raptada por Dios sabe quién, y tú podrías acabar... Escúchame, tú tienes una hija propia aquí en casa, no puedes permitirte el lujo de jugar con tu propia seguridad. Quiero que vuelvas mañana, y mandaré el avión a buscarte.

–Martin, no puedo.

–Hace una semana que estás ahí, y ya es suficiente –añadió chillando.

–Lo sería –insistió– si esto no hubiera ocurrido hoy. Sería inhumano dejarles ahora en esta situación. De forma que no vuelvo. No, Martin.

–¿Es la última palabra? –A Martin nunca le habían gustado las conversaciones largas.

–Lo es.

Nunca se había enfrentado a él, y nunca habían tenido necesidad de hacerlo. Cuando le colgó de golpe el auricular, sabía que se sentía frustrado y furioso. Pero tendría que aguantarse.

Davey había estado utilizando otra línea telefónica para hablar con la Policía.

–Hace demasiado poco tiempo que ha desaparecido –informó–. No pueden salir en busca de todos los niños que han decidido irse a casa de la abuela a pasar la noche, me han dicho.

–La diferencia es –observó Connie– que no tiene abuela. Y he llamado a todas sus amigas.

–Se ha llevado la maleta –explicó Lara.

«Tiene dinero, comida y ropa, de modo que debe de tener un plan. La cuestión es: ¿adónde ha ido? ¿A quién conoce?», pensó Connie.

–¿Pero por qué? ¿Por qué? –exclamó Lara.

–Lo sabremos cuando la encontremos, Lara.

–¡Si la encontramos!

«O si –pensó Connie–, algún monstruo no la encuentra primero.» La oscuridad que se veía tras los cristales era amenazadora. Pensó en voz alta:

–Las únicas personas que conoce aparte de nosotros son Pam y Eddy. O sea que a lo mejor se fue a casa de ellos.

Lara volvió a exclamar.

–¡Llama a Pam!

–No estás pensando con claridad –dijo Connie con suavidad–. Si Sue ya hubiera llegado allí, nos hubieran telefoneado. O sea que no vale la pena preocuparles. Pero puede que esté de camino. Voy a la estación de autobuses.

Al no oponerse ni Davey ni Lara, recogió su abrigo y su bolso. Al llegar a la puerta principal preguntó:

–¿De qué color es su chaqueta?

–Azul marina con un cuello a rayas rojas y blancas –contestó Lara sin esperanza.

En la estación de autobuses Connie describió a la niña e hizo una pregunta. ¿Recordaba alguien haber visto a una niña sola subir a algún autobús que conectara con las rutas principales? No, nadie recordaba nada.

–Seguramente, o es probable, que vaya a coger el autobús a Nueva York.

–Nuestro último servicio conecta con aquella terminal. Salimos dentro de una hora –dijo el hombre.

–No, iré en coche.

La vieja furgoneta pegaba saltos por la carretera. «¡Maldita niña! –pensó Connie en un momento de ira–. ¡Cómo si la familia no tuviera suficientes problemas en este momento! ¿Qué ideas le habían pasado por la cabeza? Un hogar espléndido, abundante cariño –murmuró–. Pero Sue era una buena chica, poco dada a los caprichos. Algo terrible debió haberla obligado. No tenía edad para estar embarazada, ¿verdad?»

Eran pasadas las diez cuando Connie llegó a la estación de autobuses. La iluminación de la taquilla proyectaba un resplandor amarillento en la noche. Unas cuantas almas desconsoladas con rostros cansados estaban sentados con sus paquetes y equipaje en la sala de espera.

–El autobús para Nueva York –preguntó.

–Mañana por la mañana.

Se quedó allí de pie, tan desconsolada como los demás.

¿Qué hacer? Y entonces algo la llevó a hacer una pregunta que, considerando la gente que pasaba por allí cada día, seguramente resultaba una tontería.

–¿Por casualidad recuerda haber vendido un billete hoy a una niña de unos once o doce años que viajaba sola?

–Señora, necesitaría tener una memoria de elefante –fue la fría respuesta.

–Quizás –insistió Connie, viendo otras dos personas detrás del mostrador– uno de ellos lo recuerda. Por favor quiere preguntarlo.

–Eh, ¿habéis visto una chica de unos once años viajando sola?

Se acercó una mujer.

–Ahora que lo pienso, sí, y me extrañó. Compró un billete para Chicago. Dijo que quería ir a Minnesota, y yo le dije que tendría que hacer trasbordo en Chicago. Sí, me extrañó. Muchos niños viajan solos, pero normalmente no tan lejos. Supuse que la esperaría algún pariente.

–Gracias –dijo Connie–, muchas gracias.

Ahora tenía que pensar. En un lugar tan grande como éste podrían pasar una docena de niñas comprando billetes cada día. Pero no para ir tan lejos, había dicho la mujer. Y Minnesota, de donde procedía Sue. ¿Era posible que quisiera regresar a uno de aquellos terribles hogares adoptivos? No resultaba probable. Esto seguramente acabaría siendo una persecución inútil. A lo mejor ni siquiera era Sue. Aunque tal vez lo fuera.

Era tarde y hacía frío, Connie estaba muerta de hambre y cansada, Martin estaba enfadado y Thérèse la echaba de menos.

Se puso de pie y compró un billete para Chicago. El coche de Lara estaba en el aparcamiento. Al demonio con el coche. «Si alguien lo roba, le compraré otro», pensó mientras llegaba el autobús.

El viaje fue horroroso. A un lado roncaba un hombre, mientras que al otro un patético o incómodo bebé lloraba. El autobús pasaba por sórdidos pueblos dormidos, deteniéndose aquí y allá para recoger o dejar pasajeros. Uno se veía obligado a preguntarse qué asuntos llevaban a la gente a recorrer el país durante la noche en vez de descansar cómodamente en casa bajo unas cálidas mantas. Se preguntó si alguna de aquellas personas había hecho alguna vez lo que ahora hacía ella.

Llovía cuando llegaron a Chicago a primera hora de la mañana. Hambrienta, sucia y con los ojos enrojecidos a causa de la falta de sueño, Connie se dirigió rápidamente a preguntar por la conexión a Minneápolis.

En esta ocasión encontró una persona agradable en la taquilla, agradable y también sorprendida.

–¡Sí, sí! Vino una niña. Quería comprar un billete para Minneápolis, pero no tenía bastante dinero, lo recuerdo. Pareció a punto de echarse a llorar, y yo no sabía qué hacer, de forma que la mandé a la estación de ferrocarril para que hablara con el despacho de Ayuda al Viajero. Pensé que ellos le echarían una mano. Después pensé que debería haber llamado a la Policía –acabó diciendo.

«Claro que deberías haberlo hecho», pensó Connie con indignación por la bienintencionada estupidez. Pero le dio las gracias y se dirigió a la Ayuda al Viajero. Allí la mujer acababa de empezar su turno y no sabía nada de los acontecimientos del día anterior. Connie tendría que esperar hasta la tarde.

Fue un día muy, muy largo. Compró una salchicha de Frankfurt y café, el primer alimento desde el almuerzo del día anterior, y se sentó a comer este extraño desayuno cerca de la taquilla de la Ayuda al Viajero. A continuación consiguió lavarse las manos en el lavabo y regresó a la taquilla. Estaba tan tensa, tan excitada, que casi no se daba cuenta de haber pasado veinticuatro horas sin dormir.

Y sin embargo se adormiló, sentada sobre el duro banco, y la despertó alguien que se dirigía a ella.

–¿Es usted la persona que está buscando a la niña que iba camino de Minneápolis? –le preguntó una mujer.

Connie se enderezó.

–Yo soy su tía. ¿Qué sabe?

–Hablé con ella ayer. Se ha escapado, ¿verdad?

–Sí, sí. ¿Dónde está?

–No lo sé. No quería decirme su nombre y, aparentemente, le hice demasiadas preguntas porque huyó de mí, y la perdí entre la multitud. Me sentí muy mal. Una niña tan bien hablada, una rubia tan atractiva...

¿Rubia? No era Sue. Connie emitió un suspiro largo y angustiado.

–Oh, lo siento, no era Sue. Ella es morena. Extraño, porque parecía encajar todo, Minneápolis y...

–De hecho, era un pueblo no muy lejos de aquí. Iba a casa de su abuela, Elmer, era el nombre, y había perdido el dinero.

Elmer. Connie tenía una buena memoria. Estaba segura de que ése era el nombre que Lara había citado.

–Sí. Llamamos a información e incluso lo comprobamos con la oficina de Correos del pueblo. La mujer o se ha mudado o la gente de Correos cree que ha muerto. O sea que todo era muy extraño. Y cuando le pregunté a la niña, fue cuando se marchó corriendo.

Tiene que ser Sue...

–Dice que era rubia.

–Quizá me equivoque en eso. Pero estoy totalmente segura del nombre.

La gente pasaba corriendo, en busca de su tren, empujándose, cada uno a lo suyo. Uno sentía la indiferencia del mundo, allí de pie, sin saber a dónde ir.

A continuación, Connie dijo en voz alta:

–No sé qué hacer.

–Tengo la intuición de que quizá vuelva aquí. Hace mucho frío por la calle, no puede pasearse sin rumbo por la ciudad, y esto es una especie de refugio.

Connie miró el enorme espacio y la multitud.

–Entonces cree que sería una buena idea si espero un poco.

–Lo creo. Si no regresa, entonces creo que será mejor que vuelva a casa y deje el asunto en manos de la Policía.

La idea de regresar derrotada a casa de Lara y Davey le dio ánimos a Connie para seguir durante una hora o dos más, hasta que al fin, hacia la noche, se rindió. Años después, recordaría el pánico que sintió al ver que con las prisas en casa de Lara, se había olvidado de mirar el monedero, y ahora se encontraba en esta ciudad extraña sin ninguna tarjeta de crédito y sin dinero para volver en avión. Se quedó allí sentada con un reloj «Bulgari» en la muñeca, un diamante de ocho quilates regalo de Martin en el dedo, y un bolso de cocodrilo que contenía el dinero suficiente para comprar un billete de autobús de regreso a Ohio.

Totalmente agotada, se dirigió a la estación de autobuses, donde se encontraba otro grupo de marginados con sus maletas y penas, preparados para el largo viaje a través de la noche. Faltaba media hora, de modo que compró un periódico para pasar el rato pero estaba demasiado cansada para leerlo. Medio adormecida, recuperó la consciencia por unas palabras que le llegaban, y abriendo los ojos, vio a un policía cogido de la mano de Sue. Una Sue llorosa y sucia.

Y recordaría la historia de Sue, contada entre sollozos sobre el hombro de Connie mientras los curiosos miraban y escuchaban.

–Creí que me odiaban, no me hablaban, fue culpa mía lo de Peggy, yo siempre la vigilaba cuando salíamos, y si Peggy se muere, será culpa mía y pensé que quizá la señora Elmer me volvería a aceptar, no tengo a nadie más...

–¡Pero si te quieren mucho, Sue! Y no fue culpa tuya lo de Peggy. Ellos nunca te han echado la culpa. Tú no tuviste nada que ver, fue un accidente. Y si pasa algo malo, ya sabes a lo que me refiero, los tres os necesitaréis mucho y os tendréis que ayudar mutuamente. No vuelvas a hacer una cosa así, Sue. No nos rompas el corazón. ¿Me lo prometes?

–Quería llamar a casa y decirles dónde estaba, pero tenía miedo de que estuvieran enfadados. Ya sé que lo que he hecho es terrible. Además, no tenía dinero para llamar. Se me cayó del bolsillo en algún lugar. Lo debí perder cuando fui a comprar una chocolatina. Se me había acabado el pollo, y tenía hambre.

–¡Pobre cariño mío!

El policía dijo:

–La encontramos sentada cerca del río, y la llevamos a la comisaría. Después llamamos a casa, y su padre dijo que la pusiéramos en el autobús, que él iría a buscarla. –Colocó una mano sobre el hombro de Sue–: Escucha, jovencita, yo tengo una hija de tu edad, y sé lo que han estado pasando tus padres. Creo que casi les has provocado un ataque al corazón. ¿Me prometes no volver a hacer esto nunca más?

Sue lloró y asintió.

–Me pasé toda la noche en la sala de espera de la estación, tía Connie. Fue horrible. No vino nadie. A nadie le importaba.

«Me lo creo –pensó Connie–. La gente ya ni se fija en los mendigos.»

–¿Cómo sabes que estaba aquí, tía Connie?

–No lo sabía. Vine a buscarte, pero no te he encontrado hasta ahora.

–Me alegro de que me encontraras.

El autobús estaba llegando, y el policía dijo:

–Bueno, supongo que habrá una gran celebración cuando llegues a casa.

Connie sonrió.

–Exactamente. Y gracias, agente.

A causa del agotamiento, la noche después de la llegada de Sue, Davey durmió. Pero Lara se sintió incapaz de ello, yaciendo a su lado. Hacia el amanecer se levantó y, sin rumbo, se paseó por la casa, sin saber qué hacer en la oscura y fría hora. Al cabo de un rato se sentó en las escaleras y empezó silenciosamente a llorar, mientras hacía la eterna promesa a Dios: «Si Peggy se pone bien, lo prometo, lo juro, nunca pediré nada más. Si sólo podemos estar juntos, los cuatro, nunca querré nada más. Nunca me quejaré. Por favor, por favor.»

En la planta superior, Sue, que debía haberse despertado a causa de los pasos, permanecía muda asustada. A continuación, entendiendo y movida por una compasión extraordinariamente adulta, bajó a sentarse al lado de su madre adoptiva, y descansó su oscura cabellera sobre el hombro de Lara, sin decir ni una sola palabra.

Al final de la tercera semana Peggy fue trasladada a otra planta. Había pasado el peligro de infección, la hinchazón había desaparecido y su aspecto era normal. Tenía el rostro de una niña dormida.

–De alguna forma es peor –le dijo Lara a Davey–. Cuando tenía un aspecto tan espantoso, podíamos echarle la culpa a eso y teníamos la esperanza de que cuando recuperara el aspecto normal, también volvería a la normalidad. Y ahora no tenemos nada... –las palabras se perdieron.

–Ya lo sé –dijo Davey–. Y a continuación, quizá para darle unos ánimos a su mujer que el mismo no sentía, le recordó–: Todos los médicos dicen que hace falta tiempo, cariño. Paciencia.

La amabilidad no cesaba jamás.

–Sólo es porque vosotros siempre habéis tratado a los demás de la misma manera –le dijo una vecina cuando Lara le comentó sorprendida la amabilidad de la gente–. Os están tratando a ti y a Davey como os merecéis.

Connie venía una o dos veces por semana, causando, sin quererlo, cierta agitación en el hospital.

Una enfermera dijo:

–Su hermana es tan guapa. –Y a continuación, casi excusándose con Lara, añadió–: Bueno, se parecen. Me refiero a su ropa. Son prendas tan buenas, ya sabe, tan de Nueva York...

Y otra informó:

–Mi novio conduce el taxi del aeropuerto. Llega en un avión privado, dice. ¿Es verdad?

Sí, era verdad.

–¡Una hermana tan buena! Tan dedicada.

Aquello también era cierto.

–Martin dice que deberíais consultar a otro médico –le informó Connie un día.

–Ya hemos consultado a media docena, todos dicen lo mismo. Hay que esperar.

–¿Esperar qué? ¿Está ocurriendo alguna cosa?

No estaba ocurriendo nada. Transcurrían las semanas, se derritió el hielo, llegó la primavera con las flores de los lilos y la forsythia, y Peggy seguía durmiendo, la dulce cabeza quieta sobre la almohada.

Al principio del tercer mes fueron convocados al hospital. El médico, obviamente incómodo por lo que tenía que decir, habló con solemnidad.

–Tenemos que enfrentarnos a los hechos. Aquí no podemos hacer nada más por Peggy. Creo que deberían buscar un lugar para enfermos crónicos. –Apartó la mirada–. Eso es todo –concluyó.

Davey absorbió la información durante unos segundos. A continuación susurró:

–¿Crónicos? ¿Podría pasarse el resto de la vida así? ¿Es eso lo que quiere decir?

–Podría ser. –Las palabras resultaron casi inaudibles.

Ni Lara ni Davey se pasaban ya el día entero en el hospital. Había que cuidar la casa y la familia. Una niña ansiosa necesitaba que la cuidaran y le dieran de comer. La «Compañía Davis» también requería de su atención si querían tener comida que cocinar. Ambos eran conscientes de estas cosas prácticas al igual que la terrible realidad que les esperaba en la cuarta planta del hospital. Y por tanto, como fantasmas, hacían lo que era necesario, mientras día tras día esperaban los acontecimientos.

Desde su ventana del despacho a última hora de la tarde, Lara observaba la zona de aparcamientos, donde una fila de enebros ocultaban las alambradas metálicas, y sauces llorones, que tan sólo hacía unos años eran unas miniaturas, se erguían ahora como fuentes verdes.

Ociosamente, porque a su mente torturada le resultaba difícil concentrarse, se preguntó acerca de aquel joven vestido impecablemente que había bajado de un salto del coche para dirigirse al despacho de Davey. Se abrió la puerta, y Davey entró con él en la habitación.

–Éste es el señor Harrison. Representa a «P.T.C. Longwood Company» –le dijo–. Y ya que tú formas parte de la «Compañía Davis», creo que tendrías que escuchar lo que ha venido a decirnos.

–Mucho gusto –dijo el señor Harrison.

–El señor Harrison quiere hacernos una propuesta. Le he dicho que no estoy interesado, pero...

–Si a ti no te interesa –dijo Lara– entonces seguro que a mí tampoco.

–Es un minuto –dijo el hombre–. Me gustaría que me escuchara durante cinco minutos, nada más.

Lara sintió cierta impaciencia.

–Lo siento, pero tenemos una hija muy enferma, mi hermano ha venido a verla y yo debo irme a casa.

–El señor Davis me ha contado lo de su hija, y entiendo que se sienta presionada, de modo que me daré prisa. Se lo contaré: mi compañía, estoy seguro de que sabe que es una de las cien primeras corporaciones del país, está interesada en las patentes que tienen ustedes de ciertos instrumentos quirúrgicos, cardíacos, ortopédicos. Supongo que los conoce, ¿no es verdad señora Davis?

–A la perfección. Mi marido los ha inventado todos.

Harrison sonrió.

–Claro. Y eso nos lleva a un asunto que yo creo tiene mucho sentido. –Extendiendo las manos, empezó a contar con los dedos–. Éstos son algunos de nuestros productos. Somos una compañía, como debe saber. Fabricamos calzado de goma, quizá los utilicen sus hijas, o usted misma, suministros para hospitales, una editorial médica, piezas electrónicas, y claro nuestros refrescos. Bueno, eso es suficiente para que se haga una idea de lo que abarcamos. La rama de suministros para hospitales está relacionada con la de piezas electrónicas. Y aquí es donde entran sus patentes. No sólo las patentes, en realidad, sino toda la operación. Me estoy refiriendo, claro está, a una fusión. La unión de dos compañías.

Ahora fue Davey quien sonrió.

–No sería exactamente una fusión, señor Harrison. Se trataría más de una absorción. Nuestra compañía es pequeña, como puede ver.

–Muchos pequeños conforman algo grande, especialmente cuando la pequeña es una compañía tan buena como la suya. Tenemos un lugar para usted, señor Davis, un lugar perfecto y, en cuanto forme parte de la «P.T.C. Longwood Company», ya no querrá ser pequeño.

A Lara no le gustaba esta adulación educada. En absoluto. El joven señor Harrison, vio, tenía un puño de hierro dentro del guante de terciopelo.

–Quizá nos guste ser pequeños –le dijo.

En seguida estuvo de acuerdo.

–Entiendo que tenga sus ventajas. Pero también tiene desventajas. Cuando se es grande uno puede arriesgarse y son los riesgos los que han hecho que este país progrese.

–Conozco muy bien los riesgos –dijo Davey–. Todo este asunto fue un gran riesgo. Empezó en un cobertizo en el jardín.

–Me imagino que fue muy duro. Y nadie sabe más de esfuerzos que nosotros. Nuestro presidente, Franklin Bennet, empezó en una situación similar. Cuando era pequeño no tenía ni un centavo. Se abrió camino él solo. De forma que lo comprendemos. Pero, ¿no negará, verdad, que si hubiera tenido una cierta ayuda financiera cuando empezó, podría haber progresado con mayor rapidez? ¿Y con menos dolores de cabeza, menos noches sin dormir?. Piense en lo que podría estar haciendo ahora si dispusiera de fondos ilimitados y una gestión eficaz.

–Somos muy eficaces –dijo Davey–. Y no necesitamos una gestión nueva.

–No me estaba refiriendo a usted, señor Davis. Al contrario. Tiene una fábrica bien montada y unos productos excelentes. No estaría aquí haciéndole esta oferta si no fuera así.

–Cierto –asintió Davey.

Lara pensó: «Yo no permitiría que nos hiciera perder el tiempo. No sería tan educada. Pero así es Davey.»

–Agradable como es esta fábrica, me gustaría que viera nuestra sede central en Michigan adonde les trasladaríamos. Realmente tendría que venir a verla. Entonces sabría a lo que me refiero.

Davey contestó:

–Incluso si estuviera interesado, que no es el caso, señor Harrison, soy responsable de mis empleados y tengo ciertos deberes con la comunidad. Ellos, nosotros, no queremos mudarnos. Nuestras raíces están aquí.

–¿Quiere decir que no hay trato?

–Me temo que no. –Y Davey hizo un pequeño movimiento como si fuera a levantarse de la silla.

Harrison se puso de pie.

–Esto ha sido muy repentino, me doy cuenta, pero no es justo que descarte por completo la idea sin pensárselo un poco más. Me gustaría mucho poder decirle al señor Bennet que se lo va a pensar.

–Habla bien –fue el comentario de Davey cuando Harrison se hubo marchado.

–No sabía que fuéramos tan famosos.

–Yo podría vivir sin tanta fama de este tipo –dijo Davey, algo malhumorado.

En casa, con Eddy y Pam, aquella noche, relató los acontecimientos del día.

–¿Por qué lo descartas tan rápidamente? –preguntó Eddy–. Este tipo de compras están de moda ahora. Conseguirías una fortuna.

–No quiero una fortuna.

–Tampoco querías esta casa y ahora te encanta.

–De acuerdo, me equivoqué en lo de la casa y tú tenías razón.

–También tengo razón en esto, Davey.

Davey gruñó.

–¡Banqueros! ¡Agentes de Bolsa! Se intercambian negocios como si fueran cromos. Sólo entienden de números y nada acerca de las personas. Ni las esperanzas ni el sudor que se requiere para llevar adelante un negocio como el mío. Hablan de mudarse. ¿A dónde era, Lara?

–Michigan.

–Cerrar esto y marcharse de aquí. ¿Y quién sabe lo que harían después de comprarnos? Lo llaman una fusión, pero, en realidad, lo que hacen es comprar, o sea que ¿quién dice que no pueden volver a vendernos y trasladarnos a otro lugar? Errando por todo el país –acabó Davey indignado.

–¿Errando? ¡Bennet no es un vagabundo! ¿Tienes idea de quién es?

–Lo sé, Eddy, sé quién es, y no quiero tener nada que ver con él al precio que sea.

Eddy comió un bocado y lo masticó pensativo.

–Quiero decirte una cosa –explicó a continuación–. No es fácil escapar de esta gente una vez te ponen el ojo encima. Si de verdad te quieren, lo conseguirán. O te comprarán las acciones o les harán unas ofertas tan fantásticas a tus accionistas que éstos votarán a Bennet, pienses lo que pienses tú.

–No creo que hagan eso, a pesar de todo lo que ha ocurrido en el pasado.

–No estaría tan seguro. Gracias a mí...

Las palabras se desvanecieron tristemente y, durante unos minutos, nadie dijo nada hasta que Eddy, recuperándose, volvió a tocar el tema.

–No puedes jugar con un hombre como Bennet. Tiene un cerebro como una trampa de acero, y te agarra en esa trampa. Yo de ti, me lo pensaría con cuidado antes de rechazarlo.

Davey no respondió a esto. Y Lara sabía que quería alejar la posibilidad de problemas por la sencilla razón de que estaba empezando a preocuparse, al igual que, aunque poco, le estaba pasando a ella. «Con toda seguridad, no habían visto el final del persuasivo emisario de Franklin Bennet», se dijo a sí misma.

Eddy siguió con sus consejos.

–Sigo pensando que no comprendéis bien quién es Bennet. Es una leyenda, uno de los hombres de negocios más poderosos de los Estados Unidos.

Había respeto en su tono de voz.

–He leído mucho sobre él –dijo Lara–. Y por lo que he visto es un tipo duro y egoísta al que no le importa a quién pisa con tal de conseguir lo que quiere.

–¿A ti qué te importa si consigue mejorar la calidad de vida de tu familia? El dinero lo es todo, y siempre lo será.

–Sí y no –dijo Lara–. Más bien no que sí.

–Más bien sí, Lara. Piénsalo. El dinero no resolverá tu problema, pero puede ayudar si las cosas no salen bien con Peggy.

–¡Oh, Eddy, por favor! –le reprochó Pam.

–Ya lo sé, Pam. Pero hay que enfrentarse a la realidad.

Desde el sótano donde jugaban Sue y sus amigas, se oyó una fuerte carcajada, punzante ahora en el silencio.

Eddy fue el primero en hablar.

–Acabo de referirme a los malos consejos que te di en una ocasión. Ahora quisiera recordarte que también te he dado algunos de los mejores consejos de tu vida. ¿Cierto? –preguntó mirando a Davey.

–Cierto.

–Bueno, pues lo único que digo es: no descartes a Bennett. Piénsalo con cuidado.

A continuación habló Pam.

–Cariño, deja a esta gente en paz esta noche. Ya saben lo que quieren. Y tienen mucho en que pensar.

Un sábado llegó Martin Berg. Davey estaba trabajando, y Lara acababa de estirarse en el sofá para descansar unos minutos cuando sonó el timbre.

–Oh, te he sorprendido –dijo–. ¿Estabas durmiendo?

–No, me preparaba una taza de té –dijo mintiendo con lo primero que le pasó por la cabeza, como si le diera vergüenza estar descansando a media tarde.

Martin la examinó de pies a cabeza.

–Pareces agotada. ¿Y por qué no? Ve a estirarte y déjame a mí hacer el té.

Ella sonrió.

–Cielos, no. No sabes cómo se hace.

–Te olvidas de que fui pobre. Supongo que todavía sé encender el gas.

Martin Berg era siempre algo autoritario; uno no discutía con él. De modo que regresó al sofá y seguía sorprendida por su inesperada visita, cuando entró con dos tazas de té. Fue directamente al grano.

–Estos médicos, no tengo nada contra ellos, han hecho todo lo que han podido, pero Connie me ha contado su diagnóstico, y no podemos aceptarlo, Lara. Hay un lugar no lejos de Nueva York, un lugar famoso en el que se especializan en lesiones craneales. Es pequeño y siempre está lleno, desafortunadamente, pero yo he hablado con algunas personas esta mañana, y nos aceptarán a la niña. Creo que deberíamos intentarlo, Lara.

Ella removió el té, observando cómo se movía la leche en la taza al igual que los pensamientos en su cabeza. Sin querer confesarlo a nadie, ni siquiera a Davey, ni siquiera a sí misma, tenía pocas esperanzas. Desde que habían hablado de enfermedad crónica, sabía que éste era el final del camino. Era como si su hija hubiera muerto. No, era peor.

Miró a Martin. Sus ojos estaban llenos de tristeza. Y había dicho «nosotros» cuando, al fin y al cabo, la niña no era suya.

–Supongo que no hay nada que perder, ¿verdad? –contestó.

–Nada excepto dinero. Y como ya te ha dicho Connie, yo estoy dispuesto...

–No, no –se apresuró a contestar–. Gracias, pero tenemos ahorros, y estamos preparados para utilizar hasta el último centavo si... –no pudo continuar.

–Es un lugar estupendo. Yo sólo he pasado por delante, pero parece precioso, y tiene una gran reputación. –Se detuvo, esperando–. ¿Quieres que hable con Davey?

–No hace falta. Si yo quiero probarlo, él estará de acuerdo. Los dos estábamos, no podíamos soportar la idea del otro lugar, el lugar para los enfermos crónicos. Sería como, como un almacén –concluyó Lara.

Berg asintió.

–En cualquier caso, le llamaré esta noche, cuando llegue a casa. No le molestaré en la fábrica.

–¿Ya te vas? –preguntó.

–Sí. Voy a coger el avión. Supongo que podría haber tratado este asunto por teléfono, pero no me imaginé que fuera tan fácil, o que aceptarías con tanta rapidez. Sin embargo, me gusta. Me gustan las decisiones rápidas.

–Es evidente –dijo y sonrió–. Eres un buen hombre, Martin.

Un buen hombre, y tan eficaz. De alguna forma era un alivio dejar que se ocupara él, que tomara las decisiones.

–Por cierto –dijo Martin mientras le acompañaba hasta la puerta–, ¿habéis pensado en la oferta de Bennett? Sé que éste es un momento terrible para hablar de negocios, pero tengo curiosidad por saberlo.

–En realidad, no –contestó y, curiosa también ella, le preguntó cómo lo sabía–. ¿Te lo ha contado Eddy?

Berg sonrió.

–No, Eddy no. Estoy en todo. Oigo cosas. Y los rumores corren mucho en mi negocio.

–Entonces debes saber que no estamos interesados. En absoluto.

–¿Ni siquiera para pensarlo?

–Hemos descartado la idea.

–Pero ellos no lo harán, puedes estar segura. En cuanto hayan hecho los arreglos financieros, volverán. Yo sé cómo van estas cosas. Y...

–Martin –dijo interrumpiéndole–, no podemos pensar en nada. Eso te lo aseguro. Es demasiado, primero nuestra hija, y después esta proposición imposible. Davey ya ha sufrido bastante.

–Quizás os vaya bien el dinero –dijo Martin suavemente–, especialmente si...

O sea que él también se refería a «como si Peggy nunca se recupera».

–Bueno, piénsalo –le aconsejó Martin al marcharse.

Había estado tan segura de la aceptación de Davey de su respuesta aquella noche a la oferta de Martin, relacionada con Peggy, que no le sorprendió en absoluto. Lo que sí le sorprendió fue el comentario que hizo en relación a los otros de Martin.

–Lara, ya no me importa. Si de verdad quieren la fábrica que se la queden. Que nos paguen y adiós.

–¡No puedo creerme lo que estás diciendo! –exclamó.

–¿Por qué no? ¿Qué importa? Si Peggy estuviera bien, puedes estar segura de que las cosas serían distintas. Pero tal como están, me importa un comino.

«Pero te importará, a pesar de todo –pensó–. Sí, te importará.» Pero no dijo nada más. Pobre hombre. Había que dejarlo en paz.

Y salió fuera a sentarse en el columpio del jardín. Empezó a llover, aunque el sol del atardecer seguía resplandeciendo; grandes y lentas gotas caían y se estrellaban contra la acera de piedra. Oscurecían los escalones de la casa vecina, donde había caído la niña; parecía como si hubieran pasado años desde aquella noche.

Todos sus sentidos estaban a flor de piel, como si los hubieran herido a todos ellos y pudieran encogerse al tocarlos. La piedra mojada tenía un olor fuerte y amargo. Pasó un coche del que provenía una terrible música rock. Dentro de casa, Sue y su mejor amiga Amy estaban teniendo una de sus ruidosas, aunque afortunadamente infrecuentes, peleas. Querida Sue. Habían sido meses terribles también para ella, sin alegría alguna en la familia.

Entonces, y por suerte, volvió el silencio, y ella cerró los ojos, sintiendo la suave lluvia sobre su rostro, no importándole.

«¿Por qué a nosotros? –pensó–. ¿Por qué yo?» Y la respuesta llegó, tan clara como el sonido de la lluvia o el viento sobre las hojas primaverales de los árboles: «¿Por qué no tú?»

CAPÍTULO XI

Llevaron a Peggy al nuevo lugar, uno más pequeño rodeado de agradables y caros árboles; aparte de aquello, nada era distinto, porque, cuando se marcharon al final del día, seguía en la cama conectada con tubos a los aparatos. Lara ya no hacía preguntas, y Davey, también, se había vuelto silencioso. Era como si los dos supieran que no había respuestas. Pasivamente, miraban a su hija, mientras Connie se hacía cargo de las cosas, hablando con médicos, enfermeras y secretarias.

–Si se muriera –murmuró Davey en una ocasión.

Y Lara sabía que las palabras habían salido solas; seguramente ni siquiera se había dado cuenta de que las había pronunciado en voz alta. Le cogió la mano y se la sostuvo mientras se dirigían al coche de Connie.

–Os quedaréis con nosotros, claro –siguió Connie, dirigiéndose a Lara–. Davey puede venir los fines de semana. Mantendremos el avión a vuestra disposición.

–Pero no puedo. Sue está en casa.

–Tráela –dijo Connie.

–Todavía no se han acabado las clases. Además, no podemos trastocarle más la vida. Está asustada, ya ha sufrido bastante. No obstante, aceptaré la oferta del avión. Es un regalo de Dios, Connie. Tú y Martin sois un milagro.

De forma que se inició una rutina. Mientras el avión descendía sobre el aeropuerto de Rochester, Lara, mirando hacia abajo, veía a su hermana, una mancha azul o blanca, esperando y saludando. A continuación un abrazo, una pregunta, y una respuesta.

–Fui ayer. Igual.

Continuaban con la visita al hospital, y aquello, también, era igual. El almuerzo en Cresthill era breve para que Lara pudiera regresar pronto a casa.

Un día mientras comían, se le ocurrió que hacía semanas que no había visto a Thérèse, y preguntó por qué.

Connie dudó unos instantes.

–Pensé, pensé que te resultaría difícil verla.

Los ojos de Lara se llenaron de lágrimas.

–¡Oh! –exclamó–. ¡El mundo no debe detenerse por culpa de Peggy! Llámala. Quiero verla.

Cuando llegó Thérèse, Lara la sentó sobre su regazo. La niña dándose la vuelta la miró.

–¿Dónde está Peggy? –exigió saber.

–Peggy está enferma.

–¿Cuándo va a ponerse bien?

–Todavía no estamos seguros.

–Oh. ¿Me puedo comer el pastel?

Lara había perdido el apetito, y la mayor parte de su postre estaba todavía en el plato.

–Claro –contestó.

Connie se sentía avergonzada. Cuántas veces en nombre de su hija no había envidiado la belleza de la niña de su hermana. Y aquí estaba Thérèse, sana e inteligente, sobre el regazo de Lara; ¿cómo debía ser el dolor de Lara en comparación?

Aquel día iban a ir a la ciudad y Lara viajaría desde el aeropuerto de La Guardia en vez de Westchester.

–Tengo que llevar a Thérèse al pediatra, y encargué unas cosas de verano en Madison Avenue. En cualquier caso, un pequeño cambio, ver escaparates, te irá bien –le dijo Connie a Lara.

Acabados los recados, se detuvieron para que Thérèse tomara un helado y volvieron caminando por la Quinta Avenida en la acera sombreada del parque, hasta el apartamento. De pronto, acercándose al museo, se detuvieron en seco.

–El hombre del banco –susurró Connie–. Oh, santo cielo, mira, es Richard.

Su primer impulso fue cruzar la avenida. Una cosa era, realmente tierna, recibir sus postales de cumpleaños y navidad, pero otra completamente distinta era ver de nuevo al hombre. Tras unos segundos de duda era demasiado tarde para volverse, porque las había reconocido y se había puesto de pie.

–Vaya, Connie, esto sí que es una sorpresa.

–¿Cómo estás, Richard? ¿Te acuerdas de Lara? Y no conoces a Thérèse. Cariño, saluda a Richard. Es amigo de mamá.

¡Caray! Lo había hecho muy bien. Pero a continuación se sintió incómoda. Ya que no podía marcharse de golpe, tuvo que decir algo más, y Connie añadió lo más obvio que le pasó por la cabeza.

–Lara ha venido de Ohio.

Cuando, murmurando unas palabras educadas, reconoció el hecho volviéndose hacia Lara, Connie le observó y se quedó sorprendida ante lo que vio. Su camisa, abierta al cuello, estaba francamente sucia. Llevaba una americana de algodón, sin corbata; la americana, también, estaba manchada, y necesitaba un afeitado; una barba de tres días resplandecía a la luz del día.

Preocupada y curiosa le preguntó qué estaba haciendo. ¿Seguía en publicidad?

–Me cansé de aquel lugar. De hecho, estoy cambiando de trabajo. Ahora estoy de vacaciones.

–Nada malo hay en eso –contestó alegremente, y se quedó irritada por su fatua respuesta.

No obstante, uno no podía, al fin y al cabo, sentirse totalmente tranquila al encontrarse con su exmarido. Sonrió; la sonrisa también era alegre.

–Pero tú no has cambiado, Connie.

–¿En siete años?

–Bueno, tienes una hija preciosa. Thérèse –susurró–: Siempre te gustaron las cosas francesas. Y ella podría ser una niña francesa, con ese flequillo y vestido.

De hecho, el vestido lo había comprado en París. Se fijaba en todo. Siempre lo había hecho. ¿Pero qué le había ocurrido?

También Lara era consciente de algo muy extraño. Y mirándose el reloj de pulsera, le recordó la hora a Connie.

–Oh, Lara, el avión, claro. Cielos, tenemos que correr. Lo siento, Richard, pero...

Él asintió.

–Adelante, no lleguéis tarde. –Y saludando con la mano, volvió a sentarse en el banco.

Cruzaron la avenida. Connie, mirando atrás, vio que seguía allí, sin mirarlas. Tenía la cabeza hundida en el pecho y aparentemente estudiaba fijamente el suelo.

–¿Qué es lo que le ocurre? –preguntó–. ¡Esos ojos tan tristes! Parece enfermo, como un mendigo triste y enfermo.

Y Connie se estremeció.

–¿Crees que está bebiendo? Lo parece.

–Nunca le gustó el alcohol. Nunca. Pero supongo... –No tenía ni idea de lo que le había ocurrido.

Continuaron caminando sin hablar. Lara fingió no mirar a Connie apartando rápidamente la vista. «Se está preguntando –pensó Connie–, lo que siento. Y ¿qué siento?» Recuerdos inconexos pasaron por su mente: «Aquellos primeros días en Texas y la euforia; el bebé que aborté sería totalmente distinto a la niña que ahora llevo cogida de la mano... Qué extrañas son las cosas... Pobre Richard, ¿qué le ha ocurrido?»

El coche estaba ya esperando a Lara. Cuando el chófer abrió la puerta, Connie colocó una mano sobre el brazo de Lara, deteniéndola.

–Lara..., intenta cuidarte. ¿Alguna vez pensaste que vivir podía ser tan duro?

–Es mejor no pensar.

Connie suspiró. Malos recuerdos... Richard... Peggy en aquella cama de hospital..., el fantasmagórico silencio de la habitación...

Volvió a suspirar y besó a su hermana, diciendo:

–Que llegues bien a casa. –A continuación se quedó mirando el coche mientras éste se unía al tráfico de la Quinta Avenida.

–Si por algún milagro Peggy se pone bien... Demasiado a menudo Lara se había sorprendido o pensado estas palabras, y se reprochaba porque la gente sensata no contaba con los milagros. Eso ya no ocurría.

Pero ocurrió.

La testigo fue Connie. Una tarde, durante la tercera semana, cuando estaba haciendo su habitual visita al hospital, Connie vio cómo Peggy abría los ojos. Todavía en un estado de confusión («Me sentiré atónita durante el resto de mi vida cada vez que lo piense» describió el acontecimiento), los ojos de la niña se abrieron el tiempo suficiente para que dos pares de ojos se miraran sorprendidos. A continuación Peggy los volvió a cerrar.

–No sé cómo mis piernas tuvieron la fuerza suficiente para salir corriendo al pasillo. Creo que le grité a la primera enfermera que me encontré. Y los médicos acudieron a la carrera, y más enfermeras. ¿Te imaginas cómo fue? ¿La excitación? Después te telefoneé, Lara, y ya sabes el resto.

En menos de un hora el avión de Martin voló a Ohio. Davey abandonó la fábrica donde había estado discutiendo un pedido para un hospital del sur, Sue salió del colegio y Lara, temblando y riendo, se reunió con ellos en el aeropuerto.

Antes de llegar al hospital a primera hora de la noche, Peggy se había despertado por segunda vez.

–Mamá –había dicho.

Su mirada asustada recorrió la habitación, y al ver que todas las caras eran desconocidas a excepción de tía Connie y tío Martin, al no ver a mamá, empezó a llorar.

Connie le acarició el cabello.

–Mamá vendrá en seguida. Está de camino –susurró una y otra vez.

Y mamá vino. Para entonces ya tenían a Peggy recostada sobre unas almohadas, medio sentada. Lara entró corriendo. No vio a nadie, no habló con nadie; el pequeño grupo se abrió para dejarle paso, y cayó de rodillas al lado de la cama. Davey, detrás suyo, se inclinó y colocó los brazos de Peggy alrededor del cuello de su madre.

Las enfermeras que se encontraban allí también lloraron, y un joven residente en su primera semana de servicio tuvo que marcharse.

–¿Cómo se puede explicar esto? –le preguntó Martin al doctor Bayer–. Es increíble, un milagro.

–Bueno, es tan extraño que podría decirse que es un milagro –fue la respuesta–. El edema que acompaña las lesiones cerebrales normalmente no tarda tanto en desaparecer. Ha estado en coma durante mucho tiempo. Extraordinario.

–¿Cuándo nos la podemos llevar a casa? –preguntó Davey.

El médico negó con la cabeza.

–Todavía tardará mucho tiempo en recuperarse. No estamos seguros de si ha recuperado todas las funciones mentales y toda la memoria. Ni siquiera sabemos si puede andar. Tendrá que quedarse aquí para hacer una larga terapia. –Al ver las caras de los padres, añadió amablemente–: Sin embargo, lo que tiene a su favor es la edad. De modo que no quiero desanimarles, sino aconsejarles que tengan paciencia.

Y así las familias entraron en una nueva fase.

Peggy debía permanecer, se calculaba, otras tres a ocho semanas en cuidados intensivos; entonces y, si todo iba bien, podía ir a casa y regresar cada día para asistir a las sesiones de recuperación, que durarían otros dos o tres meses.

–Pero nosotros vivimos en Ohio –exclamó Lara–. ¿Cómo podemos...?

Davey empezó a hacer una propuesta.

–Quizás haya un lugar... –a lo que Martin inmediatamente se opuso.

–Davey, no hay nada como esto donde vivís vosotros. Ya lo sabes. Se quedará con nosotros, y Connie le acompañará cada día a la recuperación.

Lara y Davey se miraron mutuamente, ella leyendo sus pensamientos: «Odio aceptar favores.»

–Ya sé que te parece un favor demasiado grande –le dijo delante de todo el mundo–, pero tú lo harías por ellos, Davey. –Y para sus adentros se dijo que era absurdo pensar que Martin Berg pudiera necesitar alguna vez un favor.

–Claro –dijo Davey.

–Muy bien –contestó Martin–. Y la oferta de fin de semana del avión sigue en pie.

Se estableció una rutina. A Lara le pareció como si la pequeña persona que era Peggy Davis estuviera volviendo a la vida gracias al amor de todos aquellos que se dedicaban a ella. Ahora la esperanza invadió el cuerpo de Lara, surgiendo en repentinos arrebatos de alegres lágrimas y risas. Día a día se producían pequeños avances. Peggy empezó a caminar, tambaleándose entre las manos de las enfermeras, después comenzó a dar unos pasos sin ayuda por el pasillo. Recuperó la memoria y empezó a preguntar por Sue y sus amigas del colegio. Con cuidado, escribió una postal a su profesora que, junto con el resto del pueblo –o por lo menos eso parecía– le habían enviado tarjetas. A medida que pasaban los días, exigía más atención, e incluso tuvo una pataleta cuando Connie se negó a darle un caramelo antes de cenar.

El doctor Bayer que por casualidad entró en medio de la pataleta, se quedó agradablemente sorprendido.

–Una señal excelente. Vuelta a la normalidad.

Se inclinó sobre Peggy y la levantó por encima de su cabeza.

–¡Amiga mía! ¿No eres mi mejor amiga? Vamos, te enseñaré un cosa. A ti también –le dijo a Connie–. Hay algo que quiero que veáis.

En el solario con paredes de vidrio al final del pasillo, señaló el exterior.

–Mira. No siempre tenemos oportunidad de ver esto.

Enturbiado por la suave lluvia, un magnífico arco iris cubría el cielo y desaparecía detrás de un árbol.

–Qué bonito. Qué bonito –susurró Connie.

–El tesoro debe de estar justo detrás de aquellos árboles.

–No me molestaré en ir a buscarlo. Ya tenemos un tesoro. –Y Connie acarició el brazo de Peggy, que descansaba sobre el hombro del médico.

–Tienes razón, claro –dijo con seriedad.

Algo en su voz, una riqueza o compasión, hizo que le mirara directamente a la cara. Durante todas estas semanas le había visto en la habitación de Peggy y se había fijado que era amablemente autoritario y que la niña le adoraba. Ahora, de pronto, le vio como si fuera la primera vez: un hombre de su edad, con un rostro largo y estrecho, ojos acuclados y un profundo hoyuelo en la barbilla que suavizaba la angulosidad de sus huesos.

Espontáneamente dijo:

–Espero que sepas lo agradecidos que estamos. Y no sólo por tus conocimientos. ¡Eres tan tierno con Peggy! Tendría que habértelo dicho antes.

–Tú también eres muy tierna con ella.

–Es mi sobrina, casi como una hija. Somos una familia muy unida.

–Eres afortunada.

–¿No tienes hijos?

–No estoy casado. No tengo padres, hermanos, o hermanas. Ninguna atadura. –Sonrió–. Sin embargo, siempre hay compensaciones. En cualquier momento puedo hacer las maletas e irme al rincón más lejano del mundo.

–Espero que no estés pensando en marcharte antes de que Peggy se haya recuperado.

–No, ahora no tengo planes. He estado en todas partes desde el Vietnam hasta Egipto, estudiando lesiones de cráneo, de forma que ya es hora de instalarse en algún sitio. Vamos, Peggy, volvamos a tu habitación. Cenarás, y después te tomarás el caramelo.

Connie, al seguirles, tuvo un pensamiento fugaz: Es alguien a quien me gustaría conocer. Pero sus caminos, sus senderos, estaban muy alejados y el pensamiento se desvaneció.

Llegó el día en que Peggy fue dada de alta. Le habían preparado una habitación en Cresthill, un refugio rosado lleno de juguetes por todas partes: una casa de muñecas como un chalé suizo; un oso polar, una perra con perritos, y un panda más alto que Peggy; muñecas, una novia, una Cenicienta y un Peter Pan; una pecera con peces tropicales; un estante lleno de juegos y una pizarra con tizas de colores. Era exactamente igual que la habitación de Thérèse al otro lado del pasillo.

Lara se quedó sin aliento.

–¿Qué habéis hecho aquí? No me lo puedo creer.

–Bueno, tanto si te lo crees como si no, Martin lo compró todo –dijo Connie–. Se vuelve loco en las jugueterías. –Abrió un armario en donde colgaban filas y filas de ropa de niña, vestidos con encaje y floreados–. Peggy ha crecido desde el invierno, de modo que pensé que no valdría la pena que trajeras ropa de casa.

Lara movió la cabeza a un lado y otro.

–Ya lo sé. Tú eres la que te vuelves loca con la ropa. Oh, Connie, es precioso.

Connie estaba contenta.

–¿O sea que te gustan los regalos?

Los «regalos» empaquetados en resplandecientes cajas blancas eran numerosos: un vestido de terciopelo azul y pijamas bordados a mano con globos y ositos para Peggy, dos jerseis noruegos tejidos a mano para Sue, un traje para la nieve rojo para Peggy, y un abrigo de cachemira con botones forrados en piel para Sue.

–Me divertí tanto comprando. Ya sabes cómo me gusta.

¿Te parece bien todo?

–Eres un encanto, y todo es precioso –dijo Lara, preguntándose cuándo y dónde podría Peggy ponerse un vestido de terciopelo azul en casa–. ¿Pero qué puedo decir?

–No digas nada –contestó Martin al entrar en la habitación. Sonrió satisfecho–. Espero que se sienta cómoda aquí durante un tiempo.

–No tienes que preocuparte ni un segundo por ella –dijo Connie–. Estará perfectamente. Está acostumbrada a permanecer con nosotros.

Desde la ventana podían ver a la dos niñas en el columpio mientras la niñera las vigilaba con atención.

Connie leyó los pensamientos de Lara.

–Ya le he dicho a la niñera que tenga cuidado con ella, que no deje que se canse ni que se caiga. Aunque, en realidad, Lara, esa niña tiene que ser de hierro. Ha vuelto casi a la normalidad. Bueno, casi.

Y de hecho, comparada con Thérèse, Peggy era la más fuerte y sólida de las dos. Le pasó por la mente a Lara que si la situación hubiera sido al revés, Peggy no se hubiera comportado con tanta dulzura con su prima Thérèse como ésta con ella. Peggy poseía la energía y fuerza de voluntad de Connie; quizá por eso Connie, sin darse cuenta, se había encaprichado tanto con la niña. Eso pensaba Lara mientras las veía jugar sobre los majestuosos prados de la gran casa de Martin Berg.

–Creo que la van a malcriar allí –le decía a menudo a Davey cuando regresaban a casa los domingos por la tarde.

Él se reía.

–No le hará ningún daño. Volverá a la normalidad cuando regrese a casa y tenga que ayudar a quitar la mesa después de cenar.

El cuatro de julio los Berg dieron una fiesta, una celebración para Peggy, que ahora, a excepción de un paso un poco inseguro, se había recuperado casi por completo. Vinieron Eddy y Pam. Acudió Sue, a sugerencia de Connie, con una amiga. Y Peggy, sorprendiendo a todo el mundo, quiso que viniera el doctor Bayer.

–Quiero que Jonathan venga a mi fiesta.

–¿Jonathan? Quieres decir el doctor Bayer.

–Yo le llamo Jonathan porque ése es su nombre.

–Está realmente enamorada de él –dijo Lara–. ¿Qué te parece Martin? ¿Te importaría?

–Claro que no. Es un hombre muy agradable, y le debemos mucho.

Connie comentó:

–Seguramente no aceptará. Seguro que tiene seis invitaciones más.

Pero sí vino, alegrando a Peggy, y demostró ser un invitado muy agradable, disfrutando con los niños y el tenis y un baño en la piscina de tamaño olímpico.

Al atardecer, todos se sentaron a cenar en la terraza. Velas en candelabros de cinco brazos parpadeaban en las sombras, y dos camareras servían. Sue y su amiga Amy, que esperaban el acostumbrado picnic de pollo frito y maíz, estaban obviamente impresionabas por el esplendor. Sin embargo no supieron apreciar el pato a la naranja y el *soufflé* «Grand Marnier».

Los cohetes, en cambio, fueron un éxito. A medida que oscurecía, llevaron mantas a la cima de la colina desde donde, sentados sobre la hierba, podían ver los cohetes del Ayuntamiento cubrir el horizonte.

Cuando las últimas estrellas artificiales hubieron explotado y caído al suelo, la fiesta se acabó. Thérèse y Peggy, medio dormidas, fueron llevadas a la casa.

–Bonito, ¿verdad? –comentó Lara caminando al lado del doctor Bayer.

Connie a poca distancia, oyó su respuesta.

–Es un palacio. –Y a continuación añadió–: De todas formas, nunca querría vivir así.

Sorprendida, Lara le preguntó por qué.

–No lo sé. Supongo que sería demasiado para mí. –Se echó a reír–. Es algo hipotético, un problema que seguramente no tendré nunca.

–Ni yo tampoco –dijo Lara.

Hubo una pausa y Connie le oyó decir al médico:

–Tu hermana es una persona muy amable y generosa. La he visto actuar con los niños en el hospital, en la planta de pediatría, quiero decir. Nadie se imaginaría que vive así, como una princesa.

–Oh, Connie es muy natural. Adora todo eso, pero no ha cambiado su forma de ser. Cae bien a todo el mundo. A todos.

–Sí, entiendo por qué. –Hizo una pausa–. Tiene mucho encanto.

–Estamos de acuerdo. Bueno, ha sido un día agradable, ¿verdad?

«Aquello era típico de Lara –pensó Connie–, el poner un fin adecuado a una conversación para que no se convirtiera en algo demasiado personal. –Le hubiera gustado oír más–. Pero eso es absurdo –se reprochó–, como si fuera una adolescente que necesita saber que la admiran. Absurdo.»

Arriba, un poco después en una de las habitaciones para invitados decorada al estilo rural francés, Lara tuvo sus propios pensamientos.

Bayer se sentía definitivamente atraído por Connie... «Le he visto observarla toda la noche. Hacían buena pareja allí de pie... ¡Qué tonta soy!»

Davey, a su lado, habló en la oscuridad, interrumpiendo sus ridículos pensamientos:

–Eddy me contó algo bastante interesante. Dijo que había oído que la empresa de Martin financia de alguna manera a «P.T.C. Longwood».

Aquello atrajo toda su atención.

–¡Eso es increíble!

–¿Por qué te parece increíble? A mí me parece totalmente posible.

–Tenía la idea de que se habían olvidado del asunto. Ya sé que Martin hace mucho tiempo que no lo ha mencionado, de modo que seguramente ya no le interesa a Bennett.

–Quizá la razón por la cual Martin no ha dicho nada es porque está metido en el asunto.

–¡Oh, Davey, piensa en las complicaciones! Después de todo lo que nos ha ayudado, ¿qué vamos a hacer?

–No pensemos en ello hasta que no ocurra. Ni siquiera Eddy está seguro de que sea verdad. No tendría que haberte dicho nada. –Le cogió de la mano y se la apretó–. Lo más importante, lo único importante, es que Peggy ya se ha recuperado.

–Ya lo sé, cariño.

Sin embargo, Lara se quedó preocupada y en silencio mucho después de que Davey se durmiera.

Finalizaba el verano cuando finalmente Peggy regresó a casa. Connie se entristeció mucho con la partida.

–La echaremos mucho de menos –decía–. Thérèse volverá a ser una hija única.

Todos se habían unido mucho en aquellos últimos y duros meses, y la separación era difícil. Cargada de animales de peluche, muñecas, y otros regalos, los Davis se subieron al avión de Martin. Abajo, mientras despegaban, Martin, Connie y Thérèse todavía visibles, pequeñas figuras saludando mientras el avión se dirigía hacia el oeste, a Ohio y a casa.

–Gente maravillosa –dijo Lara.

En casa, más gente maravillosa les esperaba. Los vecinos habían preparado una fiesta. Los hombres de la fábrica habían venido con la banda de música para desfilar por el jardín, haciendo sonar todos los instrumentos. En el periódico semanal aparecía una editorial hablando de la maravillosa recuperación de Peggy Davis.

Y aquella noche, el matrimonio Davis hizo el amor de verdad por primera vez desde aquel terrible accidente hacía ya tantos meses. La casa estaba en silencio y Lara caminaba por el pasillo, en la que las dos habitaciones volvían a estar ocupadas por unas niñas dormidas. En su propio dormitorio, Davey estaba ya en la cama. Una pequeña brisa agitó las cortinas y proporcionó cierta frescura al ambiente. Se desvistió con rapidez y se sentó al borde de la cama. Davey la miró con cierta pícara anticipación.

–¿Sabes qué? Vuelves a estar joven –dijo–. Aquellas ojeras que tenías han desaparecido por completo. –Y ella le acarició las mejillas.

–Hay mejores lugares para poner las manos, ¿verdad?

–Ya lo sé.

–Pues, vamos. ¿A qué esperas?

–A nada.

–Entonces apaga la luz.

Levantó las mantas, formando una pequeña cueva, lo suficientemente grande para los dos. Una enorme gratitud, una alegría increíble la invadió al deslizarse en la cueva.

CAPÍTULO XII

Un taxi tocó el claxon, y el conductor maldijo a Eddy. El taxista tenía razón porque Eddy casi había chocado con un lateral del coche. Y sintió un escalofrío que no tenía nada que ver con el abortado accidente. Esta reunión con Abner Saville sería interminable e incómoda como las últimas que había tenido, con resmas de papel extendidas ante su abotagada mente. Además, resultaba humillante que te interrogara un hombre al que le pagabas para prestarte un servicio, un hombre, con el que había entablado una gran amistad a lo largo de los años.

Tenía ganas de irse a casa y llamar diciendo que estaba incubando una gripe o algo así. Sin embargo, aceleró los pasos hasta su despacho.

–Hace casi media hora que espera el señor Hendricks –le informó la señora Evans con cierto tono de reproche.

–¿Quién es Hendricks? ¿Dónde está Abner?

–El señor Hendricks es uno de los socios del señor Saville, señor Osborne. –El tono de voz seguía siendo respetuoso pero reprobador, como si Eddy debiera saber quién era Hendricks.

Y Eddy sabía quién era Hendricks. De modo que Abner había mandado a otro en su lugar. ¿Qué significaba aquello? Quizá sólo fuera porque Abner tenía que salir de la ciudad o no se encontraba bien.

Entró en su despacho. El señor Hendricks ya se había instalado en la mesa de juntas con papeles extendidos y una cartera de piel en el suelo a su lado. Se puso de pie y los dos hombres se dieron la mano.

–Siento llegar tarde, Hendricks. El taxi se metió en un atasco al volver de Wall Street. Sería estupendo si se pudiera coger Wall Street y trasladarlo a la parte alta de la ciudad. Mucho más fácil para gente como yo.

Este llano intento por ser simpático no produjo respuesta alguna. Hendricks volvió a sentarse y se inclinó sobre la abierta cartera.

Eddy se dirigió a su escritorio. La amplia y resplandeciente extensión, los ordenados montones de papeles esperando su firma, la colocación en diagonal de la mesa que le daba por una parte una vista de las torres de Manhatan y, por la otra, la de su bella estancia, el control, la central de un ejército o un imperio, tuvo el efecto de aligerar la pesadez con la que había llegado a esta reunión.

–¿Qué le ha pasado a Abner? –preguntó con educación–. No es que me importe verte a ti. Quiero decir, estoy acostumbrado a Abner. Hace años que somos amigos.

–Ya lo sé. Abner pensó que sería mejor que obtuvieras otra opinión. A veces las amistades pueden confundir los asuntos.

Estas palabras, aunque dichas sin énfasis, casi sin inflexión, resultaban odiosas. Los ojos de Hendricks, agrandados por unas lentes gruesas con aros anchos y negros, le daban aspecto de mapache. Pero los mapaches eran bichos simpáticos. O quizá no. Eddy sabía que no estaba pensando con claridad. De modo que se incorporó, irguiendo la columna en la silla. Aquella silla le había parecido un poco como un trono cuando presidía las reuniones y todos los rostros se dirigían a él. Aquél era otro pensamiento ridículo.

–¿Te importaría acercarte a la mesa? –preguntó el mapache–, para que podamos ver esto juntos.

Eddy mostró interés.

–Claro que no. Ningún problema.

–Tengo aquí –empezó a decir Hendricks– nuestra hoja de trabajo de la empresa y tus impuestos personales. –Las gafas estaban dirigidas a Eddy–. No me gusta decirlo, pero francamente, señor Osborne, parte de este material es muy preocupante.

¡Preocupante! Un tipo con caja de sorpresas. Hay una

habitación llena de hombres sentados delante de un fax y un ordenador, y todos trabajan para mí, produciendo números a los que ni siquiera podrás acercarte en tu vida...

Eddy levantó la barbilla y vio la mirada sombría del hombre.

–¿Y bien? Adelante.

–Sabe, claro, que desde hace unos meses sospechamos que las cosas aquí no van del todo bien.

–¿Sospechas? No me gusta la palabra, señor Hendricks. No me gusta en absoluto.

–Lo siento. Quizá debería haber utilizado «dudas».

–De acuerdo. Vamos al grano. Dime lo que tengas que decir.

La cabeza le había empezado a doler. Punzadas de dolor como agujas le atravesaban el brazo.

–En definitiva, lo que tengo que decir es esto: «Osborne y Compañía» está demasiado endeudada. No tiene suficiente dinero líquido para cubrir las inversiones. En resumen, el pasivo excede al activo.

–¡De acuerdo, de acuerdo, ya lo sé! –exclamó Eddy–. Un par de grandes inversores retiraron el dinero hace poco tiempo, y eso ha perjudicado el movimiento de dinero líquido, eso es todo. ¿Crees que no sé, cada minuto del día, dónde estoy? Es una situación temporal, y no hay nada de qué preocuparse.

–Yo no diría eso. Si algún otro cliente decide retirar el dinero, tendrás que enfrentarte a un desastre.

–Escucha, si todos los clientes del país decidieran sacar el dinero de sus bancos en el mismo momento, todo el sistema se vendría abajo –contestó Eddy.

El otro insistió.

–Esto es distinto. Si esa gente quiere su dinero, no lo tendrá. ¿Qué pasa entonces?

–Lo tendrán. No sabes lo que estás diciendo. Pero, ¿por qué iban a querer su dinero? No hay razón alguna para que ocurra una cosa así.

Y la mente de Eddy repasó la lista de nombres, las estrellas del teatro y cine, artistas y inversores; su mente recontó la familiar y tan citada galaxia de estrellas. Durante un momento estos nombres le mortificaron.

–No, no hay ninguna razón para que vayan a hacer algo así.

Hendricks suspiró.

–No me gusta ser el portador de malas noticias, señor Osborne.

–¿Qué malas noticias?

Hendricks dudó y suspiró de nuevo.

–Las cosas se amontonan. Ha habido un trasvase de fondos...

El dolor de Eddy se agudizó. Debería haber seguido su instinto, fingir que estaba enfermo, anular la cita y darse unos días para arreglar las cosas antes de ver a este perro guardián.

–¿A qué te refieres? –chilló.

–Su cuenta personal. –Hendricks apartó la mirada–. Hay entradas que no cuadran, o más bien que cuadran con retiradas de dinero de los fondos generales. Por ejemplo, el diecisiete de junio, aquí, si quiere verlo.

–No me hace falta. Dímelo.

–Bueno, extendió un cheque a las «Galerías Winterheim» por seiscientos once mil dólares que no tenía en su cuenta en aquella fecha. Pero el dieciocho depositó la cantidad exacta para cubrir el cheque y lo sacó de la cuenta del señor Sidney...

El corazón de Eddy latía con fuerza, y pegó un salto.

–¡De acuerdo! Hice una tontería, lo admito. Me he metido en aguas profundas. A veces me vuelvo un poco loco, especialmente comprando arte. Pero todo lo que compro, acciones, inmuebles, lo que sea, es de primera calidad, una inversión. Nunca compro porquerías. Tú lo sabes. Así he conseguido lo que tengo. Mira, ya sé que no está bien, y que me he pasado un poco, pero eso es todo. No es la primera vez que esto le ha ocurrido a la gente más importante del país. Es un problema de liquidez, ¡por el amor de Dios! Necesito un par de meses para resolver las cosas, eso es todo lo que necesito, y me cuidaré de que esto no vuelva a ocurrir.

–Es más que una cuestión de tiempo. Me temo que necesitaría bastante más de un par de meses. –El tono de Hendricks era de lamento. Parecía como si estuviera consolando a alguien en un funeral–. Hay preguntas que requieren una respuesta. Explicar, por ejemplo, ¿por qué abrió una cuenta personal con otro agente de Bolsa en la que deposita dinero que ha cogido, o tomado prestado, de sus propios clientes?

El suelo parecía elevarse y las paredes caerse. Eddy se aferró al reposabrazos de su silla.

–Por el amor de Dios –dijo–, hablas como un inspector de Hacienda.

Hendricks dijo casi con amabilidad:

–Pero así es como le van a hablar cuando llegue el momento, señor Osborne. –Recogió la cartera y empezó a guardar papeles.

–¿Es eso todo lo que tienes que decir? –preguntó Eddy–. ¿Qué hay de hacer mi declaración? ¿No habías venido para eso?

–Verá, realmente queríamos que mirara estos papeles para que entendiera que no podemos hacer esta declaración.

–¿No puedes? ¿Por qué no? ¿Quién lo va hacer, entonces?

–Por favor. Por favor, piense. No espere que pongamos nuestro nombre en estas declaraciones cuando no son verdad.

Y Eddy ahora oyó, como si fuera testigo de su propia situación, un grito frenético.

–¿Y qué tengo que hacer?

–Creo que tendría que contratar los servicios de un abogado. Uno bueno. Y no pierda tiempo en hacerlo –dijo Hendricks–. Lo siento mucho, señor Osborne –añadió.

Mientras Hendricks se dirigía a la puerta, Eddy le preguntó:

–¿Por qué no ha venido Abner a decírmelo él mismo?

Y desde la pueta la triste voz respondió:

–Ha estado intentando decírselo, pero no le quería escuchar.

En sólo otra ocasión en su vida se había sentido tan humillado. Cuando, en primer curso, después de hacerse pipí en los pantalones le habían llamado a la pizarra, y toda la clase había visto la oscura mancha. Nunca había olvidado las risas, o la vergüenza que le subía por la espalda, o el nudo que tenía en la garganta y el escozor de los ojos. Ahora, de pie al lado de la ventana entre un bosque de torres de piedra, volvió a percibir la misma sensación.

Detrás suyo oyó la atenta voz de la señora Evans.

–¿Hay algo especial que quiere que haga, señor Osborne?

–No, nada. Tengo que realizar un par de llamadas y después me marcharé a casa.

–¿No se encuentra bien?

Por primera vez a Eddy le ofendió el trato de la mujer, que hasta ahora tanto había admirado. Se le ocurrió que quizá sus intenciones no eran tan buenas, que esto era mera curiosidad y que la gente en los despachos de fuera ya estaban hablando.

–Sólo un resfriado. Quiero cogerlo a tiempo –respondió con una sonrisa formal.

De nuevo solo, se hundió en el sillón al lado de la chimenea e intentó pensar. Tenía que haber una solución. Todo tenía solución, mientras no dejaras que te invadiera el pánico. Aquel mapache quizá no tuviera ni idea de lo que estaba diciendo. Se puso de pie y se dirigió al teléfono sobre su escritorio.

–¿Eh, Abner, qué ocurre? Mandando sustitutos, ¿me abandonas?

–Yo no lo diría así –dijo Abner.

–Pues yo sí. Ese Hendricks, no me cayó bien.

–¿No te cayó bien, o no te gustó lo que te dijo?

–Bueno, lo que me dijo, supongo. Tengo la sensación de que estaba dramatizando, exagerando la situación. De acuerdo, me he metido en un pequeño lío, pero...

–Eddy, no exageraba. Te he avisado muchas veces acerca de cosas como éstas, pero ahora la situación es crítica. Es una situación muy peligrosa. Créeme.

–Si estás tan preocupado, ¿por qué...?

–¿Por qué no vine en persona? En parte porque pensé que un desconocido podría conseguir que te dieras cuenta de la situación y, en parte, porque soy un cobarde. No me sentía capaz.

–¡Hijo de puta! Después de tantos años, todo el sueldo que te he pagado y... ¡Pensé que éramos amigos! Sí, cuando las cosas van mal, te das cuenta de quiénes son tus amigos. Exactamente.

–Eddy, no te amargues. Entiendo que estés preocupado y asustado.

–¿Asustado? ¿Todavía no me conoces? Tendrán que pasar cosas mucho peores que éstas para que yo me asuste, Abner. Mucho más.

–Bueno, bien. ¿Te importaría escuchar mis consejos con un poco de tranquilidad y manteniendo la calma? Ve a casa y mira a ver qué puedes vender. Tienes una fortuna en ese apartamento. Después, contrata los servicios del mejor abogado e intenta resolver las cosas con él, prepárate para el día cuando venga el inspector de Hacienda a llamar a tu puerta.

–¿Vender? ¿Vender el arte? ¿Todo lo que me he ganado con el trabajo? Estás loco, Abner.

–Creo que no. Escucha, Eddy. Sigo siendo tu amigo, te sigo queriendo, eres un hombre inteligente, y lo que es más importante eres una persona generosa. Pero también eres un jugador. Deja de jugar. Resuelve las cosas. Por eso te aconsejo que contrates a un abogado.

–Y mientras tanto, ¿qué pasa con mis impuestos? Ese tipo Hendricks se negó a hacer la declaración de renta. ¿Vendrás mañana para que podamos repasarla?

–Eddy, no puedo. No puedo arriesgar mi nombre. Tienes que entenderlo.

La paciencia de Abner le enfurecía. Y Eddy dijo con frialdad:

–Si ésa es la situación, buscaré otro contable. Será una lata, pero no es imposible.

La voz, todavía paciente, volvió a pronunciarse:

–No encontrarás a nadie que quiera arriesgarse.

–Entonces al demonio con todos ellos. Me pondré a trabajar y lo haré yo mismo.

–Estarías firmando una declaración falsa –dijo Abner con seriedad.

Eddy chilló al teléfono.

–No te preocupes por mí, lo resolveré de alguna manera, maldita sea si no lo hago.

–Espero que puedas. Te deseo suerte, Eddy.

Tenían una cita para cenar aquella noche con otra pareja en un restaurante del vecindario. Los cuatro eran íntimos amigos, acostumbrados a hablar con franqueza.

–Pareces estar terriblemente cansado, Eddy –dijo la mujer.

–Agotado –añadió el marido–. Tendrías que habérnoslo dicho. Podríamos haber salido otro día.

Ésta era la segunda vez aquel día que le habían dicho que parecía estar muy cansado. Debía de tener un aspecto terrible. E intentó disimuladamente mirarse en el espejo de la pared, pero sólo vio algo desfigurado.

–¡Estuviste tan callado esta noche! –comentó Pam mientras volvían caminando a casa.

–Ellos hablaron por mí –contestó.

–¿Por qué estás tan enfadado? –preguntó.

–No estoy enfadado, Pam. ¿Me oyes? ¡No estoy enfadado!

En el dormitorio ella se desvistió lentamente, paseándose un buen rato en combinación de seda. A continuación se dirigió a un cajón y sacó un camisón de encaje negro que, riéndose de la vulgaridad de la prenda, habían comprado juntos en Ciudad de México; después habían vuelto a la habitación del hotel, donde Pam había hecho una danza del vientre, y juguetearon en la cama, riéndose hasta que dejaron de hacerlo.

Ahora se quitó la combinación, y le ofreció una panorámica doble, una a través del espejo del armario, y la otra de su larga espalda blanca. Lánguidamente se estiró, levantando los brazos y elevando sus pequeños y redondos pechos, y con un bonito gesto se retorció como un ágil animal que acaba de despertarse de la siesta. Cuando cogió el camisón negro y se lo colocó por encima de la cabeza y vio una desnudez aún más provocativa cubierta por un fino velo negro. Y entendió que estaba haciendo un bienintencionado esfuerzo para sacarle del mal humor, algo más que los habituales signos de deseo. Pero el sexo era lo último que deseaba aquella noche.

Se dejó caer sobre la cama y emitió un gemido.

–¡Estoy terriblemente cansado!

Ella se recostó a su lado y le acarició el brazo.

–¿Estás seguro de que no estás enfermo?

–Cansado, he dicho.

–Tu comportamiento es tan extraño. Pensé que quizás habías visto a un médico y te había dicho algo terrible.

–No estoy enfermo –repitió.

–¿De verdad, Eddy?

–De verdad. ¿Ahora me quieres dejar dormir? –preguntó, cariñosamente.

Pero estaba enfermo, realmente enfermo, con un temor que le recorría el cuerpo como agua helada. Durante toda la charla informal de la cena había estado reviviendo aquella escena en el despacho. *Retiraste dinero de la cuenta de menganito y de fulanito...* De hecho, se trataba sólo de un malabarismo, moviendo dólares que podían sustituirse con facilidad, cuando se tenía en cuenta el activo de la compañía. Algo insignificante. Dinero líquido, eso era todo. A veces el líquido se acababa, pero sólo temporalmente. Su mente erraba, pero cuando manejabas tantas cuentas, inversiones, y clientes, era difícil recordar cada transacción, cada una de ellas tan relativamente insignificante cuando se consideraba el total. Recordaba, a la perfección, el día que había visto el «Maserati» en el concesionario; siempre había deseado tener un coche rojo desde el día que había comprado su primer «Mercedes», pero todos sus coches habían sido de un conservador gris o azul marino. Y entonces Pam dijo aquel día:

–¡Dejemos de ser tan convencionales! El rojo es precioso. –De modo que se habían ido a Vineyard y a Palm Beach, siendo admirados por todos.

Sí, y recordaba el Fragonard, la excitación de la puja, y después llevárselo a casa, el tesoro, un Fragonard tan bueno como el de cualquier museo. Sí, y la Quinta Avenida durante la semana de navidad cuando los rubíes, resplandeciendo como el rocío o rosas, le hacían señas desde sus lechos aterciopelados en el escaparate. De modo que los millones volaban, millón tras millón, antes de que pudieras darte cuenta. *Tu cuenta separada... Es una situación muy peligrosa, créeme... Hacienda, la Comisión de Valores... Un buen abogado...*

Oía los latidos de su corazón. Aquel sonido patético y el roce de las sábanas cuando Pam se daba la vuelta era el único sonido de la habitación. Y era consciente, como nunca lo había sido antes, de la inmensidad del mundo, o más bien de su pequeñez en aquella inmensidad amenazante. Cuando tenías miedo, cuando sentías pánico, estabas solo. El mundo era indiferente en el mejor de los casos y hostil en el peor. Hacienda y la Comisión de Valores le atraparían y le destrozarían, sin saber ni importarles el hecho de que Eddy Osborne nunca había querido hacer daño a nadie. Era el hombre más cariñoso del mundo. Tenía aquella fama, y él sabía que lo era. No era como el resto del mundo, o como la mayoría de personas, por lo menos.

Lo primero que tendría que hacer por la mañana sería buscar un nuevo abogado. No se imaginaba entrando en aquellos austeros despachos de sus abogados habituales; sería una humillación insoportable dejar que aquellos dignos profesionales vieran que Vernon Edward Osborne se había metido en un lío.

Lo que necesitaba ahora era alguien que entendiera rápidamente la situación, alguien que le tranquilizara. Al fin y al cabo, no había robado nada. Un abogado competente sabría qué tenía que hacer. Sólo había que leer el periódico para ver con qué habilidad esta gente encontraba caminos a través de la jungla de los juzgados. La pregunta era: ¿dónde acudir?

¿Preguntarle al marido de Connie? Martin Berg era un sofisticado neoyorquino y seguro que conocía a todo tipo de gente. Pero, ¿por qué meter a la familia en esto cuando con toda seguridad se resolverían las cosas? Después de todo quizá sería mejor hablar con Abner, ya que él conocía el problema, y dejar que le recomendara a alguien. Abner era uno de los hombres más inteligentes que conocía.

Esto es muy, muy serio, había dicho Abner.

En algún lugar del apartamento se oyó el reloj. El lugar estaba lleno de relojes. Eddy los coleccionaba: viejos relojes ingleses, un excepcional reloj del siglo XVIII cuyo maravilloso mecanismo, todavía en funcionamiento, era fascinante observar. Reconoció ahora el fuerte do del pequeño reloj de mármol dorado en el vestidor de Pam. Diez campanadas. Sólo faltaban ocho o nueve horas para que llegara la mañana. Si sólo pudiera quedarse en esta habitación oscura y no tener que salir ni siquiera pensar, sino quedare aquí como ahora, seguro y protegido. ¡Si pudiera contárselo a Pam! Ella era su mujer, y se preocuparía por él. Sin embargo no quería compartir con ella sus temores. Un hombre tiene su orgullo, al fin y al cabo. Un hombre quiere ser un héroe ante los ojos de su esposa. Y Pam estaba tan orgullosa de él.

Siguiendo un repentino impulso le cogió la mano, susurrando:

–¿Estás dormida? –aunque sabía que no lo estaba.

–Claro que no. ¿Qué ocurre, Eddy? ¿No me lo quieres contar?

Suspiró.

–Es esta lucha continua. Ya te lo dije, estoy cansado. Ya no puedo más.

Ella esperó.

–He estado pensando. –Los pensamientos iban tomando forma a medida que hablaba, pensamientos que no había tenido hacía tan sólo unos minutos–. Siempre has querido tener una casa en Kentucky, y yo siempre he dicho «algún día». Sabes, me ha venido la idea de que quizás «algún día» debería ser ahora. No me importaría vivir allí para siempre, convertirlo en nuestro hogar.

Ella se quedó estupefacta.

–¿Dejar todo lo de aquí? ¿El despacho? ¿El negocio? ¿Cerrarlo todo y marcharnos?

–¿Por qué no? La gente lo hace continuamente.

–Pero, ¿qué te ha hecho tener esa idea? No lo entiendo.

–Oh, no lo sé. Supongo que hace tiempo que he estado dándole vueltas. Y después, la otra noche, cuando aquella gente de Kentucky que cenaba con nosotros nos hablaron de aquella estupenda granja de caballos que estaba en venta, se me pasó por la cabeza.

–Bueno, no puedo decir que no esté sorprendida. Nunca me has dicho que estuvieras cansado del trabajo. Pensé que te encantaba.

–Me encantaba. Pero hay un tiempo para todo. Tiempo de empezar y tiempo de acabar. ¿Qué te parece si vas a echarle un vistazo a la granja? Si es tan bonita como la describieron, la compramos. O más bien, tú la comprarás.

Ponerlo todo a nombre de ella. Todos los tesoros del apartamento y el apartamento en sí. Vendérselo por unos pocos dólares, cinco o diez mil, hacen una venta *bona fide.* Por si acaso..., por si acaso..., es una buena idea...

Un cierto tono de alarma se apoderó de la voz de Pam.

–Pero, ¿por qué, Eddy? Esto es tan repentino. Tiene que estar pasando algo, y tú no quieres asustarme. ¿Te has enterado de que tienes algún problema de corazón y debes tomarte las cosas con calma? Estás tan preocupado.

–Siempres piensas lo mismo cuando estoy un poco cansado.

–Bueno, entonces, si no estás enfermo, tiene que haber otra razón.

«No –pensó de nuevo–, no se lo contaré. No le voy a pegar un susto de muerte cuando estoy seguro, tengo que estar seguro, de que un buen abogado resolverá todo el problema. Listo como es, Abner siempre ha sido excesivamente cauteloso.»

La seguridad de Eddy se balanceaba como un péndulo. «Todo saldrá bien. No saldrá bien. –Sus pensamientos iban de un lado a otro–. ¿Quién es un buen abogado? ¿Marvin y Blake? ¿La empresa Andrews? ¿Henry Rathbone? Abner seguramente me recomendará a Rathbone...»

–Tiene que haber otra razón –repitió Pam.

–Cariño, te lo explicaré, pero ahora estoy demasiado cansado. Y no hay mucho que explicar, nada de qué preocuparse. Será estupendo para nosotros. Podemos dedicarnos a la cría de caballos. Viviremos mejor y más tiempo. Tiene mucho sentido. Créeme.

Y Pam tuvo que conformarse con aquello.

No tardaron mucho tiempo en comprar una bonita casa vieja, enriquecida por trescientas hectáreas de bosques y campos, porque se enamoraron de ella a primera vista. Estaba situada al final de un camino bordeado de cornejos y acebo, una perfecta casa de cuento con columnas, una terraza y un tragaluz sobre la puerta. El pulso de Eddy se aceleró; estaba enamorado. Durante un maravilloso minuto, mientras posaba la mirada sobre la casa, se olvidó de por qué había venido, se olvidó de que esto iba a ser un refugio, un escondite, una escapada.

–Bueno –dijo–, ¿qué te parece?

–En realidad ni siquiera hace falta ver el interior, ¿verdad? Sería capaz de describírtelo ahora, y después entramos a ver si tengo razón. Claro, hay una sala central, un comedor a la derecha porque aquéllas tienen que ser las dependencias de la cocina. Veamos..., seis habitaciones, calculo, y seguramente insuficientes cuartos de baño.

–Eso se puede añadir –dijo Eddy con rapidez.

–Y te apuesto algo a que cada habitación tiene una chimenea. Entremos.

En una especie de semisueño siguieron al guarda por las habitaciones mientras Pam murmuraba:

–¡Oh, es demasiado bonito para ser verdad! Me encantaría colgar tus Rowlandson en la sala de arriba. Este dormitorio tendría que ser el nuestro; lo decoraré en azul claro porque seguramente le da el sol casi todo el día.

«Está encantada –pensó–. Aquí se siente a gusto, mucho más que en el apartamento o la suite de París; tendrá media docena de perros corriendo por el lugar.»

El guarda quiso hacerles unos comentarios cuando salieron fuera.

–Allí detrás hay un lago, y detrás el bosque. El huerto, el maizal, y las verduras están a este lado; no se han cuidado mucho en este último año, pero los daños no son graves. Algunas personas piensan que los establos están demasiado cerca de la casa principal pero –añadió con cierto pesar– sería una pena derribarlos.

–¡Derribarlos! –exclamó Pam–. ¡Nunca!

Dos bellos y largos edificios, uno delante del otro, se encontraban en el patio. En uno de ellos se veía un reloj y en el otro una veleta que resplandecía al sol.

–Hay sitio para treinta caballos –dijo el hombre.

La expresión en el rostro de Pam era de éxtasis.

–¿O sea que te encanta, cariño? –preguntó Eddy.

–¡Oh! –dijo. Y a continuación la ansiedad se apoderó de ella–. Pero, ¿estás seguro de que no nos equivocamos?

–No nos equivocamos –dijo con decisión–. No perdamos tiempo en cerrar el trato y dejar que los trabajadores se pongan en marcha.

El tiempo apremiaba. El tiempo era «esencial» como decían los abogados.

Abogados...

CAPÍTULO XIII

Desde un apartado del lavabo de señoras en el Metropolitan Museum, Connie fue testigo de una conversación indiscreta.

–Éste es el tercer, no, el cuarto, segundo matrimonio al que he asistido este año. –La voz no era de una mujer joven, y el tono era de indignación–. Primero ganan una fortuna, y después abandonan a sus esposas por aquellos trofeos. Es repugnante.

–Ya lo sé –fue la respuesta–. Y todos aquellos horribles artículos acerca de lo maravillosas, sensibles y buenas que son. Estoy harta de la palabra *buenas*. Padres es lo que son estos hombres de cincuenta años con sus nuevos bebés. ¡Es ridículo!

–Nadie menciona la primera familia –dijo la primera voz–. A menudo me acuerdo de los hijos de Martin Berg. Dicen que el hijo está marginado, y la última vez que vi a la niña, tenía un aspecto de desolación. Una niña patética.

Connie salió del lavabo y se quedó directamente mirando el rostro sonrojado de la señora Preston De Witt. A continuación se dio la vuelta, se lavó las manos, y con una risa desdeñosa, salió dando un portazo.

¡Viejas imbéciles! ¡Viejas celosas! Preston seguramente sigue con Caroline sólo porque ella está enferma y él es una buena persona. No había fotógrafos esperándola en las escaleras del museo cuando llegó *ella* esta noche, como había cuando llegaron los Berg. No aparecería ningún artículo sobre Caroline De Witt en las columnas de sociedad mañana, como habría de Connie, con una detallada descripción de su vestido y los recién comprados zafiros que le adornaban el cuello. Eran zafiros enormes, el regalo más reciente de Martin, que le había hecho por ninguna otra razón más que «porque te adoro».

Los tacones de Connie retumbaban sobre el suelo de piedra a través de las largas y oscuras galerías mientras regresaba al Templo de Dendur. Mesas redondas cubiertas con manteles de encaje sobre fondos turquesas rodeaban el templo, que todavía, unos miles de años después de su concepción en el Nilo, emanaba una sensación de misterio. Las plantas y las flores, los candelabros dorados, la langosta escalfada, y el «Haut Brion», todo era magnífico como debía ser en la boda de uno de los más importantes hombres de finanzas de los Estados Unidos. ¡Era maravilloso estar presente en los grandes acontecimientos y en el corazón de la ciudad! Éstas eran las personas que mantenían en marcha la ciudad, y ella formaba parte de aquel mundo. A menudo cuando daba su nombre, señora de Martin Berg, en una tienda, oía, al volverse, los susurros de admiración de las vendedoras. Y entonces, recordando sus días en la tienda de Houston, se quedaba encantada, como en este momento.

Sin embargo, la palabra *trofeo* todavía conseguía irritarla.

Bitsy Maxwell estaba en la mesa de los Berg.

–Me han contado –dijo– que acabáis de comprar una casa maravillosa en Londres. ¿Dónde está?

–Belgravia. Es una de aquellas casas de principios del siglo diecinueve y necesita grandes reformas.

–No te envidio la responsabilidad –dijo Bitsy, que no podía permitirse más que un apartamento en Nueva York y una casa en Southampton.

–Oh, a mí no me importa en absoluto. Quería la casa para Martin. Va y viene de Londres tanto, que realmente pensé que debería tener un lugar propio en el que relajarse. El «Savoy» es un hotel perfecto, pero un hotel no es un hogar.

Bitsy se encogió de hombros.

–A mí no me importan los hoteles. Nosotros siempre nos hospedamos en el «Connaught».

–Bueno, de ahora en adelante podréis quedaros en nuestra casa cuando estéis en Londres.

Y Connie, mirando a su alrededor satisfecha, se cruzó la mirada con Martin cuando éste se levantaba de la mesa.

–Ahí está Simmonds –susurró–. Tendría que conseguir que se hiciera más publicidad sobre la planta de neurología que estoy donando. Maldita sea, quiero que se sepa que utilizo mi dinero para algo más que para ganarlo.

–Cariño, todo el mundo sabe que lo haces. Siéntate y relájate. Trabajas demasiado.

–Tengo que hacerlo si quiero estar al día con tus gastos. –Martin sonrió–. Pero no me importa. ¿Sabes que eres la mujer más bella de toda la sala, incluyendo la novia?

Ella le observó mientras se alejaba, cogiendo un puro, y después, recordando dónde estaba, volviéndoselo a meter en el bolsillo de la americana. Tenía buen aspecto, gracias a la continua vigilancia que hacía ella de su dieta y gimnasia. Le había hecho mucho bien; incluso lo decían sus hermanas. A Ben, el hermano disconforme, lo veían poco. En cuanto a los hijos de Martin, ella tenía cuidado de ser tan cariñosa con Melissa como lo era con su propia Thérèse, y Martin lo sabía.

De vez en cuando, se seguía preguntando qué era estar «enamorada», sentir la euforia, la disposición de «morir» por otra persona que uno veía en los libros y al que a veces, pocas y tímidamente, se refería Lara. No es que tuviera que decirlo, simplemente se veía entre ella y Davey...

Bueno, esto no tenía importancia. Esta noche estaba aquí orgullosa y rodeada de esplendores. Más tarde, regresarían a casa, y en la tallada cama rococó practicaría con su marido las artes que hacían que la siguiera amando y sintiéndose joven.

Ahora estaba de pie en el centro de un grupo de hombres. Su primer pensamiento era que parecía muy bajito y que ella debería vigilar con la altura de sus tacones. El segundo pensamiento fue que había ocurrido algo, ya que el grupo iba en aumento. Los hombres dejaban a un lado las servilletas mientras se levantaban para unirse al grupo.

–¿Qué ocurre? –preguntó Bitsy.

–Oh, seguramente los tipos de interés han subido o bajado –contestó Connie.

Finalmente, Martin se acercó a la mesa y la llamó.

–Ven conmigo un momento.

Sorprendida, se puso de pie y le siguió.

–¿Qué ocurre? ¿Pasa algo?

Martin estaba serio.

–Me temo que sí, y quería contártelo antes de que volviéramos a la mesa, por si alguien dice algo. La gente normalmente tiene tacto, pero puede que algunas personas no sepan que te llamas Osborne. Es sobre tu hermano. No, no, no le ha ocurrido nada a él. Excepto que hay una información que saldrá en los periódicos de mañana. Va a ser procesado por la Fiscalía de los Estados Unidos. La noticia se ha extendido por Wall Street. Yo ya lo sabría si no hubiera permanecido en Boston todo el día.

Un gran terror se apoderó de ella.

–¿Procesado? ¿Por qué?

–No conozco los detalles. Falsedad, defraudar a la Hacienda pública. No estoy seguro.

«¡Eddy! ¡Pero es tan bueno e inteligente! Seguro que es un error, una acusación injusta. ¡Pobre, Eddy!»

Después, tras unos segundos de silencio, le invadió otro terror.

–Tú no estás metido en nada con él, ¿verdad?

Martin se indignó.

–¡Qué pregunta tan estúpida! Me sorprendes. ¿Yo? ¿Una empresa que hace ochenta y cinco años que funciona trabajando con un chico como él?

–De acuerdo, fue una pregunta estúpida. Lo siento. Estoy asustada. Estoy horrorizada.

–Cariño, no te pongas a llorar aquí. No dejes que se te note.

Ella suspiró profundamente. A continuación, y en voz muy baja, preguntó:

–Martin, si es verdad, ¿qué le va a ocurrir?

–Si es verdad –dijo Martin seriamente–, irá a la cárcel.

CAPÍTULO XIV

Henry Rathbone era uno de los abogados más famosos de la ciudad y uno de los más caros, y le había aconsejado a Eddy que mantuviera la calma y que fuera a trabajar como de costumbre mientras dejaba que Henry negociara. Naturalmente, no le había prometido nada, pero su forma de actuar sugería cierto optimismo. Y, recordando eso, Eddy se vistió aquella mañana con su habitual pulcritud, desayunó y estaba ahora sentado en su escritorio con un montón de papeles delante suyo. Pero su mirada erraba, primero hacia el oscuro río Hudson a un lado y de nuevo a la habitación, donde una taciturna y metálica luz caía sobre la combada cómoda Sheraton al lado de la puerta.

Bruscamente, se abrió la puerta, mostrando a una consternada señora Evans.

–¡Señor Osborne! Hay dos hombres. Dicen que son agentes de Policía, me han enseñado sus placas y van a entrar, no he podido detenerlos, no sé qué quieren...

Eddy se puso de pie.

–Déjelos entrar –dijo, y junto con la sensación de que su corazón se había puesto a latir fuertemente, y que le martilleaban todos los pulsos del cuerpo, tuvo la conciencia de que éste era un momento en el que debía comportarse con dignidad.

Entraron dos hombres, hombres tan ordinarios que resultaban indescriptibles. Podrían ser vendedores de seguros o aspiradoras. Los pensamientos de Eddy iban de una cosa a otra.

–Señor Osborne –dijo uno de ellos– tenemos orden de detenerlo.

Detener. Los pensamientos inconexos empezaron a ponerse en orden: pero Rathbone había dicho que aquello era un proceso de papeles. Las cosas se resolvían con palabras entre abogados, se resolvían en despachos, por teléfono, no físicamente. No cogiéndole a uno el cuerpo. Detener era apoderarse del cuerpo de uno. *Apoderándose* del cuerpo.

Tartamudeó.

–¿Por qué? Quiero decir que no lo entiendo. Hay un error. Mi abogado está trabajando en este asunto.

–Podrá llamar a su abogado. Pero usted tendrá que venir con nosotros. –El hombre le alargó un trozo de papel–. Puede leer la orden de detención.

Eddy lo cogió. Palabras en mayúsculas y líneas de frases a máquina quedaron desenfocadas hasta llegar a una firma al final. Lo devolvió sin leerlo. Y un silencio le tamborileó y le tintineó en los oídos.

–Tendré que ponerle esto –informó el segundo hombre.

La señora Evans miraba fijamente las esposas. Los labios le colgaban sobre la boca abierta, y el descolorido y bien marcado cabello estaba despeinado.

–Les acompañaré –dijo Eddy–. No hace falta que me pongan esto. No entienden, no soy la clase de persona que vaya a causarles problemas. No entienden.

–No complique las cosas –dijo el hombre–. Déme las manos.

«Oh, Dios –pensó Eddy–, ¡no por la puerta principal! Tener que pasar por delante de todos aquellos escritorios y ojos.»

–¿Podemos salir por la puerta trasera? –la voz le estaba fallando; estaba furioso con su maldita voz.

«Tienes que comportarte, eres Vernon Edward Osborne, y resolverás este asunto.»

–Hay una entrada privada –dijo la señora Evans, llorando ahora–. No es por donde han entrado. Por favor –rogó–, es incluso más rápido por allí.

Las manos de Eddy colgaban al final de dos brazos tiesos. No se podían poner en ningún sitio. Paseando así, uno tenía un aspecto ridículo. La señora Evans corrió a coger la gabardina «Burberry» que siempre se guardaba en el armario y se la colocó por encima de los hombros. Se puso de puntillas y le besó, la nariz mojada rozándole la mandíbula.

–Dios le bendiga, señor Osborne. Es un buen hombre –avisó a los intrusos–. No le traten mal –dijo con cierta ferocidad.

–No se preocupe, señora.

O sea que Eddy salió de las oficinas de «Osborne y Compañía» con un hombre delante suyo y otro detrás. Un sedán negro estaba aparcado abajo, y nadie de los que apresuradamente pasaban por allí se fijó en los tres hombres que se acomodaban en el asiento trasero del coche.

Cuando hubieron recorrido varias manzanas, Eddy consiguió preguntar a dónde iban.

–Al Palacio de Justicia en Foley Square.

Por lo menos no era una cárcel. ¿O bien había una cárcel allí? No sabía nada de la ley. «¿Como iba a saberlo? –se preguntó a sí mismo–. Nunca he tenido problemas, ni siquiera tengo multas de tráfico. Esto es horroroso. Horroroso. Un hombre como yo con esposas. Yo.»

Indefenso a causa de las manos esposadas, tuvieron que ayudarle a salir del coche. Mecánicamente, recorrió las amplias salas pasando por muchas puertas; tuvo la impresión como la que se percibe en un coche en movimiento, una mancha de gente apiñada en los pasillos, esperando algo, gente aparentemente pobre, gente animada con maletines importantes, olores corporales, olores de lana mojada por la lluvia, colillas, detergente donde alguien fregaba el suelo y, finalmente, una sala de interrogatorios con luces blancas y verdes que iluminaban unas paredes sucias y muebles ajados.

Cuando le retiraron las esposas, se frotó las muñecas, no para mitigar el dolor, porque no lo tenía, sino más bien para retirar la sensación de contacto con algo asqueroso. Le sostuvieron los dedos extendidos con firmeza sobre un tampón de tinta; le colocaron una placa con un número sobre el pecho y le hicieron fotos como si fuera un violador o un ladrón, como si hubiera abusado de niños pequeños o asesinado a su mujer. Como si no fuera Vernon Edward Osborne. No dijo ni una sola palabra, sino que cumplió con diligencia todas las órdenes que recibía mientras no cesaba el martilleo de su corazón, y pensó que quizá dejara de latir o que explotaría y todo acabaría. Cuando tuvo que orinar, alguien le acompañó al lavabo. Durante un momento allí dentro pensó que iba a vomitar, pero, afortunadamente, la sensación pasó. Le condujeron finalmente a una habitación donde había un teléfono para que pudiera llamar a Rathbone. Rathbone ya estaba en camino. Alguien le preguntó si quería hacer alguna otra llamada, y con la pregunta, que a su inexperiencia le pareció una amabilidad inesperada, se ablandó, temeroso de que las lágrimas le inundaran los ojos. Y declinó la oferta. Además, no estaba preparado todavía para hablar con Pam; necesitaba tiempo para decidir cómo iba a decirle que lo que temía, mientras negaba su temor, había ocurrido.

En esta sala de donde entraba y salía gente, veía otras habitaciones y los abarrotados pasillos. ¡Qué lugar de miseria y refriega! ¿Por qué querría alguien ser juez o abogado o tener algo que ver con cualquier trabajo que se llevara a cabo en un lugar tan miserable? Pero cuando llegó Henry Rathbone, Eddy puso la mejor cara posible, y fue el simpático Eddy Osborne, al que nada afectaba.

–Bueno, Henry, aquí estoy. ¿Y ahora qué? ¿La guillotina?

–No, no, Eddy. No te preocupes, te sacaremos con fianza. Irás a casa y dormirás en tu propia cama esta noche. Ven conmigo.

–¿A dónde?

–Tenemos que aparecer ante el magistrado. Él es quien decide la fianza. También estará presente el fiscal.

Rathbone era bajito, no sobrepasaba el hombro de Eddy, y sin embargo se sentía como un niño a su lado. Porque Rathbone tenía autoridad en este lugar, y lo demostraba su paso. «Así es como caminaba yo cuando cruzaba la sala general en "Osbone y Compañía"», se dijo Eddy a sí mismo, y entonces se dio cuenta de que había utilizado el pasado.

El magistrado estaba sentado sobre una tarima en la pequeña sala, luciendo la toga negra. Incluso en aquella sucia y poco impresionante sala tenía un aspecto, bueno, magistral. Así tenía que ser, ¿verdad? Quizá fuera a causa de la toga. El fiscal era un hombre guapo cuyo rostro hubiera destacado sobre una moneda. Era un rostro con carisma, perfecto para la televisión. Y Eddy se quedó de pie esperando mientras los tres hombres hablaban. Había empezado a llover con más intensidad; una tormenta provocaba grandes chorretones sobre las sucias ventanas. A pesar de la luz fluorescente la estancia se oscureció, y para Eddy el efecto de la oscuridad le resultó odioso. Por otra parte, unos alegres rayos de sol hubieran sido insultantes.

–Los cargos –dijo el guapo fiscal– exigen una fianza elevada, señoría. Este hombre está acusado de cinco delitos que entrañan, hasta ahora, más de tres millones de dólares. Hasta ahora.

–Señoría –contestó Rathbone–, mi cliente no es un criminal. Éste es su primer delito. Si resulta ser un delito, cosa que empiezo a dudar mucho.

–Señoría –siguió el fiscal–, me gustaría que la fianza se estableciera en cinco millones de dólares.

El magistrado arqueó las cejas, unas cejas oscuras en una frente rubicunda. «Parece que le gusta su whisky –pensó Eddy–. Por otra parte, tal vez se trate de una hipertensión.» Su mente volvió a vagar. Ahora la lluvia formaba dibujos en la suciedad, círculos y florituras.

–Eso es excesivo, señoría –argumentaba Rathbone–. El señor Osborne tiene un hogar y una esposa. Tiene parientes. Su hermana está casada con uno de los hombres más conocidos de la ciudad. Tiene raíces. No va a escaparse.

–Eso no puede garantizarse, señoría –protestó el fiscal del Estado.

–Sí que se puede, señoría. Yo pediría una fianza más razonable. Cien mil dólares me parecería razonable.

–Señoría, a tenor de los cargos, eso no tiene sentido. Es desproporcionado, totalmente desproporcionado.

Rathbone insistió.

–No va a huir, señoría. ¿No podemos llegar a un compromiso?

–Señoría, nuestras posturas son absolutamente opuestas.

–Bueno –dijo el magistrado– no podemos perder todo el día con este asunto.

El hombre parecía estar cansado. «De nuevo –pensó Eddy–, no haría un trabajo como éste por mucho que me pagaran, y ahora que lo pienso, no se gana mucho.» Y se produjo un largo silencio mientras el magistrado pensaba.

Finalmente tomó una decisión.

–La fianza será de dos millones de dólares.

–¿Puedo consultar un momento con mi cliente? –preguntó Rathbone. Se dirigieron a un extremo de la sala–. ¿Lo tienes? ¿Puedes conseguirlo? –susurró.

–Dios no, sabes que estoy atrapado. Todas las cuentas estaban a nombre de Pam.

Gracias a Dios que se le había ocurrido hacer eso.

–¿Tus parientes? ¿Berg? Podríamos buscar un prestamista, pero necesitaremos tiempo. Burocracia y tiempo.

Eddy pensó. No le gustaba nada pedírselo a Martin. Durante el resto de su vida se sentiría a disgusto en presencia de Martin, se sentiría humillado. No era agradable deberle un favor a un pariente, aunque fuera un pariente que te cae bien.

–El dinero significaría poco para tu cuñado.

Eddy se quedó silencioso.

–Sabes que es verdad –repitió Rathbone amablemente.

La mirada de Eddy se dirigió al ambiente empañado más allá de la ventana, y de nuevo a Rathbone.

–Odio tener que pedirlo –dijo, y oyó, odiándolo, el tono de súplica en su voz.

–Entiendo. ¿Te resultaría más fácil si se lo pido yo?

–Sería una ayuda –respondió Eddy con cierto alivio. A continuación se le ocurrió una idea–: ¿Y si no está en casa?

–No te preocupes. Le encontraré. Berg me conoce. Por lo menos nos hemos visto más de una vez.

–Gracias, Henry. Muchas gracias. –Y entonces un segundo pensamiento le asedió, y tuvo que preguntar–: ¿Crees que podrías intentar ponerte en contacto con mi mujer también? Está en casa de su madre en el campo. Espera. Aquí tienes el número. ¿Crees que de alguna forma suave y gradual le podrías dar la noticia? Yo no le he dicho nada. Debería haberlo hecho. Podría haberse preparado, de la misma forma que uno se prepara para la muerte de alguien que hace mucho tiempo que está enfermo. Esto es como el que se muere de un ataque de corazón sin avisar. Pero no quería que perdiera su fe en mí. ¿Quién podía imaginarse que llegaría a esto? Esto es lo peor. Me está matando sólo pensar en el momento en que Pam reciba la noticia.

Rathbone asintió compasivamente.

–Yo me ocuparé. Y tú tómatelo con calma, Eddy.

Cuando Rathbone se hubo marchado, Eddy permaneció donde estaba, mirando el vacío tras los cristales. Sin embargo era consciente de los otros dos hombres presentes en la sala, el magistrado todavía sentado, y consciente, también, de otro hombre cerca de la puerta, una especie de guardia, supuso, para impedir que Eddy huyera.

Parecieron horas interminables, pero en realidad transcurrieron poco más de veinte minutos cuando Rathbone regresó y se dirigió al magistrado. La fianza estaba aceptada y llegaría antes de una hora.

A continuación se dirigió a Eddy.

–Berg fue de gran ayuda –informó–. Sólo tuve que pedírselo una vez.

–Supongo que se ha quedado sorprendido. Estupefacto.

–Supongo que sí, pero no lo ha mostrado. Parecía preocupado. Amable. E intenté hablar con tu mujer, pero ya se había marchado. Su madre dijo que iba a hacer algunas compras por el camino y que seguramente no llegaría a casa antes de la hora de cenar. Eso te dará tiempo para ducharte y descansar antes de que llegue –añadió Rathbone amablemente–. Tómate una copa fuerte, siéntate, y cuéntaselo con la mayor tranquilidad posible y después os vais a cenar bien.

–¿Vamos a resolver este asunto, Henry? –preguntó Eddy, en voz muy baja–. Dime la verdad, por favor. Puedo soportarlo.

–Eddy... Lo vamos a hacer lo mejor posible, ésa es la respuesta.

La pareja de filipinos estaban en la cocina. Ramón con un delantal por encima de su americana blanca, estaba puliendo la plata, y María Luz removía algo en un cazo.

–¿Os apetece tener la noche libre? –propuso Eddy, mostrando su disposición más alegre–. A la señora Osborne y a mí nos acaban de invitar a cenar fuera, de modo que podríais aprovecharlo.

–Pero la cena... –María Luz se mostraba a la vez dudosa y esperanzada.

–Guarda la cena para mañana. –Le dirigió un saludo jovial y salió de la cocina–. Anda. Id a divertiros.

Lo último que podía tolerar ahora mismo era una cena ritual, la elegancia de la cual normalmente apreciaba. Pero esta noche tal vez hubieran lágrimas y recriminaciones. ¿Quién sabe lo que aportaría la noche?

En la biblioteca permaneció en una especie de sueño hasta que les oyó salir por la puerta trasera. A continuación, como si obedeciera una orden perentoria, se puso de pie. En un armario encontró algunas cajas de cartón y las llevó a la biblioteca. Telefoneó al encargado del edificio y le pidió más cajas, las más grandes y cuantas más mejor.

–¿Muchas? Tenemos un par de docenas, señor Osborne, esperando que se las lleve el basurero.

–Tráelas todas –dijo Eddy.

En los armarios donde se guardaban los productos de limpieza encontró rollos de papel fino, papel de embalar y cuerda. La casa estaba bien provista de estos objetos prácticos, ya que Pam era una buena ama de casa, una eficaz mujer de su hogar, un hogar que ahora se desmoronaba. Ya que por mucho que dijera Rathbone –¿qué había dicho? ¿Algo así como *lo haremos lo mejor posible*?–, Eddy sintió el desastre en sus huesos. Al mismo tiempo también recordaba los momentos cuando, incluso hoy, había estado seguro de que las cosas se resolverían al final. Pero ahora, ahora en este momento, sólo intuyó el desastre.

Cuando el encargado hubo cubierto todo el suelo de la biblioteca con cajas de cartón, Eddy vio que tenía las preguntas en la punta de la lengua. Pero no dijo nada; sin duda algo en el rostro de Eddy le disuadió. En cuanto se hubo marchado, Eddy se puso a trabajar, descolgando los cuadros de la pared. Allí metió la dama de Sargento con su vestido de terciopelo; las palmeras meciéndose en la brisa sureña de Winslow Home; las calles abarrotadas y mojadas de París de Pissarro. Éstos eran sus tesoros y los estaba descolgando. Había incluso un cuadro que no había llegado a colgarse, un retrato del siglo XIX de un caballo que había encargado en Londres para Pam.

Trabajó durante tres horas, yendo de una habitación a otra. Estaba frenético. El pánico le invadió, y el pánico era frío; le recorrió los brazos y le erizó el pelo de la nunca. Levantando, envolviendo, cortándose los dedos con la cuerda, sudaba. Envolvió objetos pequeños, porcelanas y marfiles, vaciando los lacados armarios gemelos del salón; empezó a guardar las primeras ediciones, el Dickens encuadernado en piel, el Walt Whitman, el...

–¿Qué demonios estás haciendo? –gritó Pam–. ¿Te has vuelto loco? ¿Loco?

Se incorporó y, con papeles hasta los tobillos, miró a su mujer, su adorada esposa, vestida con su abrigo de cachemira y las botas de cocodrilo. Y durante un momento se quedó mudo.

Estúpidamente dijo:

–Nos trasladamos a Kentucky, no te acuerdas. De forma que pensé, tenía tiempo, vine a casa pronto. Pensé que prepararía algunas cosas.

Ella le agarró por la camisa.

–Eddy, escúchame. Sé que me escondías algo pero he dejado de hacerte preguntas. ¿Crees que soy idiota? He tenido tanto miedo... Siéntate y dime qué ocurre. Lo quiero saber. ¡Ahora! ¡Ahora!

Le pareció que se le hinchaba la nuez de la garganta. Sin embargo tenía que hablar:

–Tengo problemas con el gobierno, Pam. Problemas de impuestos. Dios, ¡tenía la esperanza de que se resolviera! Quería evitarte esto, pero ya no puedo. Esta mañana me han detenido.

–¿Detenido?

–Sí. Bueno..., bueno fue una experiencia. –Consiguió dedicarle una pequeña sonrisa–. Huellas dactilares y todo.

–Pero, ¿qué has hecho? –exclamó.

–Algunas tonterías, tengo que admitirlo. Pero nada criminal. No he hecho daño a nadie. Es un lío de impuestos, eso es todo, demasiado complicado para explicarlo. Tendría que enseñarte ristras de papel. Mi abogado dice que se resolverá.

–Pero si te han arrestado, debes de estar en libertad bajo fianza.

–Sí. La ha pagado Martin.

Ella estaba de pie al lado suyo. Y él levantó la vista observando su tranquila frente bajo la diadema de terciopelo. La mayoría de mujeres, al recibir una noticia como ésta, se pondrían histéricas.

–¿Por qué no te enfadas conmigo? –preguntó–. Me sentiría mejor si lo hicieras. Me lo merezco. No tengas miedo de gritarme. Grítame.

–¿Qué sentido tiene? ¿Qué conseguiría con eso? –respondió cansinamente.

«Calidad –pensó como siempre–. Clase. Se nota.»

Abajo en la calle, pasó un coche de bomberos con un largo y terrible aullido, se difuminó, y dejó una triste quietud. Pam esperaba.

–Me he metido demasiado –dijo–. No sé cómo ocurrió. Pensé que tenía un toque mágico. Siempre lo había tenido. Conocía bien el mercado. –Descansó la cabeza entre las manos–. Quizás haya perdido el toque. Las cosas empezaron a ir mal. Era como una hemorragia. –Hizo un pequeño sonido como un sollozo.

Ella le acarició el pelo.

–Basta, Eddy. ¿No eres tú el que dice que todo se puede solucionar si no se pierde la calma?

Levantó la cabeza.

–Pam, creo que es posible que vaya a la cárcel.

–¿Quién es tu abogado? ¿Qué dice él?

–Henry Rathbone. Uno de los mejores de la ciudad. Dice que todo saldrá bien.

¿Realmente lo había dicho? Sólo le había prometido que haría lo posible.

–¿Te ha dicho que empaquetes estas cosas, que te traslades?

–No sabe que estoy haciendo esto. Ha sido idea mía sacar estas cosas de aquí por si alguien viene a por los cuadros y las antigüedades. En cualquier caso, todo es tuyo.

–Un Luis XVI no encaja en una granja de caballos.

–Vende lo que quieras y quédate con el dinero. Me alegro de haber sido lo suficientemente inteligente para poner el apartamento a nombre tuyo. Seguro que ahora ya vale cuatro o cinco millones.

Se oyó el timbre de la puerta y Eddy pegó un salto.

–¡No abras!

–Tiene que ser alguien que han reconocido abajo, o no le hubieran dejado subir –dijo Pam.

Supuso, después de la experiencia de la mañana, que nunca se sentiría seguro acerca de quién podía estar al otro lado de la puerta. Y entonces, cuando oyó las voces de Martin y Connie, tuvo la misma sensación que le había invadido en presencia de Rathbone, que era un niño esperando a que le riñeran.

Connie miró a su alrededor.

–¡Dios mío, mira esta ruina! ¿Qué te ha pasado, Eddy? ¿Qué?

Martin la hizo callar con un gesto de la mano.

–¿Cómo te va, Eddy? Ha sido un mal día para ti.

–Quiero darte las gracias, Martin. Si es que puedo. ¿Pero, cómo podré agradecerte lo que has hecho por mí?

–Mira a ver cómo puedes solucionar este asunto. Eso será suficiente. Tus hermanas están locas de preocupación. Lara acaba de llamar. Quería tomar el próximo avión.

–No, no –objetó Eddy.

Lara no le culparía, sin embargo pensó que no podía enfrentarse a ella con este fracaso, no a Lara, que le había animado desde los días en que iba al colegio hasta ahora.

–No, que no venga Lara –repitió.

–Le hemos dicho que no lo hiciera. Con dos niñas, y el trabajo del despacho... –Martin apartó un montón de papel y se sentó en el sofá–. Sólo hablé diez minutos con Rathbone, de modo que, dime, ¿hasta dónde estás metido?

–No lo sé exactamente. Mucho. Tengo que pensarlo. Es complicado. No sé llevar la contabilidad en la cabeza.

Martin frunció el ceño.

–Pero debes de tener alguna idea. Rathbone dice que una de las acusaciones contra ti es que usaste el dinero de tus clientes para invertir en Bolsa. ¿No tienes idea del valor de tus acciones personales?

–No lo sé. Quizá trece millones. Varía, fluctúa. La Bolsa ha bajado durante los últimos meses. Ya lo sabes.

–Lo sé –contestó Martin algo secamente. Señaló con la cabeza un Cézanne que estaba apoyado contra una silla–. ¿Cuánto te ha costado?

Eddy siguió la mirada de Martin hasta las luminosas colinas azules de Provenza.

–Unos seis millones –murmuró, y se secó el sudor de la frente–. Santo cielo –dijo de pronto–, he ahorrado fortunas para mis clientes. Todo el mundo venía a mí. ¿No les encantaban las desgravaciones fiscales? Y ahora esta misma gente se acordará de mí sólo por mis errores y no me darán la posibilidad de corregirlos. ¡Lo único que necesito es tiempo! Santo cielo, ¿no he cometido un asesinato? –exigió saber de los tres rostros que le observaban.

–Bueno, si has arruinado a la gente, eso es casi lo mismo, ¿verdad? –dijo Connie amargamente–. Algunos de los amigos que te he recomendado.

De nuevo Martin la detuvo.

–Esta clase de recriminaciones no tienen sentido –advirtió.

Pam estaba rígidamente sentada, mirando la ventana donde las luces resplandecían. Reprimiéndose las lágrimas, parpadeó, y Eddy supo que finalmente había comprendido la verdad.

–No entiendo –dijo– qué es lo que ha provocado estas medidas del gobierno. ¿Qué es lo que ha ocurrido de modo tan repentino?

–Alguien escribió una carta anónima –contestó Martin–. La mandaron desde Vancouver a alguien de la Comisión de Valores. Alguien que aparentemente había perdido dinero. Me he enterado por un hombre que tiene un hermano en el SEC. No se trataba de ti. Pero es lo que ha iniciado todo el proceso.

–¿Realmente crees que tengo razones para estar preocupado? –preguntó Eddy.

Martin se puso de pie.

–Creo que me alegro de que tengas un buen abogado. Mientras tanto, cuida la salud y utiliza la cabeza. La cabeza por encima del corazón.

Eddy asintió arrepentido.

–Mi madre solía decir lo mismo, pero nunca lo hacía.

–Hazlo tú. Tómate una copa fuerte y vete a dormir. –Cuando Martin le dio la mano a Eddy, el contacto resultó reconfortante–. Llámame si me necesitas. Vamos, Connie.

Cuando se hubieron marchado, Pam dejó escapar unas lágrimas, susurrándole al hombro de Eddy:

–La vida era un juego, ¿verdad? Tantas diversiones, ser joven y sano y sin preocupaciones, hace tan sólo dos horas. Y ahora me siento como si tuviera cien años.

–Recuerda lo que acaba de decir Martin; la cabeza por encima del corazón.

–Ya lo sé. –Pam se secó los ojos–. Lo recordaré. Sólo que necesitaba descargar la tensión.

–Lo entiendo. –Y comprendió que, en su interior, al igual que le ocurría a él, debía sentir una serie de contradicciones, pena, miedo e ira. Claro.

–La vida volverá a ser divertida –dijo.

–¿Qué ocurre ahora? A ti, quiero decir.

–Un juicio. Dentro de unos tres meses, calcula Rathbone.

–¿Y realmente cree que vas a ganar?

–Los abogados tienen que pensarlo, ¿verdad?

«Sonríe –le había dicho siempre Peg a sus hijos–. Sonríe aunque no quieras y conseguirás tener ganas de hacerlo.»

–El mundo no se acaba aquí –dijo de nuevo–. Vamos, sólo tengo treinta y cuatro años, y hay mucho camino por recorrer. Vamos a mirar la foto de la casa de Kentucky. Está ahí sobre el escritorio. Se parece a *Lo que el viento se llevó,* ¿verdad? Columnas y todo. Y aquella haya que hay en el jardín debe tener por lo menos ciento cincuenta años. –Abrazó con fuerza a Pam–. Escucha. Lo resolveré. Y si no lo consigo en seguida, si ocurre cualquier cosa, tú te vas a Kentucky y me esperas al sol hasta que yo llegue.

–Timó a la gente, ¿verdad? Dime la verdad –preguntó Connie de regreso a casa–. ¡Estoy furiosa! ¿Cómo puede haber hecho una cosa tan estúpida?

–Un sola palabra –dijo Martin–. Codicia. Le resultó demasiado fácil cuando empezó y se volvió avaricioso.

–¿Cómo acabará?

Martin se encogió de hombros.

–No soy abogado, pero diría que va a acabar mal. Por lo que veo, ha cometido cuatro o cinco delitos.

–Estoy enfadada con él, pero también triste. ¡Pobre Eddy! Tiene que estar aterrorizado. Y me da mucha pena Pam. ¿Qué va a hacer ella?

–Me dijo una vez que todo le pertenece a ella. Con sólo seis de aquellos cuadros puede conseguir por lo menos veinte millones. Así que yo no me preocuparía.

–De todos modos, me da pena. Estarán arruinados socialmente. Por completo arruinados.

El tribunal federal del distrito era una sala mucho más imponente que en la que habían tenido lugar los primeros acontecimientos. Todo parecía mayor, el techo más alto, las ventanas más anchas, la bandera más prominente y el banquillo más elevado. La expresión facial del juez era la de un cirujano que está a punto de operar un cáncer. Las doce sillas del jurado parecían solemnes en sus filas, incluso estando vacías. Éste era el lugar donde se imponían severos castigos. El jocoso comentario de Eddy acerca de la guillotina no resultaba absurdo aquí. Se preguntó si su corazón, que había dejado de martillear –al fin y al cabo ¿cómo podía seguir martilleando después de tres meses?– y producía ahora un latido irregular, volvería a latir alguna vez con normalidad.

Todos los asientos detrás suyo, fila tras fila, estaban ocupados. Se preguntó por qué, y quiénes serían los desconocidos que los ocupaban. Directamente a su espalda en la segunda fila se encontraba su mujer y sus hermanas; Lara, durante las cinco semanas que duró el juicio, iba y volvía de Ohio, aunque, sabiendo el esfuerzo que le debía suponer, hubiera preferido que no lo hiciera. Connie asistía vestida con un abrigo de marta, por lo menos cincuenta mil dólares de abrigo, y tuvo la esperanza de que el juez y el jurado no pensaran que esta cara mujer era su esposa. Pam, más sensatamente, llevaba el abrigo de cachemira. Había recordado, también, que en una ocasión le había comentado que se sentía incómodo cuando unos desconocidos se sentaban detrás suyo, donde podían observarle la nuca, y se preocupó por ocupar ella misma aquel lugar. Pam era una princesa, sin duda alguna, con su dignidad y reconfortante tranquilidad. Pam formaba parte de la realeza.

A veces aparecían otros rostros familiares, amigos y clientes que habían sido amigos y eran ahora enemigos. En una ocasión vislumbró el triste rostro de la señora Evans, que seguramente no estaba segura de qué pensar del hombre que había servido y protegido de la más pequeña molestia. En una breve conversación durante un descanso, le comunicó que «Osborne y Compañía» había quedado invadido por los inspectores del gobierno, que ocupaban casi todos los escritorios. Y esperó, aunque no lo dijo, que nadie pusiera los pies sobre su escritorio personal, que era un tesoro traído de una antigua casa de Yorkshire. Al mismo tiempo sabía perfectamente que aquella idea era una tontería.

Sin embargo, su mente erraba de forma tonta, virando entre una tensa y cuidadosa observación de los acontecimientos a huir al cambiante cielo, que a veces era gris con amenaza de lluvia y, a veces, limpio y de un azul vibrante. En aquellos momentos, aunque estaba sentado al lado de

Rathbone y los jóvenes socios de éste con sus cajas de documentos sobre la mesa, se hallaba totalmente alejado, por completo aislado. Entonces, de pronto, una palabra o un matiz de voz le devolvía al lugar. Dejaba que su mirada vagara por los rostros del jurado, mirando a los doce que habían sido retados, rechazados y finalmente escogidos con tanto esmero. Se preguntó qué tenían cada uno de ellos que había hecho que Rathbone o el fiscal los hubiera elegido. A él no le decían gran cosa los rostros, aunque intentaba imaginarse qué podían pensar ellos de él. Había una mujer poco agraciada que podía muy bien ser una asistenta social; una mujer de aspecto juvenil de unos sesenta años que seguramente era rica; un hombre negro vestido con un traje comprado o en «Brooks Brothers» o en «J. Press»; otro hombre enjuto con pelo gris ralo que le recordaba a Eddy a su padre. Llevaba una flor en el ojal de su traje barato. A papá también le había gustado llevar una, Dios sabe por qué. Seguramente quería tener un aspecto alegre, pero lo único que había conseguido era una imagen patética. Aquel hombre, o entendería a Eddy o le odiaría. Y Eddy tuvo que apartar la mirada...

Las horas se hacían eternas y la gente seguía hablando. El juez explicó largamente al jurado en qué consistía el negocio de valores, dándoles casi un curso elemental de economía. «Nunca lo entenderán –pensó Eddy–. Lo único que sobresaldrá en su memoria colectiva son los términos más sencillos: información falsa, fechas alteradas, evasión de impuestos. *Si deciden que esto es verdad. Si deciden que esto no es verdad, entonces no le encontrarán culpable.* La evasión de impuestos es lo que les quedaría en la mente, los dólares deducidos de sus nóminas. Eso sí que lo entenderían.»

El fiscal les tocó el alma a su manera.

–...el estilo de vida, señoras y caballeros, posible gracias a estos desfalcos es algo que se lee en los periódicos y, como ordinarios ciudadanos trabajadores, sólo pueden imaginárselo. Este hombre tiene durante todo el año, meramente para el uso ocasional propio, y de sus amigos, suites de palacio en los mejores hoteles a los que puede ir en cualquier momento y cuando le place, en Florida, y en Arizona, en Cannes, eso es una estación balnearia en la Riviera francesa, y en Gstaad, eso está en Suiza, una estación de esquí, y, ah, sí, casi me olvidaba, en Marruecos también. Aunque lo que uno puede hacer en Marruecos, no tengo ni idea. Quizás uno viaje allá para cambiar de ambiente cuando está aburrido.

Eso produjo sonrisas en los miembros del jurado.

–Este hombre –ahora señaló a Eddy de modo que las doce caras del jurado le miraron–, este hombre es propietario de una de las mejores colecciones de arte de la ciudad, posiblemente incluso de los Estados Unidos. Tan sólo uno de sus coches, sólo uno le ha costado más de cien mil dólares. Seguramente podrían meter sus doce hogares y el mío, también, en el apartamento que posee en el East Side y todavía les sobraría sitio. ¿Y con qué dinero ha comprado todas esas maravillas? Yo se lo diré: ¡No con el suyo! No, fue en gran parte el dinero que recibió de los inversores que confiaban en él, que engañó, utilizando cuentas falsas, tan falsas y fraudulentas que sus propios contables se negaron a seguir sirviéndole. Y les diré de quién más era el dinero. –Aquí, los largos dedos se dirigieron al jurado–. ¡Su dinero! El dinero de los contribuyentes de este país, cuyos impuestos se pagan religiosamente cada quince de abril. Oh, ¡todos conocemos bien esa fecha! ¿Pero qué hizo él aquel día? Bueno, yo se lo diré. Hizo unas filigranas, un malabarismo, deduciendo pérdidas falsas de forma que no le debía nada al tío Sam aquel año. Todo se posponía al año siguiente. Siempre el año que viene. Sólo que el año que viene no llegaba nunca. ¿Lo entienden? Año tras año, nada de impuestos, o muy poco, una broma si se tiene en cuenta los beneficios. Sí, ya pueden suspirar, porque les ha timado. Nos ha timado a todos.

Le tocaba el turno a Rathbone.

–Voy a confiar en su sentido común –les dijo al jurado respetuosamente y con persuasión–. Estas transacciones son muy complicadas, pero ustedes son personas inteligentes, y no se equivocarán con los nombres. La práctica de aplazar impuestos es completamente legal. Es una práctica habitual cuando se han producido pérdidas; ni mi cliente ni su empresa son los únicos que lo hacen. No es una evasión de impuestos. –Ordenó a uno de sus ayudantes que sostuviera un gran cartel de cartón con letras grandes en mayúsculas–. Déjenme que les enseñe algo.

«Pero no quedará claro –pensó Eddy, viendo cómo desaparecían todas sus esperanzas–. O más bien, estará claro al revés. Rathbone está librando una batalla inútil. Incluso si tiene razón en lo de las deducciones de impuestos, ¿qué pasa con todas las otras acusaciones? No, es inútil.» La mujer juvenil de sesenta años del jurado estaba teniendo dificultades para no dormirse. El negro vestido con el traje de «Brooks Bros.» tenía una expresión sardónica. «Él lo comprende perfectamente, –pensó Eddy–. Rathbone no conseguirá nada de él.»

Y continuó así, día tras día. Eddy, bien enseñado y ensayado, subió al banquillo y fue cuidadosamente interrogado por Rathbone. Su actuación fue buena. Al ser interrogado mantuvo la pose tranquila, pero sabía que se iba a pique, y se vio obligado a responder a algunas preguntas que le condenaban.

–¿Y retiró en aquella fecha doscientos sesenta mil dólares de la cuenta del señor Marple para depositarlas en la suya?

–Sí, pero las devolví al cabo de una semana.

–Le he preguntado si las retiró. Conteste si o no.

–Sí.

«¿Por qué tarda tanto todo esto? ¡Acabemos!», pensó Eddy. Aquellas horas interminables eran una tortura, enfrentándose a aquellos doce pares de ojos e incluso a veces a alguna mirada del juez, la esfinge en toga morada. Y cada día, al terminar, venía lo peor cuando, al bajar las escaleras del palacio de Justicia, esperaban los periodistas, y los fotógrafos saltaban para seguirle, dando vueltas como niños jugando, metiéndole las máquinas de fotos en las narices, de forma que si se hubiera atrevido, les hubiera roto las máquinas y las narices.

–¿Por qué no os buscáis un trabajo decente? –quería gritar–. ¡Buitres! Dando vueltas mientras el animal muere. ¿No podéis esperar a despedazarlo?

Cuando llegó el final durante la quinta semana, el veredicto fue de culpabilidad. Eddy, de pie y erguido, no miró al portavoz que leyó el veredicto, sino que cruzó la mirada con los cansados ojos del hombre pequeño que le recordaba a su padre, y estuvo seguro de ver compasión en la mirada; éste era un hombre que sabía lo que era sentirse humillado, y que sabía lo que significaba perder. Y se hundió en la silla, aturdido, y cogió la mano de Pam que descansaba sobre su hombro.

Rathbone se había acercado a la mesa del juez para hablar.

–Me gustaría pedirle, su señoría, que al dictar la sentencia tuviera en consideración que mi cliente se ha comportado siempre como un ciudadano ejemplar. Es conocido por sus donaciones. Si me permite su señoría, me gustaría decir que no tendría sentido encarcelarlo. Una buena cantidad de tiempo a cualquier causa en la que pueda aprovecharse su inteligencia y energía, como por ejemplo un programa de rehabilitación de toxicómanos o servicio hospitalario, tendría mucho más sentido. Espero de corazón que su señoría tendrá en cuenta esta alternativa.

El austero rostro no mostraba expresión alguna.

–Le oigo, señor Rathbone. Seguirá en libertad bajo fianza y la sentencia se leerá... –aquí pasó las páginas de una agenda– en seis semanas. Se les notificará.

La misma sala, incluso sin la presencia del jurado, resultaba tan imponente como lo había sido hacía seis semanas. Eddy se puso de pie cuando se lo ordenaron con Rathbone a su lado para escuchar la sentencia.

Las palabras se pronunciaron sin inflexión ni emoción. «Supongo que no se le puede notar, pero debe sentir alguna cosa», pensó Eddy a medida que las palabras caían en el espeso silencio.

–Ha sido juzgado culpable de ocho delitos de conspirar para defraudar a la Hacienda Pública... Su avaricia ha sido desmesurada... Sin embargo, tomo en cuenta la cantidad de cartas que he recibido de testigos que hablan de sus actos de caridad... He recibido cartas de ciudadanos sencillos que describen su generosidad personal.

El portero, recordó Eddy. Había pagado la factura de hospital de su mujer. Y Arthur Pyle. Había pagado la hipoteca de su casa.

–...He tomado nota de la petición de su abogado de que se le permita hacer un trabajo comunitario en vez de ir a la cárcel. Pero tiene que haber algún castigo para crímenes como los suyos, que ocurren con demasiada frecuencia en la comunidad de inversores. Por lo tanto, la sentencia será de cuatro años de cárcel por cada uno de los ocho cargos. Las sentencias serán comunes. Cuando finalice la sentencia hará doce horas de servicio comunitario cada semana durante un año, términos a decidir. A continuación estará cinco años en libertad condicional. Además, deberá pagar una multa de un millón de dólares además de los impuestos atrasados. Y se le prohíbe dedicarse al negocio de las inversiones durante el resto de su vida. ¿Quiere decir alguna cosa, señor Osborne?

–Nada, su señoría.

¿Qué podía decir?

–Se concluye la sesión –dijo el magistrado.

Se oyó el roce de las sillas y los pies. Pam le besó. Lara y Connie estaban estupefactas, como si fueran testigos de un accidente sangriento en la autopista.

Rathbone preguntó en voz baja:

–¿Estás bien, Eddy? –Eddy asintió–. De acuerdo.

–Apelaremos, claro.

–¿Y si perdemos?

–No soy partidario de pensar así, ya lo sabes.

–Pero y si ocurre –insistió Eddy.

–Saldrás dentro de dos años. Sabes que podría haber sido mucho peor.

–¿Intentas decir que he salido bien parado?

Rathbone se encogió de hombros.

–No he dicho eso, Eddy. Sólo he querido decir que podía ser peor.

Los dos hombres, seguidos por las tres mujeres, bajaron a la planta inferior y salieron a la acera.

–Si me encarcelan –preguntó Eddy en voz baja–, ¿dónde me llevarán?

–Seguridad mínima. Pediré Allenwood, está en Pennsylvania, y seguramente lo conseguiré. Es la menos dura. Nada dura –añadió Rathbone con rapidez.

–¿Cuánto tiempo pasará antes de la apelación?

–Es difícil saberlo, pero quizás un año.

Y Eddy dijo:

–¿Y qué demonios voy a hacer durante un año, sin saber lo que va a ocurrir?

La respuesta de Rathbone fue tímida:

–No faltará actividad: el juicio del gobierno por los impuestos atrasados y las multas; pleitos interpuestos por individuos que quieren recuperar las pérdidas; tu propia quiebra. El Juzgado señalará un recaudador de tus bienes, y ya he prometido que no retirarás ninguna de tus posesiones del apartamento. ¿Lo has entendido?

–Entendido.

–Muy bien. –Rathbone le dio un pequeño golpe en la espalda–. Superarás esto, Eddy. Eres un hombre bueno, y es imposible derrotar a un hombre bueno.

«Palabras», pensó Eddy, y le dio, no obstante, las gracias.

Se dirigieron a la parte alta de la ciudad en la limusina de Connie. Eddy puso en palabras la pregunta que todos tenían en la cabeza.

–¿Dónde colgaremos los abrigos durante este año, me pregunto?

–¿Kentucky? –sugirió Pam con timidez–. Hay poco que hacer ya en la casa. Es completamente habitable.

–No –contestó Eddy con decisión–. No quiero ir allí, a la comunidad que se convertirá en nuestro hogar, hasta que todo esto haya pasado. Quizá sea una tontería, pero preferiría no ir. Quiero empezar de nuevo cuando llegue allí.

–Siempre os podéis quedar con nosotros –dijo Connie–. En la ciudad o en el campo, o donde os vaya bien.

–Gracias, Connie. Me gustaría aceptar tu oferta durante estancias cortas, pero, para ser franco, tu casa está siempre llena, y no tengo unas ganas particulares de encontrarme con tipos de Wall Street.

–No habrá fiestas, ningún invitado, cuando tú estés –le aseguró.

–¿Con mi madre? –propuso Pam–. Dios sabe que hay sitio suficiente para nosotros en aquella vieja casa.

–No. Tu madre está avergonzada con todo este asunto. Es demasiado educada para decirlo, pero lo está, y no quiero hacerle esto a ella.

–Bueno, siempre estamos nosotros en Ohio –dijo Lara–, si te sientes capaz de aguantar una casa llena de niños.

–Lo que realmente me gustaría hacer es marcharme lejos. Me gustaría poder ir a Europa.

–¿Y por qué no puedes? –preguntó Lara.

–Estoy en libertad bajo fianza. No puedo salir del país.

–Oh –dijo Lara, sonrojándose–, no se me había ocurrido.

Nadie habló durante unos minutos y, a continuación, Eddy dijo:

–Supongo que iremos a donde nos lleve el espíritu.

«Como un fugitivo –pensó–. De un lado a otro.»

De forma que transcurrieron los meses. Eddy y Pam se pasaron unas semanas en la casa de los Berg en Palm Beach cuando en una época en la que estuvo vacía, y unas semanas fuera de temporada en la medio desierta posada en Nantucket. Iban y venían de casa de Lara y descubrieron que se sentían muy cómodos en el tranquilo ambiente de la alegre familia. En todo lo posible evitaban Nueva York; en sus calles, teatros y restaurantes, seguramente se toparían con gente que Eddy no tenía ganas de ver. En todas las ocasiones, que llamado por Rathbone, tenían que estar en la ciudad, se hospedaban en el «Hotel Pierre», ya que el apartamento había sido vaciado y todo su contenido se había trasladado a Kentucky en grandes camiones.

Rathbone llamó alarmado un día.

–¡Eddy! ¿Qué demonios has hecho? Sabes que no podías retirar ninguna de tus pertenencias. Los recaudadores llegaron y vieron que todo había desaparecido.

–No me estaba permitido retirar mis posesiones, y no lo hice. Todo lo que había en aquella casa era de Pam. No me pertenecía. Puedo enseñarte los documentos, documentos legales. Por cierto, tenemos un comprador para el apartamento. –Eddy se echó a reír–. Me hubiera gustado ver la cara del recaudador cuando el encargado del edificio le abrió la puerta y se pasearon por doce habitaciones vacías.

Éste fue uno de los pequeños momentos de alegría de un año largo y triste.

A Vernon Edward Osborne, después de perder el caso durante la apelación, le dieron tres días para presentarse en el penal federal de Allenwood.

Rathbone, durante la lectura de la sentencia, pidió permiso para acompañar a su cliente.

–Ya que –como le había explicado a Eddy, que no había querido molestar a Rathbone– la alternativa era ir al jefe de

Policía, verse con esposas, y quizá pasar un par de días primero en el Centro Correccional Metropolitano antes de ser trasladado encadenado a Allenwood. Una alternativa poco agradable.

Eddy cerró los ojos como si estuviera viéndose encadenado.

–Saldremos al amanecer para llegar pronto. De esa forma tendrás mejores posibilidades a la hora de escoger trabajo y habitación.

–¿Trabajo? –Eddy no había pensado en el trabajo.

–Hay que hacer todo tipo de trabajo. Trabajo de cocina, cortar el césped, tareas de despacho o de biblioteca. Cualquier cosa.

Eddy se volvió hacia Pam.

–No quiero que vengas.

–¿Yo no? –exclamó.

–No. No quiero que me veas en aquel lugar.

–Las familias hacen visitas –dijo Rathbone con amabilidad.

–No. Lo prohíbo, Pam. No quiero que me recuerdes durante toda la vida en aquel lugar. No quiero que te quedes con esa imagen de mí. Les diré lo mismo a mis hermanas. Escríbeme. Y Henry dice que puedes llamar por teléfono. Pero no vengáis, ninguno de vosotros.

–Eddy, no me importa lo que digas, iré a visitarte.

Pasaron la última noche en una suite del «Hotel Pierre». Pam encargó flores como si fuera la noche de bodas, y una gran cena con champaña. Después se sentaron juntos delante de la televisión, viendo una comedia que no era divertida. Eddy yacía con la cabeza sobre el regazo de Pam y ella le acariciaba el pelo.

Al cabo de un rato le preguntó:

–Dime, ¿de verdad hiciste algo tan terrible?

–Cielos, no..., quiero decir... Supongo... Bueno, no asesiné a nadie –dijo, como había dicho docenas de veces anteriormente.

–Va a ser terrible sin ti.

–El tiempo pasará. –Quería tranquilizarla a ella y a sí mismo–. Pasará más rápidamente de lo que pensamos, y después tendremos el resto de nuestra vida.

–Echaremos de menos esto. –Colocó la mano de Eddy sobre su pecho.

Sus pechos eran cálidos, llenos y firmes bajo el camisón de encaje. Sintió cómo su cuerpo se movía bajo el suyo, incitándole a moverse. A darse la vuelta en el sofá o acompañarla a la cama. Él deseaba lo que ella le pedía; siempre lo deseaba; pero la idea de tanto tiempo, dos años por lo menos –si tenía suerte–, le resultaba tan terrible, impensable, que se sintió incapaz de responder.

–Necesitamos algo que poder recordar –le susurró al oído–. Algo que nos dure.

–Cariño, no creo que yo...

–Sí, sí. Verás como sí. Sabes que yo sé cómo hacerlo.

De modo que la siguió al lecho, se estiró y esperó.

–No hay prisa. Relájate. Tenemos toda la noche. –Sus manos, suaves y excitantes, le acariciaban–. Y si te duermes tampoco tiene importancia.

Pero no se durmió. Lentamente, lentamente..., relájate. Así. Todas las fantasías. La seducción, el encanto. ¿Existía otra mujer como ésta? Era insaciable. No había fin. Su voz. Sus palabras. Y una tremenda potencia surgió en él; surgió, fue satisfecha y volvió a surgir. No tuvo ni idea de cuánto tiempo pasaron juntos.

No era todavía medianoche, y la ciudad resplandecía, despierta y bajo su ventana. Las limusinas recorrían la Quinta Avenida, transportando gente a funciones de gala. En Madison se dirigían hacia el norte, transportando otra gente a sus mansiones doradas. Eddy se quedó allí mirando los coches, el parque, y los aviones que cruzaban el cielo nocturno, transportando a más gente a la más fabulosa capital del mundo. Y recordó el día en el que había llegado a la ciudad, un don nadie con casi nada en los bolsillos. Por la mañana saldría de la ciudad con nada en el bolsillo, a no ser que contara lo que le había dado a Pam.

De pronto, la ciudad con todo su encanto le pareció un lugar que nunca había conocido y que nunca volvería a conocer. Se obligó a volver a la realidad. La sensación era demasiado extraña, demasiado rara, para esta noche.

–Me estoy asustando a mí mismo –dijo en voz alta. Y a continuación–: Vamos, Eddy Osborne ¡no te desmorones! Has perdido la primera escaramuza, pero no toda la batalla.

CAPÍTULO XV

Un oscuro día de la semana de Acción de Gracias una nieve primeriza resplandecía sobre los prados de Cresthill. Había sido Connie quien había colocado las esculturas de bronce y la estatua del siglo XVIII al pie del parterre. Había sido también ella quien había iniciado la tradición de invitar a todos los asistentes posibles, a comer el domingo después de la fiesta. «Había algo pintoresco –pensó–, algo encantador en ver a las familias llegar con sus niños, las niñas pequeñas y los niños vestidos con terciopelo y pareciéndose a un anuncio chico de *Country Life* o *Vogue*.» El año pasado Thérèse había lucido un vestido de terciopelo de color rubí con cordones que hacían juego en el cabello.

En concreto, este domingo había otro tipo de reunión en la casa. Poco después de la comida habían empezado a llegar los hombres, y hasta ahora Connie había contabilizado quince de ellos sentados alrededor de la mesa en la biblioteca. Obviamente, algún asunto importante debía estar llegando a sus horas finales para reunir a tantos banqueros, abogados, contables y jefazos. Por experiencia sabía que podían pasarse todo el día, lo cual supondría la cena, y quizás a altas horas de la madrugada, pizzas. Estas reuniones siempre se hacían en la casa de Martin, aunque la casa de De Witt estaba a sólo media hora de distancia. Probablemente, Caroline no quería ver su hogar invadido de humo, pensó Connie divertida.

El humo de los puros traspasaba ya la puerta de la biblioteca, rezumando por la puerta cerrada e invadiendo el salón adyacente en el que Connie estaba atendiendo la única línea telefónica de la casa que permanecía abierta. Le habían proporcionado una lista corta de personajes aceptables y sólo debía avisar a Martin si llamaba alguno de ellos. Sí, este negocio tenía que ser algo extraordinario, pensó, porque Martin había estado inhabitualmente tenso durante las últimas semanas; el párpado de su ojo izquierdo había recuperado el tic.

Inquieta ahora, se levantó y se dirigió a la ventana. A lo lejos, en la pendiente, una mancha de color naranja se deslizaba por la nieve donde la niñera arrastraba a Thérèse en su trineo. Y Connie tuvo un curioso recuerdo de alguien que la empujaba por una colina en una caja de cartón; tal vez fuera Lara o, quizá, su madre. ¡Cómo disfrutaría ahora Peg con esta nieta a quien le pertenecía todo este esplendor, estos campos y esta enorme casa! Como siempre, Connie experimentó una oleada de emociones confusas; ternura y feroz protección, desilusión porque la hija de Lara era bella y Thérèse no, vergüenza por haber pensado unas cosas así; y orgullo porque Thérèse estaba tan avanzada para su edad y tenía una fuerte personalidad. Quizá se pareciera a su hermanastra, pero nunca sería una persona tan desolada como Melissa.

Más nieve empezó a caer del cielo en copos lentos y secos, blanqueando los coches aparcados. Llegaban más coches. Se acercaba la vieja camioneta de Preston con el parabrisas abollado. Uno pensaría que le molestaría viajar en un coche así. Pero él aparecía inmaculado, su espeso cabello mesándose al viento mientras cruzaba la entrada, su rostro enjuto enrojecido por el frío. Sería un anuncio perfecto para los tweds campestres. «¿Por qué –pensó Connie–, me imagino siempre cómo aparecerían las personas en las fotos? No tenía importancia. Definitivamente Preston pertenecía a la aristocracia americana. Como la mujer de Eddy, Pam. Había que nacer así.»

Pobre Eddy, en aquel terrible lugar. Había ido una vez con Lara a verle, y la presencia de las hermanas le había molestado terriblemente; habían herido su orgullo. Pero, por teléfono, seguía hablando con ánimo, como si no hubiera hecho nada, como si todo el mundo estuviera exagerando las cosas. Hace dos años había estado allí con ellos, feliz y alegre, cargado como siempre de regalos. Justo aquí cerca de la entrada principal había aparcado y llamado al mayordomo para que le ayudara a llevar la casa de muñecas de Thérèse. Pobre Eddy. Y se acordó del día de la boda, cuando le regaló el «Mercedes», pujando por un Matisse en una subasta espectacular, contestando preguntas respetuosas en una cena elegante.

¿Qué había significado todo al final? Una extraña sensación de estar perdida la invadió, como si nada tuviera sentido. Y Connie hizo un esfuerzo para deshacerse de un triste presagio.

Ahora llegaba un «Rolls-Royce» blanco. Cuando el chófer abrió la puerta, vio los asientos de cuero blanco y frunció el ceño. Ostentoso. Mal gusto. Éste tenía que ser Franklin Bennet, el famoso Franklin Bennet. La descripción de Martin casaba con el gran hombre vestido con un abrigo de visón hasta los tobillos que salía del coche. Horroroso. Y volvió a fruncir el ceño.

El día fue transcurriendo con lentitud. Volvió al sofá y al periódico dominical. *Delphine* gemía, quería estar en el sofá con Connie, y ésta la cogió, pensando de nuevo en la foto que sería el sofá, el perrito y ella vestida con un traje de lana verdemar. A menudo se veían fotos de mujeres con sus perros en el salón o la biblioteca. Su mente pasó rápidamente al día en que habían comprado a *Delphine*.

–¡Si casi puedo metérmela en el bolsillo! –había exclamado Richard.

Podía reproducir el tono exacto de su voz incluso en este mismo momento, aunque habían pasado ya diez años. Y se preguntó qué debía ser de su vida ahora. Era extraño pensar que alguna vez su vida había estado unida a la de él. *El hombre tímido, con la raqueta de tenis, dijo ¿Es usted la señorita Osborne?* Y ahora aquí estaba ella en la casa de Martin con el perro de Richard sobre el regazo.

«Me he dormido», pensó cuando se despertó de golpe. El murmullo de voces masculinas que habían sido casi inaudibles desde el otro lado de las pesadas puertas se oían ahora mismo cómo discutían.

–¡Maldita sea! ¿Estás diciendo que somos ladrones? ¿Es

eso lo que estás diciendo? –Sin duda alguna se trataba de Martin.

La voz que contestó, joven, hablaba igualmente algo, pero se dominaba.

–No he dicho eso, señor. No es verdad.

–Has utilizado la palabra *falso*, y no me ha gustado. Maldita sea, no me ha gustado.

–Lo que dije, si lo recuerdas, es que este dinero es cosa falsa. Estas obligaciones son promesas basadas en otras promesas que quizá la gente no pueda cumplir. De forma que no es dinero de verdad. A mi modo de ver tiene tanto valor como el dinero del Monopoly.

–Ah –exclamó Martin en un tono gélido–, o sea que le hemos estado pagando dinero de Monopoly.

–No señor, he cobrado adecuadamente, y lo sé. Lo único que digo es que mucha gente en este país va a acabar sin cobrar.

Otras voces se unieron a la discusión. A los oídos intranquilos de Connie le pareció que un hombre, el de la voz joven, se oponía a todos los demás. Nunca hubiera imaginado que estos hombres importantes fueran capaces de crear tal conmoción.

–Esta montaña de deudas aplastará al país...

–¡Mierda! ¡Por qué no dejas de decir tonterías!

–Eres todavía joven...

–...millones ahora, pero llegará el día del juicio final.

–...esta empresa fue fundada por mis antepasados cuando tu abuelo estaba en la cuna. –Ésa era la voz de Preston.

–...malditos hijos de puta, poniendo obstáculos en el camino de cada idea nueva.

Connie estaba pensando: «Incluso cuando papá estaba borracho, no hablaba así.»

–...avaricia, total avaricia, eso es...

Se oyó un estruendo como si alguien hubiera dado un puñetazo a la mesa.

–¿Por qué demonios no te callas?

–Calma, por favor. Vete a casa...

–Ésa es la mejor idea que he oído. –Volvía a hablar Martin, más tranquilo–. No vamos a ninguna parte así.

Y Preston añadió:

–Vete a casa, McClintock. Piénsate las cosas, y hablaremos mañana en mi despacho.

Intrigada, Connie volvió a la ventana, para ver a un joven con cabello cobrizo bajar corriendo las escaleras y entrar en un coche que, con un crujido de la gravilla, aceleró. Siempre había tenido buena memoria para las caras, y estaba segura de que le conocía.

Volvió la tranquilidad y, al cabo de una hora, se acabó la reunión y Martin, con Preston, trajeron al hombre del abrigo de visón a conocer a Connie. Martin hizo las presentaciones.

–Encantado de conocerte –dijo Franklin Bennett. Sus ojos la recorrieron de arriba abajo–. Vaya, Berg, sí que las sabes escoger. No hay nada como una mujer joven para volver a sentirse un pollo. ¿Cuántos años tienes, Connie?

Estupefacta, contestó:

–Treinta y tres.

–Mi mujer, mi nueva mujer, es más joven. Veintisiete. Me recuerdas un poco a ella. Anda, Berg, tienes una casa espléndida. ¿Cuántas hectáreas?

–Veintidós...

–Vaya, debe valer una millonada, tan cerca de Nueva York.

–Bueno, es nuestro hogar –dijo Martin con modestia–. Nos gusta.

–¿Y por qué no iba a ser así? Bueno, me marcho. –Bennett se volvió a Connie–. Debes de haber oído la discusión. Ese joven hijo de puta perdió los estribos.

–Lamento –dijo Preston– que el altercado procediese de alguien de nuestra empresa.

Martin añadió:

–Es un tipo interesante, McClintock, e impredecible, por lo visto. Empezó como asistente social, después cambió por completo y ha realizado algunos negocios brillantes. Parecía una futura estrella. –Sorprendido se rascó la cabeza–. No puedo imaginarme lo que le ha ocurrido hoy.

Bennett fue magnánimo.

–Bueno, no es culpa tuya. Yo he tenido que despedir a muchas futuras estrellas. Lo más importante es que estamos haciendo algo. –Se dirigió a la puerta–. Me tengo que marchar. No puedo hacer esperar a la señora.

Cuando la puerta se cerró tras Bennett, Preston suspiró asqueado.

–¡Qué horror de hombre!

Martin comentó que su biografía resultaría fascinante, a lo que Preston contestó que lo sería si alguien se atrevía a escribir la verdad.

–Fue educado por su abuelo en una granja de Kansas después de la muerte de sus padres –le explicó Preston a Connie–. Pero no tenía intención alguna de quedarse allí. Su primer trabajo fue en una fábrica de cereales en el departamento de exportación, pero tampoco estuvo mucho tiempo allí. Sólo tardó once años en convertirse en el presidente de la compañía. Ha ascendido, ha machacado y tiene ojos en todas partes. Por cierto, Martin, espero que despidas a McClintock mañana. Lo que ha hecho es inexcusable.

–Ya lo sé –respondió Martin–. Sin embargo, es un trabajo sucio. –Y le explicó a Connie–: McClintock perdió a la mujer en aquel accidente de autobús que hubo el verano pasado.

–Pero ya no nos es útil –dijo Preston.

–Ya lo sé –repitió Martin.

–¡Hijo de puta! –exclamó en cuanto Preston se hubo marchado.

–¿Quién? ¿No hablarás de Preston?

–Sí, sí. No lo digo muy en serio, pero maldita sea, siempre espera que yo haga los trabajos sucios. Yo fui el que tuve que despedir a trescientos agentes después de aquel Lunes Negro, mientras él se comportaba como un caballero.

–¿Por qué lo haces, entonces? –preguntó–. Eres tan socio como él.

–Te lo diré. Porque lo hago con más amabilidad que él. Yo me llevaré a McClintock a almorzar y le daré la noticia con tacto. No es que se merezca amabilidad, el imbécil. Podría haberlo echado todo a perder y hacer que perdiéramos seis millones de dólares en honorarios. ¿Sabes qué, Connie? Un hombre así me recuerda a mi hermano Ben, sólo que McClintock parece haberse vuelto loco de pronto, mientras que Ben siempre ha sido un despistado. –Martin se limpió la frente–. Estoy agotado. Necesito una taza de café.

Cuando Connie le trajo el café a la biblioteca y lo colocó sobre la mesa, que seguía llena de papeles, Martin dijo:

–Por cierto, no te he mencionado que Bennet quiere incluir la fábrica de tu cuñado en el negocio.

–¿Qué? ¿La planta de Davey? ¿Y por qué quiere eso?

–Parece que tienen unas patentes que encajan bien en el departamento de suministros médicos de Bennett. Ansía poseerlos. Ya ha mandado a un hombre a hablar con Davey.

Ella pensó unos momentos y contestó:

–Es curioso que no me lo hayas mencionado antes.

–¿Por qué? Nunca hablo de negocios en casa.

–Pero se trata de Davey y Lara.

–Más razón para que tú no te metas en el asunto.

–A Davey no le gustará que alguien intente meterse con su fábrica. Es como otro hijo para él, lo sabes. –Y dijo pensativamente–: Y también me extraña que Lara tampoco lo mencionara.

–Supongo que pensó que no había razón para hacerlo porque rechazaron la primera oferta de Bennett.

–Bien hecho. Me parece bien. Bennett es abominable. Me gustaría que no consiguiera lo que quiere por una vez en su vida.

Martin se echó a reír.

–Eso es irrelevante. Tiene intención de hacerles una oferta fantástica.

–Davey volverá a rechazarla.

–Cambiará de idea cuando se lo expliquen bien. Bennett ha dicho que quizás él mismo viaje a Ohio a ver la planta, y eso no es algo muy habitual en el gran jefe.

–Entonces debe tener muchas ganas de comprar. Qué raro. Una cosa tan pequeña como ésa.

–No es raro. Así se forman las grandes multinacionales.

Connie negó con la cabeza.

–Davey no querrá. Ni Lara tampoco. Mi hermana es muy terca.

–Debe de ser cosa de familia. –Martin volvió a reír–. Me he fijado que tú no te has rendido hasta conseguir que comprara la casa de Londres. –Se inclinó para besarla–. ¡Caray! Sólo son las cinco. Si no temiera que la niña pudiera venir a buscarnos, te llevaría a la cama ahora mismo.

–Nos iremos a la cama pronto, cariño. –Tenía que fingir que compartía su impaciencia. Pero su mente estaba en otro sitio–. ¿Qué significaría un negocio así para Davey y Lara? –preguntó.

–Una bonita suma de dinero. Eso es lo que significa.

CAPÍTULO XVI

En Allenwood, Pennsylvania, el tiempo otoñal se había vuelto de pronto cálido, y las familias protegidas con jerseis estaban disfrutando de un picnic en el estrecho prado. Pam había traído una cesta con fastidiosas citas y una selección de los alimentos preferidos de Eddy. Queso francés, pollo frío, ensalada, vino tinto y tartaletas de fresas.

Observándole con ansiedad, le preguntó si quería que le mandara algo en especial.

–Un par de libros. La biblioteca de aquí no es de las mejores.

Un marido y su mujer con dos chicos pequeños estaban agitando la manta y recogiendo los restos del almuerzo. «La madre y los niños habían venido a visitar a papá en la cárcel», pensó Eddy amargamente. No podía entender cómo alguien podía permitir que sus hijos le vieran de esta manera. Ya era horrible que la mujer regresara a casa con aquella imagen en la cabeza.

Cierto, el lugar no era lo que se había imaginado. A pesar de la descripción de Rathbone de que no era una cárcel de alta seguridad, muchas cosas le habían sorprendido. La buena comida que se les permitía preparar. La libertad para utilizar el teléfono; muchos hombres llevaban sus negocios por teléfono. Trabajar en la biblioteca también era agradable, al igual que cuidar el jardín un día veraniego. Incluso había aprendido a cocinar y a recoger después la cocina. La idea le hizo sonreír al pensar en esta incongruente imagen de sí mismo.

–¿Qué es lo que te hace tanta gracia? –preguntó Pam.

–Estaba pensando en lo mucho que te sorprendería verme haciendo la cena y lavando los cazos después.

Ella sonrió, diciendo:

–No tendrás que hacerlo cuando regreses a casa. He encontrado una pareja maravillosa, incluso mejor que María y Ramón.

–Todo aquello me parece que pasó hace siglos.

–Ya lo sé. –Posó una mano sobre su brazo–. Eddy, esto pasará. Has sido muy valiente.

Le miró la mano con las uñas cortas, tan prácticas y a la vez tan bonitas, como pequeñas conchas. La alianza de diamantes que habían comprado en París en la Place Vendôme también el siglo pasado, resplandecía sobre su dedo. Por lo menos era el mismo, dándole una cierta sensación de que ella todavía le pertenecía. Y cogiéndole la mano, le besó todos los dedos, uno a uno.

–Estás tan guapa –dijo–. Te acordaste de ponerte de gris. Te apuesto algo a que no pensabas que me daría cuenta.

–No, sabía que lo harías.

Gris, un gris plateado, tenía pureza. Era el color de la lluvia, que le encantaba; era el cristal; era el océano por la noche; era bajo cierta iluminación el color de los ojos de Pam.

–Es terrible estar aquí sentado contigo –dijo– y sólo poder tocarte los dedos.

–Ya lo sé –susurró ella.

–A veces, por la noche, me vuelvo casi loco. Me gustaría que el trabajo fuera más duro para estar agotado y no sentir nada. Un día transporté piedras en el jardín; quería quedarme k.o. Aquélla fue la única noche que no pensé en ti.

–No sé qué decir.

–¿Te ocurre lo mismo a ti?

–Eddy... me conoces, de modo que ya sabes cómo es.

–Me encantaría que toda esta gente se evaporara. Me gustaría que hubiera una colina o un bosque al que pudiéramos ir en este mismo instante.

–Por favor. Te estás atormentando y a mí también. Pensemos en otra cosa.

–Tienes razón. Lo siento. Entonces cuéntame cosas. Cualquier cosa. Cuéntame lo que hiciste ayer.

–Lo mismo que todos los días. El lugar necesita muchos cuidados. Los establos se están llenando. Estoy criando una buena raza. La semana pasada compré una yegua preciosa. El propietario se traslada a la ciudad y quería que tuviera un buen hogar. Se llama *Lassie*.

–¿De qué color es?

–Es de color caramelo con patas blancas.

–Cuando sean las siete de la mañana, voy a pensar: «Pam está montando a *Lassie,* cogiendo el camino que pasa por el huerto y lleva al bosque.» ¿Tengo razón?

–Más o menos a las siete, si no me quedo dormida. A veces tardo en dormirme. La casa está tan solitaria. Es muy grande para una persona sola. Ni siquiera oigo al servicio, están tan lejos...

Fuera cual fuera el tema de conversación, siempre parecían hablar de la separación. Y Pam, evidentemente consciente de ello, cambió con rapidez el rumbo de sus pensamientos.

–A la gente le sorprende que me vaya tan bien teniendo en cuenta que no crío caballos de carreras o cazadores. Un caballo es un compañero, digo yo, no un animal al que se le puede agotar el corazón en una carrera. Eso es explotación, crueldad. Y en cuanto a la caza de un miserable y atemorizado zorro, bueno, ya sabes lo que opino de eso.

El rostro de Pam se puso severo.

–Me encanta cuando inicias una de tus cruzadas, aunque supongo que los cazadores y los de las carreras deben pensar que eres una loca.

–Eso no me molesta. Además, hay muchos que están de acuerdo conmigo. He hecho buenos amigos, Eddy. Ya verás.

Transcurrían los minutos. Eddy se cubrió el reloj de pulsera con la camisa para no ver la hora que era. Y permanecieron allí sentados, hablando, sin perder ni siquiera un minuto con el silencio.

–La cocina ha quedado perfecta. Y los armarios en tu despacho también son perfectos. El hombre conoce su oficio. Lara y Davey trajeron a las niñas. Pueden hacerlo de una tirada, sólo es un viaje de cuatro horas. Peggy es preciosa, y Sue resulta sorprendente. Es tan lista que creo que se convertirá en una sabia. Connie mandó un enorme y extravagante centro de mesa de plata para el comedor.

–¿Y por qué?

–Un regalo de bienvenida. Y es un gesto muy simpático. Le debe haber costado una fortuna, pero ya conoces a tu hermana. No puede resistirse a las cosas bonitas. Como tú con esta cesta de picnic. ¡Cierres de plata!

–Pues ha servido para algo –contestó.

Su comentario no quedó muy bien. Cierres de plata para una visita a la cárcel.

Eran los últimos rezagados en el prado, de modo que ya era casi hora de marcharse, y él se dio prisa en hablar.

–No te he hecho la única pregunta que es realmente importante. ¿Cómo *estás*? ¿Te ha cambiado todo eso, ha cambiado a la Pam que yo conozco? Por favor, la verdad.

Antes de contestar, ella hizo una pausa. Y a continuación, lenta y seriamente, empezó a explicarse:

–Al principio, cuando viniste aquí, me di cuenta de la realidad por primera vez. Tenía ganas de echarme a correr y estrellarme contra una pared. Vi las estrellas. No me cesaba el dolor en la cabeza. Y después me enfadaba, ¿lo entiendes, Eddy? –Cuando asintió, ella continuó–: Estaba, bueno, tenía la sensación de que me habían timado. Que no era justo haber disfrutado de una vida tan feliz para que después te la quitaran de una forma tan estúpida. ¿Estás seguro de que me entiendes Eddy?

–Sí. Sí, claro. Es normal.

Pam le cogió las dos manos.

–Mírame. Mírame a los ojos. Me lo has preguntado, y yo te lo he contado. Pero quiero que sepas que eso se ha acabado. Sólo me duró un par de días, y ya estoy normal. Y te quiero, Eddy Osborne, y vamos a disfrutar de una larga vida juntos, y te quiero, te quiero. Y ahora me tengo que ir.

Antes de partir, ella dijo:

–Volveré a primeros de mes.

–Es demasiado, un viaje demasiado largo.

–Deja que decida yo. No podrás mantenerme alejada.

Él se quedó quieto viéndola marcharse. ¡No le había dicho lo que realmente sentía! «Es demasiado para mí, verte tan poco tiempo, y después dejarte marchar. Y no sólo estoy pensando en mí. ¿Por qué una chica como Pam tiene que sufrir a causa de mis errores, errores que yo lamento, y por los que pido perdón? Me alegro de que esté en Kentucky, por lo menos. Todos los buenos amigos que teníamos..., actúan como si tuviéramos una enfermedad contagiosa. Bueno, algunos escribieron cartas de apoyo al juez, eso es cierto, pero la humillación sigue siendo terrible. Y yo no puedo ayudarla.

Un par de hombres se habían quedado fuera para jugar un rato a pelota después de que se marcharan las visitas. Reconoció al pequeño Bosch, que dormía en la cama de al lado. A Bosch le había caído un año y medio. A cargo de la adquisición de material de oficina para un Banco en el que trabajaba, había montado una compañía ficticia y se había metido en el bolsillo medio millón de dólares antes de que le descubrieran. Un robo claro y sencillo, eso es lo que era. Y nunca te lo imaginarías con sólo mirarlo. Se parecía a un maestro de escuela. Eddy supuso que le iría bien unirse a ellos para hacer un poco de ejercicio. El cuerpo tenía ganas de ir, pero su alma no.

Estaba en la cárcel. Tal vez todos los guardias estuvieran vestidos con americanas y pantalones de franela, pero seguían siendo guardias, a pesar de sus agradables vestimentas. Y te odiaban. Te odiaban porque algún día ibas a salir en libertad para regresar, muy probablemente, a la vida cómoda, mientras que ellos se quedarían aquí. Cuando te insultaban con sus sarcasmos, tenías que tragártelo y soportarlo porque, si respondías, lo pondrían en tu ficha y podía influir en la libertad condicional.

Sí, máxima o mínima seguridad, esto era una cárcel, y él estaba detrás de los muros. Había tantos pasos hasta el límite. Más allá, a poca distancia, estaba el río Susquehanna: fluía hasta la bahía de Chesapeake, donde uno de los clientes tenía una casa colonial a la que solía invitarle durante la temporada de la caza del pato. Al noroeste, cerca de la montaña Bald Eagle, estaba Williamsport, donde, al ir en avioneta a encontrarse con otro cliente, se había quedado atrapado por la niebla dando vueltas durante más de una hora. Recordó haber tenido miedo jurando no volver a utilizar un bimotor. Bueno «nunca» era mucho tiempo; ahora le encantaría poder hacerlo. Un bimotor o un globo, cualquier cosa para poder salir de aquí.

Encarcelado.

CAPÍTULO XVII

–¿Quién podrá ser? –se preguntó Lara, levantando la vista del escritorio en el que estaba repasando los saldos mensuales de la «Compañía Davis».

No ocurría a menudo que una limusina aparcara en la puerta de la fábrica: sólo cuando un cliente importante llegaba desde el aeropuerto.

Un hombre corpulento vistiendo, de todas las cosas más improbables, un abrigo largo de visón, salió del coche y se dirigió, sorteando los charcos de nieve derretida, a la entrada. Un minuto o dos después la llamaron al despacho de Davey al otro lado del pasillo.

–Franklin Bennett –dijo el recién llegado–; pero llámame Frank. Soy bastante informal. –Se sentó, estirando las piernas–. Nunca pensé que me encontraría en lo más profundo de Ohio. No he estado en un pueblo tan pequeño como éste desde que abandoné el de mi infancia. Por lo menos, hoy hace buen tiempo.

Ni Davey ni Lara hicieron comentario alguno.

Bennett encendió un puro y le ofreció uno a Davey.

–Gracias. No fumo.

–Normalmente no me ocupo personalmente de las pequeñas operaciones –empezó a decir Bennett, reclinándose tanto que la silla chirrió–, pero me han dicho que le pusieron las cosas difíciles a mi hombre.

–Yo no diría eso –contestó Davey, con mucha tranquilidad–. Nunca le he puesto las cosas difíciles a nadie.

–Bueno, le rechazaron por completo, ¿verdad?

–Esto es privilegio mío.

–Podrían haberlo escuchado.

–Escuché lo suficiente, señor Bennett. Esto es nuestro y queremos que siga siéndolo.

Ahora Bennett optó por sonreír. «No parece natural en su cara», pensó Lara.

–Bueno, supongo que puedo intentar comprenderlo. Su cuñado Martin –dijo señalando a Lara– me ha contado lo mucho que han trabajado para poner esto en marcha.

¡Martin! Al unísono Lara y Davey se miraron. De modo que el inofensivo rumor de Eddy era algo más que un rumor. Después de todos estos meses, durante los cuales Martin no había mencionada nada: Martin, el benefactor, la fuente de fortaleza. Sintió que la habían herido en el pecho con algo contundente y frío.

–Lo habéis hecho muy bien. Muy bien. Pero no querréis dejarlo aquí, ¿verdad? Queréis crecer, ¿no es eso?

–No particularmente –dijo Davey–. Encajamos en el pueblo, somos parte de él, un tamaño adecuado. Tenemos una guardería en la fábrica para los hijos de los empleados, el campo de juego...

Bennett se impacientaba.

–Ya lo sé. Martin me lo explicó. Pero si os preocupa tanto el pueblo, podriáis pensar en el bien que haríais si ampliarais.

Ahora fue Davey quien le interrumpió.

–No estaría ampliando. Estaría dividiendo, y no quiero hacer eso, señor Bennett.

–Martin me dijo que eras terco.

–¿Ah sí?

–¡Oh, no me interpretes mal! No pretendía insultar. Os admira mucho a los dos. También piensa que seríais imbéciles al rechazar mi propuesta.

Davey se encogió de hombros.

–Entonces seremos imbéciles.

–Podríais valer millones dentro de un par de años.

–Señor Bennett, seguramente no entenderá lo que voy a decir, y parece ser que mi cuñado tampoco lo entiende, pero mi mujer y yo no tenemos ningún deseo de valer millones.

–¡Dios mío! –exclamó Bennett. Se inclinó hacia delante hasta que el humo del puro le llegó al rostro de Lara–. Puede que no te importe el dinero, pero a los accionistas sí que les importa, y de eso puedes estar seguro. Lo único que tengo que hacer es presentar mi oferta en la reunión de accionistas, y ellos votarán a mi favor.

–Te garantizo que no será así. Yo les conozco y tú no.

–Yo conozco la naturaleza humana –contestó Bennett.

Davey se quedó en silencio. Y Bennett volvió a la carga.

–Pero esperaré un poco. Normalmente no soy un hombre con paciencia. No he llegado a donde estoy teniendo paciencia.

–Ya lo veo –dijo Davey.

De nuevo los ojos de Lara le hablaban. «No tengas miedo –decían–, he visto a gente así antes.»

–Te daré un tiempo razonable para que te lo pienses, Davis. Me gustaría evitar una disputa por amistad con Berg. Me ha financiado bastantes buenos negocios, y yo se lo agradezco. Y verás que sé mostrar mi agradecimiento cuando la gente coopera conmigo. –De nuevo una sonrisa apareció en su rubicundo rostro–. Bueno, me espera mi avión. Ya nos veremos –añadió al levantarse.

–No sé si puedo evitarlo –declaró Davey al cerrarse la puerta. Se quedó unos momentos quieto como para aclararse las ideas–. Es un bombardeo, eso es lo que es, Lara.

–¡Y Martin forma parte de ello! ¿Puedes creerlo? Es como descubrir de pronto que tu padre era un espía ruso. Oh, no sé lo que estoy diciendo –exclamó llorosa.

–Tranquilízate. Ahora tenemos que pensar. Tenemos que tomarnos el tiempo necesario y pensar.

–Pero estoy terriblemente asustada, muy asustada. Ese hombre, Bennett, es un bruto, Davey.

Era como si un salvaje y amenazador vagabundo hubiera aparecido a la puerta de casa y, después, al marcharse tranquilamente, hubiera dejado claro que volvería. Después de eso, uno tendría que vivir con las puertas cerradas y las persianas bajadas.

–¿Qué vamos a hacer? –preguntó.

–¿Ahora mismo? Ir a casa a cenar.

Dejando de lado el tema, consiguió que la hora de la cena transcurriera con la normalidad de siempre. En la mesa Sue, que ahora cursaba séptimo, planteó un problema de matemáticas sobre el cual ella y Davey discutieron durante diez minutos. Sue era la primera de la clase y ya sabía que quería estudiar ciencias. Lara la observó entrecerrando los ojos, sacando la lengua mientras hacía un diagrama sobre una servilleta de papel. Era una chica muy seria y había abandonado casi la infancia. Y, sin embargo, su risa también resultaba encantadora.

«Hemos tenido tanta suerte con ella –pensó Lara–. Es cierto, tengo que admitirlo, que le hemos dedicado un gran esfuerzo, pero la materia prima era buena.»

Sue le estaba cortando el pollo a Peggy. El cuidado que tenía con Peggy también era enternecedor. Peggy era un juguete para ella, un juguete bonito y móvil. «Sue a veces muestra más paciencia con sus rabietas que yo», pensó Lara.

Después de cenar, Sue y Peggy se fueron a casa de los Burke y los padres se llevaron el café a la salita. Lara contempló la cómoda estancia. Su hogar. Las cálidas y floreadas cortinas mantenían alejada la noche; el perro adormecido gruñó una vez en sueños; las fotos de las niñas cubrían los estantes. Lo habían planeado tan bien, haciendo que fuera un lugar cómodo y ordenado. Y ahora habían llegado unos desconocidos, atreviéndose a invadir y romper esta vida elegida. ¡Unos absolutos desconocidos! ¡Qué atrevimiento! ¿Podían permitirse cosas así?

Sonó el teléfono y Davey lo cogió.

–Hola, Martin. Sí, vino esta tarde. ¿Qué? –le hizo señas a Lara–. Coge el teléfono de la cocina. Martin quiere que oigas la conversación.

La voz de Martin, con su fuerte acento neoyorquino, era potente.

–¿Qué ha pasado? ¿Qué os ha parecido?

–Lo primero que sentí fue sorpresa, Martin. El hecho de que tú formes parte de esto. Nunca nos lo dijiste.

A Davey le temblaba la voz, pero tan sutilmente que sólo Lara se dio cuenta. Sólo ella podía intuir la ira que se estaba reprimiendo.

–Es algo muy reciente. Al principio no formábamos parte de ello. Bennett cambió de empresa y vino a nosotros para que hiciéramos una opa.

–Bueno, en cualquier caso –continuó Davey en voz baja–, ha sido una gran sorpresa para nosotros.

–Lo siento. Es pura coincidencia. Y, sin embargo, no tan rara. Somos, al fin y al cabo, una empresa bien conocida, y «P.T.C. Longwood» busca naturalmente el mejor asesoramiento posible. –Martin hablaba con ligereza y facilidad.

«Si sólo –pensaba Lara–, pudiéramos decir lo que pensamos. Pero estamos atados, por los favores que hemos aceptado. Y Connie. Cómo soportar otra ruptura con Connie.»

–Bueno, ¿qué os ha parecido?

–Me ha parecido un hombre terrible.

Martin se echó a reír.

–Estoy de acuerdo con eso. Pero si tuviera que caerte bien toda la gente que conoces en el mundo de los negocios, acabarías ganando muy poco dinero.

–Cierto. Sólo que yo no quiero hacer negocios con este hombre ni con nadie.

–Si no te gusta la oferta, puedo conseguir que la mejore, ya lo sabes. Déjamelo a mí. ¿Qué parte es la que no te ha gustado?

–No hemos hablado de detalles. No quise escucharle. No me interesa.

Hubo una pausa hasta que Martin dijo, con voz incrédula:

–Eso es imposible.

–Es verdad, Martin.

–Escucha, Davey. Me doy cuenta de que no te ha caído bien. No cae bien a nadie, pero todo el mundo admite que es un fenómeno. No hay nadie en el mundo de los negocios que pueda acercarse a lo que ha conseguido Bennett en tan poco tiempo.

–Te creo, pero nosotros deseamos quedarnos con lo que tenemos, tal y como está.

Hubo otra larga pausa, y a continuación Martin prosiguió:

–Escucha, iré el sábado a veros. Somos familia, y no hablamos formalmente en los despachos. ¿Podéis recogerme en el aeropuerto? Llamaré en cuando llegue.

–Martin, nosotros... –empezó Davey, pero Martin ya había colgado.

Lara acudió desde la cocina.

–¡Está tan decidido! No quiero que venga el sábado.

–Me gustaría que no fuera el marido de tu hermana. Me gustaría que no se hubiera portado tan bien con nosotros. Entonces podría decirle que se fuera al carajo.

El coche acababa de llegar a la entrada y Lara ya estaba en la puerta, observando a los dos hombres mientras se dirigían a la casa. Estudiaba el rostro de Davey para saber de qué humor estaba. Pero en ambas caras sólo vio sonrisas de bienvenida, especialmente cuando Peggy llegó a la puerta, chillando.

–¡Tío Martin! ¿Qué me has traído?

Martin llevaba dos cajas blancas en cada mano. Durante su estancia en casa de los Berg, Peggy había aprendido rápidamente las costumbres de la casa. Sabía que cuando Martin entraba en una habitación en la que había niños, siempre lo hacía con algún regalo, aunque sólo fuera una pastilla de chocolate.

–¡Peggy! –Lara le hizo el reproche habitual–. ¡No está bien!

Martin se rió, se inclinó, y besó a la niña.

–Para ti, para todos. Traje una caja de bombones, que no debe abrirse hasta después de comer. Y esto –le dijo a Lara colocando las cajas en el suelo– son algunas cosas que Connie compró en París para ti, Peggy y Sue. Viajó para ver las inauguraciones con Bitsy Maxwell un par de días la semana pasada.

Lara dijo lo esperado.

–¡No debería haberlo hecho!

¡Bendita Connie! Las elegantes ropas serían algo que nadie en un pueblo normal de América llegaría a ponerse, pero el cariño quedaba demostrado.

El almuerzo resultó un esfuerzo colectivo. Sue había puesto la mesa con la mejor vajilla y había ayudado a Lara con la ensalada y la crema de limón. Tras una semana de fuertes lluvias había salido el sol. Y desde la ventana del comedor se veía la resplandeciente hierba. Los rayos solares iluminaban la bonita mesa.

–Qué agradable –dijo Martin cuando se sentaron.

«Es bonito –pensó Lara–, y resulta una pena estar en este ambiente tan frustrada y resentida como estoy.»

–Ya sé leer –anunció Peggy, sin razón alguna–. Tío Martin ¿sabes que sé leer?

–No –contestó Martin sorprendido–. Pues qué buena noticia.

–Te lo demostraré –dijo Peggy, empezando a bajarse de la silla.

–No, no –le ordenó Lara–. Después de comer puedes hacer una demostración, pero no molestes ahora a la gente.

La niña sorprendida por una reprimenda tan poco habitual, se sentó. Martin prometió escucharla después y, a continuación, diplomático que era, le preguntó a Sue si le gustaba el colegio.

–Está bastante bien. Lo que me gusta más son las ciencias y las matemáticas.

–Sue saca buenas notas –explicó Davey–. Nunca tenemos que decirle que haga los deberes.

Martin asintió con aprobación.

–Es estupendo que las chicas se dediquen a las ciencias. No sé por qué no lo han hecho antes.

Y así continuó la conversación, una civilizada y agradable charla familiar, mientras que los tres adultos fingían que no existía tensión entre ellos.

Cuando se terminó la comida, los tres se dirigieron al salón. Lara colocó las tazas de café en la mesita delante del sofá, y Martin se acomodó con un puro en la boca.

–Sí, sí, tenéis una casa bonita –repitió–. Hogareña. Mucho más que un apartamento en la Quinta Avenida.

Lara se sorprendió en su interior. ¡Como si Martin estuviera dispuesto a cambiar el apartamento de la Quinta Avenida por esto!

–Nos gusta –dijo Davey–. Pero, siempre hemos vivido aquí.

–Es un buen lugar para educar a los hijos –observó Martin–. Y cuando tienes una buena familia, con Peggy vuelta a la normalidad, gracias a Dios. Sue también es especialmente atractiva.

–Sí, hemos tenido suerte –reconoció Davey.

Se hizo una pausa. Ahora que se habían dicho las palabras agradables, Lara se preguntaba cuánto tardarían en llegar al objetivo de la visita. Y de pronto se abordó el tema.

–Empecemos. Ya sabéis por qué he venido –dijo Martin.

Los dos levantaron la vista de sus tazas de café sin responder. Martin se aclaró la garganta, se sonó y guardó el pañuelo. Se le ocurrió a Lara que nunca había visto al hombre incómodo en ninguna situación. Entonces, sorprendida, vio que se dirigía directamente a ella.

–Nunca te he dicho esto, Lara. Sé que Davey tiene una imagen clara de la propuesta de «Longwood». Tuvimos una charla en el coche. Pero me pregunto si tú realmente lo entiendes. Y como sé que él no hará nada sin tu aprobación, he llegado a la conclusión de que quizá tú seas la razón por la cual él no puede decidirse. Y por eso he venido, para repasar todos los detalles concretamente contigo.

–Los dos hemos tomado una decisión –dijo Lara–. Pensé que lo sabías.

Martin se volvió hacia Davey, que seguía sin hablar, removiendo el café y con cara pensativa. ¿Qué le ocurría? ¡Por qué no hablaba!

Martin volvió a hablar.

–Davey, entiendo muy bien cómo has construido este negocio y lo que significa para ti...

Ahora le interrumpió Davey.

–La idea del negocio fue de Lara. Yo sólo soy un inventor. Y después fue Eddy quien lo desarrolló, el que nos enseñó a llevarlo.

–Oh, Eddy –dijo Martin con un ligero encogimiento de hombros.

El encogimiento, por poco intencionado, irritó a Lara, poniéndole de inmediato a la defensiva.

–Sí, Eddy. Lo único que ha tenido es generosidad en su corazón.

Martin asintió.

–Cierto. Pero después llegó la avaricia, y ésa fue su perdición. Muy triste.

–Por eso no debemos dejar que nos arruine la avaricia –repuso Lara con suavidad.

–Nos estamos desviando del tema. –Martin colocó el puro en un cenicero y apartó la taza de café–. Volvamos al asunto que nos ocupa. Tengo que deciros que yo no podré evitar esta transacción. Franklin Bennett no es el hombre más fácil del mundo. Ni tampoco lo son los banqueros, ni los abogados. Un proyecto como éste atañe a más gente de la que te puedes imaginar.

Lara, intentando cruzarse la mirada con Davey, no tuvo ningún éxito. Él la evitaba deliberadamente. Era irritante verle tan impasible, sin ofrecer respuestas, ni opiniones; hombre callado como era, hombre de pocas palabras, podía no obstante expresarse con mucha firmeza, cuando quería.

Martin esperaba que alguien le respondiera. De forma que ella dijo:

–Martin, no me gusta ser negativa. ¡Después de todo lo

que has hecho por nosotros! Debes pensar que soy una desagradecida, como si ni siquiera tuviera la decencia de considerar tu propuesta. Pero sí que he pensado. Los dos lo hemos hecho. Créeme cuando digo que hemos pensado, mucho y mucho.

–Acabas de realizar una afirmación muy clara hace un momento, acerca de no dejar que la avaricia te arruine. No puedes haber considerado mucho mi proposición, Lara, si eres capaz de decir algo así.

Tranquilamente, Lara persistió:

–Pero es avaricia lo que yo veo en esas adquisiciones. ¿No sería codicia vender, cerrar una planta que ha proporcionado tantos empleos en este pueblo y hecho tanto por el pueblo, no sería avaricioso vender, coger el dinero y marcharnos? ¿Qué pasa con Bennett y los comerciantes de Wall Street? ¿No son avariciosos?

Al oír aquellas palabras, Davey se pronunció con ansiedad:

–Lara no todo el mundo lo es, aunque no quieras decirlo –le dijo a Martin, como si, pensó Lara, estuviera excusándose por mí, como si no fuera responsable de las palabras que digo.

No estaba dispuesta a callarse.

–No pretendía insultar, Martin. Sólo estaba constatando lo que yo veo que ocurre en este país. No queremos ser así. Eso es todo lo que quería decir.

Martin se sonrojó, y ella se dio cuenta de que él se había sentido insultado. Sin embargo, continuó.

–Quizá no comprendas a un pueblo como éste. La gente aquí se siente resentida cuando se entera de que otros cogen el paracaídas de oro y después lo abandonan todo. La gente que se queda con millones cuando sus compañías van al agua.

–Envidia –dijo Martin–. Envidia pura y simple. Es exagerado y ridículo.

Lara negó con la cabeza.

–No, Martin, no es envidia. Oh, quizás en parte lo sea, supongo. Pero yo me estoy refiriendo a una amiga del colegio cuyo marido trabaja en la fábrica. Si nosotros cerramos y él pierde el trabajo, perderán también su casa. Eso es lo que le ha ocurrido a la familia de su hermana en Nueva Jersey, y ella está aterrorizada. Si nuestra planta cierra, le haremos mucho daño a este pueblo, Martin. Tenemos la fábrica más grande. Mucha gente depende de ella.

–Se les puede trasladar –argumentó Martin–. «P.T.C. Longwood» tiene fábricas en Michigan y Tennessee...

–Pero ellos no quieren trasladarse. –Discernía el tono de ruego en su voz–. Y sabes perfectamente que no los trasladarían a todos. Lo sabes, igual que lo sé yo. He leído mucho sobre el tema.

Martin suspiró y buscó apoyo en Davey.

–¿Qué sentido tiene pelear? No puedes ganar, Davey. Hablo en serio. Lo más sensato es aceptar la adquisición. Coge el dinero, y es un buen montón. Piensa con la cartera. Tu cartera es tu amigo necesitado, y no lo olvides.

–Somos copropietarios –dijo Davey, señalando a Lara–. Tenemos que estar de acuerdo en todo lo que hacemos.

–Bueno, será mejor que lleguéis a un acuerdo rápido. Eso es todo lo que puedo decir. –Martin miró su reloj y se puso de pie–. Tengo que volver. De Witt, mi socio, ha perdido a su mujer, y el funeral es mañana. –Se dirigieron a la puerta–. Si tú eres la que estás impidiendo que esto se lleve a cabo, Lara, estás cometiendo un gran error. Haz lo que Bennett quiere, y Davey tendrá un buen puesto en la compañía. Si haces de él un enemigo, lo lamentarás. Porque te aviso, aunque ya te lo he dicho antes, cuando esta oferta se plantee formalmente a los accionistas, van a votar en contra tuyo. –Hizo un gesto de perder–. Tengo que darme prisa. ¿Me llevas al aeropuerto, Davey?

Y Martin se marchó, con la ira en el cuerpo, pensó Lara, sin tan siquiera darle la mano.

En su interior, mientras esperaba el regreso de Davey, la ira iba en aumento. Cuando llegó a casa, estaba a punto de explotar.

–Qué pretendes –exigió saber cuando Davey entró en la cocina donde ella estaba furiosamente puliendo la plata que no necesitaba lustre alguno– dejando que yo me lleve todas las culpas. Casi no abriste la boca. Actuaste como si estuvieras de acuerdo con él. ¡Por el amor de Dios!

–Quizás estaba desanimado, Lara. Quizá se me ha ocurrido pensar que es una buena idea saber cuándo te han derrotado.

Ella se lo quedó mirando.

–¡No puedo creerte! ¡Derrotado!

–Ya conoces la oración: «Señor, dame el coraje para aceptar las cosas que no puedo cambiar.»

–No estoy dispuesta a aceptar esto. Podemos cambiarlo. Podemos.

–Ya has oído lo que ha dicho Martin. Sabes lo que dijo Eddy cuando se nos propuso el negocio la primera vez. Los accionistas votarán en favor del dinero de Bennett. Sabes que las acciones pueden triplicar su valor en veinticuatro horas, ¿verdad?

–¡Puedes ganarles si lo intentas! Siempre has dicho que son amigos tuyos.

Al oír estas palabras, Davey levantó un cansado brazo.

–Para. *Eran* mis amigos.

Durante un momento se quedó boquiabierta.

–¡Oh, eres un derrotista! –exclamó entonces–. ¿De verdad quieres rendirte? Parece que ya lo hayas hecho, como si te hubieras resignado a alejarte de la compañía Davis. Sí, dale todo a ese monstruo de Bennett. Te diré una cosa, Davey Davis: si esa gente gana no cogeré ni un centavo de tu dinero. No lo haré.

–Quizás eres tú la que quieres abandonarlo. Abandonar esta casa para irnos todos a vivir en una tienda de campaña.

–Claro que no quiero.

–Entonces deja de hablar como un bebé.

–No es hablar como un bebé decir que no viviré aquí con una pequeña fortuna en mi bolsillo mientras la gente con la que he convivido toda mi vida ha perdido el trabajo por culpa nuestra. Lucharé primero.

–¡Oh, luchar! ¡Grandes palabras! –Davey la miró fijamente–. Cuando tengas varios millones de dólares y puedas superar la oferta de «Longwood» y comprar todas las acciones, entonces puedes hablarme de luchar. Pero ya que no tienes los millones, haremos mucho mejor en dejar que se queden con el lugar para que tú y tus hijas no os muráis de hambre si yo me muero mañana.

–Nunca me moriré de hambre. Puedo trabajar.

–Palabras duras, Lara. No sabía que pudieras ser tan dura.

No estaba segura si esto era un sarcasmo, pero contestó:

–Pues ahora te enteras.

–Sí, y Martin también se está enterando.

–No te creas que me gusta pelearme con el marido de mi hermana. Resulta bastante horroroso.

Esta vez el sarcasmo resultaba obvio.

–Especialmente cuando nos ha hecho algunos pequeños favores.

–Una cosa no tiene que ver con la otra.

–Tiene mucho que ver. Piénsalo. Si Peggy...

–No digas nada más, y escúchame. Hace un tiempo, cuando pensábamos que todo estaba perdido, entiendo que dijeras que te importaba un rábano lo que le pasara a la fábrica. Ni siquiera entonces estuve de acuerdo, pero lo entendía. Ahora que está bien no tienes excusa alguna para hablar de esta manera, a no ser que alguien te haya lavado el cerebro. Sí, Martin te ha lavado el cerebro, ya lo veo.

Davey se volvió.

–Basta. Me voy a tumbar un rato. Que las niñas no entren en el salón. Tengo un terrible dolor de cabeza. –Al llegar a la puerta se detuvo–. Esto hay que decidirlo de una forma u otra, Lara.

–Tienes razón. Pero estamos en un punto muerto. Estamos divididos. En punto muerto.

–Uno de los dos tiene que ceder.

–No seré yo, Davey. Yo no firmaré nada. Y no sólo por mi conciencia social. ¡Ah, no! También tiene que ver contigo: tu producto, tu cerebro. No me rendiré aunque tú estés dispuesto a hacerlo.

Davey dio un portazo.

Lara guardó la plata y salió al menguante atardecer. Una ardilla sorprendida sin duda por la inesperada calidez cuando todavía faltaba tanto para la primavera, surgió de su madriguera en la pared de piedra; sólo eran visibles sus brillantes ojos negros y la cabeza a rayas. Inmóvil, la mujer y la pequeña criatura se observaron. «Él –pensó ella– seguramente está tramando ir a buscar más alpiste del que cae del alimentador y, mientras, ¿qué estoy pensando yo? Que quizás esté equivocada y Davey tenga razón.»

A través de una abertura en el seto entreveía a Peggy jugando en el jardín de la casa de su amiga. La chaqueta amarilla correteaba, la voz de soprano se elevaba ahora en una risa. ¿Se hubiera imaginado, durante aquellos oscuros meses, que llegaría a corretear y gritar de esta manera?

«Davey había perdido la esperanza –pensó Lara–. A decir verdad, yo también casi la perdí; y sin embargo siempre había algo dentro de mí que decía ¡Espera! Todavía no ha acabado.»

Un poco tímidamente, tuvo que sonreír. «Quizá lo haya heredado de Peg que nunca dejó de pensar que papá aprendería a mantenerse sereno, o incluso, quién sabe, de papá, que nunca dejó de pensar que la prosperidad estaba a la vuelta de la esquina.»

Al final se puso de pie y entró en el interior de la casa. Davey seguía en el sofá, pero al oír pisadas en la habitación, abrió los ojos.

–¿Enfadado? –preguntó.

–Supongo que no. –Era incapaz de estar enfadado durante mucho tiempo–. Sólo estoy terriblemente preocupado.

–Ya lo sé. Yo también lo estoy. Parece que en cuanto superas algo desagradable, viene otra cosa. –Ella se sentó en el sofá y le acarició la frente–. No la arrugues de esa manera.

–No puedo evitarlo. Estoy pensando. ¿Crees posible que me esté rindiendo con demasiada facilidad?

–Qué gracioso. Yo he estado pensando durante un momento que quizá tú tuvieras razón.

–¿Sólo un momento?

–Sí. Y después he pensado: «No, todavía no ha terminado.»

Ambos se quedaron en silencio. A continuación Lara preguntó:

–¿Esperamos a ver qué pasa? ¿No hacer nada durante el máximo tiempo posible?

–Estoy dispuesto. A decir verdad, me parece que no me queda mucha energía.

La noticia se extendió por el pueblo. Alguien de «P.T.C. Longwood» había hecho publicar un artículo en el periódico local; atrayendo la sorprendida atención, el artículo, durante los días que siguieron, se repitió y amplió. Entrevistaron a Davey quien hizo frente a los rumores confirmando algunos, negando otros y evitando cuidadosamente cualquier conclusión definitiva. Los accionistas y los empleados escribieron cartas al director. Nueve de cada diez, indignados, honrados, razonables, o patéticos estaban en contra de cualquier cambio en la compañía «Davis». Una editorial en contra de la opa proporcionó desagradables detalles acerca de Bennett, el estilo de vida de Bennett, su salario, y los «vergonzosos» lujos de los que disfrutaba a cargo del dinero público.

Los rumores se recogieron en la Prensa estatal en una serie de artículos acerca de la manía de las opas. De éstos se deducía que la planta de la compañía «Davis» iba a cerrarse y que quinientas personas se quedarían sin trabajo. Las noticias, ampliándose durante un fin de semana, acabaron en una marcha de protesta, con colegiales que mostraban pancartas en el estadio de la escuela y que atrajo a una multitud tan grande como la que se había reunido allí durante el partido de fútbol del Día de Acción de Gracias.

Lara estaba preocupada.

–Tres mujeres me detuvieron en la calle esta mañana. El último rumor es que los japoneses van a comprar el local y trasladarlo a Carolina del Norte. Millie Corning estaba casi histérica, contándome cómo el marido de su hermana había perdido el empleo en una reestructuración de este tipo y que, después, empezó a beber y pegaba a los niños hasta conseguir que su hermana intentara suicidarse. «¿Por qué no nos dice Davey lo que está ocurriendo?», me decía una y otra vez. Fue terrible.

–Bueno, ¿qué le has contestado?

–Le dije que claro que les informarías si había algo de que informar, pero que no tenías intención de vender. La gente debería saberlo a estas alturas.

Durante una emotiva reunión con sus empleados y sus familias, Davey se pronunció. Con las manos apretadas y lágrimas en la voz, prometió luchar y ganarle a Bennett. Pero al regresar a casa juntos le dijo a Lara:

–No podemos ganar. He hecho un pequeño sondeo y tengo amigos que hacen lo mismo entre los accionistas. Las acciones ya han subido tan sólo basándose en los rumores. ¿Qué crees que ocurrirá cuando la oferta esté sobre la mesa en blanco y negro? Cogerán el caramelo en vez del buen pan, y estoy seguro de ello. El daño ya está hecho; no se fían de mí.

–Davey, no puedo creérmelo. El asunto de Eddy ya ha pasado. Todo el mundo entiende lo que ocurrió. La gente no está resentida para siempre. –Ella esperó algún comentario, pero ya que no recibió ninguno, preguntó pensativamente–: ¿No te parece extraño que no sepamos nada de Martin desde el día que vino a visitarnos?

–En absoluto. Sin duda él era quien esperaba saber algo de nosotros. Sin duda está enfadado. De modo que van a seguir adelante a todo tren, y él no quiere mantener más reuniones emotivas con nosotros. –Davey posó la mano sobre la de ella–. ¿Todo va bien entre tú y Connie? No me has contado nada y he tenido miedo de preguntar.

–Conversamos tres veces la semana pasada, pero no hablamos de esto. Tú y yo acordamos no hacerlo, ¿verdad? Pero, en cualquier caso, tengo la impresión de que no tiene ni idea de lo que está ocurriendo.

–Seguramente él quiere que así sea. Debe de ser un tema que quiere evitar con ella. Cualquiera lo haría si pudiera.

–Se van a la casa de Londres durante unas semanas para las navidades. –Lara dudó–. ¿Crees que sabremos algo para entonces?

–Me imagino que sí. Me imagino que recibiremos la oferta final en la junta de accionistas la semana que viene.

«Serán unas navidades extrañas en la planta si perdemos –pensaba Lara al llegar al garaje–, una gran lotería para algunos y una gran pérdida para el resto.»

Los jefes mandaron a sus representantes a la reunión. Una flota de coches alquilados llegó desde el aeropuerto trasladando a una docena o más de prósperos jóvenes con abarrotadas y pulidas carteras de piel. Eran abogados, banqueros, contables y ejecutivos. Ni Bennett, ni Berg ni otros de su clase aparecieron. Sin embargo, éstos hacían bien su trabajo: aunque sus documentos estaban llenos de estadísticas y complejidades, sus presentaciones orales eran lúcidas y fáciles de entender, aduciendo básicamente un solo hecho: «¿Cogen ustedes sus dorados dólares ahora, en este momento, o están satisfechos con las modestas ganancias y las esperanzas de futuro?»

En vano señaló Davey, cuando llegó su turno, que los dorados dólares y toda la estructura de la «P.T.C. Longwood» estaban fundados sobre una gigantesca pirámide de deudas.

–Sacad una piedra de la base, y toda la estructura se

derrumbará –avisó–. Una tras otra caerán, y se precipitarán sobre los bancos que prestaron dinero para las obligaciones de décima categoría que están financiando a «P.T.C. Longwood». Mientras que aquí –y señaló a lo largo y ancho de la habitación– tienen cuatro paredes tangibles y sin deudas, donde trabajan hombres que hacen cosas que ustedes pueden ver y tocar con las manos. No hay ningún engaño, ninguna trampa...

Fue, sin embargo, interrumpido por un susurro, reprimido por una indudable mofa. Lara podría haberles estrangulado a todos, estos jóvenes y autoconfiados hombres de la ciudad, junto con los crédulos ciudadanos locales que les estaban escuchando.

–Habéis obtenido unos buenos intereses de vuestro dinero. Estamos creciendo, fabricando productos que son de verdadera necesidad. Y hay más proyectos sobre el tablero, todos lo sabéis. ¿Por qué creéis si no que esta gran corporación tiene tantas ganas de comprarnos?

Pero los espectadores, vio Lara, permanecieron impasibles, a pesar de que Davey estaba hablando ahora con más elocuencia de lo que lo había hecho jamás. Se quedó estupefacta. Estas personas habían querido comprar acciones, confiaban en su talento. Personas tan inteligentes, también, o eso es lo que se podía pensar, la viuda de un banquero, un inspector escolar, un médico, un arquitecto...

–¿Habéis perdido todos la confianza en mí? –preguntó Davey–. Eso es lo que parece. Sin embargo, no tenéis razón alguna para que así sea. Estamos prosperando bajo mi dirección, ¿no es cierto?

Y les miró uno a uno como esperando que una de las diez caras le respondiera, pero los rostros o estaban en blanco o miraban a otra parte. Se mostraban impacientes. Era tarde; tenían prisa por votar a favor de tomar el dinero e irse a casa.

Por tanto, alrededor de la medianoche, se votó. Casi no valía la pena contarlos, ya que el resultado había quedado claro desde el momento en que se sentaron.

En el pasillo después, Ben Levy y Doc Donnelly fueron los únicos que miraron a Davey.

–Davey, siento tu dolor –dijo Ben–. Quiero que sepas que lamento tener que hacer lo que he hecho.

–No es que dudemos de tu *honestidad* –explicó el doctor–. Yo personalmente siento cierta culpabilidad por abandonar el barco, pero, francamente, lo que la mayoría de nosotros pensamos es que si te pudo engañar Osborne, pues, en ese caso, puede suceder cualquier cosa. De forma que queremos vender, nos sentimos más seguros y ésta es la oportunidad ideal.

Ben añadió:

–Sabes que todos perdimos un buen montón por su culpa y ésta es la oportunidad de recuperarlo todo. No es un problema de *culpa,* Davey, pero...

–Osborne dejó un mal sabor de boca –dijo Donnelly con más frialdad–, en la boca de todos.

El rostro de Davey, según pudo ver Lara, estaba blanco como la pared. Y ella, también, les habló a los hombres con frialdad.

–Ya se han dicho bastantes cosas, ¿verdad? Buenas noches. Vamos al despacho, Davey.

Sola allí con él, preguntó:

–¿Ahora qué pasa?

–Berg y su gente se reunirán en Nueva York con Bennett para finalizar el trato. No tardarán más de un mes, si llega a eso. Y después me mandarán un cheque correspondiente a mi parte de las acciones. Y, después, supongo que empezaré a buscar un trabajo en algún lugar.

«Sí –pensó amargamente–, es mi familia la que le ha hecho esto. Sólo que no quiere herirme, porque estoy segura que está pensando lo mismo. Eddy y Martin, pero primero Eddy, han conseguido derrotarle.»

Se sentía incapaz de mirarle. Más tarde, cuando estuvieran juntos en casa, le abrazaría, pero no aquí mientras el enemigo estuviera bajo el mismo techo a punto de hacer su triunfal salida.

–Espera que se hayan marchado todos. No quiero tener que mirarles a la cara –dijo Davey.

Con los abrigos puestos permanecieron detrás de la puerta del despacho hasta que se arrastró la última silla, sonó la última voz y el último coche se hubo alejado.

Cuando salieron, su coche era el único vehículo en el aparcamiento. La noche era muy fría, silenciosa y repleta de estrellas. Las luces iluminaban el blanco edificio, los árboles invernales y el seto de acebo, ahora repleto de bayas rojas, que Lara había plantado el día en que compraron este destartalado almacén.

Cuando llegaron a la verja externa y estaban a punto de cruzarla lentamente, como una sola mente ambos se volvieron para mirar la entrada. Allí, sobre la imponente puerta con las coronas navideñas quedaba claramente iluminada la inscripción: COMPAÑÍA DAVIS.

–Muerto y en el agua –dijo Davey, y Lara con un nudo de lágrimas en la garganta no pudo ni siquiera responder. En cualquier caso, no había nada que decir.

Entonces apretó el acelerador y dirigieron el coche hacia su casa.

CAPÍTULO XVIII

Eddy yacía sobre la cama solo en la habitación, saltándose la cena. Había trabajado toda la tarde en la cocina y no tenía en absoluto ganas de comer; le pareció que el olor de la salsa de ajo de Patsy seguía pegado a su cuerpo. Tampoco tenía deseos, ahora, de estar presente durante la habitual conversación de todas las noches acerca de negocios que estaban en marcha, apelaciones, oportunidades pendientes, oportunidades perdidas, abogados y sus honorarios, la gama entera de la vida en la cárcel, una conversación que parecía siempre acabar con historias de familia.

La familia era el peor tema de todos. Le pareció que, cuando los suyos se ponían en contacto con él, era para decirle cosas dolorosas. Era como ver una casa en llamas al otro lado de la calle, mientras estabas atado a un árbol y ni siquiera podías ir hasta el teléfono para avisar o rescatar a los que dormían dentro. ¡No, no era justo! El hecho era que ni Pam ni sus hermanas querían hablarle de problemas; era él mismo quien insistía en saberlo todo, explicándoles que ocultarle las cosas le resultaba un tormento aún mayor, y le obligaban a imaginarse cosas todavía peores. De forma que así fue como pudo hacerse una imagen gráfica del rostro preocupado de Davey, inclinándose sobre columnas de números y páginas de textos legales, nada de lo cual era capaz de entender. Le sabía mal lo de Davey. ¡Perder el negocio que habías creado tú! Aunque las circunstancias eran completamente distintas, la pérdida d «Osborne y Compañía» produjo su propia angustia; la impresión visual de los huecos que habían dejado las placas de latón cuando fueron retiradas de la puerta era dura, le dolía tanto como los objetos punzantes al traspasar la piel.

Sin embargo, la diferencia estaba en que él, Eddy Osborne, no podía echarle la culpa más que a sí mismo, mientras que Davey podía echarle la culpa a Eddy Osborne.

«Yo he sido el causante. Con aquellas horribles desgravaciones de impuestos que le hice patrocinar, conseguí que se hiciera una montaña de enemigos. ¿Cómo podían confiar en él después de todo aquello? Lara había estado tan segura de que todo estaba olvidado. Pero Lara no sabe cómo es el mundo. Yo sabía que no se olvidarían. Y un cuñado en la cárcel causa mal efecto. Justo o no, las desgracias afectan al resto de la familia.»

Pam fue la única capaz de alegrarle durante aquellos duros meses. Así debía ser; si una esposa no podía darle apoyo, ¿a quién le era posible? Le telefoneaba, le escribía cartas acerca de la casa y los caballos, acerca de los nuevos amigos y la vida que harían juntos. Eran las cartas lo que le animaban especialmente; su voz desaparecía en el momento que colgaba el teléfono, pero las cartas perduraban y podía leerlas incontables veces. A estas alturas tenía ya más de cien y, cuando las releía, era casi como estar en la cama con ella. Alisaba las páginas sobre las que ella había apoyado las manos, y sostenía el papel cerca de la nariz como si pudiera captar la delicada fragancia de su cuerpo.

Sin embargo, la magia no funcionaba esta noche. No sabía por qué, y quizá fuera absurdo, pero había tenido, durante las últimas visitas, la extraña sensación de que había algo distinto en ella. «Parecía nerviosa –pensó–. ¿O sería "preocupada"», una palabra mejor?» E intentó recordar los matices que le habían dejado esta sensación de inquietud. Había estado tan afectuosa como siempre dentro de los límites que uno podía mostrar bajo la mirada de los malditos guardias. No estaba enferma, tenía el mismo aspecto de siempre pero, ¿qué era?

Seguramente no era nada. Quizá fuera el tiempo lo que le deprimía. Había llovido a mares durante los últimos tres días, y tenía la sensación de un encarcelamiento permanente, como si estuviera en un *gulag* y fuera a permanecer allí el resto de sus días. Tonterías, claro, pero sin embargo, así es como se sentía.

Era tan poco habitual en él, iba en contra de sus principios rendirse de esta manera. Bruscamente se incorporó y alcanzó el periódico que yacía al pie de la cama.

Todas las noticias eran las mismas; ¿no se podía escribir de otra cosa? Discutiendo los presupuestos; guerra de drogas en Brooklyn; un niño asesinado mientras jugaba en el patio; más investigaciones en Wall Street; todo lo mismo... ¡Un momento! ¡Espera! Qué...

«Hombre se lanza de un decimoctavo piso... En algún momento, entre la medianoche y las cinco de la mañana cuando su cuerpo fue descubierto, Richard Tory se lanzó desde su apartamento a la vacía y silenciosa calle. La Policía encontró una nota en el apartamento... Dedicado al negocio de la publicidad, llevaba algún tiempo parado... Los vecinos dicen que había tenido problemas financieros.»

El corazón de Eddy latía con fuerza, y dejó caer el periódico. ¡Santo cielo! ¿Era esto culpa suya, culpa de Eddy Osborne...? Había tenido problemas financieros, decía. Sí, era cierto. Había perdido..., ¿cuántos cientos, miles de dólares? ¿A cambio de qué? Diez centavos por dólar. Quizá ni siquiera eso. Todo era una nebulosa en el cerebro de Eddy. A continuación sintió frío y se puso a temblar.

Se le ocurrió que quizá Connie no supiera la noticia. Le pareció que debía decírselo. Y se dirigió al teléfono.

–Tenía la esperanza de que no lo vieras en el periódico –dijo Connie.

Por alguna razón aquello le ofendió.

–¡No me trates como a un bebé! –le dijo casi gritando–. Cuéntame todo lo que sabes.

–No hay duda... –empezó a decir.

–El chico con el que vivía, él tiene que saber algo. ¿Qué quiere decir que estaba sin empleo? No tiene sentido. Tenía un empleo estupendo.

–Eddy, estás excitado, y no necesitas recibir noticias que te exciten aún más. Tenía la esperanza de que no lo vieras –repitió.

Entonces él dijo, más fuerte esta vez:

–He dicho que no me trates como a un bebé, Connie.

Oyó cómo ella consideraba sus palabras. A continuación dijo:

–De acuerdo. Llamé a su amigo, y me contó lo ocurrido. Supongo que no lo sabías, porque nunca hablé mucho de la familia de Richard, pero, bueno, ellos no sabían que era homosexual, y son el tipo de gente, por lo menos su padre, que no perdona. Es una historia muy larga. En cualquier caso, lo que ocurrió fue que Richard había cogido toda la herencia de su abuela y la invirtió, y...

–La invirtió conmigo.

–Bueno. Sí. –Hubo otra pausa–. De modo que cuando se perdió, su padre se enteró. No sé cómo, seguramente por el Banco de donde lo había retirado. Sí, así es como fue, y vino a Nueva York hecho una furia y encontró a Richard viviendo con su amigo. Se enteró de todo. Él creía que Richard vivía con una chica. Pero, en realidad, fue la pérdida del dinero la peor humillación. Resultó un infierno. Richard sufrió una grave depresión. Se sentía inútil. Y dejó el trabajo. Se desmoronó. –Otra pausa–. Me ha afectado mucho. No podía dejar de llorar. Pero esto es todo lo que sé.

–Es suficiente –dijo Eddy.

–¿Eddy?

–¿Sí?

–No fue culpa tuya.

–¿No?

–Sí.

–Se supone que las familias se mantienen unidas. Que perdonan.

–Sí.

–No debería habértelo contado. Ahora te sientes fatal.

–Sí que debías contármelo. Estoy bien. Sólo que es tan triste. Tan terriblemente triste. –Durante un momento Eddy trató de serenarse–. Estoy bien, Connie. De verdad. Es hora de cenar. Tengo que colgar.

Tras dejar el auricular, regresó y se estiró boca abajo en la cama.

¿Cómo era posible mirar desde las alturas y tener el coraje de saltar? Daba náuseas sólo de pensarlo. ¿Cuántos segundos transcurrían hasta chocar, y estabas aterrorizado, gritabas de horror, querías cambiar de idea en el último momento cuando ya era demasiado tarde? ¡Santo cielo! ¡No querer vivir! Incluso durante el peor día de su vida, allí o en el Juzgado, cuando el juez le castigaba delante de desconocidos y todos aquellos hostiles periodistas, incluso el día en que Rathbone le había traído a este lugar y las puertas se habían cerrado tras él, incluso entonces había querido vivir.

–Yo lo maté –dijo en voz alta–. Pobre, confiado inocente, yo lo maté.

Seguía estirado en la cama cuando oyó que llegaban los hombres a la habitación.

–Eddy, ¿estás enfermo?

–Estoy bien –contestó sobre la almohada.

–La salsa estaba buenísima. ¿Quieres que te traiga un plato de pasta?

Ése era Louie, Louie el grande, el sindicalista, encarcelado por extorsión. Era extraño ver cómo un tipo tan grande como él disfrutaba cuidando a la gente.

Trató de darle la vuelta a Eddy, y al intentarlo, vio las lágrimas sobre sus mejillas.

–¡Eh! ¿Ha pasado algo?

–Louie, por el amor de Dios, déjame solo un rato.

–Tiene fiebre. Mira cómo tirita. –Aquella era la voz nasal de Bosch.

–Tápale. Déjale solo.

Alguien colocó una manta sobre la espalda de Eddy. A continuación oyó cómo salían de la habitación y cerraban la puerta. Tipos duros. Madrecitas.

«Les caigo bien –pensó–. Siempre caigo o caía bien a la gente. Por eso confiaban en mí. Tipos buenos como Richard confiaban en mí. Y yo le maté. Siempre me pregunto, ¿por qué estoy aquí? Nunca violé a nadie, ni robé, ni atraqué, ¿verdad? Sin embargo, yo maté a Richard con la misma seguridad que si lo hubiera atracado una noche lluviosa en la puerta de su casa. Richard, ¿y cuántos más? ¿Cuántos? Bueno, supongo que sé en cuántos fondos metí las manos. He tenido tiempo suficiente para calcularlo. Acabé con algo de todos y cada uno de ellos, aun cuando sus nombres no aparecieron en los periódicos, incluso aunque no murieron en realidad. Sin embargo, algo debió morir en ellos. La confianza. Richard me dio todo lo que tenía en el mundo, casi todo. Sí, yo lo hubiera devuelto todo, también siempre digo eso, ¿verdad? Lo digo en serio, y lo hubiera hecho, sólo que no hubo tiempo. No obstante, eso es como decir, después de atropellar a alguien con el coche, que, en realidad, tenías intención de detenerte...

Dios, ¡si pudiera volver a empezar! Si pudiera salir de aquí y hacer algo, no sólo pensar en ello y lamentarme, mientras la vida sigue ahí fuera.

Y vio a Richard Tory claramente como si estuviera en aquella abandonada habitación: vio su aspecto dorado y atlético, las ropas elegantes, el rostro abierto, simpático e inocente. Aquel pobre hombre, que miraba la vacía calle a medianoche y en la oscuridad. Mirando hacia abajo. Dejándose caer.

Durante mucho tiempo, Eddy permaneció tumbado sobre la cama. Al cabo de un rato se levantó, se preparó para la noche, volvió a acostarse, rogando que se le presentase el sueño pero sin tener que soñar, para aliviarle, aunque fuera sólo hasta la mañana siguiente, del dolor que invadía su cuerpo.

CAPÍTULO XIX

–¿Por qué no cambiamos de tema? –sugirió Ben.

Los dos hermanos habían estado manteniendo una fuerte discusión a lo largo de toda la hora de cenar. Había sido idea de Martin invitar a Ben a la casa de Belgravia. Connie se había opuesto, pero, en realidad, no a estar en compañía de su cuñado, que acababa de llegar para disfrutar de un semestre de estudio en el London School of Economics, sino a cenar en la casa, en este gran salón con el nuevo mayordomo atendiendo.

–Se sentirá mucho más cómodo en un restaurante –comentó.

Sin embargo, Ben estaba ahí, tan sincero como siempre, y quizás incómodo por la gran cantidad de cubertería que había delante suyo.

–El corretaje descendió de forma espectacular en Wall Street después de la caída –explicó Martin–. Los inversores se asustaron. El único negocio que realmente se sostiene son las adquisiciones equitativas.

Ben arqueó las cejas.

–Una mala excusa, especialmente para un hombre que ya tiene bienes más que suficientes.

Martin se echó a reír.

–¿Qué es eso de «suficiente»? ¿Lo tiene alguna vez alguien, incluso en el mundo académico?

–Sí –dijo Ben. Y repitió–: ¿Por qué no cambiamos de tema?

Martin nunca quería cambiar de tema una vez había metido los dientes en algo. «Como un dogo, se aferraba hasta el final, hasta la última palabra», pensó Connie. Aburrida, se tomó otra cucharada de sorbete de frambuesas, paladeando la dulzura y concentrándose en su alrededor, algo que también resultaba satisfactorio.

Toda la casa había sido restaurada hasta conseguir el antiguo esplendor del siglo XIX. Desde los ventanales de Palacio hasta las clásicas molduras y los vidrios que decoraban los candelabros como volantes en un vestido de noche, todo era perfecto. Más allá del comedor veía el vestíbulo, donde las esculturas ocupaban nichos de mármol, y el suelo estaba formado por enormes cuadrados de mármol, de color crema y beige. Había mármol por toda la casa, que a Connie le encantaba, sobre las mesas, en las paredes del cuarto de baño; entre un salón y otro, columnas interiores que imitaban los antiguos templos griegos. Sólo en el Reino Unido podía encontrarse una casa así. «Evidentemente no había nada parecido a esto en los Estados Unidos», se dijo silenciosamente. Cuando estaba en el extranjero, le gustaba referirse a su país como lo hacían los europeos: los Estados Unidos.

–Nos deshacemos de productos muertos. Mejoramos la producción cuando compramos las empresas –decía Martin.

–Por eso nos va tan bien en los mercados mundiales –añadió Ben con sarcasmo–. ¡Maldita sea, toda nuestra capacidad de fabricación está trasladándose al Pacífico!

Y haciendo un gesto con el brazo en dirección al océano, derramó un vaso de agua. Avergonzado, miró rápidamente a Connie.

–Lo siento. Patoso. Lo siento.

El mayordomo secó el mantel en seguida con una servilleta.

–No es nada. No te preocupes –dijo Connie.

Por extraño que pareciera, dada la fría relación entre ambos, se compadeció de la vergüenza del hombre. Además, sólo era agua, y gracias a Dios, no vino tinto.

–Tomaremos café en el pequeño salón rosa –les sugirió.

En el salón rosa, llamado así por la moqueta y el bodegón del siglo XVII encima de la chimenea, un fuego chisporroteaba tras una pantalla, acentuando con el calor y resplandor la conciencia de que, en el exterior de estas paredes, una terrible niebla se estaba apoderando de las calles.

Martin tembló y extendió las manos hacia las llamas.

–Me encantaría no tener que volver a casa mañana –se quejó.

–A mí también me gustaría que no tuvieras que volver. ¿Por qué vas? –preguntó Connie–. Es un mal momento para marcharse, con Melissa que viene de París para verte, y la recepción en casa de Lady Bartly a la que sabes que me muero de ganas de ir.

–Ya te lo he dicho, tengo un negocio. ¿Qué otra cosa? Finalmente, todas las piezas se han encajado después de un año y medio, y los jefes quieren que se finalicen los trámites antes de Navidad. No voy a arriesgarme a que haya más retrasos o errores. En cualquier caso, habré vuelto dentro de un par de días.

Connie se interesó de pronto.

–No te referirás a la transacción de ese tal Bennet, ¿verdad?

Martin asintió.

–¿Son Davey y Lara una de las piezas? ¿Lo son?

–Lo son, y están luchando con uñas y dientes.

–Pensé que no ibas a seguir adelante con aquel negocio.

–¿Qué te ha hecho pensar eso?

–No me has dicho nada.

–¿Suelo hablar de mis negocios contigo?

–¿Sueles hacer negocios en los que esté involucrada mi hermana?

Martin encendió un puro. Dio unas cuantas caladas, lo retiró, examinó la punta mojada, se lo volvió a colocar en la boca, y empezó a hablar.

–Connie, no te he mantenido informada a propósito. Intuí la posibilidad de que habría problemas, aunque tuve la esperanza de que no fuera así. La única cosa que quería evitar era una pelea de familia. Eso era lo último que necesitábamos.

–O sea que ir a escondidas te pareció mejor.

–Ésa es una palabra muy desagradable, *ir a escondidas*.

–De acuerdo. Fingiendo, entonces –replicó.

Una imagen pareció surgir del fuego posándose ante sus ojos: Bennet con el abrigo de visón; todos aquellos hombres tan perspicaces en trajes oscuros sentados alrededor de una mesa en la casa de Westchester; superimpuesto de alguna forma sobre aquella imagen veía a Lara y Davey al lado de la cama de Peggy.

–¿Cómo puedes hacer una cosa así? –preguntó–. Obligando a la gente... Es lo mismo que apuntarles con una pistola. –Y oyó la voz de Lara que casi rogaba: «No dejes que esto se interponga entre nosotros, Connie.» Por eso tampoco Lara le había querido decir nada.

–Pistola, pistola, tonterías. Aprende de lo que estás hablando antes de decir cosas así, Connie. En caso contrario, lo que haces es el ridículo. Los accionistas de Davey votaron a nuestro favor, y eso es todo. No es culpa mía si él no entiende las cosas.

–El caso no es que sea razonable o no. Davey ha trabajado quince años para que el negocio funcione, y tú ahora se lo arrebatas.

–No seas idiota. Le han ofrecido más de lo que podría ganar en los próximos cincuenta años.

–¡No le importa, Martin! ¿Por qué no puedes entenderlo? Davey y Lara son diferentes a ti y a mí. No quieren dinero.

–Más imbéciles todavía. –Martin se volvió hacia su hermano, que estaba mirando un ejemplar de *Country Life* que estaba sobre la mesita al lado de su sillón–. Esto tiene mucho que ver con lo que hablábamos durante la cena. Tendrías que estar de acuerdo con el cuñado de Connie, Ben. Tiene un pequeño negocio del cual no se quiere desprender aunque le resulte beneficioso.

Ben dejó a un lado la revista.

–¿Un inventor de instrumentos quirúrgicos?

–Sí. ¿Cómo lo sabes?

–Los conocí en tu boda. Estuvimos charlando un rato.

–Son la sal de la Tierra –explicó Connie–. Los dos.

–Connie –insistió Martin con impaciencia–; nunca dije que no lo fueran.

–Entonces, ¿por qué no les dejas en paz?

Suspirando, Martin hizo un gesto de resignación.

–Ella no entiende de negocios –le dijo a Ben.

–¿Negocios u hombres de negocios? –replicó Ben–. Hay una pequeña diferencia.

–¿Qué quieres decir ahora?

–Puede que sea un profesor de económicas, pero sigo sin entender por qué los hombres de negocios quieren acabar con la industria americana. Por no hablar del factor humano, la crueldad.

Connie interrumpió.

–¿Entonces estás a favor de ellos? ¿A favor de Lara y Davey?

–Tengo que estarlo –dijo Ben tranquilamente–, pensando como pienso.

Nadie hablaba cuando el mayordomo entró con el café y colocó la bandeja de plata entre los dos sofás y la chimenea. Una extraña melancolía invadió la habitación.

Cuando el hombre se hubo marchado, Connie contestó a Ben.

–Te has sorprendido. Nunca pensaste que podía estar de acuerdo contigo.– Y vio que estaba demasiado sorprendido, quizá demasiado avergonzado, para encontrar una respuesta rápida–. Vamos –dijo–; sé sincero. No te he caído muy bien. No me importa si lo dices.

Encontró palabras.

–Es posible que no te conociera.

–No digo que esté siempre de acuerdo contigo. Seguramente ahora lo estoy porque se trata de algo muy personal. Al fin y al cabo, se trata de mi hermana. Y quiero que se haga justicia.

–Bueno, Martin, ¿qué te parece? –preguntó Ben.

–Connie está exagerando. No estamos en una tierra de todo o nada. Es un mundo pragmático, y han votado a favor nuestro; eso es todo lo que hay que decir.

Connie tenía un regusto amargo en la boca.

–A ti no te importa. Les quitas toda su vida, les rompes el corazón. Y no te importa.

Martin tiró el puro en un cenicero.

–Por si te interesa, me parece que estáis todos locos. No hacéis más que exagerar todo el asunto.

Ben se puso de pie con las manos en los bolsillos como un niño a punto de recitar en clase; tenía, también, la mirada inocente de un niño que contrastaba con la barba y la frente arrugada. Empezó a recitar.

–Y construirán casas, y las habitarán;
Y plantarán viñas, y se alimentarán con el fruto de ellas.
No construirán, y otros habitarán;
No plantarán, y otros se alimentarán.

–¿Te acuerdas, Martin? ¿Los viernes por la noche, cuando papá leía en el salón después de la cena del Sabath?

–Por favor –respondió Martin cansado–. Por favor. No me hagas esto.

–Isaías. Era el profeta preferido de nuestro padre, Connie. Papá se debía saber el libro de memoria. Bueno, por lo menos la mitad.

–Y tú debes saberte la otra mitad –le dijo Martin–. Santo cielo, ¿cómo pueden ser dos hermanos tan distintos?

Ben empezó a dirigirse hacia la puerta. Martin le asió por el brazo.

–Oh, por el amor de Dios. Ben, ¿dónde vas? ¿Tenemos que pelearnos ahora?

–No, no. Tengo clases a primera hora de la mañana, eso es todo. Pero este asunto es entre Connie y tú. Gracias, Connie, por la cena. Gracias a los dos.

Tras haber acompañado a Ben a la puerta, subieron a la planta superior.

–Hablando de santos... –comentó Martin.

–No creo que lo sea. De hecho, me cayó bien esta noche. Nunca pensé que llegaría a pensar eso.

–Porque estuvo de acuerdo contigo. ¿Por qué si no? –Irritado, Martin empezó a desvestirse, hablando consigo mismo, caminando desde el armario hasta el cuarto de baño y de nuevo de vuelta–. Me pregunto a qué hora deben abrir las compañías aéreas. ¿Y cómo demonios voy a conseguir un asiento? Debe haber por lo menos dos mil estudiantes que regresan a casa para pasar las navidades. Ojalá tuviera nuestro avión. Justo cuando lo necesito está en revisión.

–¿Dónde está el avión de la compañía?

–Preston lo tiene en Vail. Él también acude mañana para el cierre del negocio.

–¿No crees que nosotros necesitamos uno nuevo, Martin? Tenemos que ir a Mykonos para la fiesta de los Byrd el mes que viene y, si el nuestro no está listo, será una lata porque les he ofrecido plazas a todo el grupo de Bitsy Maxwell y al peluquero y...

–¡De acuerdo, de acuerdo! Encargaré otro avión, por el amor de Dios. Lo alquilaré. –Martin se detuvo delante del espejo, ante el cual Connie se desmaquillaba–. Mírame. Tengo un aspecto horrible.

Dos arrugas le afeaban las mejillas, arrugas que él no había visto hasta aquel momento.

–¿No tengo un aspecto horrible? –exigió saber.

–Tienes el aspecto de estar cansado, eso es todo.

–Este asunto me está agotando. Voy a convertirme en un viejo antes de tiempo.

–Bueno, siempre te digo que no trabajes tanto, pero no me haces caso.

–No sigas con eso. Tengo que trabajar. Tú gastas tanto que, gane lo que gane, nunca es suficiente. ¡Vaya! Justo lo suficiente. Diez millones me costó arreglar el piso de la Quinta Avenida, y ahora está esto. No tiene fin. Nunca he trabajado tanto en mi vida como ahora.

Ella se levantó de un salto. Sorprendida y dolida por lo que entendió como una acusación, le gritó. Por primera vez en su vida en común, estaba realmente furiosa.

–Sólo porque tu primera mujer es una recatada beata que no gasta, una aguafiestas que ni siquiera sabe cómo educar a una hija...

–¡No te metas con ella!

–¿A eso te referías verdad?

–No, no sé a qué me refería. Sí, sí que lo sé. Esta velada ha sido una bomba. Ben, con su conciencia haciéndome sentir, como un ladrón o algo así. Y tú, tú te pones de acuerdo con él. Nunca me lo hubiera imaginado.

–No me puse de acuerdo con él. Pero tengo el derecho a estar de acuerdo con quien quiera y cuando quiera. Y él tenía razón. Aquello que dijo de una persona plantando y otra comiendo. Tenía razón.

–Oh, vuelves al tema de Lara y Davey, claro. Lara y Davey, toda la noche. Quizá sea eso lo que me agote.

–Lo dudo.

–Pues yo no. Estoy cansado de que me sigas dando la lata.

–Yo nunca doy la lata, y tú lo sabes. Soy demasiado lista para hacer una cosa así –dijo con frialdad.

–Muy bien. Me alegro de saberlo. Y ahora estoy agotado. Quiero dormir un poco.

Por la mañana no tendrían tiempo de hablar. Y se habría marchado, y al día siguiente, en Nueva York, el negocio se cerraría. En Ohio, Lara estaría esperando que Davey le llamara para darle la noticia. Seguramente, estarían esperando en el pequeño salón de casa; la fotografía de Peg estaba sobre la mesa cerca del teléfono. Habría nevado y un resplandor blanco se filtraría por la ventana.

–Martin, Martin, escúchame. No quiero pelearme contigo. Pero escucha. Sólo se trata de una pequeña empresa. No hay razón para que la tenga ese Bennett, con todo lo que ya posee.

–No es tan pequeña. Te he dicho más de cien veces que forma parte de todo el grupo, la quiere, y yo no voy a desbaratar un negocio multimillonario y quedar como un asno, sólo porque el terco y estúpido dueño resulta que es mi cuñado.

–Sí que es terco, estoy de acuerdo, y también lo es Lara. Y personalmente, en su lugar, quizá yo aceptaría la oferta y me alegraría. Pero éste no es el caso. –Se sintió que perdía terreno y se le enredaban las palabras.

«¡Tiene que entender lo que le estaba diciendo!»

Y rogó:

–Tú mismo dijiste que Bennett era un horror. Preston también lo dijo.

–Uno no tiene por qué admirar a todos los hombres con los que hace negocios.

En ese momento se apoderó de Connie una sensación de inutilidad. Martin, de espaldas a ella, fue a escoger corbatas. Y dijo casi chillando:

–No voy a dejar que les hagas daño, Martin. ¡No voy a dejar que lo hagas! ¡Cómo puedes ser tan duro!

Se volvió de golpe.

–¿Yo? ¿Duro? ¿Cómo puedes decir una cosa así después de todo lo que he hecho por ellos, por la niña?

–Sí, fue estupendo, pero no tiene nada que ver con esto.

–Tienes razón, no tiene nada que ver. Esto es cuestión de dinero y de nada más.

Ella se lo quedó mirando fijamente. Este hombre, que casi nunca le negaba nada a nadie, y cada día recibía miles de cartas...

–Dinero –dijo–. Me acuerdo lo que dijiste del pobre Eddy, cómo la avaricia le había perdido. ¿Y ahora qué haces tú?

–¿Me estás comparando con Eddy? ¿Después de la forma en que timó a la gente? ¿Con desgravaciones falsas? Maldita sea, Connie, ¡no esperaba nunca tener que oír algo así!

–No te he acusado de nada. Pero si haces infeliz a la gente, si les rompes el corazón, no creo que importe mucho si lo ejecutas legalmente o no.

Sus palabras le habían irritado. Aquélla no había sido su intención, quería llegar hasta su corazón, pero el intento le había salido mal y había fracasado.

–¡Tú y tu familia! Tu hermano y tu hermana... Sólo problemas.

–Eso no es cierto. Por lo menos nos preocupamos el uno por el otro. Hablamos, no como tú y tu hermano Ben...

–Déjame en paz. Ya he oído bastante –dijo Martin–. Necesito descansar. Me voy al otro cuarto.

La puerta se cerró tras él.

Ella quería, necesitaba, tirarse sobre la cama y verter unas lágrimas de frustración. Y durante un momento quedó indecisa. Pero tendría muy mal aspecto por la mañana, con los párpados hinchados y ojeras. Estaría horrorosa. Y le había prometido a Thérèse llevarla a ver a Papá Noel; después, tenía una comida en el «Savoy» con unas damas inglesas que había conocido. «No, no, Connie. Ponte crema en la cara como siempre. Bebe un poco de leche caliente, métete en la cama, y trágate las lágrimas. Sé sensata.»

Con grandes ruidos, el avión se elevó sobre Heathrow dirigiéndose hacia Escocia y el Atlántico. Martin había tenido suerte de encontrar esta última plaza en turista. El «Concorde» estaba lleno, al igual que aparentemente todos los aviones que se dirigían hacia el Oeste, y había esperado horas antes de que se presentara esta anulación.

Hacía años, realmente no recordaba cuántos, que no viajaba en clase turista. Estaba terriblemente cansado. No había dormido en casi toda la noche en aquella cama. Estaba molesto por haber discutido con Connie, y también tenso, por el cierre del negocio. De hecho, cuando todo hubiera terminado, cuando hubieran firmado todos, tendrían la sensación de triunfo y euforia, pero siempre había tanto que discutir hasta ese momento, tantas discusiones por exigencias de último momento y pequeños detalles, tantas idas y venidas al pasillo y al lavabo de caballeros para discutir, en voz baja, con abogados y contables, un ejército de ellos en cada bando... Lo había hecho tantas veces...

Recostó la cabeza, pero era imposible dormir en aquel pequeño espacio y, en cualquier caso, tenía la mente demasiado turbada. De modo que pidió una copa para tranquilizarse, pero seguía preocupado.

No se había despedido de Connie aquella mañana. Ella dormía cuando entró en la habitación para recoger la ropa. Había tenido el tiempo justo de ver a Thérèse antes de dirigirse al aeropuerto; la había besado consiguiendo una mancha de mermelada de uvas en la corbata, donde ella se la había estirado, queriendo que se quedara. Le sabía mal dejarlas a las dos así. Y le había dicho unas cosas muy desagradables a Connie anoche, a su querida Connie, siempre de buen humor y con tan buen corazón. Bueno, ella también había dicho cosas desagradables. Sin embargo, no habían sido tan desagradables como lo que él había comentado acerca de los gastos. Dios, Connie podía gastarse lo que quisiera. Cuando amabas a una mujer querías darle cosas, ¿verdad? En cualquier caso, admítelo, a él le gustaba gastar tanto como a ella. Los dos gastaban en exceso. «Los gastos aumentan con el sueldo.» Siempre decía eso, y era la verdad.

Y en lo que se refería a su familia, el hecho era que admiraba el cariño que se tenían. Se mantenían unidos en un mundo duro y frío. Pero, oyendo a Connie, cualquiera diría que los había atacado. Le sorprendió mucho verla de acuerdo con Ben, o Ben de acuerdo con ella.

«Y es extraño, también, lo de Ben –pensó–. Puede ser tan duro a veces, tan seguro de que tiene razón, y a la vez puede ser tan cariñoso, citando a papá, recordando las palabras con exactitud. Es capaz de recordar cientos de cosas que yo he olvidado o que he enterrado en algún lugar, al estar demasiado ocupado para recordarlas: lo que comíamos aquellas noches de viernes cuando papá nos leía; todas aquellas palabras, la mayoría refiriéndose a la caridad y el amor. Bueno, ¡nadie puede decir que Martin Berg no es generoso! Pero no radica todo en ser generoso, dice Ben; se trata de la acumulación, la primera recolección del fruto que permite dar. Y si la cosecha se hace mal...»

Bruscamente, Martin se dio cuenta de que sus nerviosos dedos martilleaban sobre el posabrazos. Retiró la mano y la colocó sobre el regazo.

«Es un juego para ti, dice Ben. Es una guerra. Estás continuamente tenso, esperando ir a la guerra.»

Y entonces algo a Martin le hizo recordar a McClintock. ¿Algo? Vaya, aquéllas habían sido casi exactamente las mismas palabras que pronunciara McClintock. *Vosotros estáis jugando con el dinero, estáis haciendo la guerra, y la mayor parte del dinero ni siquiera es vuestro.* Y Martin se preguntó qué habría hecho aquel hombre después de que le despidieran. Justo hacía un año. *Este tipo de altas finanzas no se podrá aguantar, y cuando llegue el día del juicio final.* Se había arriesgado mucho hablando así, y Martin había estado tan furioso como el resto de los asistentes. Quizás incluso se había enfurecido aún más porque el sentido común le decía –y si te fijabas en los indicios del país, tenías que darte cuenta de ello– de que McClintock tenía razón. Uno lo sabía, pero no quería saberlo.

Quizás era eso lo que le preocupaba últimamente, doliéndole como una úlcera, no en el estómago –aunque allí también–, sino en la cabeza, al pensar que era posible. Un negocio más, un gran negocio, y marcharse. Marcharse con todo el poder. Famoso. «Me apuesto cualquier cosa a que la mitad de la gente en este avión reconocería mi nombre si lo dijeran por los altavoces», pensó.

Ahora, por encima de los ruidos y las conversaciones, oyó a dos chicos mayores que charlaban al otro lado del pasillo.

–Al final mi padre no ha perdido el empleo. Una gran noticia.

–Me lo creo.

–Tengo muchas ganas de llegar a casa.

La última vez, en Ohio, Davey había estado más preocupado por los hombres que perderían el empleo que por cualquier otra cosa. Un inocente, eso es lo que era Davey. Los inocentes del mundo. «Los tipos buenos llegaban los últimos.» ¿Qué hubiera ocurrido si el padre de ese chico –y, de reojo, Martin veía el rostro agradable y ansioso del chico con su chaqueta imitación de piel–, qué pasaría si su padre hubiera perdido el empleo? Cuando lo pensabas así, cuando mirabas a una persona de carne y hueso, no una estadística, te afectaba de algún modo.

¿Cómo podía haberse olvidado? Él, un hijo de la pobreza... ¿Cómo podía haberlo olvidado? Porque era fácil, porque quería olvidarlo, eso era todo. ¿No habían sido las cosas siempre igual, desde los tiempos del Imperio romano?

Una extraña y poco habitual tristeza se apoderó de Martin. Ni siquiera se sintió capaz de analizarla. Fragmentos de ideas, como trozos de nubes, flotaron por su mente. Thérèse, su pequeña. Y Melissa, su corazón. El hijo que le odiaba a causa del divorcio. Connie, su maravillosa Connie. Deseó que el avión diera la vuelta, poder volver a Londres para decirle lo mucho que la quería.

–Incluso –diría– con esa familia liosa tuya.

Pero se reiría al decirlo.

Se había enfadado tanto con Lara, estaba tan disgustado, tan sorprendido por su terquedad Y, sin embargo –tenía que admitirlo–, una parte de él la había admirado sin cesar. Uno se veía obligado a admirar a un ser humano que moría luchando porque creía que tenía razón.

Era curioso pensar en la pequeña Lara Davis, una mujer de pueblo que nunca había viajado más allá de Nueva York, enfrentándose a la empresa de «Fraser, De Witt, Berg». O, más que todo eso, enfrentándose al gran Franklin Bennett y a sus miles de millones de dólares. Sorprendente, cuando considerabas los contrastes.

Dios, ¡qué odioso era Bennett! Seguramente regresaba en estos momentos de Acapulco, alegrándose del negocio, mientras ordenaba a sus cohortes que le esperaran. Cohortes como Martin Berg que le servían siempre que los honorarios fueran adecuados. Bueno, también eso debía ser igual en tiempos del Imperio romano.

De todas formas, ¿no sería un placer decirle un buen día que se fuera al infierno? Piensa en aquellos ojos saltones sorprendidos, las mandíbulas caídas y los gruesos labios.

Y piensa en poder decirle a Connie:

–¿Sabes qué? Tienes razón. No voy a destruir la obra de Davey o acabar con sus sueños. No lo voy a hacer. ¿Para qué? ¿Para Bennett y los suyos? No, ni por «Fraser, De Witt, Berg».

Ahora Martin dio rienda suelta a su imaginación. Imagínate que entro en aquella reunión mañana y anuncio que, después de pensármelo mucho, he llegado a la conclusión de que no puedo apoyar esta compra. ¡No le creerían! Y les veía a todos sentados alrededor de la mesa con sus rostros vueltos hacia él, mirándole fijamente, pensando que no le habían entendido, de modo que tendría que repetir sus palabras. Preston se quedaría mudo. Al principio, todos pensarían que estaba teniendo una especie de crisis nerviosa, y entonces, cuando finalmente comprendieran que estaba perfectamente bien de la cabeza, se pondrían furiosos. Se produciría una batalla nunca vista en una empresa venerable como «Fraser, De Witt y Berg». Buscarían todo tipo de motivos, sospecharían que les estaba traicionando. Se volverían locos intentando comprender sus motivos.

Sería una batalla nueva, una que, incluso él, podía llegar a disfrutar. Esta vez no estaría luchando por ganar dinero, sino por la gente. Por Peggy, que había vuelto a la vida. Y de una forma curiosa, por su propia Thérèse; tenía la esperanza de que llegara algún día a ser una persona que lo entendiera. No se les ocurriría nunca que un hombre pudiera de pronto sufrir aquel cambio.

De modo que, por fin, había tomado una decisión. Y una risa interna empezó a producirse en su garganta, donde hacía tan solo unos minutos sentía un nudo de tristeza. Sabía exactamente lo que iba a hacer en el momento en que aterrizara el avión.

«Primero llamaré a Connie –se dijo a sí mismo–. Después llamaré a Davey y le diré que voy a comprar su empresa para dársela a él. "Págame cuando puedas. No me importa cuándo", le diré. Imagínate la cara que pondrá, y la de Ben y Connie cuando...»

El vuelo 103 de «Pan American» explotó sobre Escocia en un día claro a las siete menos tres minutos de la tarde.

CAPÍTULO XX

En aquellos terribles minutos durante los cuales un avión estalló en llamas, otro aterrizaba con suavidad en el aeropuerto a las afueras de Louisville, Kentucky.

Cualquiera que no hubiera visto a Eddy Osborne durante los últimos años se hubiera fijado en seguida, al salir del avión, que había cambiado. Sus rasgos, obviamente, no podían haberse mudado, y sus ojos eran tan llamativos como siempre. Su cabello, seguía también espeso y rubio. Pero había algo sorprendentemente distinto en su expresión, una reserva, una timidez, que uno no hubiera asociado jamás en el pasado con Eddy. Su postura y sus andares también eran distintos; el paso alegre, el salto casi marino, había desaparecido. Cruzó el aeropuerto hasta el mostrador de alquiler de coches con las formas contenidas y el caminar deliberado de un hombre pensativo.

No le esperaba nadie. Al haber salido de la prisión unos días antes de lo esperado, pensó en sorprender a su mujer, quizá llamar al timbre y que ella le encontrara en el umbral de la puerta, o tal vez esperarla sentado en el salón a que ella regresara.

Bajo un claro cielo, el templado día invernal resultaba absolutamente bello. Pensó, mientras conducía, que cualquier día, bajo cualquier cielo, sería a partir de ahora bello aunque sólo fuera porque gozaría de la libertad de ir de acá para allá. Nadie que no hubiera perdido su libertad podía entender el pleno significado de aquellas palabras *libre de ir de acá para allá.*

«Pues eso sí que es todo un tópico», pensó, riéndose al hacerlo. Se lo había dicho un millón de veces con anterioridad pero, sin embargo, seguía siendo verdad, al igual que lo eran todos los refranes. Y, lleno de gratitud, volvió a reírse en voz alta, palmoteando exuberantemente la mano sobre la rodilla.

Empezó a silbar, y se detuvo. Puso la radio y la apagó de inmediato. Era mejor oír el ruido del viento penetrando por las ventanillas abiertas, porque se había olvidado del sonido que emitía, casi como cantar una larga nota sostenida. La atmósfera estaba limpia y clara. Al pasar de los suburbios al campo, se dio deliciosa cuenta de la potencia del espacio, sólo espacio abierto. Las únicas paredes divisorias eran las vallas que separaban un campo del otro. En los campos se veían arboledas y alamedas, y, a la sombra de cada una, se encontraba una casa de chilla blanca o ladrillo rojo oscuro, bellas casas en un paisaje opulento. Su propio hogar era blanco; recordó que habían discutido de qué color debían pintar las persianas y se preguntó qué decisión habría tomado Pam. Su corazón empezó a latir con más fuerza al pensar en su hogar y en Pam.

Cuando hubo llegado a las columnas de piedra y a la entrada de gravilla que conducía a su casa, su corazón latía con tanta fuerza que casi podía oírlo. Un repentino temor se apoderó de él, que le saltarían las lágrimas y que haría el ridículo. Aparcó el coche y estudió las resplandecientes persianas verdes. En el extremo del segundo piso estaba la habitación en la que dormiría esta noche. Parpadeó e hizo un esfuerzo para mantener el equilibrio. Y otro temor casi le hizo caer al suelo, el de que tal vez lo estuviera soñando todo, que realmente no estaba aquí sino todavía en Allenwood. A continuación, contó los cinco escalones hasta la puerta principal. Subió y asió el pomo de latón; era una cabeza de león, y estaba caliente por los efectos del sol.

–Oh, Dios mío –dijo Pam al abrir la puerta.

Se quedó unos segundos parado, inquieto al verla. Ante sus ojos se le apareció la imagen de un cabello largo que le caía sobre los hombros, una camisa blanca y pantalones de montar blancos; pasaron por su mente estas imágenes. A continuación le saltaron las lágrimas y la abrazó.

–Oh, me has sorprendido –susurró ella apoyada contra su mejilla–. No te esperaba hasta la semana que viene. He estado contando los días que faltaban.

–Rathbone le pidió al juez que me dejara salir antes de navidad y, como he sido un buen chico –dijo mofándose de sí mismo–, me ha dejado marcharme.

Besándose, los cuerpos temblaron.

–Oh, Eddy. Me alegro –dijo–. Me alegro.

Se separaron unos pasos para verse mejor.

–No has cambiado –le dijo Eddy a Pam–. ¿Y yo? ¿He cambiado?

–Todavía no lo sé. Ven, siéntate. ¿Tienes hambre? ¿Sed? Déjame que te traiga alguna cosa.

–No, he comido en el avión.

Se recostó contra los almohadones en el sofá del rincón. De pronto había tanto y nada que hacer y decir, o más bien, había tanto que decir, acerca de los dos años de su vida separados, que la tarea resultaba estremecedora. Y recordó cuántos cientos de veces se había imaginado el regreso al hogar, entrando de un salto en casa, cogiéndola y llevándola a la cama, allí para saciar un deseo insoportable. Y ahora que había llegado el momento, prefería permanecer sentado mirándola.

–Estás distinto –dijo ella–. No me había fijado cuando estabas allí.

–Pasan muchas cosas en dos años.

Ella contestó en voz baja:

–Ya lo sé.

–¿En qué he cambiado? ¿He adelgazado o engordado?

Ella le miró de cerca.

–Es algo difícil de definir. Pero hay un cambio... Dime, ¿ha sido horrible? Nunca te lo quise preguntar. Pero ahora que todo ha terminado...

–No por la forma en que me han tratado. Tú lo viste. Es más lo que pasa dentro de la cabeza de uno...

Se detuvo, y ella, al ver el esfuerzo que hacía, añadió con rapidez:

–Ya ha pasado. No hablemos de ello. Nunca, a no ser que tú quieras. De momento es mejor pensar en el futuro.

Le dirigió una sonrisa de ánimo como las que uno asesta a un inválido o a un niño con problemas, y se dio cuenta de lo difícil que resultaba todo, no sólo para él, sino para ella también.

–Me exigen dos años de servicios sociales, ¿te acuerdas? De forma que pensé que podría trabajar en un hospital de por aquí, de bedel o algo parecido, según lo que necesiten. Supongo que les parecerá aceptable la propuesta. Pero todavía no me han dicho nada.

Ella le cogió la mano y la sostuvo entre las dos suyas.

–Hagas lo que hagas, cariño, lo que sea, las cosas van a ir bien a partir de ahora.

Él sonrió, un pequeño elevamiento de labios cerrados.

–¿Me lo garantizas?

–¡Absolutamente! Tú y yo vamos a divertirnos de nuevo. ¡De verdad, Eddy! Oh, me ha dado tanta pena todo, he estado tan triste por ti..., pero todo va a cambiar. Lo sé. Lo prometo.

Su mirada era ansiosa; le estaba rogando. Y él, entendiéndolo, intentó alegrarse.

–Te creo. Ahora, cuéntame cosas. Cualquier cosa. Háblame de los caballos.

–¡Oh, tenemos algunas bellezas en los establos! Ayer nacieron dos potros, dos tesoros. Y por fin he encontrado el hombre perfecto para los establos, después de tres desastres, uno detrás del otro: uno demasiado perezoso para levantarse por la mañana, otro más tiempo borracho que sereno...

Él la escuchaba a medias. La exuberancia que había experimentado al ir hacia allá había desaparecido por completo, como el gas que pierden las bebidas cuando se abre la botella. Intentó analizar sus sentimientos. ¿Era algún temor que sentía en su interior?

Mirando a su alrededor, por encima de su cabeza hasta el vestíbulo y más allá, vio que la mesa del comedor estaba decorada con flores y candelabros. A esta distancia no era posible ver para cuántas personas estaba puesta, pero era obvio que esperaba invitados.

Pam, siguiendo su mirada, explicó:

–He invitado a unas personas a cenar esta noche, una fiesta prenavideña, gente a la que debo invitaciones. Pensé que lo haría antes de que regresaras. Me imaginé que no querrías ver a nadie cuando llegaras.

–No, es verdad.

–De modo que les llamaré y anularé la fiesta. Volveré en seguida y, cuando lo haga, traeré una bandeja de cosas para picar. Aunque digas que no tienes hambre, no me lo creo. No puedes haber comido algo decente desde que...

–Desde que fui a la cárcel, quieres decir. Puedes decirlo, Pam.

–Vamos a olvidarlo, Eddy Osborne. –Le besó–. Ahora quédate aquí y descansa. No tardaré.

Cuando se hubo marchado, volvió a cerrar los ojos. La habitación olía a ramas de pino, colocadas para las navidades, que colgaban de la repisa. Había, además, un aroma a Shalimar sobre el hombro de su americana. En navidad siempre ponía una botella en su calcetín. Los vio ahora, los vio a los dos, sentados en el suelo rodeados de lazos y papel de regalo mientras abrían sus presentes. No tenían ni una preocupación. ¿Podrían las cosas volver a ser iguales?

Al pensar aquello se irritó consigo mismo. La vida no había terminado, por el amor de Dios. Pam tenía razón al animarle a pensar en el futuro. Nunca en su vida había estado de mal humor, y no iba a estarlo ahora. Se obligó a sí mismo a ponerse de pie haciendo un acopio de energía, a estar contento, contento, como lo había estado al viajar desde el aeropuerto a su casa.

Volvió a mirar a su alrededor. Es extraño cómo se transforma un objeto cuando lo cambias de sitio. Tuvo que examinar algunas cosas dos veces. Para el caso, la casa le resultaba extraña. Había estado en ella tan poco tiempo, y en la época en que lo hizo estaba llena de pintores y trabajadores que iban y venían. Salió al pasillo, que era fresco y soleado, y lo suficientemente largo como para echar una buena carrera. La escalinata subía hasta un descansillo donde se veía un alto reloj de su colección. El candelabro de cristal de Waterford, que anteriormente colgaba del salón de Pam, descendía ahora de una soga de seda de dos plantas de altura.

A continuación se dirigió al comedor, donde las poinsetias sobresalían del gran centro de mesa que les había regalado Connie. Contó el número de invitados que se esperaban. Eran doce. Se fijó en que la vajilla Royal Crown Derby, que siempre se había guardado para ocasiones especiales, estaba colocada, al igual que la lujosa cubertería. Los muebles eran del siglo XVIII inglés, y se preguntó qué habría pasado con las piezas de mármol francesas que habían utilizado en Nueva York. Si las había vendido, seguro que le habían pagado más de medio millón de dólares, pensó. Pero no había vendido sus cuadros preferidos. Su Berthe Morisot colgaba sobre la chimenea, y los dos Mary Cassatts se habían situado entre el triple ventanal.

Al recorrer las habitaciones, le agradó ver que Pam había conservado sus posesiones preferidas y que estaban a salvo aquí, protegidas como niños en una casa sólida.

Desde la cocina oyó su voz mientras llamaba a los invitados. «Seguro que era bueno –pensó– que hubiera tenido algunas diversiones mientas él había estado fuera.» Sobre una mesa en la biblioteca una revista yacía abierta en una página doble de fotografías. Allí vio la fachada simétrica de la casa, con Pam en ropa de montar de pie a la entrada. Allí estaba Pam en los establos bajo un reloj y una veleta dorada. Y de nuevo Pam, saltando en una competición hípica. Finalmente, Pam vestida de noche, el vestido largo y al estilo griego que siempre llevaba, de pie y rodeada de un grupo de gente.

Eddy se inclinó para leer el pie de foto: «El baile benéfico del hospital, el punto álgido de la temporada.» Seguía leyendo cuando entró ella.

–Siento tardar tanto, pero, en cualquier caso, el café ya está en marcha. Oh, estás mirando ese artículo ridículo. –Y dijo a modo de excusa–: Debes pensar que lo único que hice mientras estabas fuera era divertirme.

–No hay razón alguna para que no te divirtieras. De nada me hubiera servido que cerraras con llave la puerta y bajaras las persianas.

Y, sin embargo, de pronto se le ocurrió que este desembarco en su vida tal vez no fuera tan fácil para ella. Ni para él tampoco.

–Por qué no te sientas a leer el periódico mientras yo acabo de llamar a los invitados.

–Quizá lo haga.

No obstante, estaba demasiado inquieto para quedarse sentado y, dejando a un lado el periódico, subió a la planta superior. Le agradó de nuevo ver cosas como sus grabados Rowlandson en el vestíbulo y su caballo chino de jade rosa sobre la cómoda de Pam. Por el fleco trenzado de todas las cortinas, reconoció la mano del decorador de Nueva York al que se le había convencido, por unos buenos honorarios, sin duda alguna, a que viniera a Kentucky. La suya era, sin embargo, la mano de un maestro y aquello también agradó a Eddy.

Entonces algo le llamó la atención, una pipa sobre un cenicero encima de una pequeña mesa en el dormitorio, al final del pasillo. Tal vez fueran sus ojos los que lo vieron primero, o quizá fuera su nariz, y el fuerte olor a tabaco. Durante un momento se quedó en blanco viendo la cosa, sin entender nada. A continuación, odiando lo inmediato, el pensamiento obvio, la estúpida, indigna sospecha, se volvió. Pero también dio la casualidad de que la puerta del armario que tenía delante estaba entreabierta, y la sospecha estúpida e indigna hizo que cogiera el pomo. Retiró la mano. Pero volvió a asir el pomo.

Colgados ordenadamente encontró ropa de montar masculina, media docena de trajes, una gabardina, un abrigo, americanas de tweed y una bata de seda. Todo un vestuario. Los pijamas colgaban de un gancho. Por alguna loca razón, Eddy recordó mucho después, no quería, en aquel primer instante, creer lo que veía. ¿Un primo, quizás, algún pariente que había venido a vivir con ella? Pero no tenía parientes... Y entonces se puso frenético; corrió a la cómoda y abrió los cajones. Había ropa interior, calcetines, jerseis y camisas con etiquetas de Londres. En el cuarto de baño adyacente colgaba un albornoz. Sobre el estante se veían utensilios para el afeitado, un cepillo y un peine.

Comprendió. Por primera vez en la vida pensó que se volvería loco. Comprendió, también, que en todos los hombres existía el instinto, en algún momento u otro, de matar. No eran palabras vanas; era perfectamente posible matar. Si el propietario de aquellos pijamas estuviera al alcance de su mano, lo haría. Sabía que lo haría. Después consideraría el hecho de que era al hombre, y no a Pam, al que hubiera atacado. ¿Era porque a ella la conocía y el otro era un desconocido? ¿Una estadística?

Arrancó el pijama del gancho. Era un pijama de seda caro que muy probablemente el hombre no usaba, ya que Pam dormía desnuda... Sus camisones eran sólo de adorno, para ponérselos durante unos minutos. Eddy tembló de ira. Sus manos mostraron tal fuerza que rompió los pantalones de la cintura al tobillo de un tirón. A continuación desgarró la parte de arriba, dejándolo todo en un montón en el centro de la estancia. Luego se hundió en la silla y se cubrió la cara con las manos.

Sus pensamientos eran fragmentados: Connie, volviendo a casa y encontrándose a Richard. Era fácil encontrar una similitud con esto...

Y recordó los hombres en las pistas de tenis y en los establos, hacía muchos años. ¿Quién sabía la verdad acerca de ellos?

Seguía allí sentado cuando oyó a Pam que le llamaba desde el vestíbulo de abajo.

–¿Dónde estás? He preparado un poco de sopa y un bocadillo de salmón ahumado.

Salmón ahumado. Una delicadeza para la fiesta de aquella noche, que su llegada había abortado. Sin duda el dueño de los pijamas iba a asistir a la fiesta. Quizás incluso la fiesta fuera en honor suyo.

–¿Eddy? ¿Dónde estás?

No contestó. Entonces la oyó subir las escaleras en su búsqueda. Y siguió sin moverse. ¿Qué iba a decirle? ¿Qué diría ella? ¿Mentiría? Claro que lo haría, como cualquiera.

Su mirada aturdida vio el armario, los cajones y la ropa en el suelo. Después miró a Eddy, que le devolvió la mirada en silencio.

¡Era tan bella! Tan preciosa, vestida de blanco con aquellas piernas largas y el cabello largo y el rostro puro y patricio. Su dama patricia, ahora ya no del todo suya. La alianza de diamantes resplandecía en su dedo; tuvo la imagen de aquella mano, con aquel anillo, haciendo cosas indescriptibles sobre el cuerpo de otro hombre. Y una náusea le hizo temblar. Tuvo la sensación de que se le aflojaban las piernas.

–Oh –dijo en voz muy baja–. Lo has interpretado mal. A veces tengo un invitado que se queda a pasar la noche, ¡eso es todo! Le gusta montar por estos parajes. Tenemos unos senderos maravillosos. Te los enseñaré... Vive en la ciudad, de modo que deja aquí su ropa de montar.

–¿Y sus trajes y su ropa interior y un montón de camisas? ¿Suficiente para un año?

Ella no dijo nada.

–Veo que, al menos, has tenido la decencia de sonrojarte.

Ella se echó a llorar.

–No me crees. Ya sé lo que puede parecer esto para alguien que no me conoce...

–Exactamente, Pam. Yo te conozco.

–¿Qué quieres decir con eso?

Espesas y resplandecientes lágrimas inundaban sus mejillas cayendo sobre su ropa.

–¡Vamos, vamos Pam, dime la verdad, ahora! Es lo menos que puedes hacer por mí. –Intentó mirarle a los ojos, pero ella apartó la vista y se miró las uñas.

Al final en un duro susurro, habló.

–No es nadie. Quiero decir *nadie* para mí. No es nada. Fue simpático conmigo cuando llegué y no conocía ni un alma. Estaba tan sola. No te puedes imaginar lo que fue. Una cosa es llegar con una pareja a un lugar para empezar de nuevo. Pero para una mujer llegar sin marido...

–O con un marido en la cárcel.

Ella no respondió.

–Dime, Pam, ¿qué tal lo hace en la cama? ¿Comparado conmigo?

Hasta aquel momento ella había estado de pie, y ahora se tiró sobre la cama, se lanzó con tanta fuerza que chirrió la madera, y después se quedó ahí con el rostro hundido en el edredón.

Él se dirigió a la ventana. La hierba en aquella tarde invernal seguía resplandeciendo, pero él, viéndolo a medias, fue sólo en parte consciente de la dulzura pastoral. Sus pensamientos eran los viejos, los antiguos pensamientos de los primeros días, cuando montaban en la playa, bailaban entre los dorados amigos de Pam y regresaban a su casa para hacer el amor. Tiempos maravillosos, maravillosos...

Se dio de golpe la vuelta.

–Vivía aquí contigo, ¿verdad?

–Viene y se queda un par de días. Nunca ha vivido aquí.

–¿Qué diferencia hay?

–Nunca ha existido compromiso. Ésta es tu casa. Siempre ha sabido que volverías.

Insensible ahora, Eddy se volvió a mirar la hierba, donde una manada de vacas iban en busca de semillas. Al cabo de un rato la cama crujió de nuevo al darse la vuelta Pam.

Descansando sobre el costado con la mejilla colocada sobre el brazo, empezó a dirigirse a la pared.

–No lo planeé. Simplemente ocurrió. Y no tan a menudo como te puede parecer a ti. Y cada vez lo lamentaba. Pero ya te lo he dicho: estaba tan sola. Y él fue amable conmigo.

–Sí. Me imagino que lo fue.

–No lo quiero, Eddy. Nunca lo he querido, ni un solo minuto. No era amor.

–Si lo fuera, tendrías una excusa algo mejor. De esta forma es peor.

–¿Por qué peor? No te das cuenta de que sólo era...

Se oyó una risa burlona.

–¿Sólo qué? ¿Una diversión?

–Pues, sí. Podrías decir que era eso. Sí, diversión. Sexo. Eddy... Dos años es mucho tiempo.

–Me doy bastante cuenta de ello.

–¡Oh, lo siento. Lo siento! Fue una estupidez, una crueldad. Por favor, Eddy, no estaba pensando cuando lo dije. Y estoy tan avergonzada. Avergonzada de todo. –Ahora con ojos piadosos lo miró directamente a la cara–. Es espantoso. Horrible. He estado pensando durante semanas, meses, y tú también lo habrás estado haciendo, cómo en el momento en que llegaras, cerraríamos la puerta y... Ahora, ahora, lo he estropeado todo. ¡Dios mío, todo echado a perder!

Estas vidas. ¿Cómo es posible que todo nos haya salido mal? Todo.

Pam se incorporó y extendió los brazos hacia él.

–¡Pero no dejaré que todo se pierda! ¡No lo permitiré, Eddy! Ven. Ven aquí. Por favor. ¿Vendrás? ¿Puedes? Por favor.

Eddy retrocedió ligeramente.

–No puedo –dijo en voz muy baja. Hablar le resultaba un gran esfuerzo; tenía incluso la voz agotada–. Sólo estoy pensando que si no me hubiera enterado de esto, hubieras dejado que transcurriera el resto de mi vida sin saber que otro hombre había estado contigo en esta casa. Un hombre que, en mi ignorancia, seguramente hubiera conocido y con el que me hubiera sentado a la mesa, todos sabiéndolo menos yo. Eso es lo que me hubieras hecho, ¿verdad?

Ella se volvió a tirar sobre las almohadas, boca abajo.

–¿Por qué me haces esto, Eddy? No puedo soportarlo. No puedo. ¡Me odias! Lo veo en tus ojos.

Él negó con la cabeza.

–No. Hace un minuto, sí. Pero ya no. –Con tanta rapidez había desaparecido la ira y el odio–. Lo único que me pasa es que lo siento por los dos, eso es todo. ¿Te acuerdas cuando estábamos en la cocina de casa de tu madre y te pregunté por otros hombres y tú dijiste...?

–¿No vas a sacar a relucir aquello ahora?

–Dijiste algo de lo larga y solitaria que era la semana cuando yo me quedaba en la ciudad y no nos veíamos. Echabas a faltar que te «admiraran», creo que eso fue lo que dijiste. No te referías a la admiración. Te referías al sexo.

Y ahora fue Pam la que se enfadó. Se levantó de un salto, y temblando con los puños cerrados y los ojos furiosos dijo:

–¿Quién eres tú para volver a hablar de las viejas sospechas? ¿Tienes acaso un pasado inocente? ¿Lo tienes? ¡Ya hay suficiente, Dios lo sabe!

Durante un minuto o dos se quedó observando cómo le temblaban los hombros a Pam. No se le ocurría una respuesta. No había respuesta. De modo que, con cuidado, cerró la puerta detrás suyo y se fue abajo. No tenía ni idea de lo que hacía.

Una sirvienta estaba recogiendo la mesa del comedor. La mujer levantó la mirada e hizo un ademán con la cabeza. No era necesario conocerse. Y continuó caminando. La casa era muy vieja, con muchas habitaciones y largos pasillos. Pared tras pared mostraban sus queridos cuadros, y las esculturas se exhibían en pequeños nichos. Eran bellas, cada una de ellas una maravilla; ninguna había perdido el poder de alcanzarle el corazón. Y, sin embargo, se preguntó cómo podía haberle interesado tanto poseerlas. Se quedó allí quieto, mirando a su alrededor, sintiéndose vacío. Había perdido las ganas de poseer. Sería suficiente ver estas piezas en un museo.

Al cabo de un rato salió a la terraza. El sol estaba ya hacia el oeste, dejando un último rincón de luz y calidez en un espacio ocupado por un grupo de sillas. Se sentó. Tenía el espíritu insensible. «A lo largo de todo este día –pensó– sus ánimos habían ido de un extremo al otro, como si viajara en barco de vela bajo un viento errático, respondiendo sólo al viento.» Y se quedó quieto, esperando no sabía qué.

Finalmente, después de que transcurriera una hora o más, oyó abrirse la puerta. Pam salió y se sentó. Sus ojos estaban hinchados y tenía la voz gruesa.

–¿Qué va a pasar ahora, Eddy? –preguntó en voz baja.

Con voz igualmente baja contestó:

–Supongo que querrás divorciarte.

–¿Por qué? ¿De verdad crees que eso es lo que quiero?

–No lo sé. Sé que yo no puedo quedarme aquí, de modo que supongo que querrás el divorcio.

–Realmente me odias, ¿verdad, Eddy? Dime la verdad.

Sentía tal pesadez en el pecho que le resultaba casi difícil respirar.

–No –contestó–. No. No odio a nadie. Ya te lo dije.

Ella estaba en la mecedora, y ahora, quizás inconscientemente, empezó a balancearse. Hacia delante y hacia atrás iba la silla, haciendo crujir el suelo de madera.

–¡Oh! –exclamó–. ¿Quién hubiera dicho que acabaría así? Eran tan divertido al principio. ¿Verdad que nos divertimos mucho?

–Sí. Sí, que nos hemos divertido.

Más y más deprisa iba la mecedora. Eddy extendió el brazo y lo colocó sobre la silla para detenerla.

–Acabarás cayéndote de la terraza –dijo con suavidad.

–¿Qué vas a hacer, ya que dices que no puedes quedarte aquí?

–Supongo que volveré a Ohio. Había un tipo en aquel lugar cuyo cuñado tiene una gran empresa de contabilidad, en Columbus. Me ofrecieron un empleo. Lo rechacé, pero ahora lo tomaré. Aceptaré la oferta.

–¿Te agradará hacer eso?

Se encogió de hombros.

–Siempre me han gustado los números. Considerándolo todo, siempre me han ido bastante bien. –Y consiguió esbozar una tímida sonrisa.

Ella se frotó los ojos con el revés de la mano como solían hacerlo los niños. El gesto resultó conmovedor.

–Tendré un sueldo fijo –dijo pensando en voz alta–. Alquilaré un apartamento y viviré con lo que gane. Sin preocupaciones. Será bueno.

Se produjo un silencio, triste y pesado. Al cabo de un rato, Pam volvió a hablar en voz baja.

–Necesitarás cosas para el apartamento.

–No muchas.

–Hay muchas cosas aquí. El desván está lleno. A pesar de que vendí por valor de cinco millones, queda para otra gran venta.

–Véndelo, entonces. Quédate con el dinero.

–Realmente no necesito dinero.

–Supongo que no.

Y ahora Eddy tuvo una idea, una iluminación, como si la luz que había estado brillando con indecisión prendiera por fin.

–Estaba pensando, con todo ese dinero en objetos, si los vendieras, entonces podría pagar a algunas de las personas a las que robé.

–No tienes por qué hacerlo. Te han declarado en quiebra. Estás limpio.

–Ya lo sé, pero no me siento limpio.

–No sé por qué no.

Él sabía por qué, pero no había necesidad de explicárselo a ella, o contarle cómo el fantasma de Richard y otras personas seguían persiguiéndole. De modo que, sencillamente, dijo que había tenido mucho tiempo para pensar y que era lo correcto.

–Quizá para un santo o un ángel. ¿Cuántas personas conoces que harían algo así?

–No muchas, es cierto. Sin embargo, pensé que podrías estar de acuerdo. Los objetos nunca te importaron tanto como a mí.

–Eso es cierto también, pero me gustan lo suficiente como para no regalarlos.

Estaba demasiado cansado para seguir discutiendo. En cualquier caso, no tenía poder alguno sobre sus posesiones.

–Eso no te incluye a ti. Quiero que lo revises todo y te lleves lo que quieras, Eddy. –Aparecieron unas lágrimas en sus ojos y Eddy tuvo que apartar la mirada.

–Te diré lo que quiero. Me gustaría llevarme mi escritorio. Aquel pequeño que estaba en mi despacho. Y eso es todo.

–¿Todo? Eso es ridículo –dijo ella en voz muy baja.

–No, es todo lo que quiero –insistió, pensando–. Necesito estar libre y limpio. Tengo que deshacerme de todos los recuerdos.

–¿Y los cuadros? Podrías llevarte algunos y venderlos, y te guardas el dinero.

–No tendré ni espacio ni necesidad de tener tesoros en el lugar al que voy, y no quiero el dinero.

–Siempre hay sitio para unos buenos cuadros. ¡Llévatelos! –Pam casi le suplicaba. Él comprendió la compasión que sentía por él, por todo–. Son tuyos. Tú los compraste. ¿Te acuerdas? –Él volvió a sonreír tristemente–. Tú te los ganaste.

–Digamos que los adquirí. Eso sería más exacto –replicó con amargura, queriendo hacerse daño, deseando llegar hasta la última frontera del dolor.

–Igualmente, insisto. Selecciona lo que quieres. Te gustaba tanto.

Si alguien sabía lo mucho que le gustaba, era Pam. Ella lo sabía todo de él... Y pensó durante unos momentos.

–De acuerdo. Me llevaré uno. El Renoir pequeño con la mujer que se parece a mi madre.

Peg, que siempre veía el lado bueno de las cosas. ¿Qué diría ella de todo esto?

–No entiendo por qué te niegas a llevarte algo más.

–No sé si puedo explicarlo, Pam, de modo que tendrás que creerme. Por favor.

–¿No puedo darte algo más? ¿Hacer algo? –preguntó en un tono de voz quebradizo.

Volvió a pensar, considerando la importancia de lo que estaba a punto de sugerir.

–Sí. Sí, hay una cosa. Estaba pensando en Davey y Lara. Tú has estado en contacto con ellos, de modo que sabes tan bien como yo lo que está ocurriendo. ¿Estarías dispuesta a dejarles el dinero suficiente para que pudieran comprar las acciones? ¿O las comprarías tú para dárselas a ellos, para que puedan derrotar a aquella gente que quiere arrebatarles la compañía? No estoy seguro de cuánto se necesita. Es una buena cantidad, pero no más de lo que tú puedes pagar, estoy seguro. Y ya conoces a Davey. Te lo devolvería todo. ¿Crees que podrías hacerlo?

–Lo pensaré. Siempre he querido a Lara. Ya lo sabes.

–Significaría tanto para mí. Han luchado mucho para llegar a donde están. No me gustaría verles perderlo todo.

–En mi opinión Martin Berg es odioso.

–No lo sé. Ya no quiero juzgar a nadie. –Eddy era consciente del tono tímido de su propia voz–. Lo único que sé es lo fácil que resulta quedar atrapado por el sistema. «El negocio es el negocio», al fin y al cabo.

–Lara ha aguantado hasta el final. ¿No dije siempre que era una mujer fuerte? No lo dirías con sólo verla. Pero yo te lo conté hace ya mucho tiempo.

–Davey tuvo que aguantar las presiones de los accionistas, no te olvides. Y después tuvieron todos aquellos problemas con Peggy. Demasiadas presiones.

–Lara también las tuvo. Me gustaría –añadió Pam melancólicamente–, me gustaría tener su fortaleza. Pero no sé... Este problema tuyo fue demasiado para mí, Eddy. Es humillante tener que admitirlo. Pero quizá sólo tenía que ser buena para ti en tiempos buenos.

–Quizá sí. –Y pensó que, si la verdad tenía que salir a la luz, era mejor ahora que a los sesenta años.

La tarde empezaba a transformarse en noche. Nubes cobrizas y plateadas se dirigían hacia el horizonte, y soplaba una brisa húmeda. Pam se puso de pie.

–Está empezando a hacer frío. Entra y prepárate para cenar.

–Sigo sin tener hambre, y debo hacer planes para volver.

–Tienes que comer, Eddy.

–De acuerdo. Primero daré un paseo. Hace mucho tiempo que no camino.

Y pensó, mientras cruzada el césped: «Supongo que esto es lo que llaman un final civilizado. Bueno, si lo era, se preguntó cómo podían soportarse los dolores de un final cruento.» Después, volviendo a su tendencia práctica dejando que la razón prevaleciera por encima de las emociones, se recordó a sí mismo que Pam, por lo menos, sobreviviría bien. «Tenía salud y era joven y rica. Sí, ella sobreviviría. Dios, lo único que había querido en esta vida es que ella estuviera bien. En cuanto a sí mismo, se apañaría. De alguna forma...»

Le sentaba bien caminar, estirando las piernas y cubriendo el terreno a grandes zancadas, sintiendo que podía caminar, si lo hubiera deseado, hasta el final del mundo sin encontrar barreras, muros, ni verjas cerradas. Nadie le vigilaba.

Sus pies crujían sobre la gravilla, después sobre la hierba

y, siguiendo el sendero, le pareció recordar que éste llevaba hasta el lago. Al borde del pequeño lago todo estaba tranquilo; incluso el viento se había calmado en aquel lugar. Entonces oyó un zambullido, una rana o un pez, y volvió la tranquilidad.

Se quedó allí, escuchando el silencio.

–La quería tanto –dijo en voz alta–. Y recordó cómo decían que, después de una amputación, el miembro amputado seguía doliendo.

Al cabo de un rato, mientras caía la noche, regresó a los establos y la casa. Un solo caballo seguía en el patio con la cabeza inclinada sobre la valla. Le resultaba difícil discernir el resplandor de sus oscuros ojos tranquilos. El caballo relinchó con suavidad, y Eddy se acercó a él descansando la mano sobre su cálido belfo. Siguiendo algún impulso, colocó su rostro al lado de la mejilla del animal. Tuvo una sensación de afinidad, una confianza absoluta. Era como si el animal pudiera sentir la confianza del hombre porque no se movió ni apartó. «La inocencia –pensó Eddy–, la inocencia.»

–¿Qué haces aquí? –preguntó Pam–. Pensé que había oído pasos.

Se sobresaltó.

–No gran cosa. Hablando con el caballo.

–Se llama *Baron*. Lo tengo hospedado aquí temporalmente. Ha ganado tres lazos azules, y vale una fortuna.

–Me pregunto si sería más feliz si lo supiera.

Pam le dirigió una mirada de extrañeza.

–He venido a decirte una cosa. Pagaré. No sólo a Davey y Lara, sino también al resto de las personas que perdieron dinero por tu culpa. Lo único que tienes que hacer es darme los nombres, y pagaré.

Estaba demasiado sorprendido para abrir la boca.

–Pero, claro, eso supondrá vender esta casa tan enorme.

–¿Estás dispuesta a hacer todo eso por mí, Pam?

–Sí, si tú estás dispuesto a perdonar lo que he hecho, y volver a empezar de nuevo. No, Eddy, escúchame –dijo, cuando él intentó replicar–. He estado pensando en nosotros. He estado ahí sentada pensando, quizá de la misma forma que pensarías cuando has sufrido un terrible accidente de coche y por algún milagro has salido con vida. Nunca nos comportamos como adultos, ¿verdad? Ni siquiera fuimos lo suficientemente adultos como para tener una familia, ser responsables de unos hijos. Por lo menos, yo no lo era. Me casé contigo porque eras guapo, y teníamos unas relaciones sexuales maravillosas. Nunca pensé realmente en ti, en lo que te motivaba. Si lo hubiera hecho, quizá te hubiera podido ayudar. No habría dejado que las cosas acabaran mal.

Eddy se sentía infinitamente conmovido.

–No digas eso. El único que tiene la culpa de todo soy yo.

«Y yo –pensó– me casé contigo porque eras guapa y tenías un árbol genealógico del que yo carecía y que envidiaba. Una locura, ¿verdad?»

–El único que tiene la culpa soy yo –repitió.

–Nos divertimos, ¿no crees? –Le temblaba la voz–. Y la diversión está bien, pero eso es lo único que hicimos con nuestras vidas.

Eddy podría haberse echado a llorar. En vez de eso tragó saliva con dificultad.

–¿Eddy? ¿Crees que alguna vez podremos ser lo que éramos?

–No lo sé. Hay tantas cosas que no sé.

–Estoy dispuesta a intentarlo si tú lo estás.

«¿Ser lo que éramos? ¿Subir ahora a la habitación y abrazarla? No, no era posible.»

–Si sólo te quedaras aquí. Un tiempo. Venderemos esta casa y después estará el traslado, y...

–Necesitarás ayuda, lo sé.

Ella no contestó. «Está dispuesta a dejar todo esto porque yo se lo he pedido», pensaba. Y le pareció que le debía algo. «¿Por qué no quedarse, entonces, si eso es lo que ella quería, o necesitaba? ¿Estamos siendo civilizados, verdad? Puedo vivir amigablemente en mi propia habitación al final del pasillo; puedo encontrar un empleo aquí igual que en cualquier otro sitio, y marcharme cuando ella esté asentada y yo preparado.»

–Me quedaré –dijo–. Prepárame una habitación.

–Lo comprendo.

–Y Pam, sin ira. Sin recriminaciones. No hablo por ti, pero yo estoy cansado. No quiero sentir nada. No quiero sentir.

–También lo entiendo.

Una ráfaga de viento procedente del norte agitó los árboles, y Eddy tembló.

–Ya que voy a quedarme, aceptaré la bebida caliente que me ofreciste –dijo educadamente.

–Claro –contestó ella con la misma educación–. Entremos.

CAPÍTULO XXI

La primera persona que vio entre la multitud que esperaba la llegada del avión en Kennedy fue a Preston, cuya cabeza de cabello plateado sobresalía por encima del resto de la gente. Se apartó para dejar que Melissa, que acababa de llegar de París, se acercara a ella.

–¡Oh, Connie! ¡Oh, papá! –dijo Melissa cuando se abrazaron. El rostro poco agraciado de la niña estaba hinchado de tanto llorar. A Connie le pasó por la mente que había una persona que había adorado profundamente a Martin. Y ese pensamiento, esta pena genuina, añadida a su propio *shock* y conmoción, hizo que a Connie se le saltaran las lágrimas, de modo que los fotógrafos, acercándose justo en aquel momento, pudieron plasmar para los periódicos del día siguiente una imagen de una joven y apenada viuda de la mano de su hija de cinco años.

Preston, cogiéndole de la otra mano, la besó en la mejilla.

–Debes de estar agotada. Lo he arreglado todo para que pases rápidamente por la aduana.

–Qué amable eres... No llevamos equipaje, sólo una bolsa de mano.

Cuando uno tenía tantas casas y viajaba a menudo de una a otra, lo único sensato era mantener un ajuar completo en cada una de ellas.

–Pensé que querríais ir todos en un coche, de modo que tengo una limusina esperando fuera. Hay sitio para seis.

–Preston contó: Connie y las dos niñas, la niñera, la secretaria de Connie, y él–. Sí, perfecto. Vamos. Saldremos rápidamente de aquí.

–Eres tan amable... –murmuró, siguiéndole.

–Todos estamos devastados, Connie. No hay palabras para expresarlo.

En el coche desde el aeropuerto la única conversación intermitente la sostuvieron Thérèse y la niñera. Cuando Preston, sentado delante de Connie, se cruzó la mirada con ella, apartó la vista. El oscuro día de diciembre transcurría: atletas corriendo, olas aceitunadas en la bahía, rascacielos filas de casas adosadas con hombres de nieve de plástico en los jardines y decoraciones navideñas.

–Mi hermano asistirá a los actos religiosos la semana que viene, pero yo quería venir ahora –explicó Melissa casi en un susurro.

Connie asintió. Estaba pensando: Cuando alguien se muere de pronto, la gente absurdamente dice: «Pero si yo hablé por teléfono con él ayer.» O: «Teníamos que ir a comer juntos el martes que viene.» Y todo ello como si la banalidad de estas afirmaciones pudiera convertir la muerte repentina en algo más sorprendente. Sin embargo, durante los últimos cuatro o cinco días, ella había estado haciendo exactamente lo mismo:

–Le estaba leyendo a Thérèse en el mismo momento en que el avión estalló en pedazos, y pensaba cuántas horas faltaban para que pudiera llamarle y decirle lo mucho que sentía la pelea que habíamos mantenido antes de que se marchara.

¡Oh, Dios! ¡Cuánto lo siento! Tragando saliva, cerró los ojos. ¡Aquella terrible pelea! Y después el horror. El horror. Nadie sabría nunca lo que había sentido aquella gente, si habían vivido largos minutos mientras caían al suelo o si todo había durado un instante, o...

–Papá me prometió un muñeco para hacer de hermano de mi Annie –interrumpió ahora la voz de Thérèse–. Me lo dijo. ¿Lo sabías?

–Sí, sí. Hablaremos de eso más tarde –respondió rápidamente la niñera–. ¿Por qué no duermes una siesta? Ven. Descansa la cabeza sobre mi hombro.

Tendría que consultar con un psiquiatra infantil para saber cómo y qué debía decirle a Thérèse. Oh, el horror. El horror.

Un hombre tan bueno, tan cariñoso. Ninguna mujer podría haber deseado un marido más devoto. Lo más terrible era que ella no había estado enamorada de él, no le había devuelto su amor, no en su corazón, aunque, gracias a Dios, él no había podido saberlo jamás. Si le hubiera amado ferozmente, desesperadamente, con el tipo de amor que aparece en los libros, ahora querría morirse. Y se sentía terriblemente culpable porque no quería morirse... ¡Si, por lo menos, no se hubieran separado enfadados! Si él no hubiera tenido tanta prisa, ella hubiera hecho las paces al día siguiente.

Pero había intentado ser una buena esposa, eso por lo menos resultaba innegable. Impulsivamente, cogió la mano fláccida que yacía sobre el regazo de Melissa y le dio un apretón, jurando: «Cuidaré de la hija de Martin, porque ella me necesita; es lo mínimo que puedo hacer en memoria suya.»

En el vestíbulo del apartamento los sirvientes estaban en fila, formando una falange de lana negra, seda negra, delantales blancos y rostros de duelo. Detrás de ellos las habitaciones aparecían abarrotadas de flores. «Son como diplomáticos en el funeral de un dignatario», pensó Connie.

El mayordomo dio un paso adelante.

–Señora, en nombre de todos nosotros, quiero darle nuestro más sentido pésame. El señor Berg era..., le echaremos de menos.

–Gracias, Marston.

–¿Tomará el té, señora? ¿Hay algo que podamos hacer?

–Té, por favor, Marston. En la biblioteca roja. ¿Te quedarás un rato, Preston?

–Claro. A no ser que quieras descansar.

–No, no quédate.

Felice, la asistenta personal de Connie, cogió el abrigo de marta cebellina y Preston entró con Connie en la biblioteca.

–Tengo un aspecto terrible –dijo ella, pasando por delante de un espejo veneciano.

–Nada conseguiría darte un aspecto terrible, querida.

Sobre una mesilla, al lado del sofá, estaba el conocido humidificador de puros de Martin, de madera de nogal con un monograma de oro sobre la tapa. Preston le siguió la mirada.

–No debes preocuparte por sus asuntos –dijo con suavidad–. Lo dejó todo en orden. Pero eso ya debes saberlo.

El humidificador tenía que desaparecer. Quizá lo quisiera Melissa. El objeto y el aroma que despedía, provocaba demasiadas imágenes: Martin en el hospital cuando nació Thérèse, Martin en el Juzgado cuando Eddy fue condenado, Martin colocándole los zafiros alrededor del cuello, Martin hablando con el médico cuando trajeron al bebé de Peggy al Este, Martin..., hundió el rostro entre sus manos.

–¿Quieres que te deje sola? –preguntó Preston al cabo de un rato.

Ella levantó la cabeza.

–No. Lo siento. Por favor, cuéntame algo.

Él pareció pensar. A continuación dijo:

–Es curioso. Resulta una ironía terrible que tuviera que morir cuando regresaba a consumar un negocio que, finalmente, no iba a llevarse a cabo.

–¿Qué? ¿La opa del «P.T.C. Longwood»?

Preston juntó las manos sobre sus cruzadas rodillas.

–Sí, y después de dos años de trabajo. Naturalmente, en cuanto recibimos la terrible noticia, decidimos aplazar la reunión una semana, pero entonces, hace dos días, nos enteramos de que tu cuñado había vuelto a comprar las acciones por un poco más de lo que nosotros estábamos dispuestos a pagar. Si lo hubiéramos sabido, habríamos mejorado la oferta.

–Eso es increíble –murmuró Connie–. ¿Cómo ha conseguido hacerlo?

–Te aseguro que no lo sé, pero lo hizo, y Bennett estaba furioso. Se negó a seguir adelante si no entraban las patentes de la «Compañía Davis». De modo que todo acabó en nada. Y hemos perdido, no he calculado todavía cuánto en honorarios de abogados y contables. Todo ha quedado en nada.

Connie se reprimió una sonrisa. ¿Cómo demonios habría conseguido Davey todo ese dinero? Pero en seguida dijo:

–Sí. Habrá sido una gran desilusión para ti.

–Eso es poco –suspiró Preston–. Bueno, no se puede ganar siempre, supongo. –Se hizo un profundo silencio–. Una cosa –añadió, justo cuando Marston apareció con la bandeja del té–; quiero que sepas que no estás sola, Connie. Yo estoy aquí para ayudarte en lo que haga falta. Recuérdalo.

Connie Berg era una viuda elegante, delgada y vestida de negro con una sola tira de perlas de once milímetros alrededor del cuello bajo una cabellera de pelo rubio. La ropa de luto era anticuada, y justo por esa razón tenía una elegancia que recordaba a la viuda Jacqueline Kennedy. Cuando mejoró el tiempo en la segunda mitad del año, cambió el color a beige, lino grueso o seda fina. La gente se volvía a mirarla cuando, el día libre de la niñera, paseaba por la Quinta Avenida con Thérèse y los tres perritos.

A principios de primavera su teléfono empezó a sonar trayendo invitaciones discretas para pasar una noche tranquila.

–Sólo unos pocos amigos a cenar, eso es todo, ya que todavía estás de luto.

De aquellas invitaciones discretas llegaban otras invitaciones, la mayoría de las cuales rechazaba, de hombres solteros, algunos demasiado jóvenes, otros demasiado mayores y algunos simplemente buscadores de fortunas. Connie conocía a los buscafortunas.

En cualquier caso, no le interesaba. Todavía paralizada por la impredecibilidad de la muerte, por la inminencia diaria de ella, algo que había olvidado desde la muerte de su madre, ahora sólo sentía la necesidad del cariño protector de la familia. Lara y Eddy habían venido en seguida a Nueva York a consolarla. Fue entonces cuando supo cómo Pam, a través de Eddy, había rescatado la «Compañía Davis». Sus sentimientos al saberlo se mezclaron con ternura hacia su hermano: qué cambiado estaba, todavía optimista, pero sin aquella seguridad y alarde, y un confuso sentimiento de vergüenza de que hubiera sido Martin el que había puesto a Davey entre la espada y la pared.

–Lo que me molesta –dijo Lara– es el recuerdo de la última visita de Martin a nuestra casa. No acabó de la forma más amistosa y lo siento.

A Connie le resultaba imposible contestar a aquello, ya que su último recuerdo de Martin era lo que era. Y durante un rato los tres se quedaron en silencio en la biblioteca roja, donde un gran retrato de Martin en un marco de plata barroca presidía y les observaba.

Qué año tan duro para los tres, cada uno a su manera.

Un año de pruebas y juicios. Le pareció a Connie que ahora simplemente disfrutaban de una pausa, descansando como reposa el mundo cuando parece haber finalizado un invierno horrible, pero todavía no estaba claro que no estuviera otra tormenta de camino.

Llevada por esta necesidad de lo familiar, hizo algunos viajes impulsivos, con el avión de Martin, a Ohio y Kentucky. La planta de Davey iba a todo tren, pero Lara seguía preocupándose.

–La deuda es horrenda, Connie. Pensar que Davey tuvo que coger prestado todo aquel dinero para salvar su propio negocio. Estamos ganando justo lo suficiente para devolverle lo prometido a Pam. Y después de eso tenemos lo justo para seguir viviendo. No tiene sentido.

–No puedo creerme que Pam insista en cobrar. No con todo lo que tiene.

Lara negó con la cabeza.

–No, no. ¡Pero no lo entiendo! Ha desaparecido el noventa por ciento de su esplendor. Es muy extraño. Espera a que vayas a verles, y después entenderás a lo que me refiero. Es casi como si se hubiera quedado sin nada cuando nos hizo el préstamo.

–Eso resulta demasiado angelical para ser verdad. Nadie hace una cosa así. Y menos por un cuñado o una cuñada.

–Bueno, espera a que lo veas –repitió Lara.

Lo que Connie vio la primera vez fue una casita blanca de tamaño medio sin ninguna gran entrada, columnas, o terrazas, rodeada por cinco hectáreas de tierra de pastos, establos, y campos para montar. A un lado de la pequeña carretera, y sobre el buzón, un cartel rezaba: GRANJA DE CABALLOS OSBORNE, EQUITACIÓN, MANTENIMIENTO, CLASES. Pam, en botas y ropa de montar, salió a enseñarle el lugar, explicándole la nueva situación.

–No criamos caballos de carreras, sólo algunos para exposiciones. Eddy está en contra de las carreras, y entiendo su punto de vista, porque es un juego en realidad, y cruel para los caballos. Hacer equitación por gusto es el verdadero deporte.

Connie, sintiéndose pequeña y de ciudad, corría para mantenerse a la altura de las grandes zancadas de Pam.

–¿Cómo le va a Eddy en su nuevo trabajo? –preguntó.

–Muy bien. Es una empresa con sólo tres contables; no le representa ningún problema.

El tono de voz de Pam era impasible. A Connie le pareció percibir una cierta reticencia al hablar del trabajo de Eddy. Pero seguramente aquello resultaba comprensible. «Osborne y Compañía», los ordenadores, las pantallas, los faxes, filas y filas de jóvenes, ávidos, nerviosos y concentrados, inclinados sobre ellos, eso era lo que debía recordar Pam.

–Un cambio bastante grande –repuso con compasión.

–Sí. Ven a ver la casa. También te parecerá un gran cambio.

Realmente no se trataba de una mansión sureña, simplemente las habitaciones más necesarias, junto con un despacho decorado con fotografías enmarcadas de caballos. Connie reconoció la mayor parte de los muebles, aunque algunas de las piezas eran demasiado sencillas para haber estado alguna vez en el apartamento de Nueva York; debían haberlas comprado para sustituir los dorados y el mármol. Sin embargo, todo era elegante, y Connie se alegró de reconocer objetos familiares, algunos de los tesoros que Eddy había descubierto en las subastas, unas piezas de plata que adoraba, y algunos cuadros.

–¡Oh, el Winslow Homer! –exclamó al entrar en el salón–. Siempre me gustó mucho.

–Sí –dijo Pam con frialdad–. ¿Quieres una visita completa? ¿Vamos arriba?

–Claro. Ya sabes lo mucho que me agrada visitar casas.

En el segundo piso un pasillo estrecho recorría la parte trasera de la casa. Daba a una soleada habitación al final, tres dormitorios más y un pequeño despacho.

–El despacho de Eddy –dijo Pam–. El dormitorio de Eddy está al lado.

Las dos mujeres se miraron. Connie apartó la vista. ¿Había algo que Pam quería que supiera? Si así era, ¿por qué no se lo decía directamente?

Pero no se dijo nada más. Bajaron, tomando el té mientras charlaban y esperaban que Eddy regresara.

Después de cenar, cuando Pam tuvo que ir a hablar con un cliente en los establos, el hermano y la hermana se quedaron un rato solos. Y, finalmente, después de muchos circunloquios, Connie fue directamente al grano.

–Esta disminución, no pretendo insinuar que no viváis

bien, pero el cambio es dramático, ¿verdad? ¿Cuál es la razón? ¿Por qué?

La débil sonrisa de Eddy era tímida.

–¿La razón? ¿Tienes idea de lo que le costó a Pam superar la oferta de «P.T.C. Longwood» y adquirir la compañía de Davey? –Entonces, cuando Connie empezó a sonrojarse, añadió con rapidez: Es un tema doloroso, lo sé, pero no tienes que dejar que te duela. Forma parte del pasado. El negocio es el negocio. Siempre lo fue. Yo no culpo a nadie, y menos a Martin. ¿Qué derecho tengo yo a culpar a la gente? –acabó diciendo.

–Pero no entiendo –dijo Connie en voz baja y dolida– por qué hizo un sacrificio tan grande. Es sorprendente. Quizás entendería que lo hicieras tú, aunque también eso resultaría sorprendente, pero el que ella se deshiciera de casi todas sus posesiones... ¿Fue, simplemente, porque tú se lo pediste?

–Porque yo se lo pedí –la boca de Eddy se cerró terca.

–Extraordinario. –Miró alrededor suyo como si una verdadera explicación pudiera esconderse en algún lugar detrás de las cortinas–. Y vuelves a estar como al principio. Viviendo con lo que ganas día a día, quiero decir.

–Como la mayoría de las personas. Aunque para nosotros no es exactamente así. Tenemos los pagos de Davey. Empezó a hacerlos desde el principio, cada mes.

–Me parece que es muy duro para ellos.

–Pam no les presiona. Son ellos los que insisten.

–Claro, son así.

En aquel momento regresó Pam y cambiaron de tema.

–Supongo que te quedarás unos días, Connie.

–Me gustaría, pero tengo cosas que hacer en casa. Intento pasar el mayor tiempo posible con Thérèse, para que no eche a faltar mucho a su padre. Y después tengo que buscar una universidad para Melissa, porque quiere volver y quedarse a vivir conmigo. Dice que se siente más feliz aquí.

De regreso a casa, Connie se quedó inquieta por lo que había oído y visto. Le pareció que de alguna manera había heredado la responsabilidad de reparar el daño que había hecho la empresa de Martin. Y así se lo dijo a Preston la próxima vez que la llevó a cenar al «Carlyle Hotel», no lejos de su apartamento. Con cuidado y cortésmente, escuchó, tal como solía hacer, considerando su respuesta antes de darla.

–Francamente, no veo por qué tú ni nadie tiene que sentir responsabilidad alguna. Tu cuñado eligió el camino duro. Podría haber cedido y haberse marchado con una pequeña fortuna, además de un sueldo con «P.T.C. Longwood», si lo hubiera querido. Ser rico no es una cosa mala, y, según mi modo de ver, se comportó de forma estúpida.

–Eso es lo que dijo Martin.

–Y Martin tenía razón. De forma que ahora debe trabajar duro.

Connie le interrumpió.

–No me gusta verle así.

–¿Qué estás pensando? ¿Que deberías asumir el préstamo tú misma?

Observó la expresión divertida de Preston. Era difícil esconderle algo a este hombre.

–Sabes leer los pensamientos, Preston. Sí, he estado pensando en eso. Al fin y al cabo, soy la hermana de Lara. Pam es sólo su cuñada.

–Un acto increíble para una cuñada, especialmente cuando me dices que ha sido un sacrificio tan grande.

–Evidentemente, Eddy quería que lo hiciera.

«Aunque duermen separados –pensó–. Y el ambiente en aquella casa había sido formal, de alguna manera algo no funcionaba bien...»

–La gente no se empobrece, hablando de manera relativa, simplemente porque un marido o una esposa se lo pide. Juzgando por lo que he visto de la naturaleza humana, tiene que haber alguna compensación –dijo Preston.

–¿Y eso qué significa?

–Que ella le debe algo. Pareces extrañada.

–Lo estoy. En cualquier caso, realmente quiero hacerme cargo del préstamo de Pam. De veras.

–Adelante. Tienes dinero suficiente. Especialmente si vas a vender aquella propiedad. ¿Lo harás?

–Sí. ¿Para qué quiero una casa enorme en Londres? No es más que una responsabilidad. Y un árabe me ha ofrecido una suma interesante.

–Acéptalo. El mercado inmobiliario está a punto de bajar, en todo el mundo. ¿Qué vas a hacer con la casa de Palm Beach y la de esquiar?

–También las venderé. Es mucho más fácil tomar una

suite en un hotel cuando quieres ir a algún sitio. Sólo me quiero quedar con el apartamento y Cresthill.

–Te han ido bien las cosas en la vida, Connie.

–Supongo que sí.

–¡Supones! Sabes que es verdad. Pero te lo mereces. La belleza merece sus recompensas.

–Gracias.

–Y tienes mucho más que belleza. Haces que la gente se sienta feliz cuando están contigo. Tienes corazón.

–¿Corazón? Qué divertido, eso es algo de lo que nunca creo tener suficiente.

–¿Qué? Si Berg estaba loco por ti. Hablaba de ti a todas horas.

Pensó: «No lo estás entendiendo. A pesar de la astucia del hombre no se había dado cuenta de que ella no había amado a Berg».

–Y mira qué buen corazón tienes ahora con tu hermana.

–Eso es distinto. Es un lazo de sangre, como Thérèse.

–Debe de haber sido difícil para Martin, tener que negociar con la familia de su mujer. En la empresa todos se lo agradecimos.

–Supongo que sí... Estaba pensando, Preston. Yo podría utilizar los pagos de Davey, después de asumir el préstamo, y ahorrar parte para las hijas de Lara. Tendría que ser un secreto porque él y Lara nunca lo aceptarían. ¿Se puede hacer?

–Fácilmente. Crearemos un fideicomiso. Dime cuándo.

Le sonrió a Preston.

–Es muy bueno tenerte como amigo. Odio tener que hablar con abogados. Siempre vienen en grupos de tres o cuatro, y son tan pomposos, utilizando diez palabras cuando dos bastarían.

Hablaba en serio. Le resultaba fácil hablar con Preston. Hasta hacía muy poco tiempo había sido el caballero patricio, un poco distante, un poco frío, para una mujer acostumbrada a la exuberancia de Martin. Algo ha cambiado en él.

–Entonces seamos amigos. Me gustaría mucho, Connie. Estaba esperando que salieras un poco de tu duelo.

Formaban una pareja distinguida. En los restaurantes y teatros, cuando había espejos, Connie veía su imagen al pasar; él con aquel cabello blanco y el joven y aquilino rostro sobrepasándola. Las mujeres le miraban. Las mujeres nunca habían reparado en Martin. En una ocasión, cuando oyó susurrar a una mujer «mira qué pareja tan elegante», un temblor de excitación le recorrió la espalda. Poder. Preston era el poder, y a diferencia de algunos que lo tenían, hacía bien su papel.

Una noche, a finales de mayo, cuando todavía no había oscurecido después de cenar, dijo bruscamente:

–¿Qué te parece si vamos hasta mi casa de campo a tomar una última copa? Sólo está a una hora y media de aquí.

–Me encantaría. Nunca he estado allí –comentó.

–Bueno, sabes, ¿cómo lo diría? Mi esposa tenía sus costumbres.

El «Buick» sedán de Preston no era nuevo. Una manta vieja estaba tirada en el asiento de atrás.

–Para el perro pastor –explicó–. Le llevé al veterinario ayer. Le cae el pelo de una forma terrible.

La noche era cálida. Preston puso una cinta; la música era tan suave como el aire; el coche se dirigía hacia el norte. Ninguno de los dos abrió la boca hasta llegar y pasar un cruce familiar, entonces dijo:

–El camino a tu casa.

–Ya lo sé. Me iré a pasar el verano allí cuando Thérèse acabe las clases.

–Estamos a sólo veinte minutos el uno del otro.

–¿Sólo?

Invisible desde la carretera, Stonycroft quedaba detrás de unos enormes matorrales salvajes que, en opinión de Connie, parecían mal cuidados.

–Observa el seto –dijo Preston–. No es como los que se ven en Francia o Inglaterra, que han tardado siglos en crecer; pero me parece que éste está bastante bien, considerando que sólo tiene setenta y cinco años. Lo plantó mi abuelo.

Parecía tan extraño que una masa de hojas fueran preferibles a unos arbustos diseñados por un paisajista, pero Connie no hizo ningún comentario. Ni tampoco mencionó las ovejas que pastaban la hierba cerca de la balaustrada de piedra que rodeaba la casa, ni la entrada de losas con sus rejillas para las botas, lechos de perros y toda aquella ropa de campo colgada de los percheros.

En el largo salón dos enormes Terranova y un peludo perro pastor se levantaron del sofá y se acercaron a saludar. Las zarazas estaban descoloridas y, al lado de un sillón con orejeras, una alfombra oriental mostraba un gran agujero. Connie, totalmente sorprendida, siguió a Preston a través de pasillos en donde colgaban retratos, pasando por una biblioteca de dos plantas, un gran comedor revestido de armarios en los que resplandecían enormes objetos de plata y, finalmente, hasta la gran cocina que permanecía inalterada desde los años veinte.

Preston preparó las copas, las llevó al salón principal y apartó un perro del sofá para hacer sitio para Connie y él. Desde algún lugar, sonaba la música, muy baja.

–¿Cómodo, verdad? –preguntó.

–Mucho. –Ella levantó la vista y vio los retratos que allí colgaban; dos mujeres, una con el pelo gris y una cara dulce, la otra una joven, estaban sentadas sobre un banco rústico de jardín a la sombra de una casa de piedra–. Es muy bonito. Siglo XVIII, ¿verdad? ¿Por alguien que debería conocer?

–No, algún pintor itinerante lo pintó en Yorkshire un día antes de que la joven se casara y emigrara a América.

–Oh, ¿conoces la historia? ¡Qué divertido!

–Debería conocerla. Son mis bisabuelas.

Connie se sonrojó.

–¿Y todos los demás? ¿El hombre encima de la chimenea?

–Aquél es mi abuelo. Sí, todos los demás. Los De Witt eran hugonotes; no los tenemos a todos porque algunos eran demasiado pobres para pagar un retrato. No me gusta colocar parientes falsos –añadió Preston.

–¿Te importa si sigo mirando?

–Adelante.

Sobre cada cuadro una placa de bronce daba los nombres y fechas: Amelia Ann Cornwallis, 1767; James Todd Cornwallis, 1880; Marie Laure DeWitt, 1814. Esto sí que era auténtico, una visión de varias generaciones. Sin duda, también lo eran los muebles. Ningún decorador hubiera colocado esa cómoda isabelina junto a aquellas sillas gótico-victorianas, eso seguro. Y, sin embargo, además de esa sensación de «confort» que Preston había señalado, el conjunto poseía cierta elegancia. Extraño. ¡Y aquellos enormes perros con sus sucias patas sobre los muebles! «A Martin le hubiera dado un ataque», pensó Connie, y a ella también le parecía espantoso.

–Es una casa preciosa –le dijo a Preston–. Parece, bueno *auténtica*. No se me ocurre una palabra mejor.

–En cualquier caso está viva. Es para vivir, y no para impresionar a la gente.

¿Había sido posiblemente aquello una reprimenda indirecta? Levantó con rapidez la vista y vio que no había nada en la expresión de su rostro que indicara más que una afirmación honesta.

–Me pregunto –dijo de pronto– si me harías un favor.

–Qué tonterías, sabes que lo haré. ¿De qué se trata?

–Una pequeña sobrina nieta mía será presentada en sociedad en Charleston, en el Baile de Santa Cecilia, y me gustaría mandar un regalo adecuado. ¿Te encargarías tú de comprarlo? Pensé que quizá resultaría adecuado un collar de perlas, apropiado para una chica de dieciocho años, a no ser que se te ocurra otra cosa.

–Las perlas siempre van bien. Y si da la casualidad de que ya tiene alguien que le regala otras, siempre puede llevarlas juntas. De todas formas, tendrás que decirme cuánto quieres gastarte. Si lo quieres con un cierre de diamantes y...

–No, Arabella es demasiado joven para los diamantes. A sus padres no les gustaría. Son gente muy discreta y conservadora. Mi sobrina se casó con un miembro de una de las familias más antiguas de Carolina del Sur.

–Oh –exclamó Connie, que acababa de comprar un collar de perlas con un gigantesco cierre de diamantes para el cumpleaños de Melissa–. Supongo que el baile de Santa Cecilia es un acto benéfico formal.

–Formal, y sólo con invitación. Es una tradición local. No se pueden comprar entradas. No es como los bailes benéficos de Nueva York.

Connie tuvo la sensación de que acababa de entrar en otro mundo distinto. Mundos alejados de los que conocía, que sólo se cruzaban cuando era necesario, como en el caso de Martin y Preston. Ni siquiera se había dado cuenta de que existían personas a las que un cierre de diamantes no les parecía adecuado.

De vuelta a casa aquella noche siguió pensando en aquella gente que podía sentirse segura en la destartalada grandeza y conducir un viejo «Buick», mientras dejaban que los millones se amontonaran en el Banco. «Más y más curioso.» Eran palabras de Alicia en el cuento preferido de Thérèse, mientras exploraba la conejera.

Una etapa siguió a la otra. Llegó el verano, Connie se trasladó a Cresthill, Preston residía en Stonycroft y los coches viajaban de una casa a la otra. Ambas tenían piscinas y pistas de tenis. Ambas, sillas y mesas a las cuales, después de un fuerte ejercicio físico, podía pasarse una tranquila tarde a la sombra. Charlaban. Connie hablaba libremente de sí misma y su pasado. Le complacía que Preston De Witt la encontrara tan interesante, complacida de que a sus ojos fuera una persona tan encantadoramente exótica. Por otra parte, las casuales citas que él hacía de lugares a los que nunca podría haber ido con Martin, a los que ni siquiera la primera generación de ejecutivos como la familia de Bitsy Maxwell tenían acceso, resultaba tentador. Mount Desert es donde uno veraneaba, no Southampton; Hobe Sound era donde se pasaba el invierno, no Palm Beach.

–Claro –dijo riéndose un poco de sí mismo–, todo empezó en la América de la época dorada después de la guerra civil. ¡La innombrable vulgaridad de los llamados chalés de Newport! Se requieren dos o tres generaciones para aprender a no ser ostentoso.

«Malditos decoradores –pensaba Connie–. Diciéndome que las mejores casas tenían que ser francesas.» Y se preguntó qué debía pensar, en realidad, Preston de Cresthill.

Una noche, a finales de julio, dio una cena en Stonycroft. Habiendo asistido a una de sus cenas, esta vez sabía lo que iba a encontrarse: hombres altos vestidos a la perfección y mujeres altas con vestidos caros y sencillos de hacía tres o cuatro años. Aquí no se veían las faldas *pouf* de Lacroix. De modo que se vistió para la ocasión eligiendo el tipo de seda blanca que siempre había llevado Pam, con un par de pasadores adornándole el cabello. Se vio recompensada por los elogios de Preston.

–Muy adecuado. Muy bien elegido. Has madurado, Connie.

Ella entendió lo que quería decir, y lo que era demasiado inteligente para decirle directamente, que estaba aprendiendo a tener el aspecto de haber nacido en una casa como aquélla.

Después de cenar, cuando ya se habían ido los otros invitados, le pidió que se quedara.

–Siéntate un momento. Vuelvo en seguida.

De forma extraña, mientras se preguntaba qué podía haber detrás de aquella petición, tuvo la sensación de que se trataba de algún cambio importante. Al cabo de unos minutos regresó con una caja de cuero en la mano y excusándose por el retraso.

–Tuve que descolgar un cuadro para llegar hasta la caja fuerte. En cualquier caso, aquí está.

Y sobre la mesita de café colocó un collar de rubíes, un elaborado arabesco de piedras preciosas engarzadas en platino y diamantes; unos largos pendientes hacían juego.

–El conjunto de Caroline –le explicó–. Pero eran de mi abuela.

Ninguna de las posesiones de Connie, por caras que fueran, podían compararse a esto. Eran piezas de museo. La realeza era digna de lucirlas; quizá lo hubiera hecho. Se quedó boquiabierta.

–Me gustaría que fueran tuyas, Connie.

Ella le miró, incrédula.

–No lo entiendo. No tiene sentido.

–Sí que lo tiene. No tengo hijas ni nietas. No necesito el dinero, de modo que no voy a venderlas. Están en una caja fuerte oscura. ¿Por qué no pueden estas joyas ver la luz del día? O debería decir «noche», ¿verdad? Pero no te las pongas en el campo. Ya lo sabes, ¿no? Son para un palco de la ópera en una noche de estreno.

Ella se quedó atónita.

–Preston, no puedo. No debería. No está bien.

–Por lo menos, déjame ver cómo te quedan. Pruébatelas.

Ante el espejo observó cómo unía el cierre del collar, su hermoso rostro concentrado. A continuación se puso los pendientes y se volvió hacia él, diciendo de forma algo tensa y tímida lo primero que le vino a la mente.

–Este vestido tiene el cuello demasiado alto. Se ve que no s lo más apropiado.

–Bájatelo para que las joyas descansen sobre tu piel.

Cuando lo hizo, él sonrió.

–Así está mejor. En realidad, ¿sabes cómo hay que llevarlas? ¿No fue durante el reinado de uno de los Luises en Francia cuando las mujeres mostraban los pechos? No lo recuerdo exactamente. En cualquier caso, así quedarían sensacionales.

Connie se echó a reír.

–Va contra la ley.

Él también rió.

–No aquí en esta habitación.

Y al decirlo, colocó ambas manos sobre sus hombros, apartó la seda blanca del vestido dejando al descubierto el sujetador de encaje blanco, y lo desabrochó. Ahora entre los pechos descansaba el rubí más grande, rojo-sangre, rojo-granate, cálido y resplandeciente. Durante unos segundos, ella lo miró fijamente; a continuación, y lentamente, volvió la mirada hacia Preston que la observaba con curiosidad interrogante. Hacía ya mucho tiempo que había perfeccionado una mirada tranquila en la que un hombre podía leer el grado de significado que deseara.

–Subiremos arriba –dijo.

Ella le siguió. Era como si estuviera viendo a otra mujer subir la gran escalinata a su lado, como si clínicamente estuviera analizando los sentimientos de otra mujer, su triunfo al haber conquistado un hombre tan deseable, y al mismo tiempo la total ausencia de deseo. A decir verdad, había sido una velada larga, y la mujer realmente hubiera preferido dormir en vez de lo que iba a producirse. Pero también sabía lo que se esperaba de ella y estaba preparada a realizar una buena actuación.

La habitación a la que la condujo contenía una cama alta y antigua de caoba, cubierta por un damasquino verde oscuro. Sir Walter Raleigh podría haberse acostado con la reina Isabel aquí. ¿Se había acostado alguna vez con Isabel? No, no Raleigh. Essex.

Desde la lejanía, pareció oír la voz de Preston canturreando de placer.

–Éste es el dormitorio número uno para VIP's.

Oyó deslizarse la seda mientras retiraba el edredón; desde la ventana una brisa fresca envolvió su cuerpo mientras le quitaba el resto de las prendas y la llevaba, desnuda a excepción de los rubíes, a la cama.

–Pensándolo bien, me parece recordar que era durante la época de Napoleón cuando las mujeres enseñaban los pechos –dijo Preston mientras descansaban.

–Yo no lo recuerdo.

–Bueno, no tiene importancia. Pero si era Josefina en la que estaba pensando, te puedo asegurar que Napoleón nunca se hubiera deshecho de ella si hubiera conocido algunos de tus trucos.

Centelleando –¡Preston De Witt centelleando!– observó a Connie. Una repentina imagen de él en la cama con su difunta esposa Caroline, aquella *puritana*, hizo sonreír ligeramente a Connie.

–¿Por qué sonríes?

–Estoy recordando una cosa. La primera vez que te conocí, antes de casarme con Martin, pensé que eras el hombre más guapo que había visto en mi vida.

–Lo recuerdo. Llevabas un traje beige, y tus ojos resplandecían. Hace mucho tiempo que he querido hacer esto, Connie.

–Y ¿por qué no lo has hecho?

–Santo Cielo, ¡no robaría las posesiones de mi socio!

Haciéndose la coqueta, ella dijo:

–Yo no te lo hubiera permitido.

–¿Crees que no lo sé? ¿Pero ahora es diferente, verdad?

–Sí. Es diferente ahora.

Por la mañana, por alguna razón absurda contra la cual, porque parecía tan infantil, intentó luchar y perdió, sintió la necesidad de hablar con Lara.

Lo que dijo fue:

–Lara, no te sorprendas, pero creo que Preston De Witt va a pedirme que me case con él. Tenía que decírtelo.

No hubo respuesta.

–¿Lara? ¿Estás ahí?

–Estoy aquí.

–Estás sorprendida. Sé que lo estás.

–No sé qué decir. Parece que no ha pasado todavía un año.

–Ya lo sé. No he dicho que fuera a hacerlo ahora. Sólo quería decir que lo veo venir, a eso me refería.

–Eso está mejor. –Se hizo un silencio. A continuación Lara dijo–: Casi no lo recuerdo. ¿Es un hombre alto con pelo blanco?

–Sí. Distinguido. Y muy simpático. Te caerá bien, Lara. De verdad.

–No te preocupes por mí. Eres tú la que importas. ¿Es posible que estés enamorada tan pronto?

–Bueno, como dices, es pronto. Pero uno puede tener la sensación..., ya sabes cómo es.

–Quizá no lo sepa.

«Esta conversación no había sido del todo satisfactoria –pensó Connie al colgar el teléfono–. Había sido una tontería hablar tan abiertamente. No podía estar segura de lo que pensaba Preston, ¿verdad? Sin embargo, después de anoche lo sabía.»

Y en la mente se imaginó cómo se desarrollarían los acontecimientos. Cuando hubiera transcurrido un año, quizá la primavera que viene, se celebraría una pequeña ceremonia privada en Cresthill, después de lo cual el lugar se vendería, ya que seguro que él no querría vender Stonycroft con todos aquellos árboles de su abuelo. En realidad lo había comprado su bisabuelo. Gracias a Dios que era viudo; no tendrían que esperar a los trámites del divorcio como había ocurrido con Martin... Eso era lo que iba pensando Connie.

Sus predicciones se cumplieron. Más o menos un mes después de la noche de los rubíes, Preston trazó un plan exactamente igual al que había imaginado Connie.

–Claro, tendremos que esperar hasta la primavera que viene –dijo, quejándose– y mira que es difícil. No podemos dormir juntos en mi casa excepto el día libre del servicio, y no podemos dormir en tu casa por la niña. Sin embargo, pasará. Paciencia, paciencia. Maldita sea –dijo de nuevo–, quizá tenga que ir al extranjero durante un mes. Estamos ampliando la empresa en Tokyo. De hecho, no es «quizá tenga que ir» sino más bien «tengo que ir». Desde que perdimos a Berg, no hay nadie que ocupe su lugar. Me encantaría que me acompañaras.

–No puedo dejar a Thérèse, Preston. Empieza primer grado a finales de mes, y debo estar con ella.

Él asintió.

–Lo entiendo, claro. Pero te echaré de menos.

–Yo también.

Sin embargo, cuando desapareció por la puerta de salida de las aerolíneas japonesas, ella se volvió sin sentimiento alguno, excepto quizá la agradable esperanza de pasar una noche en casa con el teléfono descolgado, un baño largo, un libro y la cama. Por alguna razón había estado deprimida durante las últimas semanas. «Me estoy cansando –pensó de pronto– de fingir emociones; requiere toda la energía de uno ser apasionado y vivaz cuando no te sientes así. Porque ahora que Preston estaba "atrapado", y era un hecho en su vida, la primera excitación milagrosa había desaparecido. ¿Qué había ocurrido? Quizás estaba envejeciendo...»

Entonces pensó: «No. Sólo tengo treinta y cinco años. Esto tiene que ser una reacción a todo lo que ocurrió el pasado diciembre. Eso es en realidad.»

Un día, Connie pasó en coche por delante del hospital en el que había estado ingresada Peggy. Con toda naturalidad, entonces, toda aquella experiencia pasó como una película por su memoria: el avión que llegaba, la niña inconsciente sobre la camilla, la habitación de la segunda planta, la cara pálida de Lara, el día del milagro cuando se abrieron los ojos de la niña, y en el pasillo los pasos precipitados de los médicos y las enfermeras.

Era un hombre simpático aquel Jonathan Bayer. «Recuerdo pensar –se dijo a sí misma– que me gustaría conocerlo. No sé exactamente por qué, pero parecía interesante. Aquel día del picnic del cuatro de julio tuve la sensación de que yo también le caía bien.»

Y conduciendo con el coche descapotado y una brisa fresca envolviéndola, sintió un repentino sofoco en las mejillas. «Absurdo, Connie. ¿Dónde crees que estás? ¿En el instituto?»

Existían tres rutas alternativas de Cresthill al pueblo, la más larga de las cuales era la que pasaba por delante del hospital. Sin embargo, un día en el coche con Thérèse eligió de nuevo aquella ruta.

–Mira, mamá. Ahí es donde permaneció Peggy cuando estuvo enferma.

–Sí, lo recuerdo.

–Solíamos traer juguetes y galletas.

–Tienes razón.

–Traíamos cosas para otros niños, mamá. Tú decías que no tenían bastantes juguetes.

–Es verdad. ¿Te gustaría comprar juguetes y traerlos otra vez?

–Sí, hagámoslo.

Fuera cual fuera el motivo, si la niña realmente tenía sentimientos generosos o simplemente tenía ganas de ir a una tienda de juguetes, la idea era buena, y debía llevarse a cabo. Además...

¡Pero, qué tontería! Seguramente ya no estaba allí. Y aunque estuviera, ¿qué importancia tenía?

–Iremos mañana –prometió Connie.

Tenían media docena de cajas llenas de muñecas, coches de juguetes, rompecabezas y otros juguetes apropiados para niños enfermos, cuando regresaron al día siguiente. Necesitaron varios viajes desde el aparcamiento para entrarlo todo. Durante el último viaje a Connie se le cayó una caja y fue rescatada por Jonathan Bayer que apareció a la carrera.

–¿Qué está pasando? Todavía no es navidad –dijo.

Connie le explicó:

–Sentimos algo especial por este lugar, por lo de Peggy. La hija de mi hermana, si la recuerdas.

–¿Recordarla? ¡Claro que sí! –pareció sorprendido.

¡Qué comentario tan estúpido! Claro que se acordaba. Y enfadada consigo misma por ser tan poco hábil, intentó arreglarlo.

–Cuando entró, podría haber estado muerta, y cuando se marchó, estaba viva. Fue un milagro.

–Sí, los milagros ocurren, pero no siempre. –Dejaron los paquetes en la entrada y se quedaron allí de pie. Tenían la extraña sensación de no saber exactamente qué hacer.

–¿Quieres que los reparta yo, o quieres...? –preguntó el médico, cuando Connie le interrumpió rápidamente.

–No, no, no quiero hacerlo yo. Eso es hacer un papel que no me gusta. No.

Él se rió.

–Te felicito. Me ocuparé yo entonces. Siempre necesitamos juguetes y os lo agradecemos. Especialmente a ti, Thérèse.

Desapareció por el pasillo rápidamente, casi corriendo, tal como lo recordaba Connie.

Fuera, en el césped, los pacientes, solos o en grupo, con enfermeras o parientes, estaban sentados en sillas de ruedas o haciendo arduos esfuerzos por caminar. Un niño pequeño de la edad de Thérèse estaba sentado sobre la hierba con una mujer, intentando colocar una bola plateada en un pequeño hueco.

Thérèse se detuvo.

–Yo tengo ese juego –le dijo, y sin que nadie la invitara, se sentó a su lado–. Te enseñaré cómo se hace.

Connie intervino:

–No, no molestes al chico.

La otra mujer levantó la vista, sonriendo.

–Sólo quiere ser simpática. A nosotros no nos importa si a usted le parece bien.

De modo que las dos madres observaron mientras Thérèse, con gran paciencia, enseñaba al chico minusválido cómo inclinar la caja para que la pequeña bola plateada pasara por el laberinto y entrara en el agujero. Y Connie, mientras escuchaba la historia de la otra mujer de un accidente de automóvil y una recuperación larga y lenta, sintió oleadas de gratitud y feroz protección por su pequeña y sana hija.

Al cabo de un rato, bajó el doctor Bayer y se detuvo a observar a los niños. Cuando al final la pequeña bola plateada entró en el agujero, el chico se rió, y Thérèse aplaudió y se puso de pie.

–Es ya hora de marcharse –dijo Connie.

El doctor Bayer, dirigiéndose también hacia el aparcamiento, hizo un comentario sobre Thérèse:

–Tienes una hija fuera de lo común.

–Sí. Siempre ha sido bastante lista.

–Como tú.

–Gracias. Pero es como su padre.

–También percibo la misma amabilidad de parte de su padre. Debe de tener unos seis años ahora, ¿verdad?

–Casi. Tengo suerte de tenerla, ya lo sé. –Y añadió–: Vivimos las dos solas ahora. Su padre iba a bordo del vuelo 103 que cayó sobre Escocia el invierno pasado.

–¡Oh! –exclamó–. Tu marido, ¡aquel hombre tan lleno de vitalidad!

Percibió un dolor tan genuino en aquel «oh» que se volvió para mirarlo. Lo que vio fue una expresión de extraordinario cariño.

Llegaron hasta el coche de Connie. Cuando ya se había acomodado, el doctor Bayer se quedó mirando por la ventanilla. Todavía no había puesto en marcha el vehículo. Y de nuevo percibió aquella inquietud, como si ninguno de los dos supiera poner fin al encuentro.

Ella dijo:

–Las cosas que se hacen aquí... Cuando me acuerdo de mi sobrina, siento tal gratitud. Me gustaría poder hacer algo para demostrarlo. Algo mejor que simplemente traer unos juguetes.

–Podrías ser voluntaria –le contestó.

–¿Qué? ¿Qué podría hacer yo?

–Podrías llevar a cabo lo que acaba de hacer Thérèse. Las enfermeras no tienen tiempo suficiente para hacerlo todo, especialmente los fines de semana.

–¿De veras? Creo que me gustaría.

–Bueno, si te interesa, ven a verme. Me han nombrado director médico desde que estuviste aquí. Estoy en la planta baja.

–¡Enhorabuena!

–Gracias.

–¡Vamos, mamá! –exclamó Thérèse con impaciencia.

–De acuerdo, nos vamos.

Por una vez, Connie se alegró de la impaciencia de la niña.

Pidió estar con los niños, de modo que el sábado siguiente se hizo cargo de una niña de diez años que necesitaba que alguien le acompañara a pasear por el parque. Era un trabajo tan sencillo que casi no se le podía llamar trabajo y, sin embargo, era consciente del valor que tenía. Por otra parte, podía resultar algo extraño que Connie se pasara la tarde cuidando de una niña desconocida mientras su propia hija estaba en casa atendida por una niñera. Y ella sabía, claro, que la única razón por la cual no estaba en casa con Thérèse era Jonathan Bayer.

Se lo encontró cuando había devuelto la niña a su habitación.

–¿Dónde está la señorita Thérèse? –preguntó.

–Jugando con unas amigas.

–¿Y qué te ha parecido el trabajo?

–No es exactamente un trabajo, pero siento que he hecho algo que vale la pena.

–Así es. –La observó–. Tengo el resto del día libre. ¿Te gustaría tomar algo conmigo?

–Sería estupendo.

–Hay un lugar al final de la calle. Podemos sentarnos en la terraza, si te apetece.

–Me parece magnífico.

¿Qué se había hecho de su fuerte «personalidad»? Estaba tan falta de palabras como una chica en su primera cita. Se metieron en el coche y al poco rato se encontraron bajo un parasol de una dorada tarde de setiembre sin nada más que silencio entre los dos.

–¿Por qué te miras continuamente los pies? –preguntó bruscamente.

No era consciente de que estuviera haciendo aquello, pero encontró una respuesta.

–Pensé que tenía una carrera en la media.

Él se rió.

–¿Y si la tuvieras? ¿Qué pasaría?

–Nada, supongo.

–El problema es que no sabemos qué decirnos.

Su corazón latía con fuerza.

–No hay nada malo en estar callado.

–No, tienes razón. –Y miró el pequeño recuadro de césped, dividido por un sendero de gravilla sobre el que un par de palomos buscaban restos de migas.

La mente de Connie, mientras la observaba, se adentraba en el pasado, repasando todo lo que sabía de la vida. No tenía la simetría de moneda romana de Preston, ni el vivaz entusiasmo de Martin, y nada del encanto juvenil del pobre Richard. ¿Qué tenía entonces? No era capaz de definirlo, no lo comprendía, lo único que sabía era que algo poderoso se había apoderado de ella, que se sentía atraída por él y que, sin embargo, temía todos estos sentimientos tan poco familiares.

–¿Sigues viviendo en la misma casa? –preguntó él bruscamente.

–Sí, en verano.

–Es muy bonita. Grandiosa.

–Sí.

De nuevo se produjo un silencio. Había algo en la forma en que había dicho «grandiosa» que la molestaba. De pronto vio su palacio a través de los ojos de él, como lo veían sus ojos. Y le pareció saber, sin que nadie le dijera nada, cómo veía él el mundo.

Se acabaron las copas y regresaron a donde estaba aparcado el coche de Connie en el hospital. Jonathan le cogió la mano al despedirse.

–Sólo ha sido la primera vez –dijo–. Lo haremos mejor la próxima.

Salieron tres veces más, a tomar el té, a comer y a cenar. Y la conversación empezó a desarrollarse con mayor fluidez. Hablaron de cine, política, libros y lugares que Connie no conocía, como un hospital para refugiados camboyanos en Tailandia. Se enteró de que él había querido ser médico desde los nueve años. De que nunca se había casado; por alguna razón aquello le agradó. Y ella, a su vez, tuvo que darle los datos de su propia vida, contarle lo de su familia y sus matrimonios.

No le habló de Preston DeWitt, quien estaba previsto regresaría dentro de un semana.

Después de la cita de la cena, en la oscuridad del aparcamiento del hospital donde ella tenía el coche, la besó. Fue un ligero toque en los labios, el beso obligatorio, eso es todo. Él no podía saberlo, pero si se lo hubiera pedido, si hubiera habido un lugar privado al que ir, ella hubiera yacido junto a él en la hierba, y se hubiera sorprendido de la maravilla de lo que era sentir, realmente sentir, al fin... Casi no se reconoció... Y al regresar a casa sola en la tranquila noche, lloró.

Aunque estaba cansado después del vuelo de Tokyo, Preston se dirigió directamente desde el aeropuerto al apartamento de Connie. Charlaron en la conocida biblioteca roja.

–Realmente he echado de menos a Berg, te lo aseguro. Sabía cómo conseguir las cosas, era un genio. Bueno, un poco demasiado agresivo para mi gusto, para ser sincero, pero deja que te diga, lo que hizo para nuestra empresa fue maravilloso. Nuestro valor ha subido un par de miles de millones de dólares, y eso no está nada mal.

–Tampoco es necesariamente bueno, ¿verdad? –Cuando él la miró atónito, añadió–: Cuando ves lo que está pasando en el país, todas estas quiebras y paro, uno se pregunta muchas cosas.

Preston se encogió de hombros.

–Ciclos. Todo va según ciclos. Si eres listo, te preparas para los malos tiempos. Y nosotros estamos preparados. Tendremos tanto trabajo como en los años ochenta, aunque ahora estaremos al otro lado. Estaremos deshaciendo las adquisiciones equitativas. Ocupándonos de rescates financieros. De modo que no estoy preocupado en absoluto.

Cuando estuve en la India, dijo Jonathan, vi tales cosas, una negligencia criminal, que sentí una ira que nunca me imaginé podía sentir.

Preston daba vueltas al coñac en la copa, contemplando el dorado líquido.

–Sí –comentó–, los años ochenta se han terminado, pero la avaricia no y ésta nunca tendrá fin, de modo que más vale sobrevivir aprovechándose de ella.

–¿No estás siendo un poco cínico? –preguntó con tranquilidad.

–En absoluto. Es verdad.

–No para todo el mundo. No para Davey y Lara, por ejemplo.

–¿Sigues hablando de ellos? Bebés en el bosque. El mismo Berg lo dijo.

–Últimamente, algunas veces –dijo ella lentamente– tengo la sensación de que, al final, Martin se hubiera puesto del lado de Davey, que no hubiera seguido adelante con aquel negocio.

–Eso es ridículo, Connie.

–Quizá. Pero tengo la sensación, dado el tipo de persona que era Martin.

Presto negó con la cabeza.

–Nunca. No cuando nos jugábamos tanto dinero.

«Nos separan millones de kilómetros», pensó. Él le daba vueltas y vueltas a la copa, calentándola entre las manos.

¿Cómo se le había podido ocurrir lo contrario? Ahora estaba tan claro, la loca extravagancia de Bitsy Maxwell, y sí –de Martin– y sí –de Eddy–, y después el esnobismo de los amigos de Preston con sus vestidos viejos. Falso, todo falso. Todo ello.

«¿Qué me ha ocurrido?»

–Por cierto, ¿cómo les va a los Davis?

–Están luchando, pagándome a primeros de cada mes. Pero son muy felices.

–¿Cómo pueden ser tan felices, cuando están viviendo con una deuda tan grande?

–Porque están juntos. ¿Lo comprendes? Juntos en todos los aspectos.

Nunca me casé, dijo Jonathan. Siempre dije que no lo haría hasta no encontrar la mujer sin la cual no podía vivir.

–Algo te ha cambiado –dijo Preston–. No estás satisfecha.

Ella no contestó.

–Cuéntamelo.

Ella se levantó.

–Primero tengo que darte una cosa.

De la caja fuerte en su dormitorio sacó el estuche que contenía los rubíes de Preston y regresó al salón. Él era un hombre frío y no estaba dispuesto a sentirse devastado por el rechazo. Sin embargo era una persona decente, y ella no quería hacerle daño. Se arrodilló en el cojín al lado de su silla.

–Quisiera devolverte esto. Fuiste muy generoso, pero no debo quedármelos.

Preston arqueó las cejas.

–¿Por qué? ¿Has conocido a otra persona?

Con sinceridad y tristeza, contestó.

–Creo que quizá sí, aunque muy probablemente no acabará en nada.

Si significaba algo que Jonathan era lo primero en lo que pensaba por la mañana y lo último en lo que pensaba por la noche, si significaba algo el hecho de que sentía pánico al pensar que podía desaparecer, si significaba algo que estaba dispuesta a irse a Borneo sin un céntimo, entonces era cierto que había encontrado a alguien.

–Algo muy repentino, diría yo.

–Sí. Repentino.

Frío o no, este hombre era muy orgulloso, y ningún ser humano encaja bien un rechazo. Apretó los labios, mientras con las uñas golpeaba el brazo del sillón.

–De verdad que lo siento, Preston. Te respeto y admiro, pero ocurrió algo, eso es todo. No puedo evitarlo. Lo siento de verdad.

–¿Es, si se me permite preguntar, alguien al que conozco?

–No estoy segura.

«¡Jonathan en una de las fiestas de Preston!»

–¿Hace mucho tiempo que lo conoces?

–Un par de años. Es decir, cuando me lo presentaron –tartamudeó–. Pero no le he conocido un poco hasta el mes pasado.

Preston frunció la cejas.

–Todo el asunto parece muy extraño, por decirlo de alguna manera. Y no es que sea –añadió rápidamente– asunto mío, pero esperas casarte o simplemente...

–Me gustaría casarme –contestó con sencillez–, pero no estoy realmente segura de que vaya a hacerlo. Seguramente no.

Reinó un silencio triste y pesimista durante el cual Preston continuó golpeando la silla con las uñas. Al cabo de un rato se puso de pie, dispuesto a marcharse.

–Podrás comprender que me siento desilusionado. Pensé que nuestros planes eran seguros. Pero supongo que debo desearte buena suerte. Sigo encariñado de ti, Connie, y espero que no estés haciendo ninguna tontería.

De forma que aquello había terminado, y no había resultado demasiado doloroso. «Pero, oh, Connie, Consuelo, –se preguntó a sí misma–, hija romántica de Peg, ¿estás portándote como una imbécil?»

Al cabo de dos semanas seguía sin noticias de Jonathan Bayer. Estaba segura de haberle dado la dirección de Nueva York y, en cualquier caso, podría haberla encontrado si hubiera querido.

«No lo entiendo», pensó una y otra vez durante las horas tranquilas. Le sobraban muchas horas en los días que siguieron a la ruptura con Preston, tras haber perdido todo el deseo de hacer nada. Por lo tanto, paseando en el parque con Thérèse o mientras leía, no hacía más que pensar. La había llamado «cariñosa» y «cómica» y «amable». «Cuando nos conozcamos mejor», había dicho.

Tuvo la fría sensación de pérdida. El hombre había llegado hasta su corazón como ningún otro; sin embargo, eso no quería decir que lo mismo le hubiera ocurrido a él.

Una noche, al no poder dormir, se levantó y se paseó por el apartamento, encendiendo y apagando luces, caminando sobre espesas alfombras, yendo de habitación en habitación. El lugar estaba solitario. Durante tantos meses había estado vacío, los largos salones con acolchadas y vacías sillas. Recordó las imperiosas palabras resonando, la ostentosidad de aquellos que habían conseguido «el éxito», que esperaban llegar más lejos, y que querían dar a conocer al mundo lo importante que era su existencia. La casa era un museo, las paredes y los rincones, los armarios y los nichos, abarrotados de objetos brillantes, coleccionados en superfluidad para que todos pudieran percatarse del éxito de su dueño.

El lugar era inútil. Estaba muerto. Como las pirámides, auténticamente muerto.

Qué extraño era que, al vivir aquí, nunca se hubiera dado cuenta de lo muerto que estaba aquel lugar.

–Le telefonearé por la mañana –dijo en voz alta, dirigiéndose al silencio de la medianoche–. Orgullo o no, ¿qué tengo que perder?

Si estaba de acuerdo, cenarían mañana juntos en Cresthill.

Todavía clareaba lo suficiente cuando llegó Jonathan para observar las doradas hojas caer lentamente sobre la fina hierba. Desde la ventana de la biblioteca, donde Connie había decidido que cenarían en una pequeña mesa redonda, observó los prados cubiertos de árboles ornamentales, lagos y estatuaria. Durante los últimos minutos, después de un inicio animado, se había quedado callado.

Ella se propuso ser abierta; por primera vez en su vida no utilizaría tretas, no sería calculadora. De modo que preguntó directamente.

–¿Qué estás pensando? ¿Qué ves ahí fuera?

Él se volvió hacia ella con la misma honestidad.

–¿De verdad lo quieres saber?

–Sí.

–Estoy pensando que este lugar me recuerda a Versalles.

–Y no te gusta.

–Versalles estaba bien para Luis XIV en su tiempo. No, retiro lo dicho. No estaba bien, ni siquiera entonces.

–Quiero venderla –dijo ella de pronto.

–Pensé que te encantaba.

–Antes. –Dudó unos instantes–. Era una locura. Una adicción, como las drogas.

Él escuchó mientras ella ponía en palabras sus pensamientos, pensamientos que hacía un tiempo no hubiera tenido.

Todo aquel dinero, entrando y gastándose...

–Al final –dijo en voz baja– no tiene sentido. Los tesoros, los premios, no tienen sentido.

Sin contestar mantuvo la vista puesta en la ventana y el paisaje de fuera, donde, rápidamente, oscurecía. Con todos los sentidos, era consciente de su presencia, consciente de sus negras y curvadas pestañas, del hoyuelo de la barbilla que confería tanta dulzura a su poderoso rostro, de la larga mano que descansaba sobre la mesa, los puños blancos, el...

De pronto, Jonathan se puso de pie. El café se había enfriado en las tazas.

–¿Podemos entrar? Necesito hablar contigo.

Cincuenta personas podían acomodarse con facilidad en la biblioteca A un extremo se había encendido un fuego y lo condujo hasta allí.

–Connie –empezó a decir–, sé que te preguntabas por qué no te llamé. Sabías, los dos lo sabíamos, que algo nos estaba ocurriendo.

–Entonces fuiste muy cruel –exclamó–. Esperé...

–Perdóname –dijo rogando–, pero tenía tanto miedo...

–¿Miedo de qué?

Señaló con la mano la enorme habitación.

–De esto. Yo no pertenezco aquí. Me parecía incoherente pensar en mí mismo con una mujer a la que le gustara esto. Sabía quién era Martin Berg: un hombre decente, estoy seguro, pero de otro mundo distinto al mío, y pensé que una mujer que deseaba todo esto no podía nunca ser feliz con mis cosas.

Se quedó silencioso.

El corazón de Connie latía con fuerza.

–Sigue –dijo sin quitarle los ojos de encima.

–No sabes cómo me debatí. Recuerdo que pensaba en lo

cariñosa que eras con toda tu vitalidad. Y me pregunté si realmente te conocía.

–¿Y crees que me conoces?

–Mucho mejor. Mucho mejor. Lo que acabas de decir acerca de los tesoros, «los premios» creo que dijiste, eso me ha abierto el camino para conocerte con claridad.

Ella se levantó y se colocó a su lado, temblando.

–¿Qué ves? Dime lo que ves.

–Veo a una mujer. Una mujer de verdad. Oh –exclamó–, sé que no hubiera aguantado. Pensaba continuamente que no debía perderte. Y a continuación pensaba: «Pero y si empezamos una vida juntos y después te pierdo. ¡Eso sería mucho peor!»

–No me perderás, Jonathan.

–Oh –exclamó, y se levantó para unirse a ella.

Durante largos minutos se abrazaron mientras él le besaba los ojos, las mejillas y la boca, las manos moviéndose suavemente por su cuerpo, y ninguno de los dos era capaz de detenerse ni de separarse. De modo que esto había existido siempre, y ella nunca lo había encontrado.

Cuando al final separó los brazos, ella pensaba: «Tengo tanto que recuperar», y el pensamiento le hizo reír, una risa tierna mezclada con algunas lágrimas.

–¿Ahora? ¿Ahora, cariño? –preguntó Jonathan.

–Sí. Thérèse se ha quedado en la ciudad, de modo que no hay nadie aquí.

«Sin trampas –pensó de nuevo–. Esta vez todo sería honestidad.»

Y dijo:

–Quería que acabara así. Lo quería tanto. Con todo mi corazón.

Acción de Gracias, un año después.

Con gran placer, Lara observó la larga mesa. A un extremo estaba Davey; flanqueado a cada lado por Eddy y Pam, Connie y Thérèse y Jonathan, después Melissa Berg y sus dos hijas. En el centro se veía un precioso ramo de crisantemos, calabazas enanas y maíz.

–Siempre he querido tener una mesa llena de gente, grande –dijo–, y este año lo he conseguido.

–El año que viene, si nos invitas –dijo Eddy, mirando significativamente el evidente embarazo de Pam–, estará aún más llena.

–No, vendréis a nuestra casa –dijo Pam–. Tenemos que iniciar una tradición y hacerlo por turnos.

Un trozo de pastel quedaba en el plato delante de Lara.

–¿Quiere alguien el último trozo? –preguntó–. Si no, supongo que podemos levantarnos y estirar las piernas.

En la ventana del salón, Connie se quedó mirando el patio, donde las hojas del roble, ya de color castaño, colgarían todo el invierno, para caerse, a diferencia de los demás, en primavera. A un extremo de la propiedad estaba el nuevo taller de Davey, muy similar al original en tamaño y forma, pero pintado de blanco con jardineras verdes en las que Lara plantaría geranios. Connie sonrió.

–Tiene sus mejores ideas cuando puede trabajar en casa, en un lugar tranquilo –explicó Lara, acercándose a ella–. En la fábrica hay demasiado jaleo.

Davey la oyó.

–Gracias a Dios que hay jaleo. Contraté a diez hombres nuevos la semana pasada. ¿Te has enterado de lo de «P.T.C. Longwood», Connie?

–No, ya no me entero de esas cosas.

–Pues salió en los periódicos. Bennett vende la compañía a los japoneses.

–Unos cuantos miles de millones más para sus arcas –dijo Connie burlándose.

–Connie, te has convertido en una idealista –observó Lara con toda tranquilidad.

–Es cierto. Es asqueroso cuando la gente se aficiona a amasar millones que nunca podrá utilizar.

–Es una adicción fácil de adquirir –dijo Eddy– y difícil de romper.

–Ninguno de nosotros es exactamente pobre. –Eso le dijo Davey.

–Finalmente hemos vendido Cresthill –anunció Connie bruscamente–. Y el apartamento también. Vamos a cerrar el trato de nuestra nueva casa esta semana.

Le agradó que todos quisieran saber cómo iba a ser la casa nueva.

Jonathan contestó con una sonrisa.

–Es una bella casa colonial cerca del hospital y del nuevo colegio de Thérèse, un poco más grande de lo que yo quería y un poco más pequeña de lo que quería Connie, de modo que llegamos a un acuerdo, ya que cada uno hemos pagado la mitad.

–Hay suficiente espacio para todos, incluyendo a Melissa cuando vuelva de la universidad, e incluso una habitación para el bebé de Pam –les aseguró Connie–. ¿Estás segura de que no llevas gemelos?

–Me encantaría que así fuera –dijo Eddy, cogiéndole la mano a su mujer.

–Ha sido un día maravilloso –suspiró Lara, con aquella mirada tranquila en el rostro.

–He estado pensando en Peg –murmuró Connie–. Si sabe que estamos todos juntos aquí, ha de estar muy contenta.

Y Eddy añadió de forma típica en él:

–Sí, las cosas no nos han salido tan mal. Hemos tenido nuestros altibajos, y nadie ha ganado un premio Nobel tampoco, pero no nos ha ido del todo mal.

Connie miró a su marido. «¿De modo que te caemos bien?», fue la silenciosa pregunta.

«Sí. Y tú, a ti te quiero», fue su silenciosa respuesta.

Aquel instante le llegó a Connie al corazón. Tenía que recordarlo exactamente, los rostros familiares, las voces conocidas, e incluso la forma en la que se ponía el sol, iluminando con sus benditos rayos a aquellos seres que ella más amaba, a todos ellos, a aquellos tesoros vivientes.

ÍNDICE

PRIMERA PARTE
1973-1981

SEGUNDA PARTE
1981-1990